我常常哭泣，是因为深爱脚下的土地。

——题记

眷恋

柳恩铭 著

暨南大学出版社
JINAN UNIVERSITY PRESS

中国·广州

图书在版编目（CIP）数据

眷恋/柳恩铭著. —广州：暨南大学出版社，2024.6
ISBN 978 - 7 - 5668 - 3878 - 0

Ⅰ.①眷…　Ⅱ.①柳…　Ⅲ.①散文集—中国—当代　Ⅳ.①I267

中国国家版本馆 CIP 数据核字（2024）第 011470 号

眷恋
JUANLIAN
著　者：柳恩铭

···

出 版 人：阳　翼
统　　筹：张丽军
策划编辑：杜小陆
责任编辑：康　蕊
责任校对：刘舜怡　黄亦秋　王燕丽
责任印制：周一丹　郑玉婷

出版发行：暨南大学出版社（511434）
电　　话：总编室（8620）31105261
　　　　　营销部（8620）37331682　37331689
传　　真：(8620）31105289（办公室）　37331684（营销部）
网　　址：http://www.jnupress.com
排　　版：广州良弓广告有限公司
印　　刷：深圳市新联美术印刷有限公司
开　　本：787mm×960mm　1/16
印　　张：25
字　　数：290 千
版　　次：2024 年 6 月第 1 版
印　　次：2024 年 6 月第 1 次
定　　价：98.00 元

士人情怀

——为《眷恋》序

十多年前经由已故诗人柳忠秋先生的介绍，我与柳恩铭先生相识。恩铭是忠秋的胞兄，二人性格、兴趣、处事等截然不同，但这并不影响他们二人成为我的朋友。忠秋诗歌代表作《楚歌》问世，我参加了研讨会；忠秋的遗作《柳忠秋诗歌选集》出版，我参加了首发式。恩铭的首部儒家经典解读著作《论语心读》南方首发式在广州大学举行，我参加了；第二部儒家经典解读著作《诗经心读》问世，我欣然为之作序，首发式我也参加了。前些时日，接到恩铭为他的散文集《眷恋》作序的邀请，我欣然答应。为什么？因为在网媒和报刊上阅读他的散文，已然被恩铭那种十分浓烈的士人情怀和隽永的文字所感动！

《眷恋》洋溢着"仁"的情怀。恩铭是著名的儒学研究专家，对孔子儒学开创的"仁"的精神发掘充满深刻洞见，"仁"的人文情怀自然就成了散文集《眷恋》的底色和主旋律。"仁"是发自本心的慈爱包容，这种慈悲情怀，在"村之恋"中关于"偷"的故事，对于"金松舅舅"的怀恋，以及"老虎爷爷"对孩子的慈爱，都表现得十分丰满。即便是"儒之恋"部分带有政论色彩的文章，也处处充满着发自本心本性的慈悲情怀！

《眷恋》承载着"和"的精神。什么是"和"？"和"就是尊重差异，"和"就是尊重不同，"和"就是尊重个性，"和"就是我自由而不妨碍他人，"和"是不同文化的相互包容，相互促进，共生共荣。"和"是儒家文化最重要的核心价值。《国语》说："和实生物，同则不继。"松树很美好，但是不可能全球只种松树，那不是生态，而是死亡之态。人是万物之灵长，但是如果地球上只有人类而没有别的动物，那不是生态，也是死亡之态。绿色很美，但是如果世界上只有绿色呢？阳光送来温暖，但是如果人类只有阳光呢？水是生命的源泉，但是如果人类只有水呢？自然界如此，文化也是如此。恩铭的散文，无论是叙事散文，还是抒情散文，甚至是政论散文，都充溢着"和"的文化精神，比如"村之恋"的一组散文，对池塘、小河的眷恋，何尝不是反映自然的"和"？对小村人的眷恋，何尝不是反映人的"和"？描写宠物的《牵挂》《相依相伴》《壮壮也来了》等，传承了儒家"民胞物与"的情怀，又何尝不是"和"的精神呢？

《眷恋》展示了"信"的传统。散文不是小说，散文虽然也是创作，但不是虚构，不是杜撰。四十年生活的点点滴滴，见诸笔端，重现了自己的心历和经历，表现了中国自改革开放至今的丰富多彩的风俗、风景、风气、风尚，寄托着作者对过往的回望和凝视，对现实的驻足和沉思，对未来的憧憬和期许。这个"信"还有灵魂的真实，作者坚持"感动自己，才能感动别人"的创作理念，字字句句篇篇，都是心中的歌，都是生命的泉，而源头恰恰在诚实的灵魂。《眷恋》或若有所思，或豁然开朗，或会心一笑，或悲愤莫名，感染力十分强烈！

《眷恋》体现了"达"的取向。恩铭的散文坚守了原始儒家"辞达而已矣"的古老传统。恩铭的散文作品，不追求华丽，不追求绚丽，追求简洁、简练、洗练。"村之恋"唤醒了几代人对那个年代的记忆，笔触仿佛黑白照片，也仿佛水墨乡村，朴素地展示那个时代。有时似素描，有时似水粉，有时似油画，有时似长卷，有时又仿佛组画般绚烂，洋溢着清新脱俗的生命力。

《眷恋》演绎了"道"的追求。"文以明道"和"文以载道"是儒家文艺美学的核心追求；恩铭也是知名教育家，近年来专注于传统文化与现代教育的相关性研究，他在散文中传承、传递、传播"道"是责任也是使命。"道"是什么？道是与人身心合一、主客一体的生命情感智慧，与人的生命和灵魂须臾不可分离，可以分离的是知识，融为一体的是"道"。人作为道的本体，"道"始终存在自己的身心。恩铭所传承、传递的"道"，熔铸进灵魂，融进生命，见诸文章而直击读者灵魂，达到"明道"和"传道"的目的。《映山红》会启发我们思考数十年来语文教学走偏道路的尴尬，《慈母》会启发我们去思考母亲决定家族兴衰的传统命题，"棋之恋"的一组散文会告诉我们可用围棋去冲淡新生代日益严重的手游、电游、网游之风，《生命的远行》让我们不由自主随着作者一起思考中国教育和中国社会四十年的风行流光，甚至会随作者一起思考中国教育未来路在何方。而"儒之恋"的四篇散文，作者颠覆汉宋儒学的勇气让我们感到震撼。

恩铭是真正的读书人，有浓厚的传统士人情怀！其散文集《眷恋》圆融浑厚，温和平和，真诚信实，质朴洗练，充满张力！值得阅读，值得期待！

蒋述卓

2024 年 1 月 8 日

暨南大学文学院教授，广东省作家协会主席

自序　心灵的泉水

　　四十年的散文都是随心而动，随兴所致，随性而作！曾经的小村、小丘、小河，曾经的大山、大河、大江，曾经的风雨、蹉跌、孤独，等等，因缘再现于笔端，如今有幸结集成册付梓，与朋友们分享四十年经历的风景、风气和心历的梦想、理想！

　　我的散文忠实于生活。四十年厚实的生活是我散文创作的沃土。1984 年 9 月 1 日星期六，父亲陪伴我，乘坐长途汽车，来到了我即将就读的湖北省麻城师范学校。学校位于大别山南麓麻城县城郊的牛坡山，毗邻烈士陵园，远离喧嚣，适宜读书。9 月 2 日清晨，送父亲到麻城汽车站，返回校园，去图书馆，与馆长姜春俊先生寒暄数语，自由参观馆藏图书。不经意抽出一本发黄的书，扉页上赫然写着"未经审视的人生不值得过。——苏格拉底"，那本书我没有读，但是这句话却植入灵魂！那时那刻，居然发呆了。我问自己：我将如何审视自己的人生呢？如何度过自己的人生呢？可以避免十年后的沮丧和懊悔？可以避免三十年后的不堪回首？可以做到此生不留遗憾？我选择了写日记，以日记审视学习，反思工作，记录生活，留下足迹……

　　第一篇日记时间是 1984 年 9 月 2 日星期日："天晴，微风，枯叶，秋意浓……走下牛坡山，父亲坚持让我返回，他转身的瞬间，我与父亲四目相对，他的双眼依然布满血丝，我顺从地止步，独立山脚，目送父亲独自走向长途汽车站。看着父亲瘦弱的身躯和佝偻的背影，回忆父亲几年来日益热切的殷殷目光，心中无限酸楚；父亲极度卑微地在极度狭窄的社会和心理空间里委屈、煎熬了数十年，他对第一个走出农村的长子的期待，是何等灼热啊！我懂他的心！"——这一天的日记，就是我后来撰写《远去的背影》的燃点！1984 年至今，写日记四十个年头，人生最灿烂的四十年，与中华民族的凤凰涅槃同步。我对春的迷恋，对夏的热恋，对秋的怀恋，对冬的苦恋，对青春的涩恋，对生命、对人民、对大地的眷恋，都留在日记里。如坛老酒，时光流逝，没有淡了散了，相反浓了香了！今天散文集的诞生不是偶然，而是必然！

我的散文忠实于灵魂。儿时，离开故土，跟随外公外婆在小村生活，与父亲聚少离多，少时又离开小村上学。小村本来就小，人口本来就少，成就了我沉默寡言的性格。三年初中，完全是寄宿，有幸含英咀华，品读父亲特意为我购买的《唐宋绝句一百首》《唐宋词一百首》，沉淀了我一颗向往远方的诗心！少年时期开始，时常吟咏苏轼被贬至我的故乡黄冈时写的《卜算子·黄州定慧院寓居作》："缺月挂疏桐，漏断人初静。谁见幽人独往来，缥缈孤鸿影。惊起却回头，有恨无人省。拣尽寒枝不肯栖，寂寞沙洲冷。"在夜深人静的毕铺中学，一个人独守寂寥的校园，挑灯夜读，我居然读懂了苏轼这首词的意境和心境！为我此生所遇各种挫折做了一种精神准备！我也时常吟咏秦观的《踏莎行·郴州旅舍》："雾失楼台，月迷津渡。桃源望断无寻处。可堪孤馆闭春寒，杜鹃声里斜阳暮。驿寄梅花，鱼传尺素。砌成此恨无重数。郴江幸自绕郴山，为谁流下潇湘去。"借着秦观的词，排遣如影随形的孤独和落寞，也让我的灵魂敏感而丰富！安于孤独、甘于孤独是治学者必备的品质！而我居然在初中时代就适应了孤独！

我的散文不是"做"出来的，而是源于灵魂深处的心泉。我可以不说，但是开口只讲真话，这是为人的风格；我可以不写，但是写出来的都是真人真事真情，这是我为文的特色。我的写作教学，常常把"秘诀"浓缩为一句话传授给受众：写真人，叙真事，抒真情，说真话，讲真理，求真知。其实，写作除了"真"字，还有秘诀吗？有了"真"字，还需要秘诀吗？缺了"真"能感动自己吗？不能感动自己还能感动别人吗？

我读中师，父亲送了我两样东西：一样是《古文观止》。在中师最后一年，终于派上用场，我用从同桌那里学来的艺术朗读法，朗读背诵《古文观止》七十七篇，这是我优于普通毕业生的基本功。另一样是一枚很普通的纸镇，上面有父亲手书请木匠雕刻上色的曹雪芹的话："板凳要坐十年冷，文章不写一句空。"纸镇伴我数十年，这句话成了我的座右铭。因为是真的，所以不是空的。某一时，某一刻，某一物，某一景，某一人，某一事，是真留意了，是真在意了，是真有感触了，是真感动了，然后才见诸笔端。《眷恋》中每一章，每一篇，每一节，每一字，都是真的，蕴含了四十年的心酸，四十年的心历，有四十年的心语！

我的散文忠实于责任。我十分推崇孔孟儒学，也就是原始儒学。为什么？因为研究《论语》让我实现了"仁"的自觉，持守一颗仁心，这是我为人和为文的底色和温度。研究《孟子》，让我实现了"义"的自觉，也就是责任的自觉。这种自觉，成就了我散文的特色和深度！

人生一世，各有责任。有什么责任呢？第一是对亲人的责任。少时家贫，我以十分优异的成绩考上了黄冈中学，体谅父亲的苦衷和家庭的难处，顺从父亲的旨意，被改派到麻城师范学校。这个选择就是我作为长子对亲人的责任使然。早熟的责任自觉，留在了《远去的背影》中。

第二是对自己的责任。中师即将毕业，语文一塌糊涂，普通话不能达标，这将如何面对父老？如何面对母校？又如何面对学生？得益于播音员同桌吕泽文的指导，我学会了朗读。用一年时间，背诵了《文选与写作》将近两百名家名篇，背诵了《成语词典》，背诵了《古文观止》部分，于是，从一个语文后进生蜕变为语文的强者，并因此悟出了语文学习之道，开创了"以读为主线"的语文教学模式。对自己的责任自觉，就留在《映山红》中。

第三是对社会的责任。人作为社会动物，不可能独立存在，只能在与他人、与社会、与自然的结构中去实现自己"诗意栖居"的价值。我逆势而撰写长达数十万字的一组散文，回顾自己因为只争朝夕地读书，才能走出小村，走上牛坡山，走进古镇，走上中学讲台，走上大学讲堂，走上社会大舞台；数十年如一日手不释卷，数十年如一日治学不辍，我传承了中国士人读书治学的优秀传统，做出了很多专业学者也不容易做出的成果！——我以散文的方式，告诉国人，AI 时代依然需要读书，国家民族的伟大复兴依然需要读书人只争朝夕地追求真理！这种社会责任自觉，就留在"书之恋"的一组散文中。

第四是对教育的责任。十七岁加入教师行列，从教四十年，教育的流变，教育的流俗，教育的流弊，我洞若观火。《映山红》是教育散文第一篇，以亲身实践，证明中国传统的"诵读"是最简捷、最有活力、最富成效的语文教学法；《文章的味道是读出来的》蕴藏着语文是实践学科而不是鉴赏学科，一个民族语文能力全面退化，语文素养全面降低，源于抛弃了朗读、朗诵、吟诵这些最基本的教育传统。而《哲学散文·诗意童话·情怀小说》这篇为宗璞的专辑所写的序言，旨在为短信时代必须阅读品质文学作品发出自己的呐喊。《用美浸润语文课堂》以自己的实践，倡导用传统文艺美学浸润以读为主线的课堂教学，旨在给中国当代那些天花乱坠的乌七八糟的"语文教学"以当头棒喝。《语文改变命运》旨在呼唤一种值得期待的教育价值观：语言是思想的家园，语言的边界就是思想的边界！为中国语文教育乱象而哭，为中国语文教育改革而呼，为一种能够担当伦理、态度、价值、审美功能的"大语文"教育而歌。"教之恋"的散文专辑中，有悲愤，有长歌，有哭泣，有呐喊，这都源于作为教育人的责任自觉！

为什么散文集叫作《眷恋》？这要从 20 世纪 80 年代我看过的一部电视剧《雪城》说起。《雪城》是一部描写返城后的知识青年在逆境中奋斗、抗争的电视剧，该剧到底想表达什么，当时绝大多数人没有看懂，我却看懂了，常常为剧中人物和剧情感动得热泪盈眶。不是我聪明，而是因为我目睹父亲这一代知识分子，无论遭受多少委屈，无论社会如何亏待他们，他们对于国家和人民的爱始终那么深沉，那么真诚，那么执着，他们就像我在小村生活时所接触的"家鸡"一样，主人不开心，用鸡毛掸子，用树枝，用竹条，打得它们满村飞，满天飞，但是，依然不会离开这个家。黄昏的时候，他们都回到这个也许并不富裕，也许并不美好，也许并没有给予自己多少温暖和爱的家来。这是什么？这是眷恋，对家的眷恋！父辈同龄的知识分子，他们的委屈何其憋闷？他们的苦难何其深重？他们的命运何其坎坷？但是他们从未埋怨过深深眷恋的祖国！这深深的眷恋，就是中国士人的优秀传统！

时至今日，《雪城》的主题曲《心中的太阳》已经没有多少人懂了，几乎无一例外误认为是恋歌，其实这首主题曲唱出了那个时代知识分子的迷茫与彷徨，他们深深眷恋着祖国，而那时的祖国似乎并不待见他们。《雪城》的片尾曲《离不开你》，在今天的各种歌唱比赛节目中，大家也无一例外把它当作情歌来演唱，其实又错了。《离不开你》真诚热切地表达了具有儒家情怀的知识分子对于苦难深重的祖国的深深眷恋："你敞开怀抱融化了我，你轻捻指尖揉碎了我，你鼓动风云卷走了我，你掀起波澜抛弃了我。我俩，太不公平，爱和恨全由你操纵。可今天，我已离不开你，不管你，爱不爱我。"它唱出了那个时代的知识分子对祖国的刻骨眷恋与执着，即使被揉碎，即使被卷走，即使被抛弃，依然真爱，依然深爱。这首歌我一直非常喜欢。为什么？因为唱出了我的心声！因为深爱，所以忧虑；因为真爱，所以关切；因为挚爱，所以执着！我深深眷恋着祖国，所以，我真切忧虑现在，我也热切期待未来！

时间的流矢又飞过了将近四十年！时代在变，环境在变，价值在变！也许很多人的批评被忽视和漠视，也许很多人的真诚遭遇冷漠和傲慢，也许越来越多的人被迫选择躺平或内卷，但是，我心依旧！依然坚守士人风骨！依然批评现实和期待未来！依然热切盼望心中的太阳——深深眷恋着祖国早日走向复兴！

心有戚戚，聊以自序！

柳恩铭

2024 年 1 月 19 日

于天河弘仁书屋

眷恋

目录
Contents

277　儒之恋

村之恋

心的桃源

　　我出生在湖北黄冈市新洲县一个名叫施程家湾的小村，十二户人家，三个姓氏：程姓最大，七户；其次罗姓，三户；王姓最小，两户。三姓大人和睦，小孩融洽。小村有小山，有池塘，有竹林，有麦地，有稻田，小村还有阳光，有温暖，有亲情，有宁静！小村，留给我美好的记忆！小村，也藏着我童年的秘密！

　　小村坐西朝东。村子东边是月牙形池塘，四面垂柳，夏日炎炎，最为流连，池塘里戏水，柳树下乘凉，洗衣台上垂钓……村子西边，有片竹林，春夏之际，郁郁葱葱，玩游戏，捉迷藏，睡午觉……村子南边是分到各家各户的菜地。饥饿难忍，伙伴们就相约去菜园子里偷青瓜，偷番薯，偷西红柿……说是偷，其实是分享，大家往往会推荐去偷自家的青瓜、番薯、西红柿，大家都觉得自家的蔬果最丰硕、最可口，不偷自家的，没有面子。现在想来，依然忍俊不禁，童真如此可贵，如此可爱，但是不可逆！

　　20世纪90年代末，我在广州市某中学工作，曾经目睹七八个男同事凶狠地暴打一个偷自行车的大学生，伤在小偷身上，却也痛在我心里。十八年来，我一直悔恨当初没有勇敢站出来，救那个偷自行车的大学生——在我生命的印记里，"偷"是不应该被打成这样的，如果不是穷急了，哪个青年愿意去做贼呢？此时此刻，我也非常负责任地告诉诸位读者，当年那几位暴打大学生"小偷"的青年男教师，十八年以后，没有一个成为名师，没有一个有成就。如果说性格决定命运，那么慈悲决定了生命的张力！儿时"偷"吃的经历，真的让我笃信孔孟儒家"人性本善"的哲学主张，也让我全力以赴弘扬给予宇宙道德性终极关怀的孔子哲学。

据老人讲，1950 年镇压反革命，小村没有人被枪毙！1957年"反右"，小村没有"右"派！1966 年开始文化大革命，直到小村搬迁，没有任何人遭遇"文批武斗"的厄运！1975 年所谓"反击右倾翻案风"，小村唯一的变化就是我的名字由"小平"改成"向东"！在割资本主义尾巴的岁月里，很多地方不能保留农民的自留地，而小村人却凭借自己的智慧——将最大的一块地，以方块形式分配给每家每户，村民自己知道菜地的边界，而在外人看起来，根本就看不出是自留地。极端疯狂的时候，村民们用各种记号，在自己的鸭、鹅等家禽上标记，然后统一放养在月牙形的池塘，以应付上级大集体的检查！检查结束了，鸭、鹅等，各回各家，各安所在，其乐融融！在那暴风骤雨为常态的岁月，小村却颇为宁静！记忆中的小村，仿佛陶渊明笔下的世外桃源！——少游不幸，曾经有"雾失楼台，月迷津渡。桃源望断无寻处"的孤独与惆怅，恩铭有幸而拥有心中的桃花源！

村子的北边，有一条不足两米宽的马路，两辆人力拖车相向而行，也必须找相对宽的地方，才能错位会车。这条马路，名副其实，从来没有走过机动车，经常走过的有牛车、马车，而最多的是毛驴拉的人力拖车。有时没事，我常常在离这条马路不远的地方，静静地看那些匆匆过客——尽管，我不知道他们从何而来，将去何方——童年的我，无力走出这个村子，却对经过这个村子的陌生人充满了好奇！经常有一股走出小村的冲动！

2017 年 2 月 12 日

神秘遗址

跨过北边马路，继续往北大约一公里处，就是罗姓和王姓原居住地罗家湾遗址。辗转相传，该村人经常莫名病逝或死于非命。20 世纪初到新中国成立，四十多年间，罗家湾三十余户人家只剩下五户，除了少量逃荒离开之外，大部分因为疾病或事故而离世。新中国成立之后，罗家湾的罗姓和王姓五户人家搬迁到我出生之地施程家湾，连续死亡的悲剧就没有再发生过。这些掌故，儿时听起来毛骨悚然，现在想起来也觉得可怕，真不知道乡亲们是如何承受那种生离死别之痛。年龄稍长些，我常去罗家湾的水塘钓鱼，也常去罗家湾遗址流连，总想知道是什么神秘的力量导致一个村庄几近消亡——除了偶尔看到一些石灰、瓦罐和人骨之外，我没有别的发现。罗家湾成为废墟之后，时间或许抹去了人们的记忆，除了我依然存疑之外，四十多年来，没有听别人说过相关话题。我离开小村已经四十多年了。成年以后，每年清明节都要回到小村，祭奠外公外婆，也祭奠那些记得名字和不记得名字的长辈——他们的憨厚，他们的淳朴，他们的包容，他们的慈爱，滋养了我的童年，塑造了我内心深处如海一样深厚的慈悲！他们的微笑，他们的慈祥，他们的帮助，让我的童年充满了阳光！

2017 年 2 月 19 日

我本姓程

小村岁月，我不姓柳，而是跟随母亲姓程。小时候不懂，为什么我们姐弟要跟随母亲姓，而村里的孩子全部跟随父亲姓。就读湖北省麻城师范学校第二年，才知道这是父亲的良苦用心。曾祖父和祖父都参加过国民革命，父亲用加倍的勤奋和努力赢得了领导们的谅解和同事们的尊重，所以父亲能够在历次政治运动中避开被批斗的劫难。那是怎样的一种心酸和委屈，一般人难以想象，我在中师阶段读李密的《陈情表》，读懂了父亲对于祖母的无限追思和无尽思念之后，与父亲笔谈才知道父亲生前所经历的苦难！土地改革以后，姑母们都赶紧嫁人了，祖母陶氏与父亲被驱离原籍，到柳家东湾一间废弃的破屋栖身。祖母为民国才子陶希圣之堂妹，家学渊源，深知读书重要，靠织布、洗衣、纺纱，支持父亲读完初中——尽管父亲因病失去了升高中的机会，还是凭着私塾蒙学根底、徐源泉将军所创正源小学的学习基础、新中国头三年的初中学习，有幸成为民办教师，后又转为公办教师。父亲初中三年，每天早晨是一顿细米碎煮的稀粥，中午在学校用开水泡细米碎算是午饭，放学回来则用青菜煮细米碎便算是晚饭了。不避风雨的破屋、相依为命的母子、经常断顿的生活、诚惶诚恐的日子，父亲和祖母经历了怎样的磨难，忍受了怎样的苦痛，后人或许根本无法想象。正是这种深重的苦难，促使父亲下决心让我们远离他的出生地，到贫农阶级的外公家里度过童年。父亲不想曾经的心酸和无可预测的难堪影响子女，所以选择委屈自己。

2017 年 2 月 23 日

父爱陌生

儿时，我觉得父亲很陌生。父亲的工作单位往往在全县最偏僻的小学，凡是没有人愿意去的偏远小学、教学点，就是父亲的首选和争取的对象——我曾经与父亲有过一次探讨，他为什么要选择在数十公里外的偏远小学或教学点工作，父亲的答案令我愕然：远离是非，躲避灾祸！原来，父亲为了躲过劫难，除了加倍努力之外，还有"隐于野"的智慧！但是，我心里清楚，父亲还有一个考虑，就是尽量少给孩子成分不好的影响，因为他每次回来，我还是能够听到村里人谈论父亲和我的出身问题。出于这些不好说、不便说、说不清的原因，父亲很少回家，父子一年难得见几面。大约是三岁那年，父亲从外面回来，我睡在被窝里，父亲为了抱抱儿子，拉着我的双脚，从被窝里倒着拖到他的怀抱，现在当然知道那是父爱炽烈，但是那时被倒着拖的感觉实在难受，于是哇哇大哭。外公赶紧问："谁欺负我们家宝贝啊？"趁父亲不留神，我拉起衣服和鞋子，一边哭，一边跑，一边告诉外公："是涤亚啊……"就这样，三岁开始，我每天都跟外公睡，直至外公去世。

我时常在村子北边的草垛上看马路上的人。但是，很多时候，不，几乎是每天，我还要望着北边一条几乎看不到的小路，在等待一个我想见到又很怕见到的人。傍晚时分，晚霞挂满了天空，朝北方望去，或者雪白的棉花之间，或者层层麦浪之中，一条若隐若现的小路上，一个小小的黑点在跳动，小黑点逐步变大，后来变成了一个人影。当这个人影经过村子北边草垛边缘的时候，躲在几十米外的我，清楚地看到他是我的父亲。别的孩子每天都能见到父亲，我却不能够；但是，非常奇怪，当父亲的身影走近我的时候，我却又觉得十分陌生，甚至有一种恐惧感！所以，父亲回家的夜晚，我会到同村最好的朋友家吃饭，玩到很晚，才轻手轻脚回到家里，趁着父亲不注意，悄悄溜进外公的卧房，睡了。第二天清晨，当我醒来的时候，父亲已经走了。外公告诉我，父亲晚上来看了我很多次。这种陌生感，直到我读初中的时候才消失！

2017 年 2 月 26 日

外公最亲

儿时，外公跟我最亲，或者说，我觉得外公最亲。我儿时身体很弱。一年冬天，我和大弟弟同时生病，父亲在数十里之外工作，母亲去探望父亲了，没有电话，无法联系。外公就用箩筐挑着我们俩去毕铺就医。我坐在箩筐中，看到外公呼出的气体在冬天里迅速凝结成长长的白雾，听着他因为哮喘而发出的又粗又重的喘息声，很难受，很想自己走，但是连续高烧，没有力气，流着泪，看着外公十分吃力地挑着我们一步步往前挣扎。那时候，心中有着强烈的愿望——快长大赚钱养外公，不能再让他做体力活了。

没有生病的日子，我大半时间跟随外公。外公身材不高，平头，抽烟。无论白天，还是夜晚，外公走路的时候口中总是念念有词，但是我不知道他独自说些什么。由于哮喘，外公五十多岁从生产队队长的岗位上退下来，专职饲养耕牛。我于是有时间坐在牛背上，听外公讲评话故事——也就是说书人讲的故事。一头牛，一把油纸伞，一件蓑衣，一顶斗笠，一袋干粮，祖孙两人早出晚归。偶尔一阵暴雨，如果伴随着狂风，我戴斗笠，披蓑衣，外公则撑着油纸伞，给我讲故事。外公、我和牛，都在雨中，这种场景让我终生难忘。如果只下雨，没有风，外公就让我撑着油纸伞——颇滑稽，伞太大，我太小。这个时候，我在外公旁边只能看到他的脚；外公自己戴斗笠，披蓑衣，在雨中给我讲故事。外公给我讲得最多的是《封神榜》《说岳全传》《七侠五义》《罗通扫北》《罗通平南》《薛仁贵征西》。不知道什么原因，我最喜欢的是薛仁贵这个角色，或许是他经历的人生种种磨难感动了我，或许是他从不屈服的性格鼓舞了我，或许是他有位人生最艰难的时候都能始终如一、不离不弃的佳人给了我某种人生期许！

外公也讲了很多民间的趣事，其中一个陶姓财主善待小偷的故事，令我终生难忘。一天傍晚，财主陶老先生看到一个人影闪进了他们家的柴房。晚饭时候，陶老先生交代伙房多准备些饭菜，说要招待晚来的客人。家人、佣人们吃完饭，都等着见客人，一等不见，再等不见，颇觉失望。半夜子时，家人、佣人均熬不住，陶老先生就说："客人没那么早来，把饭菜放在客厅，你们都睡吧！"于是，陶老先生一人独自在客厅，抽旱烟，喝茶。半夜丑时（凌晨一点到三点），大家都睡着了，陶老先生举着灯走向柴房，温和地说道："朋友，孩子们都睡了，出来吧，吃点东西，一定饿坏了。"小偷低着头，怯生生地出来，把预留的饭菜全吃完了。陶老先生让这位不速之客继续喝茶聊天。聊天中，陶老先生知道他做贼，只因母亲生病，无钱医治。陶老先生询问了病情，给了一笔钱让小偷为母亲治病；另外再给了一些钱，教导小偷如何做生意，建议做什么生意。后来，这位小偷成为富甲一方的商人，孝敬陶老先生如生父，且不遗余力周济三乡五里的困难人家。每每想起这个故事，我一定会想起我在广州某中学当教师期间，一群年轻力壮的青年男教师将一个偷自行车的大学生打得血肉模糊的场景。虽然，我未参与"惩治"小偷的行为，我有强烈的制止他们的冲动，但是，我没有挺身而出。为此，我后悔了一辈子，都是由于这个故事给我的影响。

外公很会算卦。从我三岁跟随外公，一直到小学四年级外公去世，看到、听到很多外公的传奇和神奇。记得刚上小学一年级，数公里外的杨家咀村放电影《杜鹃山》，因为文化生活贫乏，一个村子放电影，附近数十个村子的大人都带着小孩步行数公里来看，父母自己不能去的，就把孩子交给同村的大人带去，看电影的时候同村的人自觉坐在一起，看完电影由大人带着小孩返回本村。放完电影的第二天，即听说小村西边孙家大湾有个小朋友昨天晚上走丢了，小孩的父母也找到施程家湾了，一连数天寻找，没有线索，没有踪影，可想而知他们是何等焦虑！五天之后，当小孩父母再次找到施程家湾的时候，不知是哪位长者向孩子父母建议："您不妨请程秀清老人算一卦，这样漫无目的地寻找，总不是个办法。"孩子父母果真来找程秀清——我的外公算卦。我非常清楚地记得，外公的大拇指轮流在四个指头中间游走，口中念念有词，大约一分钟后，告诉来人："不用找了，快回去休息吧！三天以后，到周家榨村北边那棵高大的榨树下面等，太阳落山之前，有人会把孩子送过来。"三天以后，孩子父母就在小村西边、周家榨村北边那棵绿荫如盖的巨大而独立的榨树下等孩子，也就是太阳即将落山的时光，一辆毛驴板车，正拖着预制板，预制板上坐着一个小孩，正是孙家大湾丢失的孩子，走失八天后居然在那棵榨树下与父母重逢了——与外公算卦的时间、地点毫厘不差。父母与孩子抱头痛哭；而车夫在树下憨憨地笑了："这样好，免得我去一家家询问。"——那时候，民风淳朴如此，若是现在，孩子不知道被人贩子转卖了几轮。世风何至于此？我一直在寻找答案。

外公还擅长医道。记得有一位杨家咀村的亲戚，母亲称呼她为"白大嫂"。她丈夫长年累月腰部疼痛，走路都直不起腰，痛不欲生，四处求医，均无效果。后来，她辗转来求外公给丈夫看病。外公和白大嫂在神龛下的方桌两边相对而坐，我自己拿一条小板凳，坐在外公大腿旁边，又见外公右手大拇指在另外四指上各个关节处游走，口中念念有词。一会儿，外公告诉来人："村里有一人，死于车祸。连续三天晚上到他坟前，给他烧些冥币，祈求他离开你丈夫。此外，用鸡蛋白调和马桶下面的白土，用毛巾包着，蒸热，敷在腰部，坚持一周，即可病愈。"前面的办法，现在很多人看来，或许是迷信一类，但是后面开出的热敷药方，我曾经请教过众多老中医，都说是民间土方子。

村里有年长者常讲，外公年轻时曾经用稻草绳系腰，焚香念咒一番，即可身轻如燕，从月牙形池塘上飘然而过，脚尖点水却不湿鞋。姑妄言之，姑妄听之，没有亲见，一直存疑。1975 年，小村整体搬迁到十五公里外的湖区，唯独我家留在小村西边的孙家大湾，成为孙家大湾唯一的异姓人家。1976 年的春夏之交，外公突然一人独自将房顶的瓦全部清捡整理一遍，花了足足三天的时间。清捡累了，外公会独立于房顶，向远处眺望。我们家对门的长辈孙凤鸣问了他三次："秀清大哥，你一个人站在房顶干什么？小心啊，别掉下来了。"外公回答："我在看路！"三天之中，所有人见到他莫名站在房顶眺望，都会问同样的问题，外公的回答都是"我在看路！"。几乎所有的人都一头雾水，看什么路呢？地上大路小路、有路没路，很清楚啊！待房顶的瓦清捡整理完了，外公晚上先给母亲交代，将来要把他安葬在某处。然后，召集我们几个外孙，讲沉香劈山救母的故事，告诫我们要孝顺父母，要兄弟团结。第二天中午放学回家，才知道外公永远离开我们了。看着躺在门板上的外公，那么安详，仿佛睡着了。儿时，我因内心倔强，很少在人前哭泣，但这一次却号啕大哭。我知道，给我讲评话故事的人走了，每天陪伴我的人走了，世界上那个最疼我、最宠我、最爱我的人永远走了。读《悲欣交集——弘一法师自述》一书，很敬佩弘一法师的道行，居然能够预知自己的大限。外公居然也有如此道行，可以预知生死。而他生前从不炫耀。

2017 年 3 月 6 日

母爱似海

　　母亲是缝纫师，不会做农活。大集体时代，母亲就靠缝纫手艺，到附近村子里给人做衣服，换工分——那时候成年男子做农活一天记 10 分，妇女则记 7 分，也有一类妇女干活不让须眉，有些号称"铁娘子"的一天也挣 10 分。我们村里就有一位名叫火玫的大嫂——程桂松的夫人，据说每天能挣 10 分。儿时的记忆里，母亲皮肤白皙，身材微胖。六岁以前的我经常生病，很多时候是母亲背着我四处求医。在母亲背上，我常常听到母亲沉重的喘息声，感受到慈母对病儿的期待和执着。其实，如果不是母亲的坚持，或许没有今天的我。母亲曾经跟一个做缝纫的同事聊起我，那人说我曾经病得差点不行，想不到现在身体不错，气色也很好。母亲告诉同事，我两岁的时候看中医，附近最有名的老中医程耳先生非常郑重地告诉母亲："这个孩子病成这样，但双目依然乌黑有神，应该有出息，不要放弃。"或许直至今日，我离母亲的期待，离那位早已谢世的程耳老先生的预期，有很大的差距，但是，儿时偷听的这段谈话，也让我倍加珍惜此生，让我从不放弃追求，让我每次蹉跌后都能更加坚强地奔向新的目标。平庸从来不是我的选择，母爱如海，让我必须只争朝夕！

服装厂倒闭之后，母亲经常起早摸黑外出换工分。儿时，我聆听教诲的机会不多。有一次，房梁上掉下一条小蛇——农村常有这样的事情，姐姐和弟弟都吓得乱叫，我拿起一根竹竿，准备将小蛇打死，适逢母亲见到，她坚决制止了，接过我的竹竿，将小蛇挑起来，送出家门很远的地方放生了。我问母亲，为何不让我打死那条小蛇，母亲说以后会告诉我。年龄稍长，上小学了，母亲找我单独谈过一次话。她告诉我一个奇怪的梦，一夜狂风暴雨，一条黑色的巨蟒来到我们家，母亲大约五更天惊醒，恰好暴雨刚停，我来到了这个世界——小村的人都觉得奇怪，时值隆冬，为何一夜暴雨？这一直是人们私下议论的话题。母亲以自己的人生经历和资讯储备作出了判断，并且告诉我："我儿这辈子，不能打蛇，不能吃蛇。"谈完了，还要反复问我，听懂了没有，记住了没有。我没听懂，但记住了，也坚持了，数十年从未违背母亲的教诲。

20 世纪 90 年代，我辞去武汉高潮中学的校长职务，加入岭南民办教育拓荒者行列，初来广州，听到一句描写岭南饮食文化的口头禅："有翅膀的，除了飞机，全都吃；有腿的，除了桌子板凳，全都吃。"我吃了一惊，吓了一跳，以为是夸张，久了，才知道基本属实。但是，我始终遵从母亲的教诲，从不吃蛇。

在广州市教育局工作期间，朋友们相约到江门参访古村落遗址文化。当天晚上，吃的是普通粤菜，上汤了，或许是旅途劳累与饥渴，朋友们马上用汤匙喝汤了，我喝汤没那么文雅，习惯拿起碗喝汤。非常奇怪的是，我拿起碗的那一刹那，身体仿佛凝固了，觉得那碗汤有千斤重，停在胸前，有武术功底的我居然不能举起一碗汤。我突然意识到这汤有问题，于是马上问朋友："什么汤？"朋友回答："蛇汤。"我将凝固在眼前的汤碗往下放在桌上，告诉服务员："我不喝汤，请帮我收回，谢谢！"这种独特的生命体验，如果不是自己亲身经历，简直难以置信！

2017 年 3 月 12 日

饮食记忆

我儿时体弱多病，很需要补充高蛋白质，尤其需要吃肉类食品。但是，当时猪肉都是奢侈品，除非春节，几乎不可能吃到肉，有钱也买不到。我家隔壁的王屠夫，经常在下午三四点钟挑着似乎完全空了的箩筐回村子，其实我知道，箩筐底下是藏着猪骨头的。虽然傍晚时分他们家的大门紧闭，但是全村都飘着诱人的猪肉香味。那种味道，对于体弱多病的我来说，是多么强烈的诱惑啊！

鸡鸭如何呢？儿时很高兴看到鸡或者鸭扭着头走路，那是鸡瘟或者鸭瘟之状。外婆发现了，知道不妙，决不能等鸡鸭死了，必须马上杀掉，把血放干净，然后用小麦酱加上辣椒，干烧许久，又香又辣，十分好吃。我至今忘不了瘟鸡、瘟鸭用小麦酱和辣椒干烧的味道，此后数十年再也没有吃过这么好吃的鸡或者鸭了。说起来好笑，儿时外婆干烧的那可是禽流感的鸡鸭，现在的人，谁敢吃？儿时，居然是我的口福，是最令人回味的美食，是终生难忘的绝世佳肴。

吃鱼头的嗜好居然也源于童年的饮食习惯。小村鱼塘很多，每逢重大节假日，村里习惯网鱼上来分享。可是，很多时候，鱼是按劳动力数量来分配的——有时候一部分按劳动力数量分配，另一部分按人口分配，我们家虽然人口很多，但是能够算得上劳动力数量的只有外公一个标准 10 分劳动力，母亲是 7 分劳动力；非劳动力的人口计算标准较低。春节分配池鱼，我们家平均数量恐怕是最少的，加上外婆还要安排差不多一半的分量支援住在江南岸的小姨家，我们自己能吃到的鱼，自然很少很少！

那个年代，湖北人吃鱼不吃鱼头，劳动力多的人家，多把鱼头、剔肉后的鱼骨架都扔在水塘边上。外婆就将这些人家不要的鱼头、鱼骨架捡回家，用白萝卜煮着给我们吃，加上辣椒，味道鲜美无比。一年四季，只要有池鱼分享，我们家就能吃到美味的鱼头或鱼骨架煮萝卜；家家户户都不要鱼头、鱼骨架，我们家全要；姐姐、弟弟们并不喜欢吃鱼头、鱼骨架，但这是外公和我的至爱食品，通常是饭吃完了很久，祖孙俩还在埋头慢慢享受鱼头或鱼骨架的美味。随着医学的发达，后来人们才注意到，鱼头有益于大脑，鱼骨架有利于补钙，我儿时体弱多病，后来身体逐步强壮，应该跟我长期大量吃鱼骨架煮萝卜有关。我后来读书表现出较强的记忆力，也应该与小村生活中常年能吃到美味的鱼头有关系。对此，我深信不疑。想不到，小村乡亲们不吃鱼头、鱼骨架的习惯，有意无意成全了我身体的发育和大脑的相对发达。与其说是天意，不如说是亲情和乡情。对小村，我充满眷恋！对小村人，我充满感激！

我数十年不吃甲鱼，也源于童年的记忆。外婆做饭手艺尚可，瘟鸡、瘟鸭做得味道最好，其次就是鱼头、鱼骨架煮萝卜，其余的菜很难说有什么味觉上的记忆。在那个连食用油都以两为单位精打细算的岁月，节日里才可以吃到鱼头、鱼骨架，春节才可以吃到一点猪肉，平时改善生活，就靠我钓鱼了。一根竹竿、一条丝线、一个鱼钩、几条蚯蚓，不用浮子，直接将鱼钩甩入水中，刁子鱼就来抢钩，往往不到两小时，可以钓到一串刁子鱼，所以每周都能吃到这种小鱼。每逢周日，我会拿带浮子的鱼钩，钓鲫鱼和青鱼，很多次却能钓到甲鱼，很肥很大。说也奇怪，我原本没有打算钓甲鱼，可是有两三年的时间，几乎每次去钓鱼，都能钓到甲鱼。令我一直心存惊骇的是：甲鱼每次似乎都是主动来上钩的。当我聚精会神看着水中浮子的时候，远处的水面往往会浮出甲鱼的脑袋，三次浮现，然后就上了我的鱼钩。因此，两三年的日子里，我常常能吃到家乡人认为温补效果最佳的野生甲鱼。也就是这两三年，我的身体明显强壮了。更令我不安的是，自从医院复检我已病愈，我再也钓不到甲鱼了，再也不会有甲鱼在我钓鱼的时光主动来咬钩了。同时，同村的朋友，除了我，谁也没有钓到甲鱼。我虽驽钝，但是初中时突然意识到身体已好转，冥冥之中，有上苍的眷顾和怜爱！当意识到这一点，我暗暗发誓：此生再也不吃甲鱼了。数十年从未破例，保持了对甲鱼的敬惜和感激！当然，我也更加珍惜自己，珍惜每一天，时常吟诵元代王冕的"不要人夸好颜色，只留清气满乾坤"的诗句自励。我之所以很怕来访者没事却闲聊不走，我之所以从来不主动谋求请谁吃饭，我之所以不轻易答应与别人一起吃饭喝茶，不是瞧不起朋友，更不是孤傲，而是源于对生命的尊重和对时光的珍惜！我深深地知道，生命每一分钟都不可逆，只争朝夕！

2017 年 3 月 19 日

老虎爷爷

小村最北头是程启胜的家。据说他常常在驱赶偷枣的孩子们的时候发出老虎一样的叫声，所以，孩子们戏称他为"老虎爷爷"，甚至索性简称"老虎"。他的妻子姓朱，村里人都叫她"朱大婶娘"。他们家背后是小山坡，茂密的小树林，正好拱卫房屋的安全；正对面是令人流连忘返的月牙形池塘，池塘边上是垂柳，几步之遥。房子正门外，有一株参天的枣树，就一株，但是有很多旁枝——这在枣树中很少见，每年要结几箩筐的枣子。朱大婶娘很在意、很珍惜这些枣子，布置给她丈夫的重任，就是看好枣树，不能让孩子们偷吃。

每年春夏之际，枣子从青到黄，从黄到红，需要一两个月的时间——这就是"老虎"树下护枣，和偷枣孩子们斗智斗勇的美好时光。夜晚，很多小朋友不出门；清早开始，"老虎"就拿一把躺椅，泡一壶花红叶子茶，坐在树下守着，偷枣没有门；下午，"老虎"依然如是，也没有机会下手。唯一的机会，就是"老虎"中午有午休习惯，每天中午在躺椅上一定会睡着，鼾声如雷，数十米外都能听得清楚。此时不偷，更待何时！儿时的朋友们，蹑手蹑脚，分工合作偷枣子。第一种偷法，是悄悄爬上树，虽然有枣刺，居然不怕，偷了一小筐，飞奔而去，到野外分而食之。至今，我依然觉得，那偷来的枣是世间最好吃的枣。另外一种偷法，"老虎"躺椅靠近树根，朋友们根本不可能爬上树去摘枣子，于是大家分工：我负责坐在"老虎"对面，万一他醒了，及时提醒大家撤退，免得被"老虎"揍屁股；一个高个子的同伴，负责倒持大斗笠在"老虎"的头顶，避免落下的枣子，打在"老虎"的光头上，咣当一声，"老虎"醒了，枣子吃不成了；其余的人或用竹竿轻轻敲打枣子，或轻手轻脚捡起被打落在地上的枣子，用草帽装好；等到差不多了——也就是每个人能够分吃十颗八颗的时候吧，我就打手势，于是大家悄无声息撤离到偏远的树荫下，分享世间最美味的枣子。

第二种偷法，我负责看着熟睡的"老虎"，表面上看是最危险的岗位，其实是最安全的岗位。因为说不清多少次了，在同伴们用竹竿打枣子的时候，"老虎"的鼾声会间歇停一会儿，睁开眼睛，看我一眼，然后又睡了，鼾声又起来了。我第一次看到他睁开眼的一刹那，吓傻了，因为传说中的"老虎"必然有可怕之处，正当我定神准备呼喊同伴们快跑的时候，只见"老虎"慈祥地继续睡了。在我们偷枣的时候，树下躺椅上的"老虎"到底醒了多少次，我也记不清，但是，大约是第三次醒来，看我一眼，再睡去，嘴角露出了慈爱的微笑。儿时的我，好长时间不懂，"老虎"明明醒了，明明发现我们在集体"打劫"他们家的枣子，为何又能微笑着酣然睡去呢？

有一天，我们全神贯注地趁"老虎"午休的机会，几乎是无所忌惮地偷枣子的时候，朱大婶娘突然出现了，孩子们正在偷枣，而她的丈夫程启胜却依然酣睡，勃然大怒，一声大吼，真把"老虎"吓醒了。"老虎"于是拿了扫把，睡眼蒙眬地追打我们，他的扫把始终离我的脚后跟大约十厘米，似乎从来没有打在我的脚后跟或者身上——我终于明白了，"老虎爷爷"其实只是假装生气，内心非常慈爱。我也终于明白了，"老虎爷爷"每次醒来，是真的醒了，只是在那个物质极为匮乏的年代，他以这种明知故睡的方式看护枣子，对妻子朱大婶娘有个交代，对一群营养不丰富的孩子也有一点照顾。当我发现这个秘密的时候，我没有明白告诉同伴们，只是每次偷枣的时候，都会提醒大家，不能太久，不能太多，每个小伙伴能吃上五颗八颗就够了。"老虎爷爷"和孩子们如此默契地护枣和偷枣——算是小村独特的风景；而朱大婶娘每年也都会给其他 11 户人家送大约半斤成熟的红枣。唉，这就是孩子们心目中的"老虎爷爷"和他的妻子！

很多年以后，我重返小村遗址，拜祭外公外婆，无意中听母亲说，朱大婶娘走了。我长叹一声：好人啊！又过了几年，我于清明节回小村拜祭，又听说程启胜老人也走了。我辗转打听到程启胜老人的墓地，一边烧冥币，一边回味"老虎爷爷"生前慈祥的微笑，尤其是偷枣子时，他醒来看我一眼，那眼神、那神态，让我瞬间读懂他内心的柔软！在"老虎爷爷"的墓前，想着他的枣，想着他的笑，想着他的好，我无限眷恋，也不胜悲戚，潸然泪下！

2017 年 3 月 26 日

假舅真情

由于我跟随外公长大，村里与母亲同辈的男性，称呼我母亲为月英姐，在我面前自然就以舅父自居。时间久了，连罗姓和王姓的长辈也往往搭顺风车，在我面前以舅父自居。偶尔，碰到外面来人，向他们问起我这个大脑袋、大眼睛的小孩的时候，他们会很自豪地说："这是我外甥！亚先生的大儿子。"大概当地的风俗，舅父在外甥心目中具有至高无上的伦理地位，所以，他们都乐意以舅父自居。在这种氛围中成长，自然也少不了得到"舅父们"的照顾。

我上小学三年级时，是小村生活的最后一年。夏季十分炎热，清早起来，到毕铺中心小学上学，正好外公也想趁着天凉挑一担稻谷到米厂去加工。亲眼看到，我才知道，一百多斤的稻谷，对于有哮喘病的外公来说，一两公里的路程该是多么遥远，多么艰难啊！每走一步，外公都哼着，简直是一种痛苦的呻吟。我的天啊，为何不能让我快快长大呢？我原本可以很快走到学校的，看着外公如此艰难地负重踽踽而行，我不能独自离开，不能，不可以。我于是陪着外公，走走停停，停停走走。正当我十分难受、十分愧疚于不能帮助外公的时候，我的身旁一阵风似的走过一个人，他就是经常叫我外甥的程桂松舅舅，部队复员回小村务农，虽然有些盘腿，但是依然健步如飞，冲到外公跟前，一把接过一百多斤的担子，飞快地走向毕铺街的轧米厂。我和外公几乎是一路小跑，跟随在后面。我的内心对桂松舅舅充满了感激。成年以后，每次见到负重的老者，我必定出手相助，这里真的有桂松舅舅榜样的力量。数十年来，我对于军人的真诚敬意，显然源于儿时的记忆！我担任工委书记期间，经常要慰问退伍老兵，每逢看望重病困窘的援朝、援越老兵，其家具的陈旧、生活的清苦、经济的拮据，往往令我潸然泪下，很多时候，除了送去正常慰问金之外，我也倾囊相助。同事或许不解，但是，说到底还是源于对桂松舅舅的敬仰！虽然，他只是一个再普通不过的复员军人。

桂松舅舅的弟弟叫金松，说话有些结巴，但是人很好，在我面前也常以舅舅自居。有一年分池鱼，生产队队长程启高拎着一条大约十斤重的胖头鱼，拿金松舅舅开玩笑："金松啊，只要你不结巴，直接说出'胖头鱼'三个字，这条鱼就是你的了。"我以为金松舅舅肯定拿不到这条鱼，因为按照他平时的结巴习惯，一定会说成："胖……胖……胖……胖头鱼。"可是，金松舅舅很聪明，他起先口中念念有词，但是没有声音，最后"胖头鱼"三个字说出口时，却非常连贯，丝毫没有结巴。队长只好认栽，十多斤重的胖头鱼归了金松舅舅。我在金松舅舅附近，其实能偷听得到别人听不到的那几个"胖……胖……胖……"字，只是此时此刻，我肯定选择支持我的舅舅——虽然明知道是假舅舅。

金松舅舅兼村里的出纳。儿时，我见过外公自己买烟丝，卷烟抽，很便宜，也很有型，尤其是夜半三更上茅房，点上一支烟，边抽边走，似乎可以壮胆。我小时候也很调皮，偶尔学着外公抽烟，但是，只是用白纸，卷上棉花叶子，点燃学一学外公抽烟的样子，真抽烟，倒是不敢。金松舅舅时常能抽好烟，我见过的牌子，大约有游泳牌、圆球牌、黄金叶牌等。他时不时会给外公递上一两支名牌香烟，外公也从不拒绝，但是，往往在接过烟的时候，会盯着金松的双眼看，金松舅舅目光游移，不敢对视。当时，我的确看不懂外公和金松舅舅如此对望有什么玄机。

不久后的一个晚上，我正在梦乡，突然听到一声凄厉的叫声"啊——！"划破小村夜晚的宁静，很吓人，我躲在被窝里，不敢动。这个声音很熟悉，是金松舅舅的叫声，这是确切无疑的。外公似乎也听到了这非同寻常的叫声，没有起来，也没有说什么，只是长长地叹了口气！这样的叫声，在往后的日子，几乎每天半夜子时都出现。我隐约觉得金松舅舅通过这叫声，在缓解一种压抑，在摆脱一种忧郁，在释放一种愤怒。又一个周六的晚上，叫声将我们祖孙都惊醒了，我忍不住问外公，为何金松舅舅深更半夜这么叫。外公颇为伤感地说："唉，怕是要出事了。"一天以后，才知道金松舅舅喝农药自杀了。为尊者讳，他自杀的理由，我从来不肯对外人谈起，在我的同辈人中，据说只有我一个人知道。成年后，儿时的玩伴相聚，时常会问我，是否知道当年金松舅舅自杀的理由。我只能说，不知道。舅舅虽然是假的，但是感情确是真的。每次回小村，总想拜祭这位说话结巴、心地善良的舅舅。但是，我不知道他埋葬在何处：按照当地的风俗，死于非命者，不能和寿终正寝者安葬在一起。

2017 年 4 月 2 日

两位女性

　　小村最南端的一家，五分之四做了仓库，五分之一留给了原屋主——国民党少将、副师长程哲先生的遗孀程婆婆居住。程婆婆是偏房，很年轻时就被程哲先生安置在这个小村。后来程哲先生随国民党军队一路溃败，撤退到台湾省，程婆婆就在这个小村安度余生。儿时的记忆里，程婆婆差不多是跟外公、外婆一样的年龄，与程哲先生没有骨肉，抱养了一个女儿，忘了叫什么名字，成年后嫁人了。程婆婆出生于大户人家，知书达理，颇通文墨，书法也很漂亮。

程婆婆年届六旬，但是皮肤白皙，举止文雅，举手投足间散发出某种不可名状的知识女性的魅力。记忆中的程婆婆，就像我成年以后见到的上海的于漪老师，年届七旬，却风采依旧，光彩照人；也像我见到的南开大学的叶嘉莹教授一样，人虽然老了，但是精神不老，一种知识女性的韵味仍在。我在任教育局局长期间，时常说："读书是男人最好的风度，也是女人最好的护肤品；腹有诗书气自华！"这一主张，也似乎有儿时程婆婆的影响。

我跟程婆婆亲近的原因，是她善于治疗跌打损伤。每次我在外面崴了脚，或者伤了胳膊，找到她，她都会用白酒涂抹，然后轻轻揉捏，再用热毛巾热敷，很快就能下地走路了，一般这种轻度扭伤都不过夜，第二天就可以健步如飞或挥臂自如。程婆婆一边揉捏，一边告诉我，不能用力过猛，而且必须用高度白酒反复涂抹，活血祛瘀，热敷也颇有讲究，必须是从受伤到在她那里治疗有五小时以上，才能热敷，否则只是涂上白酒轻轻揉捏。这种治疗方法是否有根据，我也讲不清，我能讲清楚的是，每次我受伤了，她都能帮我治好，没有一次例外。

程婆婆是裹小脚的，行动颇为不方便，偶尔水缸里没有水，我会用小水桶帮她加注一些，注满很困难，因为力气不够。更多的时候，是小村里的成年男子，我叫舅舅的那些人帮她把水缸注满。虽然无儿无女，但是小村淳朴的民风，让她能够安享晚年，也算是一种造化。

程婆婆的养女嫁出去之后，小村来了一个下放的知识青年，名字叫程汉湘——比我大十岁左右，儿时的伙伴，无论什么辈分，都叫她汉湘姐。据说，汉湘姐的父亲，是我外公同辈的人，年轻时候逃荒离开村子，后来在武汉当了工人；汉湘姐不幸搭上了知识青年下放的"末班车"，来到了她父亲的出生地——施程家湾进行"劳动改造"——向贫下中农学习。小村几个主要负责人，怜惜汉湘姐完全不会农活，就让她管小村的财务，住在仓库隔壁的程婆婆家。她们二人倒是有点像母女，相依为命。

　　汉湘姐是读高中二年级时下放的，正值青春年华，历史学和心理学的知识非常丰富，说话谈吐，温婉优雅，是我儿时见过的最美的女性。汉湘姐也常常给我讲故事，我是她最忠实的听众。她声音特别甜美，讲武汉话，居然不带一个脏字，与我后来听到的脏字如同标点一样多的武汉话，完全不是一回事。外公讲给我的故事，大多是元明清以来的评话作品，而汉湘姐讲给我的故事确是发生在当代中国。她讲过叶飞三下江南，讲过梅花案，讲过很多后来都被证实的历史事件。她讲得最多的是心理学的故事、侦破类的故事，她讲的一个公安局局长杀死妻子的案子，居然是一个懂得心理学的刑侦人员侦破的，那是真实的事件。汉湘姐的故事一环扣一环，惊心动魄，扣人心弦，每讲到关键处，仿佛说书人一样：今天讲到这里，明天再见。第二天，吃饭的时候，我又端着饭碗，往程婆婆和汉湘姐的小屋跑，一边吃饭，一边听故事。后来在电视中，听什么某某姐姐讲故事之类，说实在话，比汉湘姐差太远了。也许很多人会问我，为什么我会坚持认为汉湘姐比电视上的任何故事姐姐都讲得更好？那是因为电视节目太多矫揉造作，太多无病呻吟，太多虚情假意，太多自作多情，太多无端的设问和假设，小朋友爱听才怪。而汉湘姐的故事，是那么真诚，是那么真实，是那么自然，没有任何做作的痕迹，没有任何矫情的色彩。

记不得汉湘姐是什么时候离开小村的，总之，是突然回城里了，给小村的孩子们留下无尽的怅惘和思念。据说，恢复高考之后，她考上了湖北医药学院。也听说，后来她成家了，儿女双全，非常幸福！汉湘姐的不辞而别，对于我来说，永远是一种无言的惆怅！数十年来，心里总有一个默默的祝福，愿汉湘姐过得幸福！——她现在应该六十多岁了吧！应该是像于漪老师和叶嘉莹教授差不多的神采吧！

2017 年 4 月 9 日

乡娃进城

今天的人们，通过各种资讯或媒体，见过大军进城——比如解放军进驻上海秋毫无犯，见过农民进城——如《陈奂生上城》中赵本山的演绎，读过刘姥姥进大观园——通过刘姥姥的眼光，洞察一个时代的没落。但是，绝对没有人知道小村的孩子——我当年初次进城的故事——当然，那个带我进城的人除外。

1973 年的暑期，外公堂弟的长子，我叫他黑皮舅舅——也就是汉湘姐的兄长——真实的名字根本就不知道，受他父亲的委托，来我们家探亲，拜望外公外婆。盛夏时节，颇为炎热，除非是听外公讲评话，听汉湘姐讲故事，否则，我还是穿着短裤，在田野中奔跑，在池塘边戏水，在菜地里分享蔬果，在竹林里捉迷藏，热爱和拥抱自然应该还是我的天性。当我穿着短裤，一身油汗跑回家的时候，外公外婆和母亲都给我介绍家里的来客：黑皮舅舅。不知何故，与黑皮舅舅颇为投缘，大有相见恨晚的黏糊。中午饭以后，他就鼓动我去城里玩。对于我这样一个经常在村子北边看风景、欣赏过客的小村孩子，那当然是天大的好事，我太想了解外面的世界了。

外公外婆极力劝阻，认为我太小，去城里不安全；母亲认为我已经读书了，这一去如果没有人去接，会耽误功课。而我却坚持要去。三个人反对，一个人坚持，黑皮舅舅沉默。我不知道是哪里来的勇气，等到黑皮舅舅走了五分钟以后，突然告诉外公，我追黑皮舅舅去了。说完，我像箭一样冲出去，在村子北边打谷场追上了黑皮舅舅。穿着短裤，光着脚，赤着上身的侄外甥，就这模样追随堂舅舅，"咣当咣当"进城了——因为我穿着短裤，光着脚丫子，赤着上身，岂不是农村俗话说的"穷得叮当响"吗？

从黄冈新洲的小村到武汉南湖机场附近傅家咀村的途中，我经历了很多的人生第一次。在毕铺街的公路上，我第一次乘坐公共汽车！在阳逻的码头上，我第一次乘坐轮船！在汉口码头到武昌南湖，我第一次乘坐那种加长的公共汽车！在武昌大东门外，我第一次进服装店，黑皮舅舅帮我挑选了三套儿童装！在等候转车的间隙，我第一次吃到了冰棒——应该没有五羊雪糕那么好吃，只是将糖水冰冻成块，供人们防暑降温而已！到了南湖，我第一次见到了堂外公和堂外婆！当然，我还第一次见到了我的大伯母——我外公的养女、我母亲的姐姐程连英和大姨丈陶发世，他们居然和黑皮舅舅一家住在南湖傅家咀同一个村子！我第一次见到了我没有血缘关系的表姐陶秋蓉、表哥陶艳明、表弟陶红明。

由于黑皮舅舅家里人口众多，第一天晚上我就被安置在大伯母家里住下，与表弟陶红明住在同一间房。当晚很累，很早就睡熟了。第二天，太阳按时出来了，依然是那么炎热，我穿上新衣服，跟随黑皮舅舅，兑现他对外公的承诺：每时每刻都照顾好我！好在他那时没有结婚，光棍一条，否则不敢承诺，承诺了也兑现不了。黑皮舅舅是手扶拖拉机的司机。他用塑料壶装了一壶水，在手扶拖拉机的后面铺上一条麻袋，舅甥二人就这么在当空烈焰中依靠手扶拖拉机"游走"在具有火炉之称的武汉市区。舅舅办什么事，我不清楚，我的任务是跟随他，逛武汉。刚刚走出村子，我站在拖拉机的麻袋上，吹着盛夏的晨风，好不惬意！坐手扶拖拉机逛大武汉，现在说起来，人家只能当笑话。而在1973年，我，一个小村的孩子，第一次出远门，能够坐手扶拖拉机逛武汉，回去了至少可以在同伴和同学面前，骄傲几个年头，讲述几个年头！

这一天，我第一次吃到了武汉最著名的早点——热干面、豆皮！第一次看到了武汉长江大桥，我非常吃惊，长江上居然可以通火车！第一次看到了汉江，亲眼见证了汉水与江水的差别！临近中午，情况似乎不妙！我时常觉得热浪袭人，大汗淋漓，有一种要虚脱的感觉！黑皮舅舅的座位有凉棚，而我坐在拖斗里，除了麻袋，没有任何能遮住太阳的工具。于是，我只好把麻袋顶在头上，可是脚站在拖斗里仿佛站在熨斗上——很多人看过烤猪手，却没有人看过像我这样窝囊的烤人脚吧！黑皮舅舅舍得给我买三套衣服，却忘了给我买一双鞋子。我只好一手扶着车前的凉棚——凉棚只遮前面的舅舅，不能遮后面的外甥——一手顶着麻袋，一会儿左脚落地，金鸡独立逛武汉，一会儿又换右脚落地，金鸡独立见世面。

因为怕给黑皮舅舅添麻烦，所以不好意思告诉他我的窘境。但是，不让黑皮舅舅知道我真实的困境，那是不行的，我甚至可能被晒伤。终于，黑皮舅舅要上厕所，我故意一手扶车，一手举麻袋遮太阳，单脚独立，让他看看外甥金鸡独立的"英雄"形象。黑皮舅舅聪明，一眼看出端倪，责怪我，有什么想法为什么不说出来，男人大丈夫有什么不好说的？但是那时候买不到雨伞，只能在洗手间附近捡几张旧报纸做了一个纸帽子，戴在我头上，继续在烤炉似的武汉市区游逛。

那天下午，武汉市民可以看到一个头上戴着旧报纸制作的太阳帽，脚下踩着麻袋，手里还拿着一张报纸遮身的小孩子，正兴奋地打量着这陌生的城市和陌生的人群！其实，我在看城市、看城里人的时候，城里人却把我当稀奇看，我能懂他们的眼神！很多年以后，我看电视连续剧《射雕英雄传》，发现郭靖、黄蓉也用麻袋做衣服，穿着走街串巷，我觉得这打扮太熟悉了！《射雕英雄传》还有一个细节，周伯通居然可以在箩筐上挖两个孔当帽子戴在头上，通过小孔看世界。想不到我随黑皮舅舅逛武汉的时候，有一次就戴上箩筐，站在麻袋上，透过箩筐的缝隙看大街，看小巷，看东湖，看南湖，看一群又一群陌生的武汉人！

　　记得到傅家咀村的第三天夜晚，我和黑皮舅舅、秋蓉表姐、艳明表哥、红明表弟，背着竹床到屋外乘凉。因为靠近武汉南湖机场，我第一次看到了夜间飞行的飞机，灯光闪烁。我非常兴奋，竟然不由自主地朝着飞机飞行的方向追去，一边追一边高声喊："飞机——飞机——飞机，有灯——有灯——有灯——"想不到这纯乎自然、近乎疯狂的举动，被秋蓉表姐嘲笑了几十年，就算现在我俩见面，她依然会旧事重提，讲述乡里娃夜间见到飞机的那种兴奋与失态！在傅家咀村的日子，大约有三分之一的时间，黑皮舅舅不出车，大人们都去干活了，我就与红明表弟待在家里。中午没有饭吃，很饿，起初我们想办法去"偷"蔬果吃，有时候天气太热，就在家里找东西吃，能吃的吃完了，就拿着板凳，踮起脚跟，到猪油罐里捞猪油渣吃——那味道，吃过的人未必记得，偷吃才会终生难忘！

　　一个半月以后，我随着大伯母省亲，回到了外公外婆的身边，回到了十二户人家的小村。就这一个半月，我有一种分明的感觉：城市再大，不如小村好！用外公的话说，去武汉的时候，我是一个白白净净的孩子，回来的时候却比氟碳还黑！但是，毫无疑问，我却成为小村唯一去过武汉这座大城市的孩子，甚至是整个乡里唯一基本走遍武汉三镇的孩子，也自然成了同学眼中有见识的孩子！

　　1972 年，我刚走进小学的时候，复式班的李秋梅老师问我的理想是什么，我斩钉截铁地回答："板车车夫！"李老师又问："为什么？"我说："外公养育我，太苦太累。我想当板车车夫，赚钱养外公！"我的理想虽然出于伦理的倾向，但是，根本上讲，那时候，我从未真正走出过这个小村，我见过的最好的职业，就是村子北头小马路上的板车车夫。我的理想不是当板车车夫，难道是养牛养猪？如今，我刚刚在手扶拖拉机上游历了武汉三镇，如果秋梅老师再问我的理想，我会让她大吃一惊："火车司机！"我连黑皮舅舅的手扶拖拉机都看不上了。我当老师，当校长，当教育局局长，有一个重要理念：眼界决定境界。我主张校长要经常外出看看西方的教育，教师要经常出去看看外省的教育，学生要经常走出国门去看看地球村的各种精彩！这个理念的源头，就在儿时滑稽的武汉一月游！

2017 年 4 月 16 日

回望小村

外公的评话故事，父母的谆谆教诲，汉湘姐讲的故事，或许已经把我塑造成了一个爱读书的孩子！而报答外公的养育深恩，反哺小村长者的深情，似乎促成了我数十年读书不辍的生命状态！在从施程家湾到孙家大湾的教学点的路上，经常走着一个看书的孩子，那就是小学低年级的我！读书成为我的乐趣，读书成为我的嗜好，读书成为我的生活，读书成为我一生的生命常态，而起点却在小村！

小村的岁月，下雨天，人们经常见到一把油纸伞缓缓移动在从施程家湾到毕铺中心小学的路上。油纸伞下，没有丁香一样结着幽怨的姑娘，却有一个为报深恩而勤奋读书的小儿郎——这不是小说，不是诗歌，而是真实的我，小村岁月中的我！

我对小村的回望，一如人类对童年时期的追怀！人类每次在面临无法克服的困境的时候，都会深情回望人类童年时期孔子、老子、释迦牟尼、耶稣等先哲的智慧，寻找和重新凝聚前行的智慧和勇气！每当人生需要和应当小憩的时候，我都会深情回望小村！小村对我的影响有多深，有多远，我不知道！小村是我伦理情怀的源头，小村是我人格基因的起点，小村是我人生理想的出发地！小村的人，小村的事，小村的山，小村的水，小村的树，小村的风，小村的情，已经进入了我的灵魂，融入了我的生命！小村给我一双明亮的眼睛，我只能用它来追求光明！每次回望小村，都使我更加坚定，更加执着地坚守本性，继续前行！

2017 年 4 月 23 日

亲之恋

远去的背影

　　我出生在湖北黄冈市新洲县一个名叫施程家湾的小村，十二户人家，三个姓氏：程姓最大，七户；其次罗姓，三户；王姓最小，两户。三姓大人和睦，小孩融洽。小村有小山，有池塘，有竹林，有麦地，有稻田，小村还有阳光，有温暖，有亲情，有宁静！小村，留给我美好的记忆！小村，也藏着我童年的秘密！

　　父亲柳涤亚，生前学生多称他为柳老师，年轻同事多称他为柳校长，年长同事多称他为亚先生。记忆里，称他为亚先生的居多，同事、街坊、邻居、同村人等，都这么称呼。在黄冈教育界，50岁以上的人，提起亚先生，没有几个人不知道；即便驾鹤西去30余年，他们仍有很多记忆……

　　父亲和我同是中共党员，可是曾祖父和祖父却都参加过国民革命，曾祖父柳凤池还是辛亥革命先烈。在当时的时代背景下，这种家庭背景决定了父亲的童年是苦难的，青年是磨难的，中年是艰难的。

　　父亲从来没有跟子女们提起过他的童年。据母亲说，1949年，我家拥有13栋楼房和200多亩田地——去年回乡看望随州市的小姑，才知道在武昌还有一条街的商铺，新中国成立前夕被祖父以白菜价贱卖了——但这也无法改变被划为地主的宿命。这些曾祖父在辛亥革命时期置下的产业，土改时期却成了家庭灾难的根源。祖父因为眷念故土，随国民党军队撤退到湖南，开小差折返家乡，土改时因不堪受辱，抱石沉湖，自行西去。当时姑母们均已成年，或嫁给贫下中农，或嫁给残疾人——好在姑父们人品不错，姑母们生活还算平静。剩下祖母陶氏和父亲，母子二人被驱赶出本村，到柳家东湾一间破屋相依为命。1938 年出生的父亲，那时年仅 11 岁，正是读书的年龄。父亲在 1949 年前曾就读于徐源泉将军创办的正源小学，旧学根底颇深，酷爱学习；祖母系民国才子陶希圣的堂妹，家学渊源深厚，深知读书的重要。即便是在母子二人相依为命的苦难时期，祖母还是坚持让父亲读中学。每天早晨，父亲从家里带上一小袋子炒熟的细米碎，这是一天的口粮，晚上回家，祖母给父亲煮一顿青菜细米碎。在极度困难中，父亲读完了初中，因为身体极度虚弱，中考前夕病倒了，命中注定留在了农村。1953 年，15 岁的父亲重病初愈，因为旧学功底深厚，加上有初中毕业文凭，被安排当上了教师。

父亲的青年时期，经历了 28 年加入中国共产党的漫长道路。父亲 15 岁成为一名教师，从乡村一人学校，到享誉乡里的中学校长，中间经历了小学教师、小学教导主任、中学教师、中学教导主任、中学副校长等不计其数的岗位锻炼。1955—1983 年，长达 28 年，父亲坚持向党组织递交入党申请书，一直没有得到批准。理由很简单：家庭成分不好。因为特殊的家庭出身，父亲只好加倍努力，向党组织证明自己，赢得党组织信任，以求生活的平安、平稳、平静。我曾经不止一次探讨，父亲为何在"文化大革命"中能够幸免于难，没有被批斗。从母亲和父亲的同事口中得知，一是领导的同情与关心，觉得这个人实在没有什么毛病可以挑剔；二是父亲从来都是挑拣没人干的工作去干，全县只有一个人的学校，父亲几乎全都待过——一般只有小学1年级、2年级各一个班，从事现代人无法理解的"复式班"教学——许多年以后，我懂得这是父亲"隐藏"的智慧！让爱热闹的人们去"斗"吧，他把宁静留给自己！父亲相对深厚的文学根底、旧学根底、书法根底，就是在别人相互批斗的时候得以强化的！

1984年，因为武汉市一位老领导的关心，从辛亥革命武昌起义纪念馆中查到了曾祖父为辛亥革命烈士的确凿证据，我们家有幸被认定为"革命烈士家庭"。父亲在经历了28年申请之后，终于成为一名中国共产党党员。他先后担任过三山铺中心小学校长、南极中学校长、仓埠中学校长等职务。父亲28年如一日，坚持申请加入中国共产党，不容易！28年如一日，当着"革命干部一块砖，哪里需要哪里搬"的学校中层干部，却无怨无悔，不容易！那些在今天看来实在无法想象的委屈，我真不知道父亲是如何挺过来的。

父亲的中年，非常悲凉。1981年我以高分考入黄冈中学，父亲请人帮忙，把我的档案从黄冈中学调剂到湖北省麻城师范学校，使我成为我们村、我们乡第一个从农村走出去的少年。这对于几十年处于高压与抑郁之中的父亲来说，是莫大的安慰。我在湖北省麻城师范学校就读期间，父亲与我书信来往居然有300多封，也就是说平均每周一封信，仿佛翻译家傅雷与远在波兰留学的儿子傅聪的通信。这些信件如果保留至今，完全可以出一本《亚先生家书》。父亲在书信中以朋友的身份与我谈学习、谈教育、谈教学、谈人生、谈理想、谈家事、谈国事，等等，几乎无所不谈，包括我将来的个人婚姻取向，都有所涉及。可惜，这些年辗转流离，没有保留这些珍贵的家书。

1987年，弟弟向前尚就读于新洲一中，他的一篇《我的父亲亚先生》的文章获得湖北省教师节征文一等奖。该文言辞恳切，感人至深，给了父亲莫大的慰藉。一年以后，弟弟出于某种无法抗拒的原因失学，自此流落在外两年多。1990年5月，父亲才得知此讯。这对于父亲来说，无异于五雷轰顶。父亲因此长期失眠，积劳成疾，羸弱的身躯再也无法承受，一病不起。父亲被送进武汉陆军总医院抢救，医生动用了所有的仪器，无法检测出是哪一种疾病导致父亲倒下了。最后，7名教授会诊，得出的结论：心、肝、脾、肺、肾等并发症导致衰竭。1990年11月2日，父亲终因抢救无效，英年早逝。

父亲追悼会场面的盛大，此生我见过的，仅此一次。追悼会由历届学生代表组成了治丧委员会，同事兼教导主任蔡宝顺先生主动请缨，撰写了一篇感动天地的悼词，却因为教育部门某位领导的压制，悼词被一再压缩，规格被一降再降。某位领导以为这样就不至于让亚先生在历史上的定位太高——我一直认为，此人是出于狭隘的思想在打压他的同事，居然连一个去世的人都要嫉妒，其人品与心胸可想而知。然而，远远超出这位领导的预想，追悼会在仓埠中学操场举行的时候，整个操场乃至于学校内外，全都站满了前来悼念的群众。后来得知，群众中绝大多数是学生和学生家长，很多人是闻讯远道而来，老者、壮者、孺者，各个阶层，各个行业，往届应届……从追悼会现场到墓地，长达三公里的路上，首尾相接，没有间断。乡亲父老对父亲如此敬重，如此怀念，令我深为震撼，也启发我思考父亲一生的为教之道。

父亲最值得我学习的第一个品质就是学而不厌。父亲虽然在新中国成立前就读过私塾，也读过徐源泉将军创办的正源小学，但毕竟只是初中毕业，却能够担任小学教师、初中教师、高中教师、进修学校教师及小学校长、中学校长等职务，如果不是勤奋学习，其知识储备、知识更新、能力提升，如何能跟得上时代的步伐？

父亲值得我学习的第二个品质就是对学生无微不至的关怀。我曾经多次听到母亲轻声责怪父亲，拿回家的工资太少，不足以支付家庭的开支，每次得知父亲资助了困难学生，母亲也就默然不语，自己通过缝纫贴补家用不足。父亲去世后，很多曾经受过他资助的学生，都千里迢迢来寻找，不少热心的学生，都曾承诺要帮助父亲的后人。对此，我深为感动。在此，我也借此文，向在我们家最困难的时期曾经伸出援手的父亲的各位弟子——我的师兄、师姐们表示衷心的感谢！

父亲值得我学习的第三个品质是教学管理上的严谨。父亲生前曾经被誉为教育界的救火队员，哪里质量出了问题，就派他去哪里抢险。假如有三个月以上的时间，他一定能够让学校的教学质量大幅度提升。我研究父亲教学管理的秘诀：一是坚持月考制度，无论什么年级，每月必须相对集中测试一次，集体分析，分头补救，培优辅差，效果显著；二是坚持随堂听课，优化教学过程；三是坚持要求教师对学生的作业全批全改，只有这样，才能心中有数，才能有的放矢，才能提高效率。这些看似简单，做起来却很难坚持的办法，确实是教学管理的有效方法。

父亲有很多我曾经不以为然或百思不得其解的地方，比如说，人称父亲的书法是一绝，年轻时我血气方刚，练习的是柳公权的柳体，对父亲软绵绵的书法风格有些瞧不起。南下广东以后，随着年龄的增长，我开始接受并喜欢苏轼的书法作品，才猛然意识到，父亲原来写的是苏体，其苏体可谓登峰造极。数十年来，我没有看过习苏轼字体有超过父亲的，无论是楷书、行书。

再比如，父亲生前酷爱吟诵李密的《陈情表》。我从记事的时候起，每次回家都会听到父亲非常深沉、非常忧伤地吟诵这篇文章。我大为不解，直到我就读湖北省麻城师范学校，开始背诵《古文观止》，背诵《陈情表》，才恍然大悟，父亲是以吟诵来怀念我的祖母。如果不是我自己进入角色的朗读，恐怕这辈子都不会明白父亲为何千遍不厌地吟诵《陈情表》。每念及此，我常常热泪盈眶而不能自持！

又比如，父亲中年时期，对于学生和年轻人非常尊重，礼貌有加，近于谦卑，我曾经很不以为然。30 岁以后，我才逐步明白，父亲做人已经到了很高的境界，这对我影响很大。有句话我常常挂在嘴边——"是人就应当得到尊重！"其实，这是父亲给我无声教诲的结果。前些年研究《论语》，每当读到孔子"后生可畏，焉知来者之不如今"时，更加佩服父亲的涵养深厚。

父亲是平凡的，他有很多平凡人常见的习性；父亲是伟大的，他有很多平凡人不常见的优秀品质！父亲的精神，对于家族来说，永远是值得传承的财富！父亲去世30余年，每年清明节我都会回黄冈拜祭。今年计划清明节过后再休假，祭奠父亲、外公、外婆，清明节在家中书斋度过。独坐书房，仰望父亲遗像中瘦削的面庞和温和的目光，缅怀之情，油然而生。默然提笔，含泪成文，告慰父亲于九泉之下！

2020 年 4 月 5 日

缅怀恩师郑永廷先生

6 月 19 日，慈母离我而去。我沉浸于悲痛之中，想为母亲写一篇纪念文章，竟然没有动笔！一个月后的今天，7 月 19 日，恩师郑永廷仙逝了，悲恸万分！回顾恩师与我相遇相识相知，悲泪涟涟。师恩如山，我诚惶诚恐，连夜撰文，先于纪念母亲而缅怀恩师郑永廷先生！

与恩师相遇有些意外

众所周知，恩师郑永廷先生是我国马克思主义理论与思想政治教育学科的主要创始人之一，是泰斗级大师，但最初令我折服的却不是思想政治教育学，而是他讲授的高等教育学。20年前，我在中山大学攻读硕士学位，恩师给我们开设"高等教育学"课程，总计9个半天27学时。得知久仰的郑永廷先生将亲自给我们上课，很想一睹这位高等教育领域叱咤风云者的风采，真的十分期待！恩师在中山大学文科楼八楼讲"高等教育学"的场景，犹如昨日，历历在目。初见恩师，平头短发，根根树立，闪烁着学人的智慧与刚毅！恩师早已誉满学界，知天命之年而放弃华东国家重点高校任正职的机会，选择留在中山大学建立高等教育研究所，安安静静做学问！从恩师平和的心态、慈祥的面容、温和的语言中，我分明感觉到他内心世界对于学术的自信和执着！恩师思想之深邃，逻辑之严密，讲授之精彩，穿透力之强大，深深震撼和征服了我！恩师讲授"高等教育学"时，阐发对于中国和世界高等教育的深刻洞见，至今依然是我学术记忆中的珍宝。也是20年前，恩师的"高等教育学"，激发我系统研究19世纪末20世纪初的中国高等教育。如果没有恩师在我心田播撒的高等教育的思想火种，我不会深度研究北京大学、清华大学、南开大学、西南联大的办学思想和历史，更不会涉猎牛津大学、剑桥大学、哈佛大学、耶鲁大学的历史轨迹，自然不会有拙著《学习型学校的管理理论与策略》的问世！

与恩师相识颇为开怀

我选择跟恩师攻读博士学位，是因为仰慕恩师高尚的人格修养、高洁的学术品质、深厚的学术造诣！恩师治学十分严谨，融学术入生命，几十年如一日，孜孜不倦地探索和追求，常常站在思想政治教育学的前沿，引导后学者不惮于前驱！我攻读硕士学位的时候，大约在2003年9月，课间休息，主动走向恩师郑永廷先生，向恩师表达了想追随其攻读博士学位的意愿。恩师没有拒绝，也没有明确接纳，而是和蔼地讲："找时间聊聊。"

我受宠若惊。聊什么呢？当然是聊教育，当然是聊思想政治教育。我以最快速度阅读了恩师关于思想政治教育学的代表著作。那个年代，我因为对高考反思而开始执着追寻教育的本真，也在思考思想政治教育的文化背景，思考思想政治教育的文化传统，思考思想政治教育与中国传统德教的相关性，并初步提出了论文《儒家文化背景下的思想政治教育研究》的基本框架，作为跟恩师"聊天"的准备。

我于2004年8月一个炎热的下午如约来到恩师设在中山大学文科楼三楼的办公室。他已沏好茶，开好空调，在修改文章，也在等我。我敲了三下门，喊了声"郑老师"，深深鞠躬。恩师慈爱地让我与他对坐聊天。四目相对，居然没有丝毫恐惧，有一种由来已久的熟识！恩师聊起我的籍贯，知道我是黄冈人，他笑了……聊起我的原始学历是湖北省麻城师范学校，先生不仅没有鄙视，相反给出了出人意料的安慰："你们这一代中师生都是精英。"恩师的鼓励，让我无所顾忌。我向恩师汇报了孜孜不倦、只争朝夕的求学际遇，汇报了我 26 岁担任中学校长以来的教育改革和思考，汇报了 2003 年我参加全省联合公选荣获第一名却落选的尴尬。

当然最终落脚点，集中汇报了我攻读博士学位的研究取向——儒家文化背景下的思想政治教育研究。这个问题的汇报，充满了互动，恩师不断就我提出的想法给予高屋建瓴的指导。最令我震撼的是恩师的思想前瞻。当我汇报将来想用"儒家文化背景下的思想政治教育研究"作为博士论文题目的时候，担心恩师会断然否定。恩师的马克思主义学者的学统，会不会有传统文化的基因？应该不会同意我这个题目吧！万万没想到，恩师给出的意见是："儒家文化，甚至包括诸子百家在内的优秀传统文化，都是思想政治教育的范畴，而不是背景。如果作为博士论文，建议题目改为'思想政治教育的文化传承与创新研究'。"这一改动，境界高远！如果恩师是在 2017 年 1 月 25 日中央两办印发《关于实施中华优秀传统文化传承发展工程的意见》之后对学生给出了这样的指导意见，只能证明恩师作为思想政治教育学科的创始人在政治上的成熟与坚定。而恩师给出指导意见却是在 2004 年，足见恩师对于思想政治教育学科发展的洞见和前瞻！

那天，不知不觉中，我们从烈日当空，谈到夕阳西下。本想邀请恩师一起吃晚饭，被婉拒了。他说，以后有机会。他提醒：现在最重要的是英语备考，不要忘了博士报考时间，以免错过机会。他不经意中，说了一句："带着博士论文提纲来申请攻读博士学位的，你算是第一个！"半天畅谈，隐约觉得，恩师接受了我这个读书人！

与恩师相知在学术交流中

二十年来，恩师对我的影响十分深远。恩师是一位和蔼的长者，性格温和，言语温和，与其相处如沐春风，其学术以严密的逻辑见长，其授课以严谨的学术思想征服学生！不像一些学者，或以语言暴力疲劳轰炸，或以照本宣科度日，或以扯野棉花混时间，或以故弄玄虚忽悠，等等。我做学生，也很真诚。每次聆听恩师的课，我必坐第一排，即使头天晚上通宵加班，上课也从不打瞌睡！有些老师的课堂不能吸引我，我必坐最后一排，沉睡的时间虽不多，有时甚至鼾声如雷——我的同学，大概都知道、都见过这风景！

恩师非常严谨。恩师也曾说过，我是追着他要求提前进行博士论文答辩的第一人。2007年11月，我小心翼翼地将博士论文初稿呈送给恩师，估计最快也要一个月，才会有指导意见。没想到一个星期后恩师通知我到家里，洋洋十六万字的博士论文，从头至尾，都有圈点的痕迹和评价的意见，甚至连标点符号的失误，都一一订正！2008年11月10日，我将准备答辩的正式论文稿呈送给恩师，然后就出差了。11月13日下午5时，当我在武汉机场打开手机时，发现了恩师的10个未接电话，回复恩师的电话才知道，恩师抢在他自己出差之前，已将我的正式论文稿又仔细修订了一遍，并严厉要求我次日返回广州后到广轩宾馆见他。11月14日下午下飞机后，我直奔广轩宾馆，接到恩师再次修订的论文，我惊诧万分：恩师除了对一些不当的表述做了修正外，还从我自认为不会再有错别字的论文中改正了因为拼音打字造成的 5 个错别字。恩师治学之严谨，由此可见一斑。每次翻阅恩师修订的论文，我的眼眶都是热的！——我将永远珍藏恩师修改过的论文初稿，这里凝聚着恩师的治学态度，凝聚着恩师的心血智慧，凝聚着恩师的关爱期盼！

恩师非常慈爱。我攻读博士学位期间，每逢佳节常常会先收到恩师的祝福，并提醒该读什么书、看什么文章。偶得闲暇，师徒小酌，酒逢知己，畅所欲言，其乐也融融。恩师酒量有限，饮少辄醉，渐入佳境，往往脸红，而弟子们却以为醉，开始胡说八道，恩师依然醉眼蒙眬，笑眯眯地看着弟子们肆无忌惮，其乐也无穷！恩师的慈爱，表现在学术包容上。2005 年，我在读博士期间，以郑门弟子的身份应邀出席西南诸省联合举办的全国思想政治教育专题会议。初生牛犊不怕虎，何况我有一身迂腐气，宁可沉默也不愿意讲假话。会议的前半段，我丝毫不忌讳自己的学术主张与各位大师方家相反，慷慨陈词，赢得了会众的很多次热烈鼓掌，导致后半段，名不见经传的郑门弟子我成了会议互动环节的主角。互动中，对于来自全国各地思想政治教育界的前辈的观点，只要是我不赞同的，无一例外，给予酣畅淋漓的批评。当时觉得痛快，后来觉得后怕。回到广州后，一直躲避恩师，担心恩师责骂我不知天高地厚。直到有一天，与恩师见面，恩师表扬："你在南宁表现精彩！学术就是要实事求是，学术最宝贵的规则就是人人平等！学者的生命贵在坚持真理！"此时此刻，心中的那块石头终于落地！

恩师非常睿智。自从 2005 年进入师门，春节前夕、端午节前夕、中秋节前夕，我都会登门拜访恩师和师母——唯独今年这个端午节，因为疫情，没有拜访恩师，没想到恩师就这样离开了我们。我坚持在中国最重要的三个传统节日拜访恩师和师母16年，只为找机会聆听恩师的教诲，只为与恩师来一次又一次的长谈和畅谈。

恩师于我，毫无保留。16年的如沐春风，恩师从不讳言为什么南下就职于中山大学；从不讳言为什么知天命之年来一个华丽转身；从不讳言对中国高等教育的忧心；从不讳言对中国基础教育的焦虑；从不讳言对思想政治教育学科的前沿问题的思考和预判！其实，恩师的这些选择和思想，在我心中打下了深深的烙印，让我学术追求的生命更加饱满充实！

我于恩师，绝对信赖。每当人生面临重大选择的时候，我会向恩师郑永廷先生请教。2011年，也是因为恩师的垂爱，我的博士论文成为畅销书，我有机会远赴厦门大学任教，同时也面临着应邀担任天河区教育局局长的选择。两难之际，恩师拨云见日，居然拿我熟悉的研究领域，以开玩笑的方式启发我："儒家最宝贵的传统是经世致用，你读书的目的是做什么？有做事的平台，当然先做事。推动区域基础教育改革，或许会有开风气的作为。做学问是一辈子的事，退休了还可以继续。"同样的问题，我请教过我的心理学导师刘鸣教授，答案相似；我请教过我的管理学硕士研究生导师朱新秤先生，答案相似。三位导师应该没有商量过，居然给出了几乎相同的答案，恩师郑永廷先生是第一个给出的。现在看来，于天河区教育，恩师的指点无疑是对的。因为我在任期间与绝大部分校长共同成长为学者，我与绝大部分教师一起成长为专家。——这才是天河区教育的成长秘密吧！

恩师是我国思想政治教育领域之泰斗，其人品和学术造诣无愧于"一代宗师"的称号！恩师的仙逝，对于他亲自开创的中国思想政治教育学界，是莫大的损失和无法弥补的缺憾！对于众弟子而言，则失去了可敬可亲可爱的良师、名师、大师，留给众弟子无限的悲痛！对于我个人，宛如失去慈父，也自然留下不尽的哀思！恩师之垂爱，我刻骨铭心！严师之教诲，我终身受益！恩师之期待，我只争朝夕！恩师的人格、思想、精神、境界将永远留在我的记忆里，永远是我学术河流的航标！永远是我人生旅途的灯塔！

——谨以此文纪念著名教育家郑永廷教授！

——谨以此文纪念永远的恩师郑永廷先生！

2021 年 6 月 19 日

慈　母

几年前，母亲开始忘不了过去，记不住现在，除了我和妻子，几乎不认识任何人。母亲患阿尔茨海默病了。2017 年 10 月 28 日，胞弟向前心梗离世，担心母亲无法承受白发人送黑发人的悲痛，我们商量好：瞒着她，瞒下去。每当母亲问起向前，我们都谎称：去美国教书了。母亲不再问，但每天都重复："老三（向前的乳名）好久没有来看我了！"我们又谎称："昨天还来看您，您又不记得了！"母亲淡淡一笑说："啊，我忘了。"母亲明知故说，还是真的忘了？其实，我没有把握！只是依然坚持按照商量好的口径，继续瞒着她！

我忙于工作和读书，陪母亲的时间少。母亲患阿尔茨海默病后，我常常在饭前饭后陪同母亲说说过去。在她的世界里，只有过去的人和事。时不时让我们打电话，找30多年前英年早逝的父亲回家吃饭。她生活在自己的记忆里，对现实的一切都不再感兴趣了，有时候，甚至连我都不认识，只认识经常照料她的长媳夏飞雪。

2020年8月4日，母亲第三次中风，治疗一周出院。8月24日第四次中风，上省中医院急救，住院一段时间，省中医院的专家会诊三次，给出结论：器官退行性变症状，治疗已不可逆，不可能有奇迹。没有奇迹，就意味着母亲从此不可能独自杵杖行走，必须两人搀扶。今年5月开始，搀扶都不行，冲凉需要人抱着。从此，妻子夏飞雪、小弟媳余艳荣，加上保姆，三个人才能勉强伺候母亲。母亲常常感叹："我活着是拖累，不如死了！"妻子安慰她："条件这么好，好好享福！别胡说！"

母亲去世前几日，几乎没有力气说话，呼吸很微弱；直觉她将走了，只是内心仍有牵挂，于是告诉她向前心梗早逝的实情！母亲虽不能说话，但是眼角的泪缓缓流下。接着，通知向前的妻子邓丽婷带着儿女拜见母亲。母亲不痴也不呆，心中什么都知道，脸上泛出了难以察觉的幸福！向前的两个孩子好久没来，见这两个孩子，竟然是母亲临终的牵挂！

向前的女儿嘉樱、儿子嘉祥于今年6月18日下午来看望了母亲，母亲眼睛再也没睁开，再无牵挂和遗憾。6月19日，清晨6点不到，我家的猫壮壮就开始拼命袭扰妻子，不依不饶，妻子突然意识到可能是母亲要走了，匆忙与弟媳余艳荣、保姆一起给母亲冲凉，换上干净衣服。随后，到厨房做了一小碗莲藕粉。而我，则陪伴母亲，拉着她的手，以为可以留住。8点13分，母亲喝了莲藕粉，突然没有了呼吸。妻子呼唤……弟媳呼唤……我抓着母亲的手呼唤……母亲没有答应！非常安详地走了！此刻，时空凝固！母亲生前，我曾经无数次因为愧疚泪水夺眶，甚至号啕大哭！此时此刻，我没有哭，没有泪，但心中很痛，很痛，很痛！

一九四一年二月初三，母亲出生在湖北省黄冈市新洲县仓埠区施程家湾，一个仅有十二户人家的小村。外公在民国初期就读过私塾，接受的依然是旧式教育，膝下无子，母亲儿时因此接受了外公的蒙学教育，所以对中国传统文化中的《三字经》《增广贤文》等倒背如流，这些也成了她教导我们的教材。1949年以后，母亲在附近的村办小学读书，教书的是我父亲。父亲因为家庭成分不好，初中毕业适逢重病，没有继续读书，却因为旧学根底深厚，被安排当教师。为了规避各种政治运动，父亲选择在施程家湾附近偏僻的村办小学教书。这所学校属于典型的一人学校——校长、教师、后勤、生活等，都由父亲一人承担。小学一年级到五年级的学生全在一起。当时如何分层，如何教，如何管，因为父亲英年早逝，来不及请教，所以我不知道。我唯一知道的是，母亲在这所小学接受了比较好的小学教育，因为父亲面对单薄的新教材，让学生在黑板上跟随自己抄写家藏典籍上的古诗文，抄写一篇讲授一篇，诵读一篇——类似于古代私塾，相同的教材，不同年龄段的学生都能读，都能背，都能诵，都能理解，都可获益。数学，则仅仅学教材上的东西，侧重点在计算和珠算。毕业并没有严格的考试，而是凭父亲手写的毕业鉴定，可以获准小学毕业。优秀学生凭鉴定，可以报考中学。

1958 年，适逢三年严重困难等原因，小村也受到饥荒冲击，甚至面临由饥荒而来的死亡威胁，母亲带着小姨回仓埠中学读书。上课的时候，小姨在宿舍休息；吃饭的时候，母亲带一份饭回宿舍，姐妹两个人吃。放假了，母亲带着学校发的口粮回家，一家人和着红薯、萝卜、青菜、野菜度日。母亲慈爱，以国家对中学生的保障口粮，让外公、外婆、大姨、小姨一家五口，度过了两代人最艰难的三年。

母亲曾经接受中学教育，20 世纪 60 年代初，被安排到与父亲同一所学校当民办教师。曾经的师生走到了一起，历经波折而终成眷属，于是有了我们。母亲对子女读书，从来没有做过辅导，重在保障生活，不让热着，不让冻着，不让饿着。精简民办教师的时候，父母商量，母亲主动请辞，转入编织厂，后又转入缝纫厂，最终定格为缝纫师。很多时候，母亲在附近三乡五里以缝纫换工分。母亲凭着高超的裁剪和缝纫艺术，赢得了乡亲们的认可和尊重。多少年后，乡亲们见到我们，都说，这是程师傅的孩子啊！

我一岁左右，身体不好，之后记得大约有三年的时间，母亲经常背着我遍访名医。记事的时候，母亲跟人讲起，两岁时我的身体出状况，找当地中医名师程耳先生把脉，程耳先生嘱咐母亲："这个孩子病成这样，但双目依然乌黑有神，应该有出息，不要放弃。"程耳先生医者父母心的说法，却成了母亲坚持的信念！六岁时，我身体已经调理到正常状态。

有一天，房梁上掉下一条红蛇，我们姐弟四人都吓得乱蹦乱跳，母亲不慌不忙，拿起长长的竹竿，挑起红蛇，送到荒野，让它回归大自然。母亲借此机会告诫我们，不许伤害任何一条蛇。我是读艾思奇著作长大的唯物主义者，自然不会迷信，但母命难违，自从听到那番话，数十年绝不伤害蛇，到了岭南吃蛇的地方，也坚决不吃蛇。岂止是蛇，蚊子苍蝇蟑螂之外的人和动物，我都不会伤害。这种内心深处的悲天悯人的情怀，源自母亲的慈爱！

我清楚地记得，六岁的时候，母亲离开了缝纫厂，被"下放"到生产队参加农业劳动。母亲身体微胖，有些劳动还能勉强对付。插秧很困难。同一稻田的妇女在水田中并排插秧，各自完成一米多宽、几十米长的任务，母亲自然落在最后。我观察了能手的插秧动作，在大脑中反复模拟，悄悄走到稻田最后，在母亲的分工区域逆行插秧，在稻田中央与母亲会合，提前完成了任务。小村人深感意外，母亲颇为感动。所有人都想不到，我第一次插秧就如此熟练，一时传为佳话。后来我学习教育心理学，才知道这是班杜拉的观察学习法。我小时候学会了各种农活，有缓解家庭沉重负担的考量，更有对慈母的深爱！

母亲关心我们的温饱、伦理、道德的方式很特别。1987年，胞弟向前以《我的父亲亚先生》一文获得湖北省教师节征文一等奖。这在新洲属于爆炸性的新闻，父亲因此高兴得手舞足蹈，母亲却很淡漠。随后不久，向前以少年姿态步入诗坛，并出版了诗集《青春》。母亲不惊不喜。相反，我总能从母亲的眼神中看到淡淡的忧伤。我从来没有跟母亲探讨过，为什么对向前的成就抱这种态度！不久，向前提出休学，像李白一样游历祖国的大好河山，为诗歌创作积累素材。对此，母亲本应该反对却没有，给了些盘缠，告诉向前分散在全国各地的自己和父亲的学生，万一碰到困难，不得已可以找他们。向前尚未读完高中，入读鲁迅文学院。老师乡亲都为此高兴，母亲却很平静。再往后，向前本科尚未读完，提前返回华中师范大学读硕士。母亲很平淡。随后不久，向前北上，我阻止无效。母亲这次却为向前再回北京而悄悄流泪。那时那刻，我才隐隐懂了柔石笔下为奴隶的母亲！

1990年，向前进了监狱。父亲突然遭遇晴天霹雳，羸弱的身体轰然坍塌，病倒了。我和母亲忙碌着把父亲从仓埠卫生院转到新洲血防医院，从血防医院转到湖北省人民医院，从湖北省人民医院转到陆军总医院。母亲一直陪护父亲，我每周集中一天时间上完一周语文课，六天时间陪护父亲。父亲数十年如一日，以加倍的努力和付出换取各级领导的信任和尊重，能够平安躲过"反右"运动扩大化和文化大革命。奇迹的背后，是父亲的身体早已极限透支，经此打击，身心崩溃，器官衰竭，撒手人寰。父亲停止呼吸，母亲放声恸哭，多年的沉重压抑释放了出来。终于，母亲没有力气再哭了，很冷静地对我说："小平（我的乳名），家不能垮，靠你支撑了。"料理父亲的后事期间，母亲经常性晕厥，我没敢让母亲参加追悼会。

父亲与我们阴阳两隔，提前回到养育他的土地；向前在汉阳监狱；外婆独自孤苦，留守古镇瓦房；我在阳逻一中教书；向阳在湖北高中压阀门厂工作。母亲跟随我住在阳逻一中的小阁楼，不久她搬到阳逻棉纺厂对面的租赁房，并在集贸市场路边摆百货摊。母亲如此，只为减轻我的负担！

那个年代，汉正街是全国最大、最繁华的小商品批发市场。周日清晨，母亲乘车前往汉正街，批发日用品，然后辗转回阳逻，摆摊卖小百货。无论晴天雨天，无论酷暑寒冬，母亲一直坚守在棉纺厂路边的摊档上。几个月下来，母亲白皙的皮肤晒得黝黑，满脸沧桑，苍老得熟人几乎认不出来。下午下课，没有晚修任务，我会骑车来到母亲的摊档前，帮母亲看档、买卖、收档。母亲多少次劝我不要去，说是熟人看到不好。家庭都这样子了，还顾忌什么呢？我无惧，我坦荡，我坚持。路过的学生发现我经常来这个摊档帮助老太太，细心者终于发现老太太是我的母亲，一传十传百，大家自觉支持母亲的摊档。母亲觉得上苍怜悯，生意很好！学生很懂事，数十年保守秘密，直到近年才告诉我！

我在阳逻高潮中学担任校长时，母亲依然守着这个摊档，加上我和向阳微薄的工资，要还清父亲去世和向前的债务，真是异想天开。那些年月，我骑着车，走向母亲的时候，心在哭泣。我深深懂得，此时母亲的坚守，是让我像父亲一样保持清廉。数十年来，自觉坚守廉政底线，自觉保持人格高洁，自觉追求生命永恒；这是母亲当年坚持摆摊时给我留下的精神支撑所致。我劝母亲放弃，回仓埠养老，母亲却坚持了五年。直到1995年我南下广州，还清所有债务，在仓埠购买一栋两层半的小楼，母亲终于停止了摆摊，回仓埠颐养天年！

　　1999年，向前再次失去自由。母亲依然平静，只是希望我尽长子的责任。在妻子和弟媳的支持下，我和向阳几乎倾家荡产，让向前在法律框架下恢复自由。向前自由了，母亲和蔼地说："成个家，有责任心，就会三思而行。"后来，向前成家了，有了女儿和儿子。终于，母亲对这个儿子放下心来。在三个儿子当中，母亲最喜欢的是向前，最操心的是向前，最担忧的是向前，尽管她从不公开反对或支持向前的种种人生选择。我很高兴，因为呵护向前、向阳，也是我作为长兄的责任！

　　很多次的家庭会议，我对妻子和两个弟媳强调："我只有一个要求，孝顺母亲！两个弟媳，如果不孝顺母亲，就不必来我这里了。"这样要求，也许过分，但，这是我对她们妯娌唯一的恳求！因为我知道，母亲为了这个家经历了太多委屈和苦难。十分幸运和幸福，妯娌三人对母亲都十分孝顺。自从母亲第一次中风，妻子就自觉担起照顾母亲的重任。向阳的妻子余艳荣对母亲也很孝顺。母亲信仰道教，而余艳荣信仰佛教。自从余艳荣来我们家照顾母亲，她便开始给母亲诵读佛经，称可以减轻、缓解母亲的痛苦。

柔石笔下的母亲，是当别人家的奴隶，养活自己的儿女。我的母亲，数十年当自家儿女的奴隶，心甘情愿为儿女劳作，直到十多年前第一次中风，被我强制留在我身边，再也不让她离开！

母亲是中国传统女性，或许很多熟人不懂她，但是我懂。父亲远离故土，与母亲、外公、外婆生活，既为了自己的政治安全，也为了孩子免受冲击，母亲深知而有默契！在家庭，在外面，始终维护父亲，生活上无微不至，工作上从不干预，对子女的教育也倚重父亲，自己默默承担起孩子的生活保障，从不让父亲分心担忧！

对于我来说，母亲也坚持着传统伦理，家中的大事均让我做主。我无条件满足母亲的要求，那是孝道使然。母亲偶尔会教训姐姐，教训弟弟，或教训其他晚辈，但是从来都不曾教训我，除了小时候的谆谆告诫，自从参加工作，再无一次批评。对于我工作调动、角色转换，她从不发表意见。

对于孙辈，母亲永远只有无原则的迁就和慈爱。20 世纪 90 年代中期，我们先南下广州，长孙柳思奇、长孙女柳雨婷留在湖北，跟着母亲生活。母亲对他们宠爱有加，呵护备至！偶尔打两巴掌，孩子哭，母亲也跟着哭！

母亲离世，我十分悲痛！母亲在世，每天进门，能看一眼，心里踏实！她走了，每天进门，我依然走进母亲住过的房间，默默念想！母亲离世，给我留下很多谜！为什么父亲在外奔波，母亲有能力却不给我们做任何辅导？为什么面对我历次进步，母亲从来不惊不喜？为什么母亲对于向前的成就和蹉跌，从来不喜不悲？

写到此处，豁然明白，母亲最了解自己的儿子。我传承了父亲的耿介，却没有父亲的内蕴和涵养。她用一生的淡泊告诫我：心存慈爱，甘于沉默！

2021 年 7 月 29 日

柳郎在远方

一年前，忠秧匆匆度过了未知天命的人生，带着无限的眷恋回到了他历经苦难痴情不改的大地怀抱！忠秧离开后，我曾下决心用一年时间编辑《柳忠秧诗歌选集》，但是最终因为心力不济，暂时停息，改用三年的时间完成。

为什么是三年？因为忠秧的诗歌含金量高、用典密度大，加上数十年来文化断裂后遗症，导致很多人读不懂。忠秧诗歌的读者群集中在学人、诗人、文人、文学评论家等。我编辑《柳忠秧诗歌选集》，目的是要将读者群扩大到中学以上学历的范畴，需要对其作品作注解和点评。工程浩大，若非三年，如何能够？

为什么是三年？因为需要学养储备和学力回归。当中学语文教师时，我的治学聚焦在传统文艺美学和西方美学；担任中学校长以后，治学阵地转移到19世纪以来著名教育学家、心理学家、课程论专家的经典著作学习和研究；近十年侧重儒家教育思想与西方教育思想的比较研究；最近三年侧重中国德教传统和西方道德教育理论的比较研究。因为打算利用节假日编撰《柳忠秧诗歌选集》，今年的阅读游走于中国古典诗歌的长河之中，完成了《诗经心读》的著述。但是，忠秧的诗歌，尤其是代表作《楚歌》等传承了屈子精神、楚辞气度、盛唐气象，我需要深度体悟楚辞，才能找到解读的感觉。

为什么是三年？因为忠秧的诗歌本身就是一个庞大的体系，有绝句，有古风，有律诗，有白话诗，尤其是大气磅礴、气象万千的《楚歌》等代表作，一时之间恐怕很难感受其血脉，很难描述其气象，很难阐发其意蕴，很难抓住其神韵，很难深度发掘其美学价值。

诗坛已无柳忠秧，诗坛真的很寂寞。有诗歌评论者说：诗坛的热闹是因为柳忠秧的存在，诗坛的寂寞是因为柳忠秧的离开。姑妄言之，姑妄听之。我时常想，如果我不编辑《柳忠秧诗歌选集》，这个世界上还会有第二个人做此事吗？或许忠秧的女儿将来会做，但是万一她不做呢？一代诗坛巨星，岂不就此泯灭于宇宙长河！收藏忠秧数百万字的遗作，也如同怀抱了一团火，夜深人静，辗转反侧；有时又如同怀抱了一块冰，夜半惊醒，一身冷汗。既然今年不能编辑全集，就写一些曾经的记忆！

忠秧是我的胞弟

在公开场合，碰到有人问我忠秧与我是什么关系，我往往会沉默，瞪大眼睛看着对方，对方莫名其妙，一脸茫然，而我却往往因此而不用回答！如果一而再、再而三问我，忠秧是不是我的胞弟，我会回答：是！胞弟原名"向前"，笔名"柳忠秧""柳郎"，因为排行第三，所以在我们家都称他"老三"。

小时候，我们寄居在外婆家，忠秧无法忍受比他年长者的欺侮，又打不过人家，就用石子砸房上瓦。外婆将他五花大绑，送到水井边威胁："如果不认错，就把你沉到井里。"姐姐和我手足无措，一个劲地哭着向外婆求情，并劝忠秧认错，忠秧却宁死不认错，结果外婆选择了妥协——这是儿童柳忠秧。

他高中就读于新洲一中。因为文学青年的激情与冲动，他想休学一年，集中精力创作。父亲因为忙于公事，责成我赶到学校做思想工作。我做不通，就用武力征服：在灯火阑珊的操场，我揍了他一顿，甚至用柔道的背摔将他甩出几米。但是，忠秧选择了坚持，我只能妥协——这是少年柳忠秧。也是在这个夜晚，我们兄弟俩打完架之后，在新洲一中操场彻夜长谈，他谈了诗歌梦、文学梦、家国梦，算是兄弟相知的开始吧！忠秧这一次休学，走遍了大江南北，走遍了山山水水，这也许是他后来歌唱长江、歌唱汉江、歌唱黄河、歌唱洞庭的灵感源头吧！

三十年前，忠秧本来可以按照正常的时间节点参加高考，考一所重点大学，但是他做文学的梦，选择提前上鲁迅文学院；大学尚未读完，提前攻读文学评论方向的研究生，就读于华中师范大学研究生院。在一个比较特殊的时段，父亲责成我到武汉阻止他北上，我忠实转告父亲的训诫："如果北上，就脱离父子关系。"但是他毅然决然选择了北方——这是青年柳忠秧。随后，被辍学，再次浪迹天涯，再一次在960多万平方公里的土地上惶惶游走，走遍万水千山。高中那一次李白式的游历与这一次牛虻式的游走，有多么大的反差，这个秘密已经被他带走，这个世界上已经无人知晓。但是，他诗歌的大开大合、大气磅礴的美学风格显然有两次游历的烙印。

1993年，忠秧只身南下。适逢邓公南方谈话，他与明华先生等一道，创办广州市企业评价协会，事业做得颇有起色。1994年底，我毅然决然辞去武汉某中学校长职务，南下就职于广州外国语学院附设外国语学校，初衷是通过自身的努力，偿还父亲英年病逝后的沉重债务。其实，还有一个此前从未对人讲过的原因，那就是父亲弥留之际曾经嘱咐我："看住忠秧，管好忠秧，带好忠秧。"1999年，他遭遇了人生的第二次蹉跌：数百万资产一夜间归零。幸赖跃强、南洲、新爵、粤洲等一帮朋友的关心支持，终于熬过寒冬。但他决心从此不再独立做生意，只以顾问的身份帮一些知名企业提供咨询服务。我劝他找一个安静的岗位，做一份安分的工作，组一个安定的家庭，过一种安宁的生活。但是他选择了理想，选择了诗歌，选择了歌唱——为光明歌唱，为真理歌唱，为中华民族的复兴歌唱——这就是诗人柳忠秧。

对于忠秧的离去，他的妻子自责没有照顾好他！长兄本当如父，我更深深自责，没有帮助他营造一个不用奔波就能创作的环境！现在想来，从完成父亲弥留的遗命来看，我是失败的，毕竟我没有管好，没有看住，没有带好忠秧。虽然每次与忠秧见面都要提醒他不可以无节制地饮酒，终究没有成功，他依然且行且饮且歌。我不知道，是否如他自己所说：没有酒就没有诗歌。转念一想，假如我完成了父亲的遗命，最终改变了他，那又是一种怎样的结局呢？如果他被我塑造成我和父亲期望的角色，也就意味着中国诗坛少了一颗璀璨的巨星，也就意味着《楚歌》等作品不可能出现在这个世界上，意味着他的生命不可能如流星一般在宇宙的长河中划过耀眼的轨迹！

我是忠秧的知己

忠秧朋友圈中的很多人也认识我。忠秧的女儿曾经问她母亲一个问题："爸爸与大伯谁更厉害？"女儿的母亲经常以微笑和沉默作答。其实，论才气，尤其是诗才文才，我远不如忠秧——今天算是对忠秧女儿的疑问作出正式的回答吧！也有不少人曾经有这样的疑惑："恩铭和忠秧兄弟俩性格真的完全不同！"对此，我沉默。因为，事实上这个世界上最懂他的人是我，我是忠秧的知己！

我懂他的苦难。差不多三十年前，在一个夕阳西下的傍晚，他背着行囊，匆匆忙忙回到我身旁，停留不到十分钟，猛烈喝了几杯水，我将身上全部现金给了他，他转身就消失在沉沉暮色之中。如此憔悴，如此疲惫……其实他不想走，其实他想留，但是天下之大，何处是归途？何处是归宿？别人或许不懂，我懂，我心痛！第二年，又是一个夕阳西下的傍晚，他风尘仆仆，再次来到我身旁，适逢菜市场关闭，我只能用剩下的猪肉皮和萝卜煲了一锅汤，他狼吞虎咽，一边喝一边说："这汤真好，这汤真好，这汤真好……"我不知道他说了多少遍，但是我知道，数月颠沛流离，他没有一夜睡过安稳觉，没有一顿吃过饱饭，所以，那时那刻，他才觉得猪皮萝卜汤是世间最好的汤。他在喝汤，而我却在流泪；他真的太苦，太苦，太苦！二十五年前，他带了 200 元现金，只身南下，为了生存，有数十个夜晚，他就与许许多多的农民工一起，在广州火车站附近的立交桥下过夜。别人不知道，但是我知道。我知道他所经历的全部苦难！

我懂他的诗歌。忠秧选择古风作为自己诗歌的美学追求，源头在我的父亲。初中阶段，我们兄弟三人都遵父训，背诵了《唐宋绝句一百首》《唐宋词一百首》——忘了哪家出版社出版的，但这是我此生阅读过的最好的选本。这两本小册子让我们从此有了诗和远方，也是我要从《诗经》开始到舒婷结束，重新选编中国诗歌选集这一夙愿的动力源泉。我渴望比我年轻的一代又一代人能够读到中国最美的诗歌，我渴望中国教育能够恢复数千年的诗教传统——焦灼、烦躁的国人比历史上任何时候更需要诗和远方。

忠秧的诗歌中蕴含深厚的学养和丰厚的人文精神。忠秧虽然比我好动，比我冲动，但是他也喜欢阅读，我俩的阅读风格确实大相径庭。很多名家经典，我习惯于一本书读几遍、十几遍，甚至几十遍，但是忠秧往往一目十行，且能过目不忘。其诗歌创作中典故信手拈来，应该与他这种高速高效阅读分不开。他记忆力之强悍，众所皆知。20世纪90年代他与明华老师创办广州市企业评价协会和联谊会，每一场宴会数百人之众，他能在举杯之间，对每一位嘉宾作详尽的介绍，姓名、单位、地址、职务、职称，甚至包括邮政编码、电话号码都能脱口而出。平日助手帮他打电话，他十之八九都是如行云流水般口授联系人的电话，根本不用查阅电话号码簿。不论是儿时的朋友，还是中学时代的同学，抑或成年以后的熟人，只要见过一面，几年、十几年、几十年之后再次见面，他能如数家珍一般详尽叙述初次相识的情景、话语和诸多细节。

忠秧诗歌自君天下的豪放源于他的信仰和梦想。忠秧这一代人在20世纪80年代读中学、大学，他和绝大多数那个年代的读书人一样，被中华民族伟大复兴的升腾气象所熏陶和鼓舞，有着今天很多年轻人无法理解的理想和情怀。这是20世纪60年代出生的那一代人的特殊时代基因。这种基因一直流淌在他的血液中。即便到了物欲横流的时代，他没有放弃，最多不过是阶段性地隐藏，一旦有机会，就会如火山一样爆发出来。忠秧的理想和信仰，在他的诗歌中表现得酣畅淋漓！

我懂他的追求。最近三五年来，他越来越奔放，越来越豪放，越来越狂放，接近于放浪形骸，妻子劝无用，我劝也无效。最近两三年，我隐隐觉得，他懂陈天华，他懂普希金，他懂李白，他懂梵高，他懂樱花……而我却懂他，活得太苦太累太疲惫，他的目标如此之崇高，而世俗给他的空间却如此狭小。

我懂他的性情。忠秧为人处世，一如他的诗歌，随性所至。去年送他远行的诗友，半数以上曾经与忠秧有过争论甚至争吵，很多时候，朋友与忠秧争吵太过激烈了，打电话给我，希望我能平息事态。事实上，我与大家一样，时常也和他争吵，他会肆无忌惮地在长兄面前暴跳和狂啸。只是临近离开的两三年，他与我相处变得安静了，或静静地看看电视，或静静地喝茶，甚至只是静静地待一会儿——很多时候，什么也不说，什么也没说，似乎就是一种无言的陪伴。之所以如此，也许是因为这个在他妻子和我看来永远长不大的孩子终于长大了！出乎很多人的意料，很多曾经跟忠秧发生过激烈争吵的学者、诗人、读者，恰恰都是他最珍惜的知己！久而久之，朋友们也如我一样，懂他，疼他，宠他，包容他。

　　真性情，才有真诗歌。其诗歌一如其人，至情至性，大开大合，大气磅礴；传承中国传统诗歌的神韵，有儒家的担当，有道家的潇洒，有《诗经》的淳朴与真诚，有楚辞的热烈与奔放，有汉赋的铺排与华丽，有魏晋诗歌的自我与放浪，有盛唐诗人的格局与气象，有宋代苏辛词派的雄浑与奔放；荡气回肠，空谷传响，声韵悠长而弥漫着宿命的孤独和悲怆！

忠秧是永远的诗人

　　去年今日，有一个媒体报道的标题是"争议诗人柳忠秧心梗离世"。我关注到了"争议诗人"这四个字。自从忠秧的代表作《楚歌》问世以来，很多人执着问我柳忠秧的诗歌品质如何。因为我是忠秧的胞兄，素来保持沉默，从不敢有溢美之词——我的同事海平先生曾经就此对我给予毫不留情的批评。如果朋友一而再再而三追问忠秧的诗歌如何，我会坦诚相告："就气度、气魄、气势论，汉唐之后出类拔萃者当推润之、小川和忠秧！——这是我一个普通学人的评价！作为胞兄，他生前我沉默，如今我没有理由和勇气沉默！"

认同忠秧诗歌者相对集中在知识分子群体，尤其是传统文化修养深厚者，基本上一边倒持赞美态度：书磊先生如是，谢冕先生如是，屠岸先生如是，匡汉先生如是，思敬先生如是，烈山先生如是，诗歌评论界陈定家、夏可君、祁人、洪烛、杨志学、北塔、高昌、高伟、庄伟杰、熊元义、谭五昌等先生亦如是……不一而足。很多诗学前辈大家，当忠秧和他的诗歌受到不公正的网络围攻的时候，他们拍案而起还击，大义凛然呵护！

批评忠秧诗歌者虽然是少数——这种诗歌批评应当尊重，忠秧诗歌的成熟有批评者的功劳。我素来对于诗坛、文坛的批评，尤其是对忠秧诗歌的批评三缄其口，虽然我未必认同批评者的观点，但必须尊重甚至捍卫其权利。批评的焦点在忠秧诗歌的"俗气"。这个"俗气"居然是"赞美"，说忠秧的诗歌"俗"在赞美权力。坦率地说，我不认同。就"赞美权力"而言，有一种文明能离开权力吗？汉唐文明难道不值得赞美吗？权力如果用来全心全意为人民服务，或者为民族谋复兴，难道不能赞美吗？我读忠秧的诗歌，其主题的确是赞美，是一种史诗般的赞美，赞美阳光，赞美理想，赞美祖国，赞美英雄，也赞美一切为人民谋幸福、为民族谋复兴的政党和正能量！给读者以历史的自信和未来的希望！这种批评正好揭示了忠秧诗歌作品与众不同的地方！这恰恰是中国诗歌的重要传统，源在《诗经》，流在楚辞，在汉赋，在唐诗，在宋词。为民族英雄歌唱，不可以吗？不应该吗？不正是这种传统聚合了中华文明生生不息的精神动力吗？

有些读者声称读不懂忠秧的诗歌。读不懂，不是读者的错，而是时代的耽搁。传统文化有意无意断裂了 70 年，有人读不懂忠秧，读不懂忠秧的诗歌，当然正常。因为他的诗歌中知识密度之高，历史跨度之大，跳跃幅度之广，激情强度之烈，在古今诗坛实属罕见，读懂需要史学、文学的储备和积累。天佑中华，中央从国家层面战略性、前瞻性地部署了文化传承与创新工作，以文化传承和认同，促进文化自觉和自信，促进中华民族的伟大复兴。再过十年，再过二十年，再过三十年，能懂忠秧诗歌的人一定越来越多！无论将来谁撰文学史，无论将来谁撰诗歌史，都绕不过柳忠秧！因为忠秧以现代人的自觉开创了古诗古风的新气象！

九年前，忠秧已经在《柳忠秧四十自画像》中以诗句描写了自己的人生："身心只许汉与唐，善使风骨著文章。出自楚泽擎天勇，醉爱太白动地狂！把酒纵横千万里，百无一用徒悲伤！人间或有真君子，世无孤品柳忠秧！"民国高僧李叔同，提前数月预知自己的大限；当代诗人柳忠秧，提前数年预言生命的归宿。如今，柳郎不在，孤品不再！悲夫！

诗人李书磊先生在《中秋和柳忠秧诗》中对忠秧的诗歌作了

诗性定位："风神不思振汉唐，暂将月明读华章。潜心著述岂窥柳，使气为文如磨枪。数字世界万众喜，八股乾坤几人伤。对酒论文知音少，忽念南国有忠秧。"诚如李书磊先生所言，人们在读书的时候会想起忠秧，人们在读诗的时候会想起忠秧，人们在写诗的时候也会想起忠秧！

很多人知道向前现在的笔名"忠秧"，不少人也知道忠秧另外的笔名是"柳郎"，但是极少人知道忠秧还有一个笔名"逆光"。三十年前，发表第一首诗歌，出版第一本诗集的时候，他的笔名却叫作"逆光"。我曾经问他，为何是"逆光"？忠秧的回答：逆光，追求光明！顺着光走，走向黑暗！逆着光走，走向阳光！——去年的今天，他实践了自己三十年前的诺言：逆光！他离开了大地，离开了诗坛；他以凤凰的姿态，逆光而行，走向阳光，走向太阳！

忠秧短暂而绚丽的一生，就是一首奔放的抒情诗！诗魂永在，诗歌永恒；柳郎忠秧，他在远方！

谨以此文，寄托无限的哀思和忧伤！

2018 年 10 月 27 日

牵 挂

　　两年前，儿子即将参加高考，突发奇想要养宠物狗。太太只好顺从，从绣友那里买了一只两个月大小的纯白色比熊狗——一种跟猫差不多大小的宠物，取名豆豆。豆豆注定要成为家庭的宠儿，因为几个月之后，儿子就赴欧洲求学了，豆豆陪伴着太太缓冲了儿子远行后的落寞。我和太太上班了，豆豆就十分亲近地陪伴着我母亲。

　　豆豆性情温顺，不乏活泼，很爱干净，夜间醒来，发现豆豆躺在身边，并不反感，久而久之，也就习惯了——这在很多没有养宠物的人看来，似乎不可思议。冬天，豆豆一头钻进被窝，一觉睡到天亮；夏天，睡在自己的小枕头上，像个孩子，睡态可掬，也是一觉到天亮。

　　醒着的豆豆媚态可掬。有时候，远远深情凝望，双眸充满无限期待，这时候它渴望躺在主人的怀抱里。伸开双手，豆豆就会摇头晃脑，缓缓走来，心安理得地接受拥抱。下班回家，离开电梯，就听到豆豆迎接我的叫声。打开门，豆豆就疯狂地又跳又蹦；或者玩捉迷藏游戏，满屋子狂奔，直到累了才停下来。自从豆豆来了，偶尔远行，还真的牵挂这个小家伙；甚至打电话回家，也会问到豆豆如何如何……

对于豆豆来说，太太是第一主人；只要太太在家，豆豆几乎可以不理我，除非逗它。我是第二主人，太太不在家，豆豆就成了我的脚伴，走到哪，跟到哪，晚上也心安理得地睡在我身边。我母亲是第三主人，我和太太不在家，豆豆会很温顺地躺在母亲脚边。儿子是第四主人，从国外回来，即使半年没见面，也不觉生疏，坐在儿子大腿上或者躺在怀里，拼命撒娇。

有一阵子母亲回湖北，我和太太上班了，只好留下豆豆在家。豆豆十分通人性，我们俩早晨只要跟它说："拜拜！"它虽然眼神中充满伤感与忧郁，但是绝对不跟着冲出门口。如果不说"拜拜"，它就会疯狂往人身上跳，期望我们带它一同外出。每每这个时期，无论是上班，还是出差，时时会惦记着豆豆。不知道小家伙，在家里单独生活是如何度过。时间久了，才发现，我和太太上班，豆豆就会在门口的石板上睡上一整天。想不到，豆豆对主人的依恋到了如此程度；所以，我们两口子出差，一定会找人来家里带豆豆。

豆豆不仅带给我们欢乐，也给太太和母亲带来健康。太太做过手术，不宜激烈运动，所以，每天遛狗，也每天散步。显然，有益于健康。母亲一个人在家里，豆豆会有很多意想不到的举动讨她欢心。比如，肚子饿了，就用前爪不断地挠手掌心，久而之，母亲就知道何时当喂豆豆。母亲听力不济，门外有响动，豆豆立即狂吠不已，母亲或开门迎客，或据此了解门外或阳台的动静。母亲说："豆豆是一把好锁。"

每天晚上，只要不下雨，太太就带着豆豆在小区散步。其憨态，其媚态，其顽态，令很多小区居民喜爱。时间久了，豆豆成了明星。打电话让便利店送货，只要说是豆豆家，人家就知道货送到何处。母亲看到我和太太如此宠着豆豆，时不时会感慨："哎，现在实行计划生育政策，孩子少了，把狗当孩子养！"儿子远行，孙子还没有，豆豆是替补，享受了孩子般的待遇，这恐怕是真的！不过对万里之外的儿子的牵挂，那是另一种感觉，另一种感情，另一种责任！

对于我来说，最牵挂豆豆的是母亲和太太两人都不在家的时候。早晨我会很细心地添满水，喂点排骨，放好狗粮，拥抱几次，依依不舍放下，柔声说："豆——，再见！"晚上会推掉应酬，下班就回家，因为我知道，只要我不回家，它就一直睡在门内的石板上，痴痴地等待。偶尔有重要公务，也是尽量从速，急忙回家，享受豆豆的疯狂欢迎：疯狂地跳，疯狂地亲昵，疯狂地奔跑……这种乐趣，很难用语言表达。

渐渐地不仅是一种牵挂，也是一种喜爱和责任。我曾经看到一则新闻，主人被歹徒袭击，宠物狗舍身护主，不幸被活活杀死，心中无限酸楚。假如我遭到袭击，我真不希望可爱的豆豆有此劫乱。有一次，清洁工试探着假打太太，结果遭到豆豆歇斯底里的狂吠，并以它弱小的身躯不断冲撞两名清洁工。目睹此情此景，很感慨狗对主人的真情与忠心！

一个人在家里看书，时不时会看看脚下的豆豆；累了，会把豆豆抱在臂弯里，用豆豆能听懂的语言逗它；即便太太和母亲都在家里，我也会时不时喊一声："豆——!"分明，这是对豆豆的依恋。物尚如此，人何以堪!我时常牵挂豆豆，豆豆也应该时常牵挂我吧!这很像庄子分不清楚是自己梦中见到蝴蝶，还是蝴蝶梦中见到自己一样!

豆豆以乖巧、聪明、淘气、温顺不断冲洗着我身心的疲惫和烦躁，让我心境更宁静，心态更平和，更理解"民胞物与"的博大情怀!

2012 年 10 月 5 日

相依相伴

豆豆三岁时，妙妙来到了。

刚来的时候，装在笼子里，被捡回来的；据说遗弃在小区里一两天，看的人很多，怜的人很多，说的人很多，或许由于猫是高冷动物，与人始终保持距离，居然没有人捡去收养。妻子最终收养了它。于是，妙妙成了我们家的成员。因为经常喵喵地叫，又是个女孩子，用谐音取名"妙妙"，外号：美少女。

妙妙的到来，最不习惯的是我，最不喜欢的也是我。妙妙整日整夜喵喵喵地叫，本来睡眠时间很短，却往往深更半夜被吵醒，很多次责怪家里人，为什么要捡一只猫回来，宁可多捡一只狗——像豆豆那样的，再多几个也无所谓。

母亲特别喜欢妙妙，即便是在用笼子装着的"幼儿时期"，母亲每天把喂养和照看妙妙当作自己最重要的事情！显然，和豆豆一样，妙妙也成了母亲的脚伴，在我们上班的时候，给寂静的家平添了生气！也一定给孤独中的母亲带来难以名状的幸福——每隔一段时间，只要妙妙不在视线范围内，母亲就会寻找，即便我们都在家里，也是如此！由是我知，母亲是多么希望儿女陪伴啊，可惜忠孝难全，我要上班！

很长时间我不喜欢妙妙，但是，妙妙依然渐渐长大，没有名贵的出身，没有出色的外貌，没有豆豆一样魅人的媚态，最终也被我接受了，岂止是接受，逐渐喜欢上了。如果我回来很晚，开门的时候，豆豆会媚态可掬地来到我面前，让我抱抱，然后欢快地离开；这个时候，妙妙往往安安静静地走过来，在离我还有两三米的地方停下来，默默看我，又默默走开——文静又腼腆，它以独特的方式表示它的存在，表达它对我的欢迎和关心！

如果我回家的时候，它正在柜台上进食，会高声"喵——喵——"地不停叫，直到我揽着它，抚摸着它说："妙小姐乖，爸爸知道你乖……"然后，它才继续静静地吃东西。

不知道从什么时候起，妙妙懂得在我面前撒娇！我打开凉台的门，妙妙就会像箭一样飞出去，在凉台上自由翻滚，翻着，叫着，瞄着，似乎在表演给我看！

有时候吃完饭，妙妙一个人窜上客厅的天花板间隔处，看着我们，喵喵喵地叫，或许是表示它的存在，或许是炫耀它的能耐，最终是等着我轻轻把它从天花板的间隔处抱下来！

当然，最能表现妙妙能耐的是，只有六个月大的妙妙就能对付老鼠；有一次，妙妙在书房门口"发呆"，死死盯着书房里面，很久不肯离开，妙妙发现老鼠了——果然是；看那架势，妙妙不喜欢血腥，只想逼走老鼠；自从这次"逼鼠"事件发生以后，家里再也没有老鼠的踪迹了。

妙妙睡觉的习惯跟豆豆不一样，它很少直接钻到被窝里睡觉，哪怕是寒冷的严冬，也只是紧贴着被窝，似乎与我保持着距离！我在书房看书的时候，妙妙就跑到书架上，睡到盒装的《资治通鉴》上，为了不打扰妙妙的生活，中华书局版的《资治通鉴》放在书架上三年都没有动过了。

夜深人静的时候，我一个人坐在电脑旁爬格子，此时的妙妙离我最近！冬天的夜晚，它甚至就睡在我背后，暖暖的，静静的，甜甜的，很多时候，宁可多坐一会儿，多做一会儿事，也不忍心惊醒妙妙！

春暖夏凉的日子，客厅无人，妙妙就会跑到书桌上，在台灯与曲尺形的图书之间极为狭窄地域蜷缩而卧——宁可委屈自己，也要陪伴主人，哒哒哒的键盘声没有让它睁开眼睛，台灯光线太强烈，它就用它的双手蒙着自己的双眼，像个孩子般安然、弛然、恬然……

或许我给了它安全感，它才睡得如此的香甜！或许它给了我幸福感，真的像女儿一样陪伴着我，依恋着我！这种感觉，若非亲历，谁能相信？万籁俱静，咫尺之间，只有我和妙妙！

如果生命和灵魂都只有一次，这种陪伴和相依是多么值得珍惜啊——没有任何世俗与势利——就只有陪伴，就只有相依！如果灵魂可以独立，天国里我和妙妙是否还可以如此相伴相依？如果有来世，我和妙妙又是否可以如此相伴相依？能续此缘，何必计较：妙妙是我？我是妙妙？

2017 年 3 月 16 日

壮壮也来了

妙妙三岁的时候，壮壮来了。

壮壮，也是一只猫，男孩子，它的到来，颇有传奇色彩。乙未年春节，适逢二十年少见的寒冬，大年初四，接到同事的电话说，教育局二楼花坛中，一只母猫生了四只小宝宝，同事准备了御寒的棉絮和猫粮，希望我初五继续照顾这几个宝宝。感动于这份慈爱与悲悯，当晚我将晚餐剩下的鱼汤、鱼头、鱼骨打包，独自驱车回单位，送到了花坛边。母猫本能地发出了"唔——"的驱赶声音，仿佛在警告我："别碰我的宝宝！"将鱼头、鱼骨、鱼汤放在花坛边上，我悄悄地走了。

第二天一大早，天气依然凄寒，我装了一袋妙妙的猫粮，赶回教育局值班，昨晚打包的东西全吃了，还剩些没有吃完的猫粮——悲悯有甚于我，颇为感动。看着花坛中间，假山脚下的小洞里，母猫正用身体给几只小猫取暖，心中感慨：猫母慈爱竟至于如此！突然想起中国最强的一次地震，一个母亲用其柔弱的身躯，支撑着坍塌下来数千斤重的混凝土，让不满周岁的儿子，在自己的怀抱里能够生存，直至获救！——物理学家无论如何，无法解释这个母亲的身体何以支撑超过其正常支撑力数十倍的物体，唯一的解释，这是母爱焕发出的超自然力量！非洲有一种蚊子，科学家为了研究其繁衍能力，将母蚊子放在火上烤，为了保护腹部的卵子，活着的母蚊子蜷缩着身体，用柔软的身体保护着体内的生命，母蚊子被烧焦了，被烧死了，但是，堪称奇迹的是，被保护在体内的卵子依然有生命力，遇水可以孵化！目睹眼前的母猫，自己的生活都没有着落，还要养育几个孩子！母爱伟大，又何止人类！

正月初八，正式上班了，机关的人越来越多。母猫因为缺乏安全感，将小猫一只一只地叼走了，只剩下一只，傍晚依然没有被叼走。同事们继续喂养这只没有被叼走的小猫；第二天，居然没有看到母猫再回来——后来才知道，小猫被人类或者其他动物抚摸以后，母猫有遗弃带有陌生气味的婴儿的生物习性，至少有些猫科动物如此。气温继续降低，小猫声嘶力竭地叫着，仿佛饥饿中啼哭的婴儿，同事们都在议论，如果猫妈妈今晚不来叼走自己的孩子，怎么办；直觉，这种气温，冻一个晚上，小生命可能从此消失，于是请办公室的同事，将小猫用一只纸盒装好，下班的时候，我将小猫带回家了。

家里从此就热闹了，豆豆对小家伙的态度，就像当初对刚来的妙妙一样，整晚围着叫个不停，只好隔离，将小猫放在一米高的窗台柜上，装在盒子里，豆豆才安静休息；而妙妙此时，却似乎以"姐姐"的身份，睡在装着新来小猫的纸盒上，守护小生命。第二天，喂牛奶的时候，家里人提议给这个小猫取个名字，侄女期待这个瘦弱的小家伙茁壮成长，建议取名"壮壮"，大家附议：很好！壮壮来到家里，尚未睁开眼睛——猫科动物需要十五天才能睁开眼睛。每日大家轮流喂养壮壮，也许太小，时不时生病，头一个月看医生费用就是2000元左右——养一只没有睁开眼的小猫真不容易！

　　1910年，心理学家洛伦茨发现一个十分有趣的现象：刚刚破壳而出的小鹅，会本能地跟在它第一眼看到的动物后面。如果正好是自己的母亲，它将忠实跟随亲妈；如果第一眼看到的是鸭子，它会认为鸭子是母亲；如果第一眼看到的是母鸡，它会认为母鸡是自己的母亲；如果第一眼看到的是公鸡，它甚至会认为公鸡就是自己的母亲。并且形成追随反应，长时间不能改变，甚至完全不可逆。壮壮，睁开眼睛看到的是人类，现在无法确认第一眼是看到我，抑或是家里人。总之，被誉为"高冷动物"、与人类保持距离的猫，在壮壮身上得到了颠覆，因为它对人实在太亲近了，尤其是对我——我无法知道壮壮是否认为它是我生的！

　　小时候的壮壮，像小时候的妙妙一样，很吵人，但是，因为是我自己捡回来的，即使晚上叫得人心烦，也只好忍耐。丢掉，不忍；养着，磨人。好在壮壮自从睁开眼睛之后，跟人颇为亲近，晚上只需喂食一次，整晚比较安静。有时候，家里只有我一个人，担心壮壮冷，就把壮壮装在外套里面，紧贴着胸口，自己看书写作，壮壮就在怀里安安静静地睡着！晚上睡觉，豆豆像当初排斥妙妙一样，也有排斥壮壮的倾向，于是只好继续将壮壮放在窗台柜子上的纸盒里，妙妙则会想办法撕破纸盒子，钻到壮壮身边，或相依，或相拥，像姐姐照顾弟弟，也像妈妈照顾儿子，那种亲近亲密，也够人羡慕的。

小时候的壮壮，瘦弱的身体，楚楚的神态，乌黑的双眼，惹人怜爱！渐渐长大，越来越调皮了。三个月大小的时候，尚不知轻重，常常用它的爪子，抓得我手臂都疼；偶尔，打球回来，穿着运动裤，开门的时候，豆豆是需要抱一抱的，妙妙是需要逗一逗的，壮壮可不得了，直接往身上冲，往身上爬，它哪里知道那爪子抓的不是衣服，而是我的小腿和大腿，疼痛难耐，还得忍着，舍不得将它推下去，或者扔下去。

也许，因为当初第一眼看到的是我吧，对我的亲昵亲近难以名状。无论多么忙，壮壮每天必须在我怀里撒娇，抱着小家伙，它就会用两只前爪，搂着我的脖子；搂着脖子也就算了吧，不行，还得左边脸颊亲亲，右边脸颊亲亲，额头上亲亲，亲够了，自己咻溜一声，玩自己的去了。六个月大小的时候，每当抱着壮壮，它居然懂得用它的前爪子抚摸我，一会儿抚摸手，一会儿抚摸脸，一会儿抚摸颈部，一会儿抚摸耳朵，那曾经令我不寒而栗的爪子，也懂得轻重，不再给我留下伤痕和疼痛。偶尔，像抱婴儿一样抱着它，它居然会默默地看着我的双眼，四目相对，从不回避，从不躲避，一往情深；眼神中，充溢着信任、喜悦和幸福——也许它真的认为自己是我亲生的吧！

夜深人静，只有豆豆的时候，豆豆会睡在我脚旁。妙妙来了，豆豆挨着脚陪伴我，妙妙在书桌上陪伴我。壮壮来了，独处的夜晚，豆豆贴着我的脚睡着，几乎不睁开眼睛；妙妙会在书桌的曲尺形的书籍之间，用双手遮蔽着灯光，时不时睁开眼睛，看看我，然后又睡去；而壮壮，则钻在手提电脑后面的阴影处，挨着电脑憨憨地睡着，醒来的时候，跑到键盘上扑腾几爪子，帮我打一串连神仙都不懂的字符，直到我抱起它，任它亲亲脸颊和额头，再放回原处，则恬然而睡！

壮壮常常在台灯上安睡，陪伴看书的主人。前不久，我被调整岗位，知我者初心不改，一如既往道义相期！我喜欢孤独，常常说：没有了世界，我还有书籍！没有了世界，我还有围棋！如今，我还可以说：没有了世界，我还有豆豆、妙妙、壮壮相伴相依！

世界在变，豆豆依旧，妙妙依旧，壮壮依旧！

2018 年 4 月 13 日

书之恋

油纸伞下

我出生在湖北黄冈市新洲县一个名叫施程家湾的小村，十二户人家，三个姓氏：程姓最大，七户；其次罗姓，三户；王姓最小，两户。三姓大人和睦，小孩融洽。小村有小山，有池塘，有竹林，有麦地，有稻田，小村还有阳光，有温暖，有亲情，有宁静！小村，留给我美好的记忆！小村，也藏着我童年的秘密！

我出生在湖北省东部黄冈地区的丘陵小村，小村仅仅12户人家。村子北边有一条不足两米宽的马路，两辆人力车相向而行，也必须找相对宽的地方，才能会车。这条马路从来没有走过机动车，经常走过的是毛驴拉的人力车。有事没事，我常在马路不远的地方呆呆地看那些匆匆过客——尽管，我不知道他们从何而来，将去何方——童年的我，无力走出小村，却对走在这条路上的陌生人充满了好奇，也曾在这里对外面的世界有过很多很多的幻想！

1973年，我7岁，上小学。学校是隔壁孙家大湾一间废弃的牛棚，一、二年级混合上课，叫做复式班。牛棚一分为二，一年级在里面，二年级在外面。这大概是中国最小的学校吧！校长、教导主任、班主任以及所有学科教学工作，都由李秋梅老师承担。她那时还是民办教师身份。她的慈爱美丽、多才多艺，足以让儿童时期的我觉得安全、温暖和幸福！在复式班读书的那两年，我觉得她是世界上最博学的女性！李老师给一年级上课的时候，二年级做作业；给二年级上课的时候，一年级做作业；早读的时候，两个年级的孩子，各读各的书，像煲粥一样。有一次课专门谈理想，李秋梅老师和蔼地询问每个同学，轮到我，我回答："我的理想是当板车夫。"同学们哄堂大笑。而我却是认真的，因为在小村，村里人除了种田种地、养猪养鸡，就是当会计，板车夫是我见过最好的职业。

二年级的时候，我开始喜欢阅读连环画，又名图画书。这几乎是唯一的课外读物。事实上，那个年代也很难找到别的适合小朋友阅读的书。图画书上的文字，似懂非懂，一知半解，囫囵吞枣，半读半猜，但我却乐此不疲。那时，小村的人时常看见一个孩子，或靠在草垛旁看图画书，或倚在房檐下看图画书，或坐在田埂上看图画书。那就是我！

1975 年 9 月，我告别李秋梅老师，就读于黄冈地区新洲县毕铺中心小学。学校不大，但足以让我这个来自小村的孩子深深震撼。三年级的班主任兼语文教师是栾焕兵先生，数学教师是方菊仙女士。四、五年级语文教师兼班主任是宋火青先生——记得有一阵子由宋玉平女士接替，但数学教师一直是姜素贞女士——一位与白娘子一样名字、一样美丽的女性，经常穿白色的围裙，搭配其他颜色的上衣，气质如兰——她是这所小学唯一的本科生。政治教师是校长姜才新先生，英语教师是方楚雄先生，因为他只教了我们一次课，我只学会了一句英语：Long live Chairman Mao.至今也闹不明白，为什么英语只开了一次课，从此没有下文——这恐怕在世界教育史上也属于唯一一吧！

这所小学，除了校长姜才新先生和数学教师姜素贞女士是编制内教师，其余的都是只拿工分的民办教师。他们虽然学历不高，薪酬微薄，却不知疲倦地为我们这群农村孩子呕心沥血。他们的敬业精神，他们对教学艺术的精益求精，他们对知识和生活的一丝不苟，超出了三十多年后人们的想象：无论男教师还是女教师，穿皮鞋，一定擦得锃亮；穿布鞋，一定会系上鞋扣或使松紧带处于适合状态；男教师穿中山装必然会扣上全部纽扣，女教师必然是长裙或长裤；男教师的头，往往打理得油光光——调皮的学生说老师头上苍蝇都会摔跤，女教师要么留着美丽的长辫子，要么剪成齐肩短发，根根清晰，丝丝可数。他们绝不会轻易浪费半根粉笔头，也不会轻易在教科书上画杠杠；所有的作业和测验，全批全改，绝不过夜。所有这些，在我数十年的教育生涯中，留下了无法磨灭的印记，既是我做教师的榜样，也是我任校长抓教学常规的坐标。更可贵的是，他们一边教学，一边研究，一边学习。在我的印象中，读书成了他们课余生活的常态。他们潜移默化的影响，让我也喜欢上读书。但在学校图书馆和阅览室却找不到教学参考资料以外的书，学生阅读的依然是市场上流行的图画书，即带有文字的连环画。《闪闪的红星》《小兵张嘎》《南征北战》《杜鹃山》等故事逐步走进了连环画，成为我们这一代小学生阅读的畅销书。

我的阅读有时在学校，有时在树下，有时在往返学校的路上，甚至在茅坑——上厕所看书的习惯，伴随了我数十年，起点却在小学。毕铺中心小学到小村的路上，风雨天，人们经常能够看见一把移动的油纸伞，油纸伞下，没有丁香一样结着幽怨的姑娘，却有一个不知疲倦的读书郎——伞很大，娃很小，在读书，这是毕铺中心小学到施程家湾的一道风景！数十年后，有些乡亲，依然记得我，居然是因为那把风雨天中移动的油纸伞！

2021 年 2 月 7 日

少年心事

1978 年，我跟随父亲在新洲县毕铺中学读初中一年级（在新集校区不到一学期，其余均在本部）。父亲给我买了两本小书——《唐宋绝句一百首》《唐宋词一百首》，嘱咐我有时间、有兴趣就看一看。所选皆为精品诗词，每首诗词附有水墨意境画、注音注解及鉴赏文字。极端的应试氛围中，含英咀华，与这些经典诗词相伴，能与作者一起感受悲欢离合，一起悲天悯人，一起长歌当哭！刻骨铭心！

孟浩然的《宿建德江》"移舟泊烟渚，日暮客愁新；野旷天低树，江清月近人"，是我那时特别喜欢的一首绝句。也许小诗的意境触及了少年漂泊的我内心的柔软，在小村，在田野，在河边，我常吟诵，排遣心中的孤独和凄苦！宋词中，我特别钟爱秦观的词《踏莎行·郴州旅舍》："雾失楼台，月迷津渡。桃源望断无寻处。可堪孤馆闭春寒，杜鹃声里斜阳暮。驿寄梅花，鱼传尺素。砌成此恨无重数。郴江幸自绕郴山，为谁流下潇湘去。"对这首词的理解，从水墨意境画开始，读画的时候，把自己读进去了，仿佛自己就是流落异乡的秦少游。

为何少年时代就喜欢，为何喜欢就是一辈子？——20世纪90年代中期，我只身南漂就职于白云山下的广州外国语学院附设外国语学校（曾名广东外语外贸大学附设外语学校、广州市广外附设外语学校，现名广州市实验外语学校）。云山影绰，夜色渐浓，孤灯伴读，我终于体会到了秦少游在郴州的况味。秦少游的彷徨在郴州，在郴山，在潇湘；我之迷茫在广州，在云山，在珠江。

《唐宋绝句一百首》《唐宋词一百首》，几乎是伴随我初一、初二的唯二人文读物。那个时候，不自觉地跟随父亲等几个颇有旧学根底的人，掌握了传统语文学习的方法：吟诵。吟诵，也自然成为我阅读古诗词的一种方法。我对这200首绝句和词的审美体验，就是在吟诵中沉淀下来的。那时，我也常常翻阅父亲睡前阅读的《唐诗选注》。这本书没有鉴赏文字，只有注解。我特喜欢陈子昂的《登幽州台歌》、王勃的《送杜少府之任蜀州》，也许是因为这两首诗分别寄托了自己对于未来的憧憬和理想。

毕铺中学的图书馆藏书不多，但是这个时候已经有一些适合初中学生阅读的课外书籍。初中二年级，我借阅了苏叔阳的《大地的儿子——周恩来的故事》一书，读了很多遍，不知不觉为少年周恩来"为中华之崛起而读书"的情怀所浸润。升入初中三年级，仓埠教育组组长柳学祥先生到毕铺中学调研，组织部分初三同学畅谈理想。柳学祥先生是我父亲的朋友，他甚至明说，一定要听听柳涤亚先生的儿子柳向东怎么说。我此时的理想不再是板车夫，很远大，在心中，不敢说。但被逼无奈，怯生生地说："我的理想，就是想给这个世界留下些什么。"柳学祥先生和校长陈福英女士都不是很明白我的心思，像剥竹笋一样追问："能否说具体一点？比如一种职业等。"我只好硬着头皮说："我的理想是当总理！"众人愕然，柳学祥先生愣了半晌说："好，好，好！"几天以后，全校乃至整个仓埠地区，都知道毕铺中学有一个不知天高地厚的学生。几天以后的周末，父亲因此骂了我一顿。但说实话，我心中不服，不觉得想当总理有什么错！

那时的初中什么学科都开设，除了语文、数学、英语、物理、化学、政治所谓六大学科外，文化课还有历史、地理、生物、生理卫生等，居然都以不同的分值计入中考总分。初中课程，几乎奠定了我们人生应知应会和必备的常识。由此可知，那时初中课程难度和宽度是比较科学的。二十年后，我到欧洲、澳大利亚考察中学课程设置的时候，才知道中国这个时期的课程设置是相对科学的、合理的。我数十年的人生历程告诉我，那个时代的初中文化课的水准铺垫了一生应知应会的基本功，超过初中范围就属于专业的范畴。由此，我也判断出国外初高中和大学的文化课设置标准，比我们更科学、更合理：儿童时期长知识重要，但是长身体也重要，形成坚守真善美的独立人格比知识的增长和身体的成长更重要！中国教育后来的轨迹，恰恰是重视了知识增长、技能训练、能力提升，而牺牲了身体成长、个性发展、人格独立！这样的教育体系和结构，我们怎么好意思陶醉、自夸、自恋呢？

在毕铺中学读书，让我的足迹超出了五公里半径。初中的课程，让我知道了中国之外有世界，更让我知道了许许多多令我仰慕的科学家和发明家：陈景润的故事令我感动，华罗庚的故事激励我自学，而苏叔阳写的少儿读物《大地的儿子——周恩来的故事》，则直接改变了我的理想。那时人们觉得我狂妄，就是放到现在，人们也觉得夸张。时至今日，当总理对于我来说，只是曾经年少的追梦——父亲因为要记住 1966 年的轰轰烈烈而给我取名"柳向东"。当我能够自作主张的时候，悄悄改名"柳恩铭"以激励自己像周恩来那样学习、工作和生活！——从板车夫到国务院总理的理想变化，源于阅读，源于视野的变化。这种独特的人生体验，让我深知，眼界决定境界，境界决定世界！毛泽东青年时代，如果没有穷游湖南数十个县，他的归宿或许是韶山冲的账房先生；如果没有求学湖南第一师范学校的经历，没有北京大学图书馆的阅历，没有上海的游历，不可能成为革命家、思想家、战略家。我的胞弟柳向前，如果没有高中二年级在中国 960多万平方公里上的李白式漫游，没有大学期间再次在大好河山中牛虻式的奔走，就不会有柳先生大开大合、大气磅礴的诗歌！

儿时理想转换的心理历程，对我的人生和工作有很深的影响。我担任校长或教育局局长期间，就积极鼓励班子成员外出学习，鼓励教师外出观摩，鼓励学生有空就游学，尤其是国际游学。因为每一次交流或游学，都有可能拓宽师生的视野，都有可能提升他们的境界，都有可能拓宽他们的理想，从而改变他们的一生。究其实质，这也是阅读，阅读人生，阅读社会，阅读世界！

当总理的理想，终究只是梦想，但是对于我个人来说，却是无悔的，因为自那时起，平庸就不再是我的人生选项，为中华民族的伟大复兴而奋斗是矢志不渝的信念！我还收获了数十年如一日，以周总理为楷模进行道德约束的自觉！理想没有实现，又有什么遗憾的呢！——这种内心的体验和人生的历练，让我在数十年的教育事业中坚持鼓励一线教师争做教育家，坚持提倡学生的理想前途教育！——后来研究《论语》，读到《论语·先进·子路曾皙冉有公西华侍坐》，确信重视理想教育其实是孔子儒家开创的教育传统！

初中阶段，适逢百废待兴，即便是村边枯树，也仿佛充满春天的气息，勃勃生机蕴含其中！周一清晨出发，背上书包，带上酸菜，拎上大米，周六傍晚回家。每天的物质生活，就是稀饭、米饭、咸菜和白开水，而六天的读书生活，于我却非常充实。因为我在享受一种教书式的读书，学习效率非常高，理科成绩因而优秀。

数学教师是姜焕利先生，他教了我两年多的数学。从第一堂课开始，到毕业前夕他讲中考模拟试卷，从来没有带一片纸进课堂。他的数学课只带上三角板、圆规、粉笔，从例题到习题，从课本到拓展，所有的教学内容都在脑袋里。布置练习题，都能准确表述在教材第几页第几行。每堂课的延伸练习，都在脑袋里装着，临下课前五分钟，写在黑板上。他的绝活是——无论你什么时候，问怎样的习题，他都能够在稍停几秒钟后开始准确无误的演算和推理。我曾经三次拿全国数学竞赛试题中的平面几何题请教，以为能够难为他，结果他依然闪烁几下大眼睛，便开始准确无误地解答。他的严谨和博学，令那时的我油然崇拜。他的一举一动，甚至他的全部教学过程，成了我课外模仿的内容。很多同学，当年曾经可能看到我在操场散步，手舞足蹈，比比画画，但都不知道，我是在模仿姜焕利先生，把他的数学课讲了一遍又一遍，而讲授者和听课者都是我自己。十六年后，我在广州外国语学院附设外国语学校任教，研究学习心理学，从北美学者埃德加·戴尔的学习金字塔的理论中，得知当年初中数学学习契合了学习金字塔理论中最高效率的学习方法——学会了讲给别人听——而我则比这更高一筹：讲的人是我，听的人还是我！

教物理的是陶崇德先生。陶先生练就绝品魏碑，令我们佩服不已。我自觉不自觉，跟随陶老师学起了魏碑。先生善于把握课堂教学节奏。一堂课复习、新课、练习、辅导、小结，看似平常的环节却被陶崇德老师经营得波澜起伏，兴趣盎然。陶先生教学非常严谨。陶先生的课堂教学，非常重视学科的知识结构和逻辑关系，一堂课就是一个知识逻辑体系，用心听课者，学好物理是没有悬念的。此外，陶先生还有一个少有的绝活：每一堂课，他写下最后一个汉字，打上句号的时候，十之八九，下课的铃声敲响了。所幸，初三化学也由陶先生任教。亲其师，信其道，我学习热情当然源于对陶先生的亲近和信任，被陶先生带进了一个十分严谨、严密、神秘的物理、化学的世界。用现在的话说，我是陶先生忠实的粉丝，每天晚上就寝前，躺在床上，趁着熄灯的余兴，手舞足蹈模仿陶先生讲物理或化学。这样做再次契合了人类最高效率的学习方法，所以物理化学的学业成绩出类拔萃，考第一是常态，考不到第一是例外！

我因为崇拜姜焕利和陶崇德两位先生，自觉在课外模仿他们上课，无意中契合了人类迄今为止发现的最高效率的学习方法"学会了讲给他人听"。而我当年采用的是"学会了讲给自己听"，应该说比"学会了讲给他人听"的效果更胜一筹。这种最高效率的数理化学习，沉淀了我的数学思想、物理思想、化学思想。在我尚未接触哲学的时候，这些学科思想成了我的精神支撑。

我的数学、物理、化学三科成绩相对领先，还有一个其他人不具备的条件，那就是我能够阅读青年自学丛书。父亲业余时间，要给部分社会青年做高考补习，而辅导用书就是《数理化自学丛书》。父亲买了两套，一套放在学校，一套留在家里。家里的这一套成了我数学、物理、化学课本最好的延伸读物。在我读初中的年代，附近没有书店，没有小卖部，没有练习册出售，没有课外读物出售，除了教师布置的随堂练习，就是教师阶段性油印的练习题集。宝贵的星期天，如果不做农活，《数理化自学丛书》自然成了我最好的辅助读物。虽然这套丛书，初中分量很少，大部分是高中的内容，然而教材编写遵循了理论与实践相结合和循序渐进的原则，往往在理论问题精练讲解之后，有着丰富的实践案例，即便是数学也不例外。华罗庚的优选法是著名的数学思想，在《数理化自学丛书》中就有非常丰富的生活案例。时至今日，我依然运用优选法来处理生活中的纷繁事务，把有限的时间和精力集中起来读书。其余平面几何、立体几何、三角函数、微积分等，都与大量的军事测量、工业测算、农业计算结合起来。对于我这样生活在农村，根本无法走进书店的少年来说，如获至宝，令我痴迷，伴随我走过了一个很多人以为很苦，我却认为十分快乐的初中时代。

我从事教育工作已有三十多年，没有见过比这套书更适合自学的教材。我觉得抛弃这套丛书的编写思想，是中国教育的巨大损失，也是对中国最古老、最有生命力的"知行合一"的教育哲学的背叛。这套丛书，让我在初中阶段自学了大部分高中理科课程。我从初中二年级开始向父亲申请以社会青年的身份参加高考，连续两年遭到父亲的拒绝。父亲深知且告诫，如果我以初中生的身份参加高考，因为外语、历史、地理等学科无法缩小的差距，最好的结果可能就是以比较低的分数考取中专或大专，而我按照正常的节奏参加中考，将一举成名。后来，我如父亲所愿，以所在学校第一名的成绩（黄冈地区第七名），考入黄冈中学。然而，父亲却托人将我的档案调剂到湖北省麻城师范学校。

我原以为，父亲是因为家庭负担太重，不让我读高中考大学。同族柳立诚两夫妻都是县人民医院的医生，愿意资助我上高中和大学。他们育有两个女儿，膝下无子，支持我读高中上大学的前提居然是过继给他们家。父亲当然不愿意，我当时没有觉得有什么不好，也许是在县人民医院的宿舍见了他们两夫妻，他们的慈爱给了我信心和定力吧！我暗想，经济有柳立诚叔祖的支持，我坚持要读高中，和父亲闹起别扭。父亲的知己陈和泰先生出来斡旋，启发我，父亲可能担心因为家庭成分不好，一旦出现政策反复，说不准将来没有资格参加高考！于是，我沉默，我妥协，上了麻城师范学校。

初中学习，无意中契合了埃德加·戴尔学习金字塔理论中最高效率的学习方法，无意中契合了中国传统"知行合一"的教育哲学思想，无意中学会了独立思考和自学，有意妥协上了麻城师范学校。而这些"无意"和"有意"加在一起，是我教育人生的前奏！

2021 年 2 月 14 日

牛坡山上

1981 年 9 月 1 日，父亲陪伴我乘长途汽车到达位于大别山南麓牛坡山的湖北省麻城师范学校。这所学校比我三十年后看到的黄冈中学小很多，比我后来看到的各级各类大学、大专更显小气，但毕竟比我曾经就读的毕铺中心小学和毕铺中学要大很多倍。整齐的宿舍楼、整列的风琴房和第一次见到的钢琴室，带有足球场和多个篮球场的运动场等都让我惊喜。最令我留恋的是阅览室和图书室，这里向我敞开了一个远比课堂更加丰富多彩的世界。

三年师范学习生活，有两年的课余时间，我都泡在图书馆，偶尔会在阅览室看看《十月》《丰收》《芳草》等文学杂志。因为初中时代《大地的儿子——周恩来的故事》的深度冲击，我在麻城师范学校差不多用了一个学期的时间研究周恩来，剪贴所有关于纪念周恩来的文章，剪辑几乎所有能够看得到的周恩来的照片，贴满了厚厚的三本。图书馆馆长姜春俊与我同在一个小镇，他为我的剪贴、剪辑提供了方便。第一个学期行将结束，各门功课中，我的政治考试分最低，仅有 65 分。有自己努力不够的主观原因，还有一个客观原因是政治老师的口音是根本听不懂的麻城普通话，几乎每个汉字的发音在他嘴里都转了个弯，他讲课我发蒙。于是我开始把阅读的重点放在了政治经济学、辩证唯物主义、历史唯物主义、唯物辩证法等与课程相关的著作。那个年代的师范学校必须开这些课，因为学生毕业后，接近半数可能直接教高中。读哲学，首推艾思奇的著作。我阅读了能找到的所有艾思奇的著作。艾思奇是我党延安时期的马克思主义教员，理论功底深厚，文字功夫淳厚，深奥的哲理在他笔下如行云流水，酣畅淋漓。我因为阅读，对艾思奇油然景仰。十年后，妻子让我给儿子取名字，我居然毫不犹豫取名"柳思奇"!

阅读艾思奇，自然延伸到毛泽东。读了毛泽东《论持久战》《矛盾论》《实践论》等单行本，一下子，被毛泽东高瞻远瞩的思想、大气磅礴的格局、雄辩严谨的逻辑和平易晓畅的文风所征服。课余时间，浸泡在图书室，重点阅读《毛泽东选集》一至五卷。幸蒙姜春俊馆长的垂爱，特许我在图书馆的《毛泽东选集》上圈圈点点，旁批眉批。有时候放假，图书馆不开放，他私下将钥匙交给我，我一个人悄悄钻进图书馆，坐在靠路边窗前，窗外有一排密密的树，挡在窗子和路之间，不开荧光灯，静静读书做笔记，不会有人发现和打搅。

我的阅读取向感动了姜春俊馆长。他赠送我一本 1964 年版一卷本的《毛泽东选集》，红色塑料封面，64 开本，1406 页。他说，这是他自己上中学的时候学校发的，他珍藏了很多年，现在送给我。从此，这本书成了我的口袋书，走到哪里，带到哪里，常读不厌，常读常新。《毛泽东选集》，我完整读过 17 遍。我最喜欢的篇目是《中国的红色政权为什么能够存在?》《星星之火，可以燎原》《中国革命战争的战略问题》《实践论》《矛盾论》《抗日游击战争的战略问题》《论持久战》等。毛泽东的文章大多是戎马倥偬中的奋笔疾书，时间、空间、情势等都不允许有半点官僚主义、形式主义、教条主义。在直白、晓畅、通俗、生动的文风背后，是他深邃的思想、务实的作风、高效的方法。这些才是毛泽东思想的精华所在。有人说，现在毛泽东思想过时了，其实不然，我们需要从毛泽东著作中学习的是他的哲学主张、思想方法、工作策略等，而不是只言片语的教条。毛泽东著作是历史时期的产物，里面都是当年决定中国共产党和国家前途命运的文章，根本容不下也容不得任何官僚主义、形式主义、教条主义的内容。这样"经世致用"的好文章不读，要读什么呢？

或许有人会问，我用一个学期的课余时间，重点阅读《毛泽东选集》，有实际意义吗？当然有。我因此学会了思想方法，学会了工作方法，学会了公文写法。熟悉我的朋友，应该有鲜明的感觉，我的著述、我的文章、我的演讲有着毛泽东著作的深度浸润和深刻影响。几年前，阅读《韩昌黎文集》，才知道毛泽东的文风源头在韩愈。当年在麻城师范学校，如果读完《毛泽东选集》，紧接着阅读《韩昌黎文集》，甚至朗读背诵《韩昌黎文集》，无疑我的人生或许是另外一种局面。可惜，那个时候的图书馆，既没有《论语》，也没有《韩昌黎文集》。但不管怎样，在图书馆与《毛泽东选集》相遇，算是十分幸运！《毛泽东选集》对我的吸引力，丝毫不亚于那时刚刚兴起的金庸武侠小说。在麻城师范学校，十点钟熄灯，路灯下经常有个学生，捧着一本红色的书在阅读。那个人是我！

1983年下半年，麻城师范学校被选定为普通话达标第一批试点学校，而此时的我依然讲一口新洲方言，普通话基本不会。除了写政论文、辩论、演讲外，语文成绩依然平平。我猛然意识到，我必须学会普通话，必须学好语文，不能留下遗憾离开麻城师范学校。我把这个想法告诉了我的语文教师颜素珍女士！这年9月1日开学第一天，我的同桌突然换成了女生，而且是学校广播站播音员吕泽文，麻城姑娘，全校普通话最标准的姑娘！我正因此纳闷，新学期第一堂语文课才知道，那是语文教师颜素珍女士的特意安排，让全校普通话最标准的播音员吕泽文对全校普通话最差的柳同学进行语文"扶贫"和普通话培训——吕泽文二十年前被授予国家级普通话测试员称号。吕泽文很理解语文老师的苦衷，开始辅导我学习语文。遗憾的是，无论如何讲解，我就是不怎么明白那些课文，真是你不讲我还明白，你越讲我越糊涂。她对我几乎不抱任何信心和幻想。

　　一天早读，吕泽文同学自己朗读朱自清的《荷塘月色》，不经意我感受到了文中弥漫的孤独与苦闷、忧郁与渺茫、悲伤与无奈、朦胧与静谧、恬淡与典雅、洗练与流畅、清丽与温婉、和谐与隽永……想不到朗读的文章如此动听，想不到平常被肢解得破碎不堪的文章原来如此有感染力。于是在吕泽文同学的帮助下，我开始朗读中等师范学校课本《语音》中鲁迅的《故乡》、朱自清的《背影》、郑振铎的《海燕》、俞平伯的《桨声灯影里的秦淮河》等文章。按照吕泽文同学的方法朗读，我品尝到了无可言状的美妙滋味。于是，我开始迷恋朗读。吕泽文同学看我进入状态，就帮我把《文选与写作》第五、六册课文全部注上拼音，我开始如饥似渴地朗读。陶醉地朗读，全心地朗读，疯狂地朗读，以至我能够自然而然地熟练背诵《包身工》《一九三六年春在太原》《记念刘和珍君》《为了忘却的记念》等篇目，接着就朗读和无意识背诵了《文选与写作》的第一、二、三、四册几乎所有的名篇。此后数十年，我讲语文公开课不胜其数。很多同行诧异，我上公开课从来不带教材，带了也不打开。其实，谜底就在麻城师范学校三年级吕泽文同学的唯美朗读，让我不经意背诵了几乎全部的中学语文教材名篇。

无书可读的时候写信给父亲，报告我疯狂读书的进度和收获，并请教下一步我该读什么。父亲十分高兴，认为我的语文学习终于走上正道，并告诉我，在我的箱子底下，有一本牛皮纸包裹的书，拿出来从第一篇开始朗读。我翻开箱子，找出包裹数层牛皮纸的那本书，是清代人吴楚材、吴调侯叔侄选编的《古文观止》。于是，我请求吕泽文同学帮我给《古文观止》中我初看喜欢的篇目注上拼音。朗读和无意识背诵到第 77 篇文章的时候，我毕业了。

长达一年几近疯狂的朗读，积累了扎实的语言文学基本功。试想，什么样的修辞手法文章中没有，什么样的布局谋篇文章中没有，什么样的写作方法文章中没有，不知道、不掌握，那是因为缺乏深度的体悟和认知。而我以一种类似西方心理学中称为"全人格学习"的方式，对数百篇古今中外的名家名篇做了融入生命和灵魂的学习。在这种全身心的朗读中，我成功实现了与数百位古今中外的哲学家、思想家、文学家、教育家的灵魂交流。读《庖丁解牛》《秋水》，我是庄子；读《鸿门宴》，我是司马迁；读《洛神赋》，我是曹植；读《出师表》，我是诸葛亮；读《陈情表》，我是李密；读《归去来兮辞》，我是陶渊明；读《兰亭集序》，我是王羲之；读《谏太宗十思疏》，我是魏徵；读《滕王阁序》，我是王勃；读《师说》《马说》，我是韩愈；读《封建论》《捕蛇者说》，我是柳宗元；读《岳阳楼记》，我是范仲淹；读《醉翁亭记》《秋声赋》，我是欧阳修；读《前赤壁赋》《后赤壁赋》，我是苏轼；读《病梅馆记》，我是龚自珍；读《与妻书》，我是林觉民；读《少年中国说》，我是梁启超；读《为了忘却的记念》，我是鲁迅；读《故都的秋》，我是郁达夫；读《荷塘月色》，我是朱自清；读《清贫》，我是方志敏……

　　这种深度融合全身心的朗读，不仅让我打下了语言文字文学的厚实基本功，练就了标准的普通话，练就了出色的写作，练就了一流的演讲能力，还强化了为中华民族伟大复兴而读书的理想，强化了以教育推动中国改革发展的担当，实现了思想、价值、伦理、情怀的涅槃。从此以后，以无我的境界、忘我的精神，投入平凡而不平庸的教育事业中。这种兴趣转移、学科转换、职业变换、灵魂的脱胎换骨，只因吕泽文这位麻城姑娘的热忱，只因为我随她学会了朗读。更重要的是，我根据吕泽文同学的朗读法，悟出了以读为主线的语文课堂教学模式！而这种教学模式正是我在语文教育界获得江湖地位的"秘诀"，是我语文教育思想的重要支撑，也是我教育思想的厚实基础！三十多年过去了，我对吕泽文同学依然充满无尽的感激！

2021 年 2 月 21 日

古镇岁月

1984 年 9 月，我分配到古镇仓埠中心中学教语文。我是如何学习语文的，就如何教语文。独特的全人格语文学习经历，让我从教之初就决心构建一种以读为主线的课堂教学模式。这里的"读"，当然主要是朗读，用心朗读，全身心朗读，全人格朗读，以读来增强语文素养，以读来涵养人文精神，以读来促进人格成长。那个时候，语文教学还在演绎着生字注音、词语解释、划分段落、归纳段意、中心思想、写作特点的千篇一律的"六步教学法"。我所在的教学班，早读书声琅琅，课堂书声琅琅，晚读还是书声琅琅。语文的课外活动，无不是以"读"为基础的语文实践活动，朗读兴趣组、演讲兴趣组、辩论兴趣组、评书演播组等，不一而足。辅助手段就是以吟诵为基础的诗词选读。我读初中一年级的时候，父亲利用《唐宋绝句一百首》《唐宋词一百首》来对我实施诗教，使我拥有诗和远方。如今，我当然不肯放过这样的机会：从《唐宋绝句一百首》《唐宋词一百首》《唐诗选注》和杨伯峻先生的《诗经译注》中选择我最喜欢的篇目，每周一首，教给学生。

1984 年 9 月到 1985 年 6 月，我的阅读趣向是新中国成立以来所有著名语文特级教师的教案、学案、语文教学论文，争分夺秒，如饥似渴，没有任何心思研究其他著作，只想知道除了朗读之外，语文教学还有哪些"秘诀"！我虽然掌握了朗读的方法，知道了朗读的奇效，但是，要转变成为学生、家长、同行认可的一种教学方法，形成鲜明风格，谈何容易？为了增强课堂教学的吸引力，我坚持练习书法，改掉了麻城师范学校在读期间经常换帖的毛病，集中力量临摹柳公权的《玄秘塔碑》，直到我的粉笔字就是标准的柳体，从没间断。时至今日，我内心安静时写的柳体毛笔字，依然称得上风骨俊朗！

1985 年 5 月，新洲县教育局鼓励早出人才，提前组织我们报考武汉教育学院，我成为武汉教育学院首届汉语言文学专业函授生。这种成人教育，至今依然逃脱不了人们的鄙夷，但对于我来说，却有人生难得的际遇。因为是首届函授生，学院安排了全校最强的师资：现代文学是吴正南教授、元明清文学是黎懋雄教授、现代汉语是王继超教授、语言文字是吴松桂（贵）教授、美学是苏教授（我已经记不得名字了）、语文教学法是张美英教授……最富有戏剧性的是，这批教授基本都是刚刚平反不久的右派，大部分也是大师级学者。武汉市委非常有担当，把这些老右派全都接纳下来，成为武汉教育学院当时实力最强的师资团队。

我是何其荣幸，在很多人不屑一顾的专科学院接受了大师们的熏陶。毕业以后，这些老教授有的退休了，有的调往北方重点大学了，比如美学的苏教授刚刚给我们上完美学课就调往北方一所重点大学了——我后来用西方美学和中国文艺美学来指导中学语文教学和中学生作文，其实就是得益于苏教授。选择就读武汉教育学院函授班，本来是无可奈何的事情，却有幸如沐春风，聆听大师们的谆谆教诲。他们的思想深度、学养厚度、学术态度、职业温度，给了我巨大的冲击和影响。他们的情怀、人格、操守、学养，尤其是他们中很多人那种历尽苦难痴情不改的家国情怀和学术坚守，成了我此生不惮于前驱的重要动力源泉！相比于他们，我此生的困厄、蹉跌、挫折和委屈又算得了什么呢？所以，我不怕！我无惧！我无悔！他们教会我治学式读书；他们让我对学术有了登堂入室的追求；他们给我的人生树立了群体标杆。回想这三年的函授，偶尔也会有孔子"厄于陈蔡"的自负，觉得大师们之所以在这里短暂停留，只为等我！

我不记得名字的苏教授，总共给我上了 7 个半天 21 学时的美学课，却把美的种子成功地播种在我的心田。我最初的教学理想是建构一种以读为主线的教学模式。此时豁然开朗：这一模式必须以"美"来浇灌。所以，三年函授，我阅读的兴奋点在西方美学和中国文艺美学。我利用在武汉函授的闲暇时光，首次到武汉最大的书店——武胜路新华书店淘书，在那里购买了《文心雕龙》《诗品》《沧浪诗话》《人间词话》等中国文论和文艺美学著作，也购买了康德的《美学》和朱光潜的《西方美学史》等。那个时候中国美学青年才俊易中天、邓晓芒等尚未出类拔萃，阅读他们的著作那是后来的事情！收集《宗白华全集》《朱光潜全集》《李泽厚全集》《蒋勋全集》以及邓晓芒、易中天、刘纪纲等人的美学著作，也是后来的事情。现在我的美学和文艺美学的典籍收藏，多达数百种，可能超过很多学校图书室的该专业的藏书。

从1985年下半年，我开始自觉用美学来浇铸语文课堂，用美来浸润语文教学。我以为，语文课堂教学是一种动态的审美活动。课堂教学的每个环节，我都自觉追求美学效果：体态——追求"别有幽愁暗恨生，此时无声胜有声"的艺术效果，追求"晕轮效应"，学生对教师体态语言的认知，直接影响课堂氛围，影响到学生学习的态度和风格；导语——追求"转轴拨弦三两声，未成曲调先有情"的"首因效应"，三两声，扣人心弦，情感铺垫，有效调动学生学习的主动性和积极性；提问——追求"千呼万唤始出来，犹抱琵琶半遮面"的审美境界，避免"天花板效应"和"地板效应"；讲解——追求音乐般的旋律，追求清泉般的味道，追求磁铁般的磁性；节奏——追求"山重水复疑无路，柳暗花明又一村"的引人入胜和波澜起伏；板书——追求浓缩的简洁美、多维的整体美、合理的布局美、书写的艺术美、新颖的形式美、严谨的逻辑美；情感——追求皮格马利翁效应或罗森塔尔效应，让每个孩子都在爱的氛围中成长和进步；练习——暗合埃德加·戴尔的学习金字塔理论，契合中国传统教育哲学的"知行合一"；结语——力求"天长地久有时尽，此恨绵绵无绝期"的艺术效果，把学习空间从课堂转移到课外，学习时间从此时延伸至无限至生命的终结；境界——追求"此曲只应天上有，人间哪得几回闻"的自由潇洒！总之，语文课堂的一切都应该是美的！

我深知，语文课堂之美，取决于语文教师的美；语文教师的美取决于语文教师的内在修养。要让我和语文教学有穿透时空的吸引力，必须只争朝夕读书，练内功。从此，仓埠古镇西兴街42号，普通的三间红瓦房，我的家，成了全镇最后熄灯的地方。进门左手边是我的卧室和书房，每当熄灯，我都恋恋不舍不肯睡去。因为，当我再次睁开眼睛，今天已成昨日。为了集中更多的时间读书，我向校长申请了单间。从此，这个单间自然成了全镇最后熄灯的地方。我孜孜不倦地朝着美学方向，发起长达三年的不间断冲击，几乎读完了当时能够买到的所有西方美学和中国文艺美学著作，尤其是能够把《文心雕龙》《诗品》《人间词话》抄写数遍，熟读很多遍，让我的语文教学实现了唯美主义的华丽蝶变。从此，我的语文课成为学生最喜欢的课，成为同行最欣赏的课，成为任何时间、任何一堂能够向全社会开放的课！

2021 年 2 月 28 日

长江之滨

1988 年 9 月，我被调入阳逻中心中学（当地人俗称"阳逻一中"）任教。阳逻（现为街道）位于长江之滨，曾经是三国时期东吴的军事重镇，具有两千多年的历史。20 世纪 90 年代的阳逻也是新洲的经济重镇，生产总值占全县的一半以上，连同厂矿子弟学校，仅仅中学就有 11 所，而我过去所在的仓埠地区仅有 4 所中学。毫无疑问，这对于我来说，是一个更大的舞台。刚到阳逻中心中学，任教初二（3）班，不到一个学期，我奉命接任一个被称为全区最乱、最差的毕业班初三（5）班的语文教师兼班主任。仅仅一个学期，我居然把六个学科班级总平均分带成全校第一，把这个班的语文教学带成全阳逻第一。要把这个烂摊子，在一个学期之内快速收拾好，在外人看来，不得其解。如何在一个学期，把最糟、最乱的班带成最好的班，更不可思议。

我觉得，征服最糟、最乱的班，首先是我的语文教学，一种耳目一新的唯美课堂，让所有学生一下子喜欢上语文，喜欢上语文老师，喜欢上班主任。也许根本上就是这种情感迁移启动了"差生差班"转化历程！如果还有别的，那就是我是一个理想主义者，永远不知疲倦，永远充满激情，永远只争朝夕。这半年时间，我住在教学楼三楼的小阁楼间——为了让我能够全身心投入转化差班差生的工作，学校领导专门分配了单人间——与课室一墙之隔，一个心中燃烧着一团火的青年，与一班对未来原本应该有梦想的少年，天然融合，以我突出的教师学养，点燃了他们对未来的憧憬和追求，使他们爆发出了超乎想象的力量，"奇迹"自然出现了！——学生虽然存在个性差异，但差班差生都是相对的，这些孩子心中的火种尚未点燃！点燃了，他们一样跑得很快！飞得很高！一个时期以来"基因决定高考"的说法甚嚣尘上！如果基因决定高考，我们无法解释中国第一批留美幼童，他们的基因绝对不强大，但是他们中的绝大部分都成为那个时代的佼佼者，不少人成为西学东渐的先驱！

　　20 世纪 80 年代末，专科属于达标学历，一线教师原则上不允许离岗进修。自学考试几乎成为一线教师自己提高学历的必然选择。那时的自学考试没有考纲（至少直到毕业，我都没有看过一份考纲），没有辅导班，也没有辅导资料，仅有推荐书目。我考试的第一门课是"中国小说史"，推荐书目是鲁迅先生的《中国小说史略》和湖北大学中文系主任李悔吾教授的《中国小说史漫稿》。因为不知道重点、难点、考点，我只好把这两本书读熟、读烂、读透。也不知道经历了多少日日夜夜，饭前五分钟看这两本书，睡觉前半小时看这两本书，上洗手间也看这两本书，周末足不出户，认真研读，写笔记，编提纲。最终，《中国小说史略》《中国小说史漫稿》两本书，我都读烂了：全书都是圈圈点点和密密麻麻的读书体会。两本书融会贯通了，就自己编写了《中国小说史纲要》《中国小说史问答》。对于鲁迅和李悔吾先生的两本书，我几乎到了能闭目讲授的熟练程度，于是开始拓展阅读，查看所有能找到的关于中国小说史的论文和著作。以这样的精神、这样的态度、这样的方法，勤奋读书，学业不精进，那才是怪事。后来，每一个学科都如法炮制，也如出一辙地都考了比较高的分数。据说，湖北大学有三门课悄悄地把应届生的考卷拿来考自考生，结果自考生的每科平均分比应届生高 10 分以上。有人说：不可能。我却不怀疑。因为，应届生很少能够像我这样把每一本书读熟、读烂、读透——读到能脱稿讲课或演讲答辩。自学考试中，我体会到孔子读《易经》读到"韦编三绝"的地步并非夸张！

专科函授学习期间，我的阅读重点集中在美学，对于美学以外的仅仅是以能够通过考试为基准。自学考试的每一个学科，我都会竭尽所能，把厚书读薄，把薄书读厚，薄到根据提纲能够讲课，厚到自己理解和思考的文字至少与原文等量齐观。如此，才能确保顺利通过自学考试。我其余的精力、阅读的重点逐渐转移到中国古代文学。开始逐个板块爬梳，精读《古文观止》《昭明文选》《唐宋八大家文选》，精读《唐诗三百首》《宋词三百首》。工作后，我保持着朗读的生活习惯。这个习惯从 1988 年的 9 月一直持续到 1991 年 9 月，朗读的地点，就在阳逻中心中学三楼的阁楼间。这三年，这阁楼间是全阳逻最后熄灯的地方！

三年中，学生在，阁楼间开门，随时恭候学生来探讨学业和人生；学生放假，阁楼间关门，我在闭门读书；夜幕降临，阁楼间的灯亮，我在读书。饿了，煤油炉子煮面条；渴了，热水瓶中有开水；累了，躺在窗前单人床上小睡。没有这三年的只争朝夕，我对汉语言文学专业缺乏足够的自信。在这里，我实现了作为文学人的涵养、学养、素养的升华。在这里，我完成了作为中学优秀语文教师的学力储备。因为西方美学、中国文艺美学、文学的深厚积淀，从此，我进入了语文教学的自由王国。我可以用半小时看一篇全新的教材，上出一堂别开生面的交流课、观摩课、示范课、指导课！

在阳逻中心中学，连续两年，我半途接任全校甚至全阳逻最不可收拾的初三毕业班，出乎意料地带出了最好的成绩，我也有些意外地成为阳逻地区教师和群众认可的青年教师。

1990年暑期在阳逻影剧院举行班主任经验交流大会，与会者五百多人，给我的时间仅仅五分钟。阳逻中心中学的校长叶细幼先生、书记沈桂英女士在我上台发言前反复叮嘱，就五分钟，必须确保教委主任和分管教育副书记的讲话时间。8点半开始，两个多小时的交流，全都是中规中矩读稿子，整个会场仿佛菜市场一般热闹。10点45分，轮到我发言，临时决定脱稿演讲，大家交流的是经验，我以点带面讲几个故事，告诉与会者我是如何成建制转化差生和差班——这是与会者和台上领导都期待的答案，因为我连续两届用极短的时间，既批量转化差生，又整体转化差班，还实现弯道超车。不知道为什么，两个多小时，一直闹哄哄的影剧院，在我站到发言席的瞬间，时空凝固，鸦雀无声，会场寂静一直保持到我演讲结束的那一刻，突然响起雷鸣般的掌声！五分钟的规定演讲，被我脱稿演讲了45分钟，原以为必被狠狠批评，想不到赢得了所有出席者的高度认可。一个月后，我被任命为阳逻中心中学教导处副主任。在这个毫无背景的陌生地域，没有任何关系和人脉，因为工作无怨无悔，因为实绩出类拔萃，我走上了教育行政的道路。此后，任阳逻二中副校长，任高潮中学校长，都是水到渠成。

26岁担任高潮中学校长，我面临这样的问题：过去，能够一个学期、一年把一个差班转化为好班，能够一年让一个学校的教学质量上台阶，如今能否用一到三年时间让一所中学出类拔萃？工作需要我放弃对文学的深度阅读，把阅读的重点转移到学校管理和教学管理。我阅读的第一本学校管理学著作是萧宗六教授的《学校管理学》。这本书我阅读了很多遍，但我总觉得该著作实践基础不牢，思想高度不够，理论深度不厚，心中难免遗憾。我家与新洲二中一墙之隔，于是我拜访了新洲二中的老教师、老校长，请他们回顾在全国名校时期新洲二中的教育理念、办学思路、管理策略，研究它出类拔萃的深层次原因。因为民国时期的中小学资料极其匮乏，我只好以民国高校的研究代替民国著名中小学的研究，从此一发而不可收，研究蔡元培与北京大学、张伯苓与南开大学、梅贻琦与清华大学、陈垣与辅仁大学、司徒雷登与燕京大学、竺可桢与浙江大学、吴贻芳与金陵女子大学、唐文治与东南大学、马相伯与复旦公学、何炳松与暨南大学、任鸿隽与四川大学、林文庆与厦门大学、罗家伦与中央大学、王星拱与武汉大学，等等。总之，在中国中小学尚未形成学校管理学理论体系的时候，我觉得从高等教育学校管理入手，管窥中小学管理的门径，是一种非常不错的选择。我从民国以来的真正教育家群体身上寻找教育管理的真谛，这就像坐在飞机上看湖泊和大海一样，一目了然。这些资料的收集与阅读，形成了我管理学校的基本思想：校长的人格和学养决定学校的品格、品位、品质，非权力影响力远远大于权力影响力；学校需要文化经营，而不能一味地用数学方法计算或算计人；校长要善于激发教师的热情，保护教师的个性，也必须善于激发学生的理想和兴趣；我的任意一堂课对任何人开放，教师的任意一堂课也必须向任何人开放；还有"抓常规，出质量"的绝学——这是杨志勇先生悄悄传授给我的

"秘籍"。活学活用、知行合一，一年时间，我让操场长满草的高潮中学重新获得群众的认可，地段生全部回流！甚至当时阳逻最高领导都在思考，是否将孩子转到我所在的城乡接合部的高潮中学！

我任校长期间，必坚持带毕业班语文课，从没有间断；我的宿舍就在校内，书房窗户正对操场。晚饭后，没有晚修辅导，我便回到窗前，安静地读书。从华灯初上，到万家灯火，再到万籁俱静，我就在窗前阅读，圈点，旁批，眉批，尾批，摘录，沉思。这成为校园的风景。这道风景感染教师，也感染学生！这里，也自然成了阳逻最晚熄灯的地方！

2021 年 3 月 2 日

白云山下

1995 年 2 月，我应邀只身来到南粤重镇广州，担任白云山下的广州外国语学院附设外国语学校（后改名为广东外语外贸大学附设外语学校、广州市广外附设外语学校，现名广州市实验外语学校）教导处主任，有幸成为广东民办教育的拓荒者。我因此能够以一种无拘无束的心态，去探索基础教育改革与发展的新路。原本做出这个选择，也很想借在外语学校工作的机会，跟随外语学校的名师，彻底把我薄弱的英语来次深加工，然后考研究生，或者有机会到国外去做一段时间教育研究，再回来报效我深深眷恋的祖国。

适逢学生集体退学风潮，学生和家长提出集体退学的理由竟然是：办学没有方向和特色。我临危受命，襄助王桂珍、刘世平等，半月之内编制了学校发展的整体规划，编订了《广州外国语学院附设外国语学校管理手册》（最初发给学生和家长的是白封面版本，1995 年 8 月学校改名为广东外语外贸大学附设外语学校之后，印制了那个年代相对精美的彩印版），给学生和家长分别做了几场讲座，系统讲授办学方向和特色：学科层面以英语为特色、教学层面以"轻负荷·高质量"为特色、教育层面以"全面发展＋个性发展"为特色，并努力带领教师们在教育教学实践中加速推动这些特色的沉淀；同时剑走偏锋，依托大学，让大学教授批量走进中学课堂，仅仅英语就开设了基础英语（与普通中小学同样的教材）、语音、口语、视听、阅读、文化、写作等七门以上课程。那个时候跟我搭班教英语的大学知名教授就有：李筱菊、毛诗惠、王桂珍、方健壮、仲伟合、温宾利、陈铭枢等。这些教授课时量不多，一周一节课，但是名教授的人格、风度、学养，给学生带来的是一辈子的影响！——我就这样全心全意投入一个新生的民办学校的修复和一所名校的开创，自己不仅担任教导处主任，同时担任首届 1993 级的班主任兼语文教师。这届学生升入初三一分为二，我应学生要求，担任首届 1993 级两个班的班主任，同时负责两个班的语文教学。毫无疑问，原本想学英语的计划泡汤了，因为我的阅读是伴随着工作需要的，外语学校最强的就是英语，几乎每个学生都可以当我的翻译。所以，英语是我个人的攻坚方向，却不是当务之急。想深加工英语的梦想，自然因工作相对繁忙而泡汤！

1996 年 9 月前，我住在位于白云山下的外语学校宿舍，这里可以随时远眺白云山，可以欣赏山间的明月，可以奢侈地享受掠过松涛的清风，可以常年呼吸纯美而富有百花味道的空气。任何时候，感觉充满了无穷的活力和朝气，进入了一种完全不知疲倦的疯狂工作和读书状态。白天基本上以上课和处理教务为主，晚上一边看学生晚自习一边批改作业，晚自习结束后还必须巡查宿舍。大约 10 点以后，才进入读书模式。当然，双休日和寒暑假，我无一例外安安静静地读书。在白云山下，我第一次读《史记》，读的是贵州人民出版社 1994 年版的《史记全译》，而这套四卷本的《史记全译》，居然是我的学生向凡赠送的，读这套书自然想起向凡！古人以《汉书》下酒，读到精彩之处，喝一口酒，赞一声妙！我读《史记》，没有喝酒，也没有喝茶。司马迁悲天悯人的情怀，字里行间蕴含着儒家的人本思想，通篇洋溢着人性、血性、理性，以文学手法撰写历史的淳厚而醇畅的艺术魅力，叙事之中贯穿的闪烁真理光芒的"太史公曰"等，足以让我陶醉，比喝酒喝茶的滋味不知道要好多少倍！读《史记》七遍就是从白云山下开始的！

白云山下的青春岁月里，我读得最多的还是教育心理学著作和西方道德著作。那时因为面对新型民办学校的管理，面对民办学校教师的管理，面对自己任教的家庭条件相对较好的两个班孩子的教育，我必须静下心来读书。读书的目的，在于不断解决教育教学过程中出现的问题。我因为读《公西华侍坐》而确信孔门师生的关系，绝不是汉代经学和宋明理学语境中生硬杜撰的绝对服从、屈从的关系，而是一种亦师亦友亦兄弟的情谊。所以，我不敢追求"一朝为师，终身为父"的礼教传统，而是追求亦师亦友亦知己的师生道义相期。

我的阅读行为，对学生有着潜移默化的作用。我带的首届毕业班的学生，都是在阅读中与我一起成长的。他们各有自己鲜明的阅读趣向：郑晓燕同学的阅读趣向，偏重于文学，尤其是散文，是一个梦想成为中华人民共和国第一位女总理的少年；张春意同学的阅读趣向居然是政治学，想成为政治家；卢颖同学的阅读趣向是现当代散文，也时不时写散文；刘贵贤同学的阅读趣向是诗歌，也偶尔创作诗歌；盛强同学的阅读趣向是军事，那个时候他对军事的了解比我深、广很多；向凡同学的阅读趣向是历史，《史记全译》四卷本，我们俩交换阅读，他准备赴新西兰留学的时候，索性就把这套书都送给我，留个念想；龚进同学的阅读趣向是数学，想做一个非常安静享受数学的少年才俊；杨蓉同学的阅读趣向是语言学和演讲学；李卓文同学的阅读趣向集中在英语和计算机等。全班没有两个阅读趣向完全相同的学生，阅读成果自然精彩纷呈，几乎每个学生都能够在那个时代的报纸杂志发表文章。最有意思的是，每逢郊游、春游，学生们就三五成群，以阅读趣向为纽带，自然形成了丰富多彩的聊天群——实体的而不是虚拟的。我也常常不经意成为某群中的一员，碰到那一群，就自然融入其中。此时此刻，我觉得，除了我的文学和教育专业，很多学科知识储备不如学生，英语更是如此——很多学生到了初三年级就能顺利通过大学四级英语考试。

白云山下的读书，增强了我潜意识中的紧迫感。人生有涯，知也无涯。宿舍楼二楼的3号房自然成了外语学校内最后熄灯的地方。周末或休息时间，我的阅读是没有节制的，读书到凌晨一任自然，困了累了支撑不住了，就一觉睡到自然醒。也是在这段读书的日子里，我才体会到，中国教科书"教学相长：教学双方相互促进"的定义是何等苍白贫乏。我在与学生的共同阅读中，体会到孔子两千多年前开创的"教学相长"的真正含义：师生应该也必须是有情怀的读书人，师生应该也必须是成长的生命共同体，师生应该也必须是一辈子道义相期的人生知己。如此，才叫"教学相长"！

在今天"双减"的历史转折点，回望当年的教育，学生没有现在这么沉重的课业负担，取而代之的是尊重差异、保护兴趣、发掘潜能的个性化阅读，是一种自由自在自主的阅读。阅读让他们的中学时代充满了快乐，阅读让他们的青春充满了活力，阅读让他们对那段无悔的年华有了一生的眷恋！时至今日，广州市实验外语学校依然是成千上万家长心目中的明星学校，依然是莘莘学子向往的学习乐园；学校一直在传承属于自己的优秀传统，而且一直在追求创新和发展！后来的天河外国语学校（简称"天外"）的办学思想和理念，拥有原广州外国语学院附设外国语学校（简称"广外外校"）的文化基因！某种意义上讲，天外是广外外校的升级版！

1996 年 7 月，我有幸被安排到华南师范大学研究生课程班学习，也因为是华南师范大学的首届研究生班，大学派出了最强的阵容：刘鸣、莫雷、任旭明、郑雪、王志超、李雅林等知名教授。这个群体，在那个年代几乎都是博士或教授，而且几乎都有海外留学背景。双休日和寒暑假，聆听这些大师们的教诲，工作日即付诸实践，这种"学而时习之"和"知行合一"的学习，使我对教育学、教育心理学、学校管理学、课程论的学养学力，上升到一个全新的境界！华南师范大学这批大师对我的影响十分深远：他们的人格风度，他们的修养气度，他们的职业温度，他们的学术厚度，他们的思想深度，成了我教育人生的理想和标杆，也让我对华南师范大学有了深深的眷恋和深情的回望！——如果说，在武汉教育学院，让我有了学术登堂入室的向往和追求，有幸际遇那个年代刚刚平反的右派大师，那么，有幸受教于华南师范大学这批当代大师，让我有了学术登堂入室的自觉和执着！

2021 年 3 月 14 日

东山往事

1999 年 3 月，我被引进到广州市东山区教育局。时年 33 岁，以借调身份，从科员干起，从事教育行政管理工作。过去十六年，我在武汉从教师做到校长，在广东再次从教师做到校长，有个人专著，有公开发表的论文。这些历练的背后，有一条线索贯穿在我的生活中，那就是读书，根据工作需要读书。工作需要读书，读书促进工作，学习与工作融为一体。从学校到机关，对于我这个读书人来说，工作跨度很大。身份可以变，角色可以变，但读书人的本色变不了。

适逢广州市中学下放给区县管理，适逢东山区创建广东省教育强区，上半年，我是东山区教育局唯一具有中学任职经历的干部，下半年紧急从刚刚下放的中学选调数人，包括张远木、张宏伟、邓伟胜、赵佩霞、崔晓、王东、刘小莲等，还有市教育局下放的黄志平等一批中学教育精英。那个时候，因为一次性批量从基层选调优秀中层干部充实机关，让东山区教育局充满活力。此时我不是写自传，只是分享读书的过程，所以，没打算讲述与那么多领导和同事一起创建教育强区的动人故事。那时我除了协助局领导做行政管理外，重点是对区域教育做规划，并做广东省教育强区的创建方案。这个时期我的阅读集中在教育信息化领域，也阅读了新中国成立以来尚未废黜的教育政策等，阅读北京、上海、苏州、杭州、武汉、成都等教育发达城市的区域教育规划类著作。

为了快速推进广州市东山区教育强区建设，我受命草拟或终审名校长工程、名师工程、英语工程、教育信息化工程等方案。后来这些工程都以最快速度上升为政府行为，成为东山区创建教育强区的标志性工程，成为东山区基础教育形成核心竞争力的催化剂。能够担任这些政府工程执笔人或终审人，可能是因为我十余年如一日手不释卷所沉淀的理论功底，同时积淀了学校管理丰富的实践经验。现在，想要在核心期刊发表论文，何其艰难！但是，20世纪90年代，我以籍籍无名的一线教师身份撰写的专业论文，闭门邮寄，常常是核心期刊的连载重头。何以如此？因为我的文章有理论支持，有实践支撑，根源却在读书！

2001年暑期的一个周末，我到中山大学散步，走到文科楼门前，被硕士研究生招生简章所吸引，来到了高等教育研究所的办公室，遇到了我后来的恩师朱新秤先生——在朱门学子的口碑中，他是一位待学生如兄弟的良师益友！2002年，我终于如愿以偿考上了中山大学硕士研究生，成为朱门弟子。在读期间，我实现了有意识的角色分离：八小时内高效工作；八小时外全心做学术，把全部业余精力用于学术研究，完成了硕士学位论文《学习型学校的理论与策略》的写作。

在写作硕士学位论文期间，我集中一两年几乎全部的业余时间，深度阅读彼得·圣吉等全球写作者所有关于学习型组织理论的著作中文译本，同时根据彼得·圣吉提出的学习型组织的标准，寻找了战时西南联大作为案例，把发端于企业的学习型组织管理理论成功运用到学校管理。我之所以这样做，是因为我个人曾经以方向性、愿景式的组织学习行为，实现了差班的转化；实现了阳逻二中教学质量的提升；实现了高潮中学办学水平的整体提升。我个人的教学、教学管理、学校管理实践与彼得·圣吉的学习型组织理论形成了高度契合，这为我撰写硕士学位论文提供了丰富而坚实的实践基础。因此，我很快在硕士学位论文的基础上拓展出专著《学习型学校的管理理论与策略》（广东教育出版社 2007 年出版的优秀教育图书）——至今仍是中国内地唯一关于学习型学校的管理学专著。

2003 年 1 月，创建教育强区工作已经圆满收官，区教育局办公室主任的工作游刃有余，我再次转移了我的阅读重点——研究中国传统文化，特别是研究儒家文化。何以如此？缘起于 2001 年 7 月，我对澳大利亚十二所中小学的深度访问。当时，我带着广州市最优秀的交响乐团赴澳大利亚交流演出。我深深震撼，因为那时广州一流交响乐团与澳大利亚悉尼、墨尔本普通中学的交响乐团的差距很大（现在或许情况不一样）：除了既定的三首曲目"精彩无比"，临时选定或选定第三国乐曲演奏，我们从配器阶段就出状况，演奏阶段就更不用谈了。我反思：我们的音乐教育实质上是一种强化培训，音乐不一定是孩子的兴趣，音乐不一定是孩子的特长，音乐也不一定是孩子的志向；音乐或许在这次交流当中只是他们的"任务"。而澳大利亚任何一所中学的交响乐团成员，都是为兴趣而演奏，为音乐而演奏，为美而演奏，为自己一生的梦想而演奏！

这种震撼，让我夜不能寐。我于是联系上我在澳大利亚留学的学生，让他们根据我的行程空档，联系一批中小学，进行深度访问，并请学生给我当翻译。就这样，我深度访问了悉尼和墨尔本等城市的十二所中小学。我访问，必参观校园，必参访课堂，必与校长长谈。这次访问，有三点收获：

第一，当时我们的交响乐团输给澳大利亚几所中学原因何在？在于我们的演奏是强化培训的结果，澳大利亚的演奏属于音乐教育、审美教育的结果。我终于明白，为什么我们的音乐教育能够培养世界一流的钢琴演奏家，而无法培养贝多芬、柴可夫斯基、李斯特、小泽征尔等这样世界一流的音乐家。围绕这些问题，后来我在访问英国、欧洲大陆的过程中，再度进行深度访谈和思考，结论依然如此。

第二，下午基本没有文化课的义务教育如何支撑国家的创新力？澳大利亚义务教育文化课程设置的难度值很低，仅限于应知应会的常识和实践，课程与生活的关联度很高，在课堂教学中重视实践多于理论，重视个性多于共性，重视兴趣多于标准，重视潜能多于技能，重视发展多于现状等。一言以蔽之，他们的课程设计和学校教育教学，最关注的不是共性，而是学生的个性。为什么中国国家创新指数那时远低于仅有 2000 万左右人口的澳大利亚？问题在于教育。受高考制度的制约，让中国几乎所有的孩子都牺牲了多元智能发展的关键期，较难成为先天禀赋占优势相关领域的出类拔萃者！不一样才精彩，把贝多芬培养成贝多芬，把姚明培养成姚明，这才叫教育，而不是用一把尺子量所有的学生。

第三，为什么澳大利亚对于体育、音乐、美术等学科教学重视的程度，丝毫不亚于英语、数学等？上半天课的澳大利亚中小学，把时间还给孩子，把空间还给孩子，把自由选择权还给孩子，让他们做自己想做的事情，读自己想读的书……让孩子们的青春如火，让孩子们的生命绽放，让孩子们在自由中默默选择自己一生的志趣和道路！

2004 年 8 月，我再次自费考察澳大利亚的基础教育，探索我依然感到困惑的教育问题。考察的重点是探索教育的本质，考察的学校兼顾私立中小学，访谈的人员有校长、教师，而重点却在学生，也借机访谈在澳大利亚留学的中国学生群体。特邀中山大学林泽铨教授全程参与，同声口译，而负责联系的是林教授在澳大利亚的朋友埃里克斯。埃里克斯帮我们联系的学校非常具有代表性，从悉尼到墨尔本，从最繁华的大中城市，到最偏僻的塔斯马尼亚小岛中的乡村学校！历时 18 天，参观了 17 所中小学校园，深度访谈了 17 位校长，全程观看了他们的宗教道德模式，随机访问了数以百计的中小学生。明白了两个问题：

第一，教育的本质到底是什么？阅读雅斯贝尔斯的著作，早已懂得教育的本质是精神活动。我们的基础教育在高考指挥棒下，早已异化为超一流的培训。既然教育的本质是精神活动，我们该用什么样的"精神"去滋养学生和国民？让教育回归本真，必须回答和解决用什么养护师生心灵的问题，必须重建人之为人的人文精神。用什么养护学生的心灵？西方如澳大利亚的宗教模式？基于宪法和现行的政策因素，显然行不通。本土宗教？人们心中佛教和道教已异化为牟利的工具，当然行不通。通识教育？依然行不通，历史教育都边缘化了，何谈通识教育？这次参访，让我终于对这个问题有了结论，有且仅有优秀的中国传统文化，尤其是原生态的儒家文化才能养护师生的心灵。通过什么渠道？在中小学就是思想品德教育，在高校就是思想政治教育。有课时，有计划，有规划，有规范。我突发奇想，必须把儒家文化的伦理与价值的建构任务，融入思想品德课或思想政治教育课。我于是拟定了一个论文题目"儒家文化背景下的中国思想政治教育"，并且按照我所理解的论文结构，列出了提纲，向博士生导师郑永廷先生表达了想追随他攻读博士学位的意愿……

第二，作为教育本质的精神活动的范畴是什么？这次参访，我们深度了解学生的社会实践活动，参访了学生的实验活动，观看了手工实验课，查阅了学生科学创造活动的资料，走访了学生对于选修课的看法。在塔斯马尼亚岛，澳大利亚最偏僻地方的一所私立学校里，夕阳残照中，我访问了一位喜欢瓢虫的初中生戴维斯，他向我讲述了个人的兴趣爱好，告诉我曾经因为塔斯马尼亚岛位置偏僻，整个地区都找不到瓢虫类选修课的苦闷，告诉我学校经历无数辗转，终于能够以书信的形式分享墨尔本一所中学的瓢虫课——数年之后，我再次访问澳大利亚，听到学生可以通过互联网在全澳享受选修课的事实，我深感震撼和启发。对一个孩子并不起眼的兴趣，学校却给了如此高度的关注，做出如此程度的努力，怎么能不让我感动呢！在这所已经不记得名字的私立学校，我遇到了一位来自上海的姑娘，她在读初二。我询问了她的寄宿、生活、学习以及自己对课程的兴趣和对未来的憧憬，她做了稚气而真诚的回答。至今，忘不了一个寄宿在数千公里之外的澳大利亚家庭的中国小姑娘，和她那双乌黑而闪烁着阳光、自信、天真、梦想的双眸！我并非有意诋毁，非常抱歉，我在国内看到的更多的是忧郁和焦虑！——这次考察，让我明白作为教育本质的精神：首先是人之为人的人文精神；其次是敢于突破的创新精神；再次是实事求是的科学精神；最后，也是最基础的是精益求精的工匠精神。

回望东山岁月，我所做的教育研究，似乎与我的教育行政服务没有直接关联！却是我此后二十年无怨无悔地研究优秀中国传统文化的孤诣所在！我对中国教育的反思，始于东山！我对教育本质的自觉，源自东山！此后很长一段时间，我一直在苦苦追寻，教育拿什么养护师生的心灵！

2021 年 3 月 21 日

攻读博士

2005 年，东山区和越秀区合并，我被借调到市教育局工作，后正式调入。在市教育局历任主任科员、办公室副主任、体卫艺处处长、办公室主任。读博士期间，适逢市教育局开展创建广东省教育强市工作。无论工作如何繁忙，我都把读书治学练内功作为自己的生活方式和工作方法。时年 39 岁，能够追随思想政治教育学泰斗郑永廷先生攻读博士学位，十分幸运！在读硕士期间，我有幸聆听了恩师郑永廷先生讲授的"高等教育学"，先生的道德学问给我带来了巨大的冲击和震撼，我于是决心在跟随朱新秤先生读完硕士学位后，追随郑永廷先生攻读博士学位。这种选择，很大程度上是因为仰慕恩师郑永廷先生高尚的人格修养、高洁的学术品质、深厚的学术造诣！恩师治学十分严谨，融学术入生命，孜孜不倦地探索和追求，常常站在思想政治教育学的前沿，引导后学不惮于前驱！

恩师的思想前瞻性让我深为折服。按照约定，我把事先撰写的博士学位论文提纲，发送到恩师的邮箱，请他审阅，并再次诚恳申请追随先生攻读博士学位。恩师与我除了课堂上的学术交流外，仅有一次课间短暂交流，我向他提出想追随他攻读博士学位，他没有拒绝，但仅答应聊一聊。这聊一聊，仿佛伯乐相马，恩师是否看得上这位弟子，要通过"聊"来做一个前置的"面试"——估计聊得不好，恩师不会建议我参加考试，或者不再有下文。我如约到中山大学文科楼三楼他的办公室喝茶，恩师和蔼地说，带着博士论文提纲读博士，他还是第一次碰到。他批评我的论文题目显得有些保守。

我十分愕然，郑永廷先生是思想政治教育学科的主要创始人，正统的马克思主义学者，对我博士论文的题目《儒家文化背景下的思想政治教育研究》还觉得保守？我以为听错了。恩师继续说："儒家文化不是思想政治教育的背景，而是思想政治教育的内容，或者说重要范畴！题目应改为《思想政治教育的文化传承与创新研究》。"此时此刻，我怎能不佩服恩师目光如炬的前瞻洞见呢！当然，我私下认为，恩师对我论文提纲给予指导，已经意味着对我的接纳和欣赏。

恩师的包容鼓励我走向学术殿堂。2005 年冬季，我应邀出席广西的一个全国性学术会议，恩师别有要务，未能出席。我被曾令辉先生安排以郑门弟子身份出席并演讲，面对会议的沉闷气氛，激情奋发，直抒胸臆，对不赞同的观点做了不知天高地厚的批评，赢得了数十次热烈掌声，把一场全国性的学术会议的中心角色从知名大师、大家、专家，转移到一个名不见经传的后学身上。这次会议后期，应与会者要求，组织者邀请我参与最后的互动环节。因为二十余年手不释卷的阅读生活，我储备了相对博厚的学养，以至于在一场没有预演和彩排的全国性学术会议的互动中成了主角，回答了90%与会思想政治教育工作者提出的困惑和疑问，且每一次都伴随着热烈的掌声。当时觉得痛快，散会觉得后怕，因为我获知与会的很多人是恩师郑永廷先生的朋友。回到广州不久，远远看到恩师，躲着他，绕着走，担心给我一顿劈头盖脸的责骂。终于没有绕过去，碰个正着，非常意外，恩师没有责骂，而是温和地说："你在南宁表现精彩！学术就是要实事求是，学术最宝贵的规则就是人人平等！学者的生命贵在坚持真理！"由此可知，他主导的思想政治教育学科，依然坚持学术民主，依然坚守学术自由，依然恪守学术平等！原来，我想错了，我想多了！这次会议上我之所以被关注和被郑永廷先生鼓励，根本的原因是我二十年如一日兢兢业业的教育实践和安安静静地读书。恩师的肯定，极大地激励了我做学问的自信和兴趣。我因为博士学位论文的撰写而系统研究了毛泽东等我党领袖的思想政治教育思想。遵照恩师郑永廷先生的教诲，思考如何把儒家文化纳入思想政治教育范畴，以一种几近疯狂的态度，投入传统文化的研究，仅仅《论语》，就淘了37个版本，做了逐字逐句的研究。同时，我特地返回武汉武胜路新华书店，购买中华书局版的《二十世纪儒学研究大系》二十一卷。孜孜不倦逐字逐句研读，做了大量的批注，写了大量的随笔和思考，为博士学位论文的撰写做了充分的准备，也为后来撰写《论语心读》做了坚实的铺垫。

恩师的严厉让我掌握严格的学术规范。2006年底，我利用寒假闲暇加上补休半月，一气呵成撰写完博士学位论文，初稿约16万字。怕恩师批评我草率轻浮，一边加强相关研究，一边打磨论文。中山大学不成文的规定，在职博士必须满四年才能申请博士学位论文答辩，我哪里敢读了一年半就向导师提交论文啊！我曾经试探着问恩师，如果我的论文质量过关，可否三年答辩，恩师毫不客气地用那特有风味的湖北普通话拒绝："想都不要想！"于是继续打磨到 2007 年 11 月，我小心翼翼地将博士学位论文初稿呈送给恩师，心想最快也要一个月，才会有指导意见。万万没有想到，一个星期后恩师通知我到家里，论文从头至尾都有圈点的痕迹和评价的意见！恩师交给我修改过的论文后，满脸喜悦地说："带博士这么多年，还有人追着我论文答辩！稀奇！我跟研究生院讲讲吧，争取今年（2008 年）12 月参加论文答辩！"于是，继续修订打磨一年，最终论文有 28 万字。我也如愿以偿，提前完成了论文答辩。十分荣幸，我的博士学位论文《思想政治教育的文化传承与创新研究》得到广东人民出版社的青睐，在岭南博士文库遴选中以最高分获得全省优秀社会科学著作出版基金资助出版，并成为畅销书，没有给恩师郑永廷先生丢脸！恩师严厉，让我学会了以最严谨的态度读书著述。完成博士学位论文撰写，迅速转入《论语心读》的撰写。撰写《论语心读》的冲动始于 2004 年。那时我思考中国思想政治教育绕不过去的儒家文化背景，研读李泽厚先生的《论语今读》，颇受启发，决心撰写《论语心读》。《论语今读》是截至目前我读过的学养最深厚的《论语》版本，但该著作的读者群适合于学者，普通的大学本科生基本读不懂。而我以为，在汉代，儒家文化已经从人本伦理哲学异化为维护皇权的经学，宋代则异化为束缚人性的理学，早已背叛了先秦儒学人本伦理哲学的本质。

当代中国人，最需要一本回归人本伦理哲学本来面目、每个人都能读懂、每个人都愿意读的《论语》。于是我把即将问世的另类的《论语》解读著作取名为《论语心读》。我广泛阅读，深入思考，深度发掘，日积月累，水滴石穿，历经十年，对《论语》作了颠覆性解读。

学者似乎忌讳自我张扬，我反其道而行：一如刘文典对《庄子补正》的自信，《论语心读》公开展示自己的学术态度、学术思想、学术生命，坚守独立的学术主张和研究成果！学者似乎忌讳在学术中揉进感情，我反其道而行：一如梁启超在学术论文中燃烧生命的激情。《论语心读》以生命的激情，让2000多年前的《论语》复活，鲜活，奔涌，燃烧，燃烧出情怀、梦想、理想、信仰！学者似乎忌讳把自己卷进学术，我反其道而行：一如陈寅恪融生命入史学，《论语心读》是心灵深处的火山，是生命激扬的清歌，是长歌当哭的呐喊，是抱石沉海的奉献！学者似乎忌讳以文学手法表达思想，我反其道而行：一如司马迁以文学开纪传体先河，《论语心读》集我数十年学养，文思深厚、文气磅礴、文笔典雅、文辞优美！学者似乎忌讳学术文章的晓畅浅近，我反其道而行：一如润之、退之的文风让深奥的哲理形象起来，让深刻的思想生动起来，让深涩的古文晓畅起来，雅俗共赏！

不用讳言，《论语心读》旨在呼唤传承优秀传统文化，贵在传承精神，而不是形式和程式！从不讳言，《论语心读》旨在呼唤回归和坚守原儒的人本理念、人道主义和人文精神！从不讳言，《论语心读》旨在呼唤重构伦理情怀，重建伦理价值，重树伦理信仰，呼唤每个生命追求永恒价值，向前，向上，向光明！从不讳言，《论语心读》旨在呼唤教育回归精神活动的本真，呼唤教育回归有教无类的情怀，呼唤教育回归因材施教的取向，呼唤启动一场势在必行、迫在眉睫的助推中华民族伟大复兴的教育改革！从不讳言，《论语心读》旨在呼唤曾经丢失的知识分子悲天悯人的情怀和以天下为己任的使命感，因为中华民族的伟大复兴需要全民读书，更需要读书人的良知、责任和担当！

2021 年 3 月 28 日

书生本色

每逢人生的重大转折，我都少不了向恩师刘鸣先生、朱新秤先生和郑永廷先生汇报。2009 年《思想政治教育的文化传承与创新研究》入选岭南博士文库，同年经广东人民出版社出版成为畅销书，引起了一些高校的关注。国内一些知名高校向我伸出橄榄枝，我完全可以去高校任教，三五年或七八年之后，成为名满天下的教授，应该是大概率事件。同时，广州市天河区也向我伸出了橄榄枝，邀请我到天河区教育局任局长。何去何从？我曾征求过三位导师的意见，他们给出的答案惊人地相似：先做事，再做学问。郑永廷先生特别以我熟悉的儒家"经世致用"的传统开导我："有做事的平台，当然先做事。推动区域基础教育改革，或许会有开风气的作为。做学问是一辈子的事，退休了还可以继续。"于是，2011 年 12 月 26 日，我出任广州市天河区教育局局长。

很多人对天河教育的变化深感震惊，不少人认为这种变化主要是我从广州市教育局办公室主任"下嫁"天河的时候，带来了市教育局给我的"嫁妆"，如执信中学天河校区等。其实不是的，那只是市教育局代表市政府对天河教育的支持！不少人认为是我在任期间创办了广州市天河外国语学校等。也不是的，广州市天河外国语学校是典型的政府行为，我充其量不过是完成了理念和管理的设计，挑选了好校长，允许校长挑选他满意的团队和他满意的一批教育精英，"天外奇迹"是校长和教师共同筑梦的硕果。还有不少人认为，我在任期间实现了一批学校的蝶变。也不是的，那是校长和教师们齐心追梦的成果。岂敢贪天之功，据为己有。在我局长任内，只有一件事我自己满意——"读书"，也就是让教育者和受教育者都成为终身学习的读书人，而教育者中很多人成为不知疲倦的行者兼学者！政府的职责是办教育，主要解决教育规划、教育投入、资源配置等基础性问题；而校长的职责是办学，教师的职责是教书育人。基础教育的最大短板，就是教育者被折腾得没有时间读书，世俗文化的熏陶，加上高考的重负，也让太多的教书人不愿意或不可能花时间阅读大部头的教育著作，尤其是不愿意花时间深度阅读 20 世纪以来教育学、心理学、课程论等领域的世界经典著作。数十年来，目睹很多校长和教师，在社会需求的扭曲和裹挟之下，被动狂奔在迷茫的教育路上。教育者重建自己的教育理念、教育思想、教育理想、教育信仰，需要静下心来，安安静静读书！

自从担任天河区教育局局长，我毫不犹豫开启了独具风格的教育行政管理模式：把权力归还给责任主体。教师招聘、中层选拔、财务开支、基础建设、文化设计软包装、设备购置、校服设计采购、保洁保安、学校饭堂等一切属于学校的权力，都归还给学校。给基层减负，给校长松绑，让他们能挤出时间安静读书。我一直认为，团队方向性学习是集体进步的根本动力。让校长成为学者，让教师成为专家，让学生成为终身学习的读书人，是教育改革发展的内源动力。因为读书，就会自觉更新观念，就会沉淀思想，就会催生思路方法，他们能够在读书中拓宽眼界，提升境界，增进情怀，重建科学的教育价值观！赓续教育救国的传统，坚守教育兴国的理想，促成教育强国的担当！

除了处理重要文件和开会，其余的时间我几乎都在基层"调研"。我的基层调研颇为特殊，一律不打招呼，很多时候，连司机都不带，自己开车。我公开在会上改写仓央嘉措的诗歌："不管你喜欢，还是不喜欢，我会不经意出现在你的学校门口！不管你欢迎，还是不欢迎，我会时常出现在你的办公室门口。"每到一校，悄悄参观每位校长、副校长的办公室，重点看看他们的书架和书橱，看看里面放的什么书，翻一翻这些书是否读过，读过了是否留有批注等。参观中层干部的办公室，也是如此。当然，也必须看教师的办公室，主要是看看常规落实的情况，特别留意一个关键性细节：作业是否批改。我也曾经多次向校长、副校长、中层干部索借他们书架上我没有看过又买不到的书，看了几遍，列了提纲，做了摘要，如期归还，随后见面除了谈工作，就是交流读书的心得和应用于实践的成效。我因此发现了很多会教书的读书人，并加快这些人的培养和选拔——他们就是区域教育的核心竞争力。

局长任内，我几乎利用一切行政会议的时间，鼓励、倡导、推动校级干部读书，读20世纪以来的教育学、心理学、课程论的经典著作，也读中华优秀传统文化的经典著作；我十分重视教师的继续教育，只要时间允许，我都会给参加培训的教师上一次课，唤醒教书人读书的自觉，以读书拓宽视野，增强内功，提高能力，以读书来重新评判和解决教育教学中的各种实际问题。

我从不接受基层的宴请。并非不通人情，更不是孤傲清高，而是人生实在太短，想读的书太多，要做的事也太多，一顿饭连同往返差不多要消耗四小时，人生又有多少个四小时呢？我想把工作之余的时间留给自己，回归书房安安静静读书和思考，2014年8月，十年磨一剑的《论语心读》修订出版。我更想把工作之余的时间留给校长和基层干部，回归校园或家庭，安安静静读书思考。当代教育最需要教书人安安静静读书，安安静静思考，安安静静研究，安安静静教书，安安静静育人！教育需要静养，基础教育需要安安静静地去做！让教书人融读书入工作，融读书入科研，融读书入生活；让读书成就男教师的风度，让读书成为女教师的护肤品，让读书成为教育时尚！这样的教育是青春的、内蕴的、活力的！

局长任内，我读书集中在两个领域。第一个领域是 20 世纪以来中外著名中小学的办学历史研究。周一至周五的工作间隙，无一例外，集中零碎时间，回望民国时期知名中学、小学、幼儿园的著名校长（园长）治校的实践历程和理论成果——这个时期，民国中小学的资料逐步被大师们回顾，被出版社呈现出来。我之所以仍然坚持研究民国时期著名的中小学的办学理念、思想、思路、特色，是因为那个年代办学没有现在的政策性倾斜，每个办学人都是在荒芜之地，从零开始，依靠自己的思想理念和质量管理，去赢得学生和社会的认可和尊重！我不是复古者，更不会迷信古人，但是，民国时期那种以独立的学术精神和文化浸润来办学的情怀和智慧，依然值得现在的校长们学习和借鉴！

季羡林先生记忆中的山东省第一师范学校附属新育小学，袁鹰先生记忆中的杭州师范附属小学，焦菊隐先生记忆中的直隶省立第一模范小学，许渊冲先生记忆中的南昌模范小学，严文井先生记忆中的湖北省立第五小学，钱穆自任校长的无锡后宅初级小学等，给这批学人、文人、大师以生命的深度冲击，来源于学校独立的课程设计、优秀的师资队伍、先进的办学理念、严谨的学校管理。这些灿若星河的知名小学中，找不到任意两所理念相同、课程雷同、校训相近的学校。它们犹如宇宙遥远的恒星，依然留在人类教育历史的长河中。现在的人们不了解这些，那是因为我们健忘、淡忘、遗忘。那个时代的那些校长对人文精神的坚持，对优秀传统文化的坚守，对西方先进文化的追求，以及他们那种独立自主、开风气之先的办学精神，真的值得当代中国小学校长学习！

茅盾先生心中的浙江湖州中学，周有光先生心中的常州中学，冰心先生心中的北京贝满中斋，于光远先生心中的北京三中，资中筠先生心中的天津耀华中学，钱学森先生心中的北师大附中以及经亨颐创办的杭州高级中学（前身为浙江省立第一师范学校）和春晖中学等，都无一例外地以教师的强大人格磁场和理想主义的校园文化，在每个学生的心田播种了追求真理、追求正义的种子，能够给每个学生留下一生的回望和永远的奋进。这些中学的校训没有雷同，校园环境没有相同，特色课程没有抄袭，其高水平师资更让现在的中学难望其项背——以学贯中西的留学归国者为主！

同时，我也把眼光投向世界各国的中学！英国伊顿公学是精英教育的典范，以培养精神贵族而著称于世界！帕夫雷什中学是农村学校的代表，却是享誉世界的教育圣地！德国海伦娜中学，因为能够把问题少年培养成为社会精英而赢得世界性的声誉！美国的史蒂文森高中是一所鼓励学生个性发展、代表美国基础教育精英取向的高中！而美国的阿米斯塔特学院，是全美最著名的"差生"转化学校！其余如美国布朗克斯科学高中、瑞典的南拉丁中学、法国大路易高中等世界知名高中，没有任何一所学校是依靠政府的招生政策而成为名校的，也没有任何一所中学是点数高考成绩而寻求尊重和名誉的。这些世界名校赢得国际性的声誉，依靠的是自己的办学理念、教育思想、师资队伍、课程设置、厚重文化和鲜明特色！评价这些世界名校办学水平的标准是看学校培养人才在十几年甚至几十年后为人类做出的贡献！

第二个领域是一个世纪以来有关教育的经典著作。我利用双休日和长假，集中时间重读 20 世纪最重要的教育学、心理学、课程论、学校管理学经典著作，既出于深度思考的内在自觉，也出于指导工作的迫切需要。教育行政管理，重点或许在于引导教育者阅读教育的经典著作，让他们在阅读中反思自己的教育教学，在阅读中纠正自己的行为偏差，在阅读中探索教育教学的改革之路，倡导教育者独立思考应该怎么做，鼓励教育者放心放胆去做，保护教育者异想天开地去做！2012 年 2 月，在我担任局长两个月后，出台了《天河区中华文化经典教育工程实施意见》，算是全国第一个行政区（县）实现中华优秀传统文化的全覆盖。很多人误认为天河经典教育只是传统文化的经典诵读，其实错了，经典教育本质上就是一个回望传统、传承优秀民族文化精神的读书工程，是我作为教育局局长落实中央文化自信的自主实践，是推动中华民族伟大复兴的自觉担当。实施经典教育，让教育找回迷失的本真：自强不息、厚德载物、天下为公、尚中贵和、博爱泛众、勤劳简朴的民族精神和家国一体的伦理取向、天人合一的伦理情怀，成为涵养天河师生心灵的人文精神！实施经典教育，丰富了天河教育质量内涵：有志存高远的理想，有爱国主义情怀，有以天下为己任的担当，有坚强不屈的意志，有博爱泛众的胸怀，有勤劳简朴的品质，有终身学习的习惯等。这些是比分数更重要的教育质量。实施经典教育，赓续了优秀教育传统：孔子儒家开创的以生为本的思想、有教无类的情怀、因材施教的传统、全面发展的课程、尊重个性的取向、慎独正己的修身、反求诸己的方法、积善成德的路径、君子人格的激励等，成为天河教育者的共识和智慧！——这些也许是天河教育可持续发展的重要动力来源！

2021 年 4 月 4 日

幸福天园

2016 年 4 月 15 日，我以干部轮岗交流的形式担任天河区天园街道党工委书记。我记得，二十年前在东山区任教育局办公室主任的时候，有人说从职能部门调到街道工作叫"仆街"——这个词原本是广州话中地道的咒骂，当然这种语境中的"仆街"不是暴毙，而是形容街道基层工作的极端艰难。与街级兄弟姐妹并肩工作，才真正知道基层的苦、累、艰难、无奈，超出了二十年前的想象。既然来到街道，就落实"以人民为中心"的理念，把"幸福天园"作为服务目标，全心全意为天园人民服务。

任街道党工委书记，相比于校长或教育局局长，我是外行。但是，我仍努力以读书人的姿态和方式去适应这个全新的角色。

我不懂，我谦虚！——书记是什么？英文的表述是：secretary；标准含义是：秘书。二十年前，我以秘书的角色当办公室主任；二十年后的今天，我居然把书记当成了秘书。我公开号召班子成员和科室负责人，大家如果做出出类拔萃的成绩，我甘当秘书，帮你总结，帮你提炼，帮你出彩。卓山青同志把人大工作做成了一面旗帜，于是我提炼出"举手讲政治，动手务民生，推手谋发展"的基层人大工作特色，并努力支持山青同志把社会主义民主政治的优势做实做好做出实效。而曾巧玲、雷群燕等基层党组织书记，因为能独当一面且工作出色，把自己做成了全国劳模、全国优秀党务工作者、省市优秀党务工作者等，我也心甘情愿帮他们归纳和总结。当然随着时间推移，他们逐渐用不着书记当秘书了！

我不懂，我相信！——我不敢不懂装懂，我不敢强不知以为知，我不敢瞎表态瞎指挥，相信班子，相信中层，相信基层，相信群众。依靠他们自主，依靠他们自发，依靠他们自觉。诸葛亮主持蜀汉，事必躬亲，诸多将领仅仅用"锦囊妙计"就可以打胜仗。从历史角度看，诸葛亮成就了自己，却导致蜀汉各类人才普遍缺乏独立思考的能力，缺乏独当一面的魄力，最终不幸面临着"蜀中无大将、廖化作先锋"的尴尬。"自古雄才多磨难"，不让副手担当，如何能成熟？不让科长磨炼，如何能成长？不让基层自主，如何开创新局面？

我不懂，我安静！——"太上，不知有之。"老子认为，最高的管理境界就是你的下级不知道你的存在。我很少听汇报，也很少发号施令，也不喜欢开会；下基层，除非有陪同任务，从来都不带司机、不带办公室主任，双脚走遍每一寸土地，安安静静地看，安安静静地想，也让基层安安静静工作，让企业安安静静发展，让群众安安静静生活！办公室主任时不时拿个本子，兴高采烈地问我：有没有什么安排？我无一例外明确：没有。同志们够辛苦，基层更辛苦，能把上级部署的工作完成好，已是奇迹，不可折腾，不能折腾，不愿折腾。毫无疑问，我是天园街道最安静的人，是说话最少的人。孔子认为："民可，使由之；不可，使知之。"什么意思？对于带队伍来说：下级做得很好，就放手让他做；下级做得不好，就指导他们做得更好。对于服务群众来说：群众过得很好，则顺其自然（别折腾）；过得不好，则教化使其觉悟自觉。什么是幸福？幸福就是安详！同志们安安静静地工作，居民们安安静静地生活，这就是安详，这就是幸福！

我不懂，我读书！——我说这是最有效的基层治理方法，肯定有人笑话，但这是真的。儒家垂拱而治，不是什么都不做，而是做最重要的事情。党工委书记最重要的工作是什么？把握方向，带好队伍，唤醒民众。做好这三件事的前提是学习，包括政治学习、政策学习、法律学习、文件学习、文化学习。即使是文件学习，我也要求办公室将同类文件装订成册，让干部能够像读书一样去阅读文件。基层干部最大的短板，是拘囿于经验而不屑于学习。"喝烧酒，拍肩头，讲粗口"是他们敢于担当接地气的优势，但是，如果加上政治学习、政策学习、文件学习，则心明眼亮，如虎添翼。如果不学习，由于缺乏政治方向、缺乏政策依据、缺乏法律意识、缺乏工作思路、缺乏文化底蕴，处理事情往往缺乏前瞻性、缺乏系统性、缺乏大局观，与其说摆平，不如说是暂时消停。而"消停"的后遗症就是再次爆发时往往束手无策。

儒家的社会治理智慧是文化，以文化人。韩愈治理潮州，柳宗元治理柳州，白居易治理苏州，苏轼治理惠州，都比我高明，就两个字：文化！无口号，无标语，无会议，只有文化，只有诗书礼乐！别的学不会，读书却是可以学会的。近几年天园街道干部中的读书人越来越多，阅读当代马克思主义中国化的经典著作成为常态。班子、中层、基层党组织、党员具有鲜明方向性的团队学习，正是建设幸福天园的持久精神动力。喊破嗓子，不如做出样子。作为基层党组织书记，必须在政治学习上做出榜样。少年时代，因为阅读艾思奇的哲学著作，在图书馆遇到了《毛泽东选集》，我读了十七遍。对于我来说，毛泽东思想中的实事求是、群众路线、独立自主等思想已经融入我的灵魂，成为我工作的方法论。而今，我做党工委书记，恪守"知行合一"的原则，带领党员干部学习和实践新时代中国特色社会主义思想。真理与谬误往往只有一步之差。学习中国当代马克思主义，必须准确、全面、深刻理解，不偏不倚，不折不扣，不加码，不走样，绝对不可以官僚主义、形式主义、教条主义的方式贯彻落实。如此，才能内化为基层党员干部的政治智慧和行为自觉！

下班后的时间、双休日的时间、长假的时间，我都利用起来，再次回到美学领域，并启动《诗经心读》的撰写工作。历时三年，2019 年 4 月，五十万字的《诗经心读》初稿完成。我按下暂停键，用五个月的时间再次重读西方哲学名家的经典著作和中国美学名家宗白华、朱光潜的著作，然后用三个月的空余时间，将《诗经心读》打磨完毕，于 2020 年 4 月，将书稿交给出版社。此时此刻，四顾茫然，不知道阅读的方向在哪里。藏书两万册，数十年或涉猎，或浏览，或阅读，或精读，有些经典著作读了十多遍。终于，在过了知天命之年后，开启了英语自学模式，工作之余，心无旁骛投入无数成年人望而生畏的英语学习。这又是一个不可思议的人生抉择，既然选择了，我决心往前走下去。中华民族的伟大复兴，需要一个比世界任何国家都优质的教育体系作为支撑，要了解世界教育，必须掌握英语。这是 26 年前，我南下任职于外语学校的夙愿，我没有也不敢忘记！

　　刘向《说苑》中记载，晋平公问师旷："我今年七十岁了，想学习，担心已经到了暮年，没有效果。"师旷回答："为什么不去点蜡烛呢？"晋平公说："怎么会有为人臣而戏弄国君的呢？"师旷回答："盲臣怎么敢戏弄国君呢？少而好学如日出之阳，壮而好学如日中之光，老而好学如炳烛之明。炳烛之明，总比在黑暗中行走好多了吧！"在我看来，过知天命之年而好学，岂止是炳烛之明，简直是皓月当空！英语学习，除非死，不回头！如此执着地学习英语，还有一个重要原因，我的英语教师林泽铨教授正在呕心沥血地把拙著《论语心读》翻译成英文。我期待在国内，将来能够出版《论语心读》双语版，让《论语心读》架起中国年轻人走向世界的桥梁！我也想通过《论语心读》双语版架起世界各国人民了解中国文化的桥梁，让外国人了解本源的《论语》、本来的孔子、本真的儒家文化！——面对这样的使命，我怎能不学英语呢？

2021 年 4 月 11 日

读书何为

读书的目的是什么？首先是经世致用。读书，就是为了工作，为了教育，以教育改变社会，以教育推动中华民族的伟大复兴。中华民族的伟大复兴，没有现代化的教育作为支撑，那是不可想象的梦呓。其次是求道达道。读书，最高的境界就是书中的精华，书中的精神，进入灵魂，融入生命，成为生命本质和特征；而绝不是做一个书橱，仿佛满腹经纶，其实百无一用。读书必须从"求道"而"达道"。随着岁月的流逝，读书渐渐从习惯变成生活方式，不读书比不吃饭更加难受，阅读成为一种精神生活需要。读书的过程，就是求道的过程，就是悟道的过程，就是追求和发现真理的过程，就是让内心充实的过程，就是让生命丰满的过程，就是逐步让自己思想独立、人格独立的过程！阅读的人生，其实就是成长的人生！最后是优化认知结构。就拿我从教育行业转移到基层治理为例，完全是外行。但外行不要紧，有数十年的读书作为基本功，其内在思维空间早已十分柔软，十分包容，十分兼容。无论面对什么样的问题，都可以用早已内化于心的哲学思想、哲学思维、哲学思辨、哲学方法去发现、去分析、去处理。胡塞尔的现象哲学，让我回到事情本身发现问题；马克思主义哲学，让我一分为二思考问题；毛泽东思想，让我实事求是分析问题；习近平新时代中国特色社会主义思想，让我以人民为中心解决问题。

宋真宗赵恒的《劝学诗》："富家不用买良田，书中自有千钟粟。安居不用架高堂，书中自有黄金屋。出门莫恨无人随，书中车马多如簇。娶妻莫恨无良媒，书中自有颜如玉。男儿欲遂平生志，六经勤向窗前读。"其中"书中自有千钟粟""书中自有黄金屋""书中自有颜如玉"三句，很多中国人耳熟能详。如果以为读书就能获得千钟粟，读书就能住上黄金屋，读书就能拥有颜如玉，那太过于功利！

数十年如一日，手不释卷，积累了丰厚的学养，至少是一个深受学生欢迎的教师，怎么会有衣食之忧呢？数十年如一日，只争朝夕，把书读熟读活读透，智慧都不低于常人，怎么会没有房住呢？数十年如一日，治学不辍，学习成为工作方法、生活方式、生命常态，既能与古今中外的圣哲神交，也能与天下志同道合者深交，"海内存知己，天涯若比邻"，怎么会没有朋友呢？

我阅读的唯一"闲书"可能是围棋著作。我的围棋藏书十分丰富，《本因坊秀荣全集》《本因坊秀甫全集》《本因坊秀哉全集》《本因坊丈和全集》《本因坊道策全集》《吴清源全集》等，市场上能买得到的，我都有收藏。当然，收藏不是目的，阅读和打棋谱才是生活的一部分。在诸多游戏中，我最喜欢围棋。我常说："就算没有了世界，我还有围棋。"围棋的阅读，目的也在于教育，或在于教育自己，或在于教育学生！

围棋为教育而造，围棋与生俱来就是教育。围棋可以塑造人格，宁静致远。围棋让我安静，围棋让我冷静，围棋让我深沉，围棋让我有深度。围棋传递现代价值——民主精神、平等精神、公平精神、创新精神。无论男女老少，无论官大官小，黑白猜先，一人一手，落子无悔，且谁都可以随时创新。围棋传递哲学智慧；围棋传递对立统一的世界观。围棋实现形象思维和逻辑思维的融合和统一。下围棋的过程，就是学习哲学过程。围棋几乎包含了东西方哲学的所有范畴，比如死与活、优与劣、主与次、大与小、厚与薄、实与虚、地与势、攻与守、取与舍、得与失、先与后、险与稳、刚与柔、快与慢、动与静、正与变、俗与妙、缓与急、高与低、断与连、边与角、整体与局部、厚重与飘逸、进攻与防守等。此外，动态思维、整体思维、开放思维、创新思维等丰富的哲学智慧决定了围棋是世界上最好的游戏，是宇宙中最好的游戏！围棋开发大脑智慧。中山大学某数学教授利用多种模型、多种方法，反复计算，最后确认：不包含打劫，围棋的变化基数是 1.74×10 的 361 次方（这个数字已经广为围棋界所引用）。围棋的变化基数比大脑细胞联结数量还要大无数倍，比宇宙原子个数的总和还要大无数倍。围棋是人类最好的思维体操，是对抗人类阿尔茨海默病的良药。我无惧孤独，甚至享受孤独，应该与围棋著作的阅读和打棋谱有着莫大的关系！

当老师，我会在班级推广围棋！当校长，我会在学校推广围棋！当局长，我会在辖区内推广围棋！当书记，我会在网上推广围棋！围棋，让热闹的世界多一分安静！围棋，让疯狂的时代多一分冷静！围棋，让焦虑的人们拥有一分镇静！阅读围棋，让人拥有生活的清净和内心的宁静！

2021 年 4 月 18 日

向死而生

我读书好像只有笨办法。

笨办法之一是好书不厌百回读。凡是经典，我喜欢读几遍、十几遍甚至几十遍。我基本上不看没有深度、没有高度、没有力度的流行读物，它们于我，纯粹是浪费生命！所以，在我的阅读人生中，只读一遍的书几乎没有。文学作品，如果有足够的影响力，我会读两遍以上，每一遍都会用不同颜色的笔做记号。比如《史记》，我一直当作文学作品和承载儒家精神的经典来读，读了七遍，以后有时间还会再读。读《史记》的目的不在于历史，而在于人本情怀，在于其承载的原儒精神，在于司马迁传记文学的厚重与神韵。教育学、伦理学、哲学名著，我会选择读几遍，甚至十几遍。比如说奥苏泊尔、杜威、赞可夫、科尔伯格等人的著作，都是我反复阅读的经典。比如说《论语》，李泽厚先生的《论语今读》我读了十多遍，在他的高度再往上行走，在他的深度再往下掘进，寻求突破和超越！拙著《论语心读》出版之后，每有读者让我推荐，我就只推荐李泽厚的《论语今读》和拙著《论语心读》！哲学，尤其是美学名著也是我反复阅读的重点，比如《西方美学史》《黑格尔美学》《文心雕龙》《诗品》《人间词话》等，数十年来，不知道读了几遍，总有一种越读越想读的渴望。

笨办法之二是编写提纲。比如20世纪以来的教育学家、心理学家、课程论专家、道德教育专家，如苏霍姆林斯基、杜威、赞科夫、巴班斯基、维果茨基、皮亚杰、布鲁纳、奥苏泊尔、班杜拉、瓦根舍因、布鲁姆、科尔伯格、克里夫·贝克等的代表著作，我只能反复读，编写提纲，原著和提纲交替阅读。如此，才能真正领会诸位大师代表著作的要义和精髓。

笨办法之三是电脑打一遍。在我读过的哲学著作中，最难懂的莫过于海德格尔的《存在与时间》。为了读懂它，我反复阅读，也编写过提纲，但始终觉得没有真正读懂。最终，我决定在电脑中把该著作打一遍。保留最初的全本，随后，在计算机中边读边压缩，读到差不多十遍的时候才在计算机中压缩成提纲，并且与王阳明心学和禅宗经典结合起来读。如今，自认为读懂了。这样的笨功夫，我乐此不疲！因为，我把海德格尔的哲学读入了我的生命！

笨办法之四是借助书法阅读。对于我来说，还有一种特殊的阅读，那就是通过书法来反复触摸进入历代书法碑帖的文学精品。绝大多数时日，回到家里，我会练习半小时的书法，以舒缓身心的劳累与疲惫。这半小时书法触摸的碑帖很多，汉代如《汉碑大观》，魏晋如《北魏郑文公碑》《北魏元苌墓志》《王羲之兰亭序》，唐代如《颜真卿书法全集》《柳公权书法精选》，宋代如《苏轼书法精选》、米芾《蜀素帖》，元代如《赵孟頫手札》，明代如唐寅的《落花诗册》，清代如《清道人书曾母传》《李瑞清朱君五楼生圹记》，当代如启功先生和田英章先生的行书系列等，都是我经常临摹的名帖。临帖的时候，同时反复品读碑帖上的名家名文名诗。这也是数十年来我从未放弃的一种阅读方式！

数十年如一日孜孜不倦地读书，有儒家经世致用的传统传承，有求道达道的自我修养，有优化认知结构的思想追求。外部原因还有两个：其一是1981年我放弃了在黄冈中学学习的机会，终身遗憾。我必须以勤奋来弥补这个缺憾，哪怕是自学为主，也要一直读到博士，也要踏入学术的殿堂。其二是曾祖父、祖父、家父三代人的英年早逝，让我产生了人生无常的恐惧，强化了"朝闻道，夕死可矣"的求道精神。不想因为"无常"而留下太多的遗憾！数十年求道达道，仿佛沙漠中孤独的行者，一天又一天，一宿又一宿，追寻绿洲和光明！

儿童时代，上厕所在读书，走路在读书，睡觉前在读书！初中时代，边走路边讲课给自己听，睡觉前躺在床上，把白天老师讲的精彩内容默默记在大脑中"讲"给自己听！中师时代，学会了唯美的朗读，忘我读，疯狂读，全身心读，全人格读！教书以后，学会了把厚书读薄，然后再把薄书读厚！每逢出差，忘掉生活用品是常事，但从来都不会忘记带三本书，三本跨度比较大的书，倦了换一本，倦了再换一本，交替进行，保持阅读的兴奋！每遇蹉跌，从不怨天尤人，我就会忘记这个世界，安安静静读书！

原本可以在飞机上全程读书，在轮船上全程读书，在汽车上全程读书，但是，45 岁以后，发现自己不能坚持全程了。对于生命有限的恐惧，让我必须想办法增加阅读时间。俗话说："寸金难买寸光阴。"而我居然在开车的时候能够用"现金"购买光阴和生命！十多年前，我开始把私家汽车装饰成为一个听书空间，后座和尾箱装满了我自己和学生们从世界各地、全国各地买到的音频名著，开启了人到中年的听书阅读模式。我在堵车，却不曾体会堵车的痛苦，因为我在听书，如李野墨播讲的路遥长篇小说《平凡的世界》，我在堵车中听了十遍。外出开会、讲学、旅行，500 公里以内的距离，一般不乘客车，不搭便车，也不要人家来接送，因为我喜欢自己开车，通过 CD 听世界名著。我购买的 CD 数以千计，集中了丰富的音、视频，在二十多年的开车过程中几乎全部听完了，很多经典作品远远不止听一遍，例如：关于西南联大的所有影音资料，在汽车中听了十遍以上；关于中国抗战十四年历史的视频作品，在汽车中听了十遍以上。有些国人聪明，把世界各地、各个领域、各个学科的视频、音频压缩成为高密度的 CD 或 DVD，一张人民币三块钱的影碟足够装几十小时的作品。

关于民国教育家的视频、关于西南联大的视频、关于世界著名大学的视频，我都是用这种高密度的光碟听了数十遍。一些自己喜爱的作品，每隔一段时间就拿出来再听一遍！百听不厌！闲时，与其虚度光阴，还不如听听书！

几年前，喜马拉雅音频 App 开播了，我开始利用这个平台，反复听从苏格拉底到海德格尔的全部哲学家的代表作。至今，少有间断。因为没有相对集中的时间阅读我喜欢的哲学著作，只好把开车这个特殊的时间段充分利用起来听哲学著作。这一听就是五年，听得最多的，还是海德格尔的作品或研究海德格尔的作品。

夜深人静的时候，我或在阅读，或在写作，陪伴我的是手机中收集的 276 部 19 世纪中叶以来各个领域、各个学科的大师巨匠的传记作品，而我最喜欢的是播音员黄辉播讲的一百多部作品，数不清听了多少遍。疲惫的时候听，兴奋的时候听，坐在计算机前或坐在书桌前，就开始听这些作品。曾经无数个夜晚，数不清的凌晨，我为顾准流泪，为叶企孙流泪，为傅雷流泪，为郁达夫悲叹，为萧红悲叹，为陈寅恪悲叹，为梁启超感慨，为闻一多感慨，为华罗庚感慨。一个人常常在半夜子时，为中华民族曾经的苦难而辗转，为那些历尽苦难而痴情不改的大师、大家、巨匠而扼腕！此时此刻，撰写此文，我在听黄辉播讲的《大师·严复》。毋庸置疑，严复是中国走向现代、走向世界的思想启蒙第一人，严译八大名著是中国现代化进程中国人不能不读的经典。作为清朝旧臣，他曾经严厉批评晚清的溃灭："始于作伪，终于无耻！"

石破天惊，振聋发聩！个人如此，民族如此，国家如此！

海德格尔引用荷尔德林的诗句"充满劳绩，然而人诗意地栖居在大地上"来描绘生命作为存在的精彩绽放。人生如果迷失了自己，不知道从何而来，为何而生，将去何方，忙碌而死，谈何诗意栖居，谈何人生意义！人是向死而生的存在，应该诗意地栖居在大地上，追随自由意志而生，伴随本心本性而死，如此才能活出生命的精彩！所谓"诗意地栖居"就是丢掉功利，丢掉恩怨，丢掉羁绊，丢掉束缚，回望初心，坚守本心，活出生命的优雅、本真、永恒！海德格尔的存在主义哲学思想，落到尘世，回归伦理，我惊恐地发现，每一个人都有本我、实我、超我的存在。"本我"，是本心的我，是本性的我，是诗意的我。"实我"，是被现实绑架的我，是被现实扭曲的我，是被现实吞噬的我。这个"我"并非当初我想要的"我"，如果没有对"实我"的自觉，人将会失掉对于自己、对于人类、对于历史的敬畏，彻彻底底、完完全全地迷失自己，走不出"实我"的泥潭，最终将以尘埃的角色归于泥土。"超我"，是建立于对"本我"的回望和觉醒，对"实我"的超越，最终走出"实我"的沼泽，实现生命的觉悟和价值的自觉，至少以流星的姿态，回归于宇宙！数十年如一日手不释卷，数十年如一日不知疲倦，数十年如一日只争朝夕地读书，让我的生命饱满而富有诗意！回望过往，在少年懵懂时期，脚踏贫瘠的土地，怀拥对美好未来的憧憬，我选择读书！在青年热血时期，拥抱青春沸腾的时代，追求人生的理想，我选择读书！在中年成熟时期，我把读书作为工作方法，作为生活方式，作为生命常态，坚守知行合一的哲学，实践经世致用的传统，我选择读书！而今，已过知天命之年，面对中华民族的伟大复兴，面对势在必行的教育改革，面对每个生命个体必然的自由自觉自立，我仍选择读书！向死而生的我，须臾没有忘记初心的"本我"，在阅读中不断觉醒被世俗扭曲的"实我"，只争朝夕走向理想中的"超我"！人生不甘平庸如尘埃，留下的哪怕只是流星般的瞬间精彩，在不灭的时间河流中一定是永恒的存在！

阅读，让人生丰满！阅读，让人生充满诗意！阅读的人生，无怨也无悔！

2021 年 4 月 23 日

棋之恋

初恋围棋

　　我出生在湖北黄冈市新洲县一个名叫施程家湾的小村，十二户人家，三个姓氏：程姓最大，七户；其次罗姓，三户；王姓最小，两户。三姓大人和睦，小孩融洽。小村有小山，有池塘，有竹林，有麦地，有稻田，小村还有阳光，有温暖，有亲情，有宁静！小村，留给我美好的记忆！小村，也藏着我童年的秘密！

　　小学阶段，看电影《梅岭星火》，陈毅元帅负伤留在梅岭，风餐露宿，食不果腹，生存环境极为恶劣，但是陈毅元帅却让警卫随身带着几本书和两罐围棋！为什么带书，我懂；为什么还带围棋，我真不懂，但是开始对围棋有一种神秘的敬畏！围棋竟有如此魔力？我心存疑惑！

　　初中的时候，阅读到一本写陈毅率领新四军逆行挺进沦陷区的书，作者借题发挥：陈毅是我军中既没有上过军事学院也没有直接担任过基层连长、营长、团长、师长的将领之一，但是却很会打仗，而打仗的学问都藏在他酷爱的围棋里！果真如此？我满腹狐疑！

　　读中等师范学校的时候，一群十四五岁的年轻人告别了炼狱般的中考，也绕开了地狱般的高考，开始在没有压力的氛围中学习。学业之外，我迷上了武术，自然少不了看武侠小说。1981年9月，同学肖能鹏很神秘地向我推荐金庸先生的处女作《书剑恩仇录》，我再次看到了围棋的神奇，主人公陈家洛居然可以用围棋做暗器，棋无虚发。围棋可以做暗器？我将信将疑！

仅仅是出于好奇，我在图书馆找到一本蜀蓉棋艺出版社（成都时代出版社前身）出版的林海峰九段的专著《围棋的筋和形》，到新华书店买了一副玻璃围棋，开启了围棋自学模式。《围棋的筋和形》被我读破了，读得面目全非。由于没有对手，没有手谈的机会，缺少实践和实战，我对于围棋的奥妙属于一知半解的朦胧。诗人说，初恋是个美丽的错误！而我初恋围棋，很美却不是错误！

2021年5月1日

热恋围棋

1984年7—8月，我18岁，中等师范学校毕业，分配到古镇仓埠中心中学教书，开始下围棋和教围棋。有个北大学生，暑期没事可干，与我两人对弈，我非常熟练地运用林海峰先生书中的筋和形，屡屡摆脱陷阱，转败为胜。古镇上，除了北大的这位青年以外，平日经常下棋的还有摄影师柳学慧、工人徐小明、农业局的刘秀成——不知道怎么回事，他常常让我联想到太平天国名将李秀成！

围棋在中国火起来，肇始于1984年10月16日开始的首届中日围棋擂台赛，跌宕起伏，引人入胜。围棋回归中国、回归故乡和首届中日围棋擂台赛有莫大的关联。比赛尚未开始，所有关心围棋的人的胃口被吊起来了。日本相当重视，派出超豪华阵容：棋圣藤泽秀行为主帅，"天煞星"加藤正夫为副帅，其他还包括小林光一、石田章、片冈聪、淡路修三、小林觉、依田纪基，其中后来作为日本抗韩英雄的"老虎"依田纪基，居然只能勉强做个先锋官，可见日方态度之慎重和阵容之强大。中国当时处于弱势地位，高手倾巢出动，以聂卫平为主帅，马晓春为副帅，其他选手也是当时国内的一流战将：刘小光、曹大元、钱宇平、邵震中、江铸久、汪见虹。总体实力悬殊，棋迷们心中有数。从确定名单，到第一回合比赛，直至首届擂台赛结束，媒体一直推波助澜，好不热闹。

战局发展惊心动魄。第一局波澜不惊，日本先锋依田纪基将中国先锋汪见虹打下擂台。第二局开始，江铸久如有神助，连斩日本5员大将，其中包括日本当时的中坚棋手淡路修三、石田章、小林觉等人。危急时刻，小林光一出场，居然连斩中国6员大将——副帅马晓春也未能幸免——直接杀到主帅聂卫平帐下。棋迷的心悬在半空，很多人的心都要凉了。

聂棋圣是那个年代中国最出色的围棋手，以一敌三，毫无惧色。比赛前聂卫平豪言："凭小林光一那几手，自己这关他过不了。"小林光一壮语："输给聂卫平，我就剃光头。"结果小林光一剃了光头。加藤正夫对聂卫平，聂棋圣从无败绩；藤泽秀行虽然六十多岁，但毕竟是吴清源时代的猛将，获得"日本棋圣"称号，绝非浪得虚名。结果，聂卫平将棋风彪悍的"天煞星"加藤正夫斩于马下，成功把棋圣藤泽秀行拿下。现在写起来，似乎很轻松，有一定棋力的人明白：要战胜日本三位超一流棋手，谈何容易！

这一届擂台赛，激发了中国人的某种情结，聂卫平因此而被确誉为"抗日英雄"。我生活的古镇，围棋热就是因为江铸久连斩日方5员大将而点火，因为聂卫平逆袭日方3名超一流棋手而燃烧。想不到，在围棋的发源地，早已被90%以上的人们遗忘了的国宝围棋，因为有"抗日"色彩的首届中日围棋擂台赛而风动，而风靡，而疯狂，热浪席卷全国！在这一股热浪中，我被激发出对围棋的兴趣，被点燃起对围棋的热情，我被裹挟着热恋围棋！

那个年代，买围棋书很困难，我自然绝不会轻易错过观看擂台赛的机会，每一场比赛，都想办法看中央电视台体育频道的直播，看不到直播就守着收音机，听完晚上七点或十点的新闻，听完比赛结果和简要评论之后，才能安心睡觉。第二天，最紧要的事情，就是偷偷摸摸把《人民日报》上登载棋谱的那一角剪下来——至今，我的同事们应该还不知道，《人民日报》常常被神秘剪掉一角是怎么回事。我将棋谱或夹在书中，或过塑放在口袋，时不时拿出来欣赏和揣摩。回到家里，迫不及待拿出再便宜不过的玻璃围棋，一颗一颗地把棋谱摆出来，观察久以后的棋谱，我很多都能闭目打出来。就这样，我进入围棋的世界，沉浸在围棋的世界，也把围棋带进了教育教学。

此后，我当教师，必然带着几个学生一起下围棋；我当班主任，必然将围棋作为班里最重要的课外活动；我当教导主任，围棋必然成为部分年级的选修课；我当校长，围棋必然成为学校重要的选修课；我当教育局局长，围棋必然成为一个区重要的地方特色课。这倒不是我个人对偏好或嗜好的任性，而是我已然被围棋蕴含的丰富的文化内涵所征服。围棋既然改变了我，让我变得安静、宁静、冷静、脱俗，我有什么理由不把围棋传递给我周围的朋友和学生呢？

1984年小镇的迎新春围棋比赛，我与刘秀成、徐小明、柳学慧先生都进入决赛圈，但是，活动必须限时结束。到了规定的时日，我们四人小循环赛，居然每人都胜两盘，积分完全相等，没有时间进行加时赛，如何排定名次成了问题——因为工作忙，我放弃了参加闭幕式的机会。最大的问题是，输了棋会导致差不多一夜失眠，整个晚上都是失败那盘棋的回放，整晚处于沮丧和后悔之中。此后，我参加过黄冈地区的围棋比赛，同样也为自己不该失败的棋局而失眠。参加过武汉市的围棋比赛（那一年的冠军是彭时佳先生），再次为自己不该输掉的棋局失眠——曾经为聂卫平与羽根泰正的对决下出"惊天巨勺"而失眠，为别人的棋失眠，有且仅有这一次。我还要工作，不可以这样。所以，此后基本不参加高强度的围棋比赛了。内心深处，我更多地认为，围棋是一种自我修养，是一种哲学修为，远远超出了作为竞技体育项目的价值！

中央人民广播电台语言艺术家张家声演播陈祖德的《超越自我》，让我对围棋的认知实现了一次跨越。陈祖德的围棋人生是奋斗的一生，是逆势而上的一生，是超越自我的一生，是因为围棋而实现生命永恒的一生。听张家声演播《超越自我》，把我带进了人生的另外一种境界。此后，我自觉以围棋来对抗孤独和寂寞。从此，常常会念叨一句口头禅："就算没有了世界，我还有围棋！"从此，我与围棋相伴相依，不离不弃。很多时候，就算停电了，这个世界寂静了，我点着蜡烛，打棋谱，思考围棋、哲学、人生。差不多同一时期（大概是1988年），中央人民广播电台语言艺术家李野墨先生演播路遥的长篇小说《平凡的世界》，与张家声播出的陈祖德的《超越自我》，让我那个时期的精神生活十分丰满，充满阳光和希望！

有位业余棋手让我终生难忘，但非常遗憾，最近三年我已回忆不起他的姓名。那时，他是国企职工，一个如我一样被擂台赛旋风卷进来的围棋青年。他与一般业余棋手最大的差别，就是对围棋的执着几近疯狂，辞掉工作，全心研究，立志做职业围棋手。他逐一挑战古镇进入决赛圈的四位业余棋手，其他三位结果我不清楚，但是跟我的十番棋他输了。趁着周末，他如约来见我，我心里赫然，他已经剃了光头，不便多问，无条件答应他加赛三盘，结果我没有输。他告诉我，辞去工作，准备带着几本书闯荡江湖，做一个职业棋手。如果他没有辞职，我会劝他，但既然连公职都不要了，我再说无益。一个比我小一两岁的青年，居然为了围棋理想放弃职业，背水列阵，需要多么大的勇气？我唯一的心愿，他能创造奇迹，成为职业棋手！

三年以后的暑假，他邀请我到他家下棋，我见到的他依然是光头，比原来清瘦了许多，坐在棋盘边上，犹如冰雕一般冷峻——直觉告诉我，他这三年的闯荡一定经历了很多不为人知的故事。这一次相见，他身边多了一个红布包裹，我猜想红布里面是书。时隔三年，他要求再下十番棋，一天一夜，24 小时下完——请别笑话，业余棋手往往就是如此暴虐自己和围棋。棋道有一条：故意输棋是侮辱对手，所以，双方全力以赴，以表示尊重对手。非常不幸，他没有能够赢我——以我之见，他没有输在棋艺，而是输在心理，他是被自己的心理负担压垮的。下到第七盘的时候，我已经赢下了六盘。那时那刻，我感觉眼前的"冰雕"瞬间颓然瓦解，整个人精气神全消失了。他眼里噙满泪光，说准备从此放下围棋，外出打工，并将身边的红布包裹打开，告诉我里面是一套过惕生、刘赓仪编译的《吴清源名局精解》1~4 册，每一册有四局棋，收集的是围棋大师吴清源巅峰时代的 16 局棋。他既然做不了职业棋手，也不想浪费书，就把这四本书送给我。虽然没有深交，但是棋手之间惺惺相惜。当年，他辞职去追职业棋手的梦，我想阻止，为时已晚；如今，他彻底放弃围棋，我又想阻止，又迟了一步。他意已决，我复何言？他告诉我，这三年在国内围棋界参加几乎所有能报名的围棋赛，看棋谱、打棋谱、比赛就是他的全部生活，想不到不成功且耗尽积蓄，甚至负债，现在必须打工还债。这位业余棋手是我此生最不能忘记的人之一。现在也不知道他过得怎么样，但愿他做事业也如他追求围棋梦想一样执着！他若安好，我即心安！

从此，《吴清源名局精解》1~4 册的 16 局和后来的聂卫平人生 13 局（报纸上剪下来的）陪伴我至今。2005 年我去台湾公干，从台湾购买了《吴清源名局细解》12 卷，台湾世界文物出版社编印，吴清源解说、吴仁翻译，竖排版。此时，我才知道，过惕生、刘赓仪编译的《吴清源名局精解》1~4 册编排顺序和绝大部分解说都来自台湾版的《吴清源名局细解》的前四册。毫无疑问，这种"借鉴"推动了大陆的围棋发展。我的围棋基础和战斗力，主要来源于吴清源先生的 48 局。青少年时期，我没有接受过正规的围棋训练；21 世纪初，有幸认识了中国围棋协会主席、中国棋院院长王汝南先生和国家围棋少年队前总教练、中国围棋协会副主席、广东省围棋协会主席容坚行先生，并接受了容坚行先生相对系统的指教，也曾有幸获得马晓春、常昊、李世石等大师的手谈教诲。这是我作为业余棋手的幸运吧！

围棋给我的人生带来了什么呢？带来了人生的定力，带来了性格的文静，带来了内心的安静，带来了意志的坚定，带来了无穷无尽的教育智慧。所以，此生我不会放下围棋，也非常希望所有与围棋有缘的人不要轻易放弃！

2021 年 5 月 3 日

迷恋围棋

　　迷恋围棋，因为我是不知道疲倦的教育学人、行者、思想者。围棋与教育有着与生俱来的神秘关联。"尧造围棋，教子丹朱。"尧因为自己的孩子丹朱比较调皮多动，所以就创造了围棋，对他进行教育。5000 年前围棋的发明，已经宣示了围棋是教育艺术，围棋是教育课程。而有文字记载的把围棋纳入课程的第一人，是中国历史上最伟大的教育家孔子。《论语·阳货》中，孔子说："饱食终日，无所用心，难矣哉！不有博弈者乎？为之，犹贤乎已。"现代汉语翻译："吃饱了饭，整天什么心思也不用，难啊！不是还有围棋游戏吗？下围棋，也比闲着好。"孔子感叹什么呢？学生中有人"饱食终日，无所用心"，太难教育了？社会中有人"饱食终日，无所用心"，太难改变了？绝大部分知识分子都在"饱食终日，无所用心"的时候，国家也就处在危险之中了。明末清初志士、鸿儒顾炎武，分析明朝亡国的根本原因是：南方士大夫"群居终日，言不及义"，北方士大夫"饱食终日，无所用心"。言不及义，那是因为不学无术，心无主张，心无正义，自然言谈举止不会涉及道义。无所用心，那是因为丧失良心，丧失良知，丧失责任。

上文中孔子说，下围棋也很好啊，好过整天醉生梦死厮混，有独特的教育价值判断和追求：脑袋越用越灵，包括记忆力并不遵循年龄越大越差的规律。科学研究表明，人脑的差异不在大脑的重量，在于脑细胞突触之间的连接通道数量。终身学习的人突触连接通道会不断增加，但是无法到达极限，人类无论如何勤奋，都不可能穷尽大脑潜能。越学越聪明，越学越健康，越学越长寿。所以，我主张以学养心，以学养神，以学养身。孔子提倡围棋，犹如醍醐灌顶，促使我不断发掘围棋蕴藏的独特的教育智慧和价值。

围棋可以塑造人格。宁静致远。当今世界，自然科学发展，走向边际，走向边缘，走向学科结合部，新的发现需要人的持续思维能力，需要思维连续性的品质。围棋让人安静，围棋让人冷静，围棋让人深沉，围棋让人有深度，围棋让人有内涵。围棋可以陶冶性情，围棋可以相伴人生，围棋可以相伴终生，围棋可以融入灵魂。围棋对一个人的人格影响力非常巨大。

围棋传递现代价值。围棋传递的是民主精神、平等精神、公平精神、创新精神。无论官大官小，无论钱多钱少，无论年老年少，黑白猜先，一人一手，落子无悔，且谁都可以随时创新。围棋是引导中国人走向现代的一条高速通道！

围棋传递哲学智慧。第一层次：围棋传递形成阴阳两极、黑白对立的世界观。第二层次：围棋实现形象思维和逻辑思维的高度融合和统一，达到系统思维的完美境界。第三层次：围棋过程，就是学习哲学过程。围棋几乎包括了东西方哲学的所有范畴，比如死与活、优与劣、主与次、大与小、厚与薄、实与虚、地与势、攻与守、取与舍、得与失、先与后、险与稳、刚与柔、快与慢、动与静、正与变、俗与妙、缓与急、高与低、断与连、边与角、整体与局部、厚重与飘逸、进攻与防守等。此外，动态思维、整体思维、开放思维、创新思维等，决定了围棋是世界上最好的游戏，是宇宙中最好的游戏！

围棋开发大脑智慧。20 世纪 70 年代，北美科学家研究出大脑突触的连接量是 1×10 的 108 次方，而这个数字的形象表达是三号字体 40000 公里长的标准 0，这比宇宙原子个数的总和还要大无数倍。2014 年，我委托陈旺胜先生计算围棋的变化基数，他邀请中山大学数学研究所的数位教授，运用多种模型、多种方法、多种设备，反复计算，最后确认：不包含打劫，围棋的变化基数是 1.74×10 的 361 次方（这个数字已经广为围棋界所引用）。围棋的变化基数比大脑细胞的联结数量还要大无数倍。这就是为什么时至今日，史上最牛的"阿尔法狗"依然没有办法穷尽围棋的变化——"阿尔法狗"最被推崇的招式依然是围棋大师吴清源数十年前下过的当时别人不理解的棋，"阿尔法狗"依然只能以自主学习、深度学习的方式进步。

围棋抵挡电游诱惑。喜欢围棋的孩子，很少再迷恋手游电游。2015 年 4 月，一次围棋活动中，一位 12 岁的少年棋手击败了我。我问他："平时是否也玩电游？"他很平静地回答："基本没有。"我问："为什么？"他答："跟围棋相比，电游太降智。"此后，我问过很多围棋少年，问过很多围棋青年，问过很多围棋中年，问过很多围棋老年，年龄不同，答案一样："电游提不起兴趣，即便是在手机或电脑上玩游戏，玩的也是围棋。"家长和老师都认为最难抵御的是手游、电游，但是，他们基本上都不知道，围棋是抵御手游、电游的最好方法！

2021 年 5 月 10 日

眷恋围棋

随着岁月的推移，对围棋的认知也不断深入，围棋本身如宇宙一样神秘深邃。"阿尔法狗"和"星阵"等人工智能先后战胜人类围棋高手，很多人对围棋发展持悲观态度，甚至感叹我们不幸迎来了"围棋终结"。纯属无稽之谈，或是杞人忧天。数十年前人类的计算能力比不上一部普通的计算器，并不意味着人脑计算能力的终结；二十年多前，人类处理信息的能力，与一台普通的台式电脑相差十万八千里，并不意味着人类处理信息能力的终结。几年前，"阿尔法狗"以 4∶1 战胜韩国棋手李世石，又以 4∶0 战胜人类围棋第一人柯洁，并不意味着人类围棋的终结。道理很简单，围棋的目的不在于胜负，而在于智慧、性情、人格、人生，追求精神饱满和人格完善！

如果说汉字书法是中国文化标志性的艺术符号，《论语》是中国之为中国、中国人之为中国人的标志性文化基因，那么围棋则是中国哲学的物质载体。从哲学层面上讲，围棋艺术更能代表中国，因为围棋的确涵盖了东西方哲学的全部范畴。从文化视域看，围棋既是传统文化，也是现代文化；既是高雅文化，也是流行文化；既是精英文化，又是大众文化。截至目前，世界上没有哪一种游戏有围棋这么丰富的内涵和智慧！围棋，是中国文化自信的重要支撑点！

中国围棋协会原主席林建超说："围棋的价值在文明进步中深化和升华；围棋集中体现了中华民族的思维特征；围棋是国家智力形态的重要组成部分；围棋命运与国家命运高度正相关；围棋承载着中华民族伟大复兴的历史使命。"对此，我深以为然。围棋兴衰基本与中华民族的兴衰同步。春秋、汉代、两晋、隋唐之际，国运一直向着一个鼎盛时期奔去，围棋也一直处于发展兴盛状态。宋代是转折点，到了明清之际，尤其是到了晚清，国势衰落，围棋也衰落。如今，国家正在走向复兴和强大，围棋也走向普及和强盛！

对于个人来说，围棋是克服当今中国浮躁病的良药，是把青少年从手游、电游中挽救出来的良药，是帮助人类抗衰老、抗抑郁的良药，是让人冷静下来并回归理性的良药！对于国家而言，围棋兴盛是中华民族伟大复兴的标志。在东亚文明体系中，围棋的普及程度与社会经济文化发展呈十分神秘的正相关：日本经济鼎盛时期，围棋人口占总人口的25%以上；韩国经济鼎盛时期，围棋人口占总人口的36%。而中国现在下围棋的人总数乐观估计不超过 4000 万，占总人口的比例还不到 3%。如果达到 10% 呢？如果达到 25% 呢？如果达到 40% 呢？如果达到 50% 呢？

四十年来，围棋给了我安静的生活，给了我宁静的内心，给了我纯粹的初心！由初恋而热恋而迷恋而眷恋围棋，是因为我笃信围棋承载了中国文化的数学智慧、哲学智慧、教育智慧，是人类最好的思维和思想体操！

围棋相伴的人生是无悔的！

围棋融入的教育是优雅的！

围棋普及的中国是美好的！

围棋流行的世界是理性的！

2021 年 5 月 17 日

教之恋

映山红

我出生在湖北黄冈市新洲县一个名叫施程家湾的小村，十二户人家，三个姓氏：程姓最大，七户；其次罗姓，三户；王姓最小，两户。三姓大人和睦，小孩融洽。小村有小山，有池塘，有竹林，有麦地，有稻田，小村还有阳光，有温暖，有亲情，有宁静！小村，留给我美好的记忆！小村，也藏着我童年的秘密！

时间几乎可以抹去一切，但是距离 2012 年 5 月已有 28 年过去了，在我记忆深处，1984 年大别山的映山红却越来越鲜艳，越来越美丽，越来越刻骨铭心！想忘记，不容易！想忘记，不可以！

1981 年 9 月，刚满 14 岁的我就读于大别山南麓的麻城师范学校。大别山的秋季显然比我生活的新洲显得更为清凉，因为学校在五脑山下的牛坡山丘上，举目四望，山峦依然青翠，全无萧瑟与悲凉。我性格偏于沉静，时常远眺群山，凝神发呆……有一次，女同学吕泽文走过来，轻声对我说："现在山上没有什么好看的，明年春夏之交，我带你们去看映山红。"我读邵华的散文《我们爱韶山的红杜鹃》，看注释，知道了映山红又名"杜鹃花"，但没有见过，没有印象，也没有想象……听泽文这么说，真有看看的冲动!

1982 年 4 月上旬的一天午后,阳光已经把大地烘得暖暖的,初夏气息很浓厚,待在宿舍无聊,拿上一本小说,在林荫道的石凳上阅读。读着读着,睡着了。醒来时,发现泽文与一帮其他班的男女同学径直朝我这边走来。走到我跟前,泽文十分兴奋地把一株红花放到我手里:"这是我今天从五脑山上采摘来送你的,映山红,很美的!"说完,飘然而去。啊,这就是映山红,也许是被强烈的阳光晒蔫了,也许是她原本的模样就是如此——我看不出映山红美在哪里!

1983 年 4 月,我们到麻城实验小学第一次实习,我带的是四年级 1 班的语文,班长叫金阳,男孩名字,却是个聪明活泼的小女孩,普通话讲得好,钢笔字写得好,作文写得好。金阳在我实习期间跟我练习毛笔字,也跟我学习武当太乙五行拳——一种内家拳术。一个周五上午,金阳突然告诉我:"柳老师,我们班想明天去郊游,去看映山红,您看过吗?很美的。"这是我第二次听到对映山红的赞美,我依然不觉得映山红很美,因为在我的记忆中,那一株映山红留给我的印象实在不算美。征得校长同意和班主任的支持,我这个实习班主任找到时任麻城气门厂厂长的金先生——金阳小丫头的爸爸,调了一辆当时比较新式的东风牌汽车,一主一拖,拉上 56 名师生,沿着大别山的盘山公路走向大山深处,去看映山红。现在想来很滑稽,那时候我们怎么就没现在的安全意识——压根就没有想过这一车人的安全问题。

汽车在盘山公路上蜿蜒前进,我昏昏欲睡,不久就去见周公了。突然，被学生们一起拍打汽车墙板的声音吵醒了，他们边拍打，边喊着："师傅，快停车！快……快……快……啪……啪……啪……"车停了，几十名学生疯狂地朝着一个小山头狂奔。看着这帮孩子，我茫然问旁边的同事："他们在干什么？"得到的回答是："采映山红！"顺着孩子们狂奔的方向看去，确实看到几块红色，据说那就是映山红。十分钟左右，同学们回来了，有的采摘了一把，有的采摘了一束，有的采摘了一两株，有的两手空空，个个气喘吁吁，满头大汗。金阳交给我一束："老师，送给您！"我说了声："谢谢！"就开始仔细观看这种能够让几十名麻城小朋友突然惊叫、一起狂奔的红色花——结果是仍然不理解，为什么麻城人如此喜欢映山红？有此疑惑，不便请教，也不想破坏一车师生的雅兴，默然随着大家，继续往大山深处去……一天的颠簸，一天的往返，除了在山间映山红花丛中照过几张相，剩下的就是疲惫与劳累！想不到的是这群孩子每人拿着一把映山红，一路欢歌，一路兴奋，情绪一直亢奋。我却茫然！也许是我对花草缺乏审美冲动吧！

　　实习结束后，我们回到学校，已经是盛夏了。学校组织全校学生步行到五脑山看映山红，我虽然十分不愿意，但是碍于同班同学的情谊，还是跟随大家一起去五脑山看映山红。爬山，涉涧，照相，采摘映山红——其实我没有采摘的习惯，总以为花原本应该与大地血脉相连，人为地采摘，无异于剥夺其生命，所以只是采了三五枝，拿在手上，边走边看。遗憾得很，依然对映山红没有感觉。后来，到了麻姑仙洞，看到洞口堆满了映山红，于是驻足阅读麻姑仙洞前的碑文。根据碑文记载，麻姑是晋代麻城县令的女儿，因为采取强烈的措施制止父亲对于修筑城墙的劳工的虐待，被父亲赶出家门，流落到五脑山的山洞，时逢隆冬，在饥寒交迫中抑郁而终。麻城人民为了纪念她，就把这个洞起名为"麻姑仙洞"，后人镌刻了碑文纪念这位善良的女性——不知道唐代大书法家颜真卿的《麻姑仙坛记》是否记述的是同一件事，我无从考证。泽文同学告诉我，每当映山红开遍的时候，麻姑仙洞就成了红色，洞里洞外，全都是映山红。我也深深为之感动，非常虔诚地将几枝映山红放在了麻姑仙洞洞口，表达我对这位善良姑娘的敬意。此时此刻，我依然觉得映山红并不见得美丽；不过能以之祭奠晋代善良的女性，也算派上用场。

转眼到了 1983 年 9 月，进入复习备考阶段，学校将首次对中等师范学校在校生进行普通话达标测试，但我依然讲着一口土气十足的新洲方言，如果按照正常的逻辑，我将毫无悬念地成为我们班普通话唯一不能达标的学生。语文老师颜素珍想出了"一帮一，一对红"的妙计，向班主任建议，把全校普通话讲得最好的广播站播音员吕泽文同学安排做我的同桌。一天早读，任务是读朱自清先生的《荷塘月色》。这篇对于任何人永远都似懂非懂的文章从泽文同学的口里甜甜流出，分明是一种艺术享受——我隐隐约约听出了孤独与苦闷、忧郁与渺茫、悲伤与无奈、朦胧与静谧、恬淡与典雅、洗练与流畅、清丽与温婉、和谐与隽永……整个早读，她读了多长时间的书，我就微微侧着头看了她多长时间。泽文同学发现我痴呆的神态时，脸红了！

我惊奇地发现：原来语文这样美！我由衷叹息：原来文学这么美！我恳请泽文同学教我朗读、朗诵的方法，在她的指导和帮助下，我下功夫朗读中师语音课本。这本书的后半部分全都是注音读物，有朱自清的《背影》、郑振铎的《海燕》、安徒生的《卖火柴的小女孩》、闻一多的《最后一次讲演》、柯岩的《周总理，你在哪里》等名篇。一遍、十几遍乃至几十遍朗读，越读越香，越有味就越想读。一个月下来，这些篇目我几乎都背了下来，而没有一篇是有意背诵的。奇迹也随之发生了，我不但普通话说得流利了许多，全省中师语音会考得了"优"，且单元考试首次超过80分，进入班级前列，进入了"第一世界"。这种意外的收获，使我触摸到朗读的趣味和学语文的方法。在泽文同学的帮助下，我又朗读了《文选与写作》第五册，随后是《文选与写作》第六册，当这两册课本基本都能熟读成诵的时候，我开始疯狂地朗读《文选与写作》第一、二、三、四册。忘情地读、忘我地读：读《依依惜别的深情》时，我仿佛是经历浴血奋战的一名志愿军战士；读《内蒙访古》时，我又仿佛倾听了一曲如歌如颂、如泣如诉的《昭君怨》；读林觉民的《与妻书》，真的有一种视死如归的英雄气概充溢着我的全身……我读迷了，读痴了！令我瞠目结舌的是，那时的"放声朗读"，连《包身工》《为了忘却的记念》《记念刘和珍君》这么长的篇目，居然都能十分熟练地背下来。时间过得越久，我读书的兴趣越浓。白天读，夜晚读；语文课堂读，自习课读；平日读，周末也读；在学校里读，寒假在家里也照样读；回到乡下，拿上一本课本，到屋后的小山上去读……我读疯了。后来不知道该读什么好，就背诵成语词典；背诵完成语词典，就写信问我的父亲，我应当再读什么书——因为父亲是旧时代私塾出来的，旧学功底很深，我相信他可以给我新的指引。父亲告诉我，应该读《古文观止》，就在我的箱子底层，用牛皮纸包着的那本书。我于是从书箱里翻出1981年岳麓书社出版的《古文观止》，请泽文同学帮我注好拼音，又开始疯狂朗读，大约可以背诵其中的50篇文章。也就是这个时候，我发现自己普通话说得很流利，表达很流畅，演讲很精彩，作文能得很高分，语文考试差不多每次都是最高分了。想不到，就这样我的兴趣和命运都被泽文同学的朗读给改变了。时至今日，每当想起泽文这位皮肤稍显黝黑的山城姑娘——现在应该是姑娘她妈或者小伙子他妈，心中充满无限的感激和感慨，她的无私，她的热忱，她的真诚，成就了我。

1984年5月，三年的中等师范学校生活即将结束，经不住泽文等麻城籍学生的鼓动，我们一帮男女同学再上五脑山看映山红。说实话，当时是出于对泽文同学的感激，我"被"看映山红了。即将毕业，所以站在映山红花丛中照了很多相片，也拿着映山红照了不少，因为是黑白胶卷，现在我无法从照片中欣赏映山红了。在返回学校的路上，骤然狂风大作，接着倾盆暴雨。我们站在农舍旁，回望雨后的五脑山，我震撼了：经过暴雨的冲洗，空气格外清新，视野格外清晰，满山映山红犹如繁星点点，装点着青山，与青松相映成趣，实在美不胜收！

此时，我才顿悟，映山红的美丽不在于一枝，不在于一株，不在于一束，不在于一片，不在于自身，而在于她装点了大地，装点了青山。因为映山红，青山有了火的颜色；因为映山红，青松有了热情；因为映山红，大别山格外美丽！看了好一阵子映山红，无意当中把目光停留在吕泽文清俊而黑瘦的脸庞，我突然明白，为什么麻城人喜欢映山红！

28年后的2012年3月，我带团回黄冈中学考察，同学胡楚平召唤麻城等黄冈地区的同学李锋、蔡刚、赵晓晴、唐善生等20余人，从上海等地赶回黄冈市相聚。我原本期望能够见到28年来没有再见过一面的吕泽文，遗憾的是唯独没有她。也许她压根就忘了曾经给予我的帮助，也许她压根就不知道我数十年一直感激她这位当年的山城姑娘，也许她压根就不知道我从不认同映山红到眷恋映山红，也许她不知道大别山的那一点、一片和满山的映山红在我的记忆中是刻骨铭心的！28年后，能与当年的同班同学相聚，非常愉快，也非常遗憾！临别时李锋说："欢迎四月来麻城看映山红！"我很爽快地回答："一定！"

我期待再见大别山的映山红！我常常在梦里见到映山红！

2012年5月28日

只有香如故

——江梅专著《为高级思维能力而教》序

第一次看到江梅的名字，是在我博客访友——特级教师吴向东的留言中。吴向东极力推荐江梅的人品、才学、能力、实绩，我记住了江梅。从此，我开始留意，有位博客名为"江畔寒梅"的人经常访问我的新浪博客。不知从什么时候起，我非常明确地判断：江畔寒梅应当就是吴向东推荐的江梅。一个周六上午九点，正好江畔寒梅在博客上发表评论，谈了对经典教育的看法，我直接问："您是江梅吗?"江畔寒梅回答："是。"我问："在哪一所学校工作?"她回答："龙口西。"我说："请多指教。"江畔寒梅说："开实名博客，需要胆识，更需要学识!"我也坦率地告诉她："我开博客不是为名利，而是为传道。"此时此刻，江梅是何许人，何模样，教什么学科，我一概不知，只知道江梅是江畔寒梅，或者江畔寒梅是江梅。

在教研室的刊物中，时常看到江梅的文章；在省市教育科研或教学研究的成果榜中，时常看到江梅的名字；在学校上报到教育局机关的材料中，时常看到江梅的事迹! 2012 年我得知，江梅被评为广东省名师工作室主持人，在暑期工作报告中，我亲手加进了江梅的名字和江梅的名师工作室。这个时候，我依然不知道江梅的模样、才情、学识，但知道她是位非常出色的综合科教师。

从江梅获奖的级别，可以判断出江梅的科研能力。从江梅的论文，我可以感受江梅的才气。从江梅偶尔在我博客的留言中，我知道她会写古体诗，会填词，会写新诗，其诗、其词、其文清新脱俗，隽永幽远。浮尘之中，能写出这样的文字，其心之高，其心之洁，其心之雅，其心之静，隐约可知！

2013年1月21日上午，我应邀去龙口西小学做"用生命追求道德"的讲座。演讲结束，突然有见一见江梅老师的想法，于是冲着全体老师问："请问哪一位是江梅老师？"没料到，她因家中之事请假，没有参加寒假培训活动。对青年才俊，我虽然求贤若渴，但忙于工作，也没有刻意再见。时间如流水，转眼又过了一年多，除了在博客评论中偶尔交流教育教学，我们尚未谋面！

大约一个月前，江梅老师通过邮箱把她的专著《为高级思维能力而教》电子版发给我，非常直率地坦言自己是在天河教育这块沃土上成长起来的一名教师，希望我能为她的专著作序。我答应了。为一个从未谋面的老师的专著作序，此生属于第一次！

《为高级思维能力而教》是江老师近年开展省、市、区级相关课题研究的成果结晶，再现了她实施鸢尾花模式综合课程的风风雨雨，凝聚了她科研兴教路途上所付出的汗水智慧，升华了她培养学生高级思维能力的感悟，浓缩了她作为一线优秀教师将近二十年的思想。通读书稿，涌上心头的是丝丝感动，感动于她独立的人格，感动于她孜孜不倦的精神，感动于她对综合实践活动课程的坚守，感动于她对学生终身发展的执着！

读江梅老师的书稿，除了领略其扑面而来的才气，也有三点感悟：

一是团队改变命运。江梅的最初专业是英语，长期从事中学英语教学。调入广州后，服从学校分配，改教语文兼班主任。虽然有着"干一行、爱一行"的热情和干劲，但一直没有寻找到专业发展的上佳契机，直至在天河部落中邂逅鸢尾花团队。有了团队的引领、培养，再加上她本人的不懈努力，经历了小荷才露尖尖角到出类拔萃的蜕变：2006—2012 年，连续 6 年被聘为天河区小学语文中心组成员；担任综合实践活动指导老师后，不因路远而踌躇，不因艰难而放弃，执着前行，终于取得一系列令人瞩目的成绩。

二是宁静方能致远。《大学》云："知止而后有定，定而后能静，静而后能安，安而后能虑，虑而后能得。"意思是知道自己的志向、兴趣、目标，如此方能志向坚定，志向坚定方能避免心性浮躁，心性镇定方能内心怡然自得，方能思考问题深入周详，方能有所发现和建树。浮尘之中，红尘之中，能够让人眼花缭乱、意乱情迷的诱惑太多了。作为教师，有情怀才有追求，有追求才心静心定，心静心定方能有效做学问做事业，如此方能达到别人达不到的境界，才能建构属于自己的学术空间和思想体系。若非心如止水，若非心静如镜，江梅老师在学术上不可能有新的发现，思想上不可能达到新的境界。

三是孤独能生境界。写到此处，我想起陆游的词《卜算子·咏梅》："驿外断桥边，寂寞开无主。已是黄昏独自愁，更着风和雨。无意苦争春，一任群芳妒。零落成泥碾作尘，只有香如故。"
江梅，江畔寒梅，珠江边静静开放的梅花。在业内，江梅老师流水不争，不争名不争利，也不争风头，耐得住寂寞，顶得住风雨，坚守住自己的心灵家园，执着于自己的学术旨趣，像一朵寒夜中静静开放的梅花，香远益清，默默地影响他人，默默地影响社会！

江梅老师是珠江河畔静静开放的梅花，江梅老师是天河教育沃土中成长出来的新苗，江梅老师是天河教育上空冉冉升起的新星。她的成长轨迹，在天河教育、广州教育，乃至中国教育中具有代表意义。在后学前进的路上，我能铺上一块砖，于个人何其荣幸，于事业何其有幸！

今天，欣然为尚未谋面的江梅的专著作序；明天，我愿意为更多江梅式的老师的新著作序！

2014 年 4 月 13 日

香远益清

——李香平专著《学习之道》序

相遇在互联网。大约在 2012 年初，博客中有匿名访客留言，评论我的文章，观点新颖，尤其是对传统文化的认识，很多观点与我相近。对话中得知访客是暨南大学副教授李香平。是男是女，不知道！年轻还是年长，不知道！教什么学科，不知道！但是，知道香平是传统文化爱好者和传播者。

相见在办公室。也许是文化传承的使命使然，香平谦虚提出"拜访"，我欣然回应，并通知办公室主任对接，安排在办公室相见，时间是半小时。见面才知道，香平是女性，温婉清秀，暨南大学华文学院副教授。我烧水、沏茶、倾听，或许因我沉默、少说话，反倒使香平有些腼腆和拘谨。香平不认可对外汉语的教学模式、方法、成效，想从传统文化方面打开缺口，闯出新路，希望能与天河教育有更多的接触和交流。我承诺：天河任何学校都愿意接受香平老师的指导。因为时间关系，我只是客气寒暄，就送香平离开——内心觉得欠妥，一直抱有歉意。此时，对香平尚未形成强烈印象，也不知道半路出家，研究传统文化到了何种程度。相见，没有恨晚！

相识在好教育。2014 年，广州市教育局推出"好教育进行时"展示项目，由各区教育局局长推介本区教育的精彩亮点，天河区第一个出场。天河区的特色是传统文化经典教育，以经典养护师生心灵，以经典促进均衡，以经典增创新优势。按照规定动作，必须有专家点评。市教育局帮我们推荐了省厅一位领导，不巧他出差；最合适的人选应该是屈哨兵教授——可惜他是市教育局局长，是既定程序中的最后总结者，不可以同时担当两种角色；朋友们还推荐了中山大学、华南师范大学、北京大学、北京师范大学的教授，但是以我的眼光看，他们都不了解天河，不了解天河教育，不了解天河经典教育，不是最佳选择。办公室主任提醒：请暨南大学李香平副教授。似乎没有比她更佳的人选，因为两年来，我从经典教育的总结材料中知道，香平正在指导天河一批学校开展经典教育。2014年9月25日下午，我在广州市教育局八楼会议室，作了题为"让教育回归本真·让教育提升生命"的演讲，随后人大代表、政协委员、媒体朋友等依次对"天河好教育"发表了评论。除了屈哨兵局长"有格有派有效"的结论外，能够在我大脑中留下长远印象的只有香平的评价。香平对我之了解，对天河之了解，对天河教育之了解，超乎我的想象；对传统文化研究视域之广，研究程度之深，研究角度之新，也超乎想象。"士别三日，当刮目相看。"想不到再见如故，香平深邃的思想、优雅的气质已然形成一种冲击力。半个月后，在广州大学举办我的新著《论语心读》研讨会，邀请的专家就有香平。

相知在明湖楼。我喜欢安静，很享受独自看书的生活，对于应酬能推就推。但当香平提出与她的家人一起吃顿饭，我却毫不犹豫地答应了，地点就在暨南大学明湖楼。席间，我知道香平的先生是《论语心读》的读者，香平的女儿也是《论语心读》的读者，也知道香平正在家庭中"倡导"传统文化，正在用传统文化浸染家人，经营一个幸福美满的家庭。席间，我们交流了对儒释道的看法，交流了对本土情怀与国际视野的主张，交流了对现代教育弊端的认识和忧愤。此时，方知香平不仅有学养，有深度，有厚度，还有责任，有担当！离开后，接到香平的电话，询问我为她的专著《孝敬之道》所作的序言是否写完。我恍然记起，确乎一年前香平有此托付，但总以为香平只是出于礼貌，所以并未动笔。

相期在学术中。其实，香平所在的暨南大学很多人我都认识。我问其中几位是否知道李香平，大家默然，说不知，将关注……但是，香平早已名满天河基础教育界，早已成为广州市传统文化经典教育明星级的导师，即使在京津沪、在江浙、在川滇黔、在湖湘都有她的身影和声音。香平在做自己喜欢的事情，在追求自己的梦想，在承担本不应该属于她的责任。每念及此，肃然起敬。很多高校教师都忙着申报课题，申请经费，撰写论文，经营自己，香平却甘于平淡，甘于寂寞，甘于坐冷板凳，甘于下平常功夫，甘于做本职工作，甘于为传统文化经典教育做推手，其学问之精进，也超乎想象。与孔子同时期的希腊哲学家赫拉克利特曾经说："人不能两次踏进同样的河流。"我曾多次对办公室主任讲："我们很难两次见到同样的香平！"每一次听她的讲话或者讲座，感觉都上了一个新台阶，无论是学养还是气质。结识香平的30年中，"苟日新，日日新"之成年人，真的不多见，香平是其一！

春节期间抱病修订完了《论语心读》第二版，有一种气尽力微的感觉，经不住香平的"提醒"，决定写序言。有幸读完《孝敬之道》《学习之道》，深深震撼于香平视野之开阔，震撼于香平思想之深邃，震撼于香平情怀之高尚，震撼于香平学养之深厚，震撼于香平态度之严谨。其人格、学术浑然一体，融入生命，形成一种清香平和的熏陶力量。

《孝敬之道》与其他类似作品最大的区别，在于《孝敬之道》是建立在儒家"知行合一"的哲学思想之上。儒家的道德教育，强调植根于心，见诸于行，并成为行为自觉；强调孝的理性，强调孝的真诚，强调孝的态度，强调孝的品质，强调孝的行为，强调孝的本性。应该说，该书克服了同类著作忽视实践、忽视道德自觉的根本缺陷，作为中小学生的教材非常适合。

　　《学习之道》则直接冲击当代教育的致命弱点。当代教育，迷失了学习之用，迷失了学习之道，迷失了学习之境，迷失了学习之德，迷失了学习之品，迷失了学习之法，迷失了学习之本。而香平的《学习之道》对此做了科学回答：学习之用在于医愚，学习之道在于守恒，学习之境在于忘我，学习之德在于谦虚，学习之品在于不舍，学习之法在于专心，学习之本在于实践。香平传承了增长智慧的教育目的观、终身学习的求道精神、乐以忘忧的学习境界、不耻下问的学习态度、锲而不舍的学习品质、专心致志的学习方法、知行合一的本质追求。这就是香平《学习之道》的独特价值，教师需要传承，学生需要继承。

　　香平是一位慈母，她的著作洋溢着春风般的慈爱！香平是一位智者，她的著述闪烁着教育哲学的光辉！香平是一位行者，她的观点立足于行、植根于心，继承了儒家"知行合一"的传统。

　　香远益清，平和是真！

2015 年 3 月 28 日

美的教学和人生
——姚霞晖专著《且吟且诵学经典》序

接到陌生的电话，自称华南师范大学附属小学语文教师姚霞晖，见过我，吟诵爱好者、传统文化爱好者，写了一本关于吟诵的书，希望我能为之作序。我毫不犹豫答应了，尽管我与霞晖老师未曾谋面。骨子里，我坚信教育家在一线，我坚信教育家是干出来的，所以，对于教师身处一线，能够将自己的实践上升为经验或理论的追求，有一种固然的尊重！

何为吟诵？我曾经跟吟诵大家陈琴先生做过探讨：我认为吟诵是朗读的一种；陈琴先生坚持认为吟诵不是朗读，吟诵是高于朗读的一种学习方法。虽然我与陈琴先生对于吟诵的理解不一样，但是都尊重对方——主张不同，却不谋求对方与自己一致。

吟诵专家徐建顺先生与我所见略同：吟诵的确是朗读的一种，不过是更富有音乐性、更富有节奏性、更富有韵律美的朗读。在我小时候，父亲经常用歌唱的方式朗读古代诗歌，其中杜牧的《清明》的调子我记住了。跟建顺先生交流的时候，我按照父亲教给我的调子读了《清明》。建顺先生说，这就是典型的吟诵。这恐怕是我对吟诵最直观的认知了。但是我从父亲生前吟诵

《清明》的调子中听出了思念，听出了哀伤，听出了沧桑，听出了凄凉！从我记事起，父亲经常用一种介乎于读唱之间的调子，读晋朝李密写给晋武帝司马炎的《陈情表》，那是父亲长歌当哭怀念自己的母亲——我的祖母。调子我记不全，我只记得父亲每次这样读唱《陈情表》，眼光里都充满了泪花——至今，我仍然坚信，父亲50多岁英年早逝带走了很多很多我不知道的孤独、忧郁、悲伤，而他生前也仅仅只是通过吟诵这种方式表达一二。因为我曾经聆听过父亲的吟诵——充满忧伤美感的读书方法，觉得很好，入心且感人，我有责任与霞晖、雪英、美娟、陈琴、建顺等同道积极推行。

诚如建顺先生所言，吟诵就是一种朗读。那么，毫无疑问，吟诵相伴我数十年，吟诵涵养我的人生。数十年人生，追求光明却也洒满忧伤。曾经年少，青春孤独，常诵《蒹葭》，寄托我的期许"有位佳人，在水一方"；读历史，忧愤难当，释卷而诵《黍离》或陈子昂之《登幽州台歌》；悲天悯人，忧心忡忡，常读屈原之《离骚》《渔父》；不愿迷茫也不甘沉沦，常诵司马迁的《太史公自序》《报任安书》；怀念外公，深憾他健在时我年幼，无力报答养育深恩，也常诵晋朝李密的《陈情表》；偶尔痛惜自古英雄少有用武之地，常诵王勃的《滕王阁序》……我的这种读，准确地说介于朗读和吟诵之间，是一种自我涵养的审美活动，我喜欢，我坚持，我执着，培育了深厚的慈悲！——这是我认同吟诵教学的情感基础！

霞晖老师的《且吟且诵学经典》倡导语文教学回归实践理性

的追求。我很感慨游泳教练半个月甚至一周能够让孩子学会游泳，而中国式的语文教学——其实中国式的英语教学也是一样，长达十二年甚至十六年的语文教学，学生会写作文的寥寥无几，且多是作无病呻吟之文。从教学方法上讲，太多的语文教师犯了一厢情愿、自作多情的"讲课病"，虽然课堂结构很完整，课件展示很精美，教学语言很优美，学生互动很"热烈"，但是缺乏真实的生活体验和真诚的生命体验。语文是实践学科，只有进入角色、浸入心灵、融入生命地读——朗读、吟诵、歌唱等，才能有真诚的情感洗礼、伦理浸润、生命体验，而我们的学生却没有足够的时间去实践真诚的发声读书。同时，由于社会缺乏安全感，学生没有社会实践的机会和条件，城市化拉开了人与人之间的距离，信息化又疏离了亲人与亲人的情感，网络化、碎片化的所谓海量阅读，缺乏沉淀的功能。如此，十六年下来，学生不会写作文就在意料之中，会写作文倒是奇迹。霞晖老师的《且吟且诵学经典》突出读的实践，用吟诵教学法，学生将有更多的机会体验情感，培育伦理，沉淀价值，对破解目前中国语文教学困局颇有启发。

霞晖老师的《且吟且诵学经典》倡导语文教学回归审美的追求。中国是诗歌的国度。很多人以为只有诗词有音韵美、意境美。其实不然，散文（广义上散文涵盖很多文体）也一样有音韵美和意境美：比如李陵《答苏武书》、王勃《滕王阁序》等，都具有诗歌一样的音韵和意境；太史公司马迁的《史记》更是被鲁迅誉为"史家之绝唱"——我读《史记》就如痴如醉；《汉书》

因为文笔优美被宋人苏舜钦称为"下酒之物"，读到精彩之处，畅饮一盏，快哉快哉！这种审美方式西方人无法体验，现代中国人需要用心去感受，如此阅读，如此诵读，如此吟诵，读者会拥有一个尚美的灵魂和唯美的人生！很多语文界的朋友经常感叹：教语文真难——无论如何用心用力，效果很难突破；教语文真累——无论多么勤奋耕耘，作文甚至考分都难有作为。我深不以为然——语文很美，教语文很快乐。如果语文教学能够植入一颗审美之心，贯入一根审美之线，我们不仅拥有美丽的语文，也一定会拥有美丽的人生！霞晖老师的《且吟且诵学经典》如是说，对觉得教语文真难、真累的朋友或许会有启发！

霞晖老师的《且吟且诵学经典》倡导语文教学回归智慧的追求。社会如此浮躁，很多人都在读短信，刷微博，看微信，浏览网页。很多教育界的学者给学生推荐读物，要么把毒草当经典，要么以数量代替质量，动辄数百本乃至上千本的推荐。坦率地说，这种推荐是不负责任的。碎片化的阅读，不仅牺牲了学生思维的连续性、深刻性、独立性、创造性，也使他们迷失了思想，迷失了价值，迷失了信仰，迷失了理想。中国文化博大精深，典籍浩如烟海。传承文化贵在精神，在经典诗词文赋的"吟诵"之中与古人交流，思想共鸣，情感共振，实现伦理传承、价值传承、思想传承，最终以优秀的经典文化养护师生的灵魂。

霞晖老师的《且吟且诵学经典》完成了一种古老而有生命力的全人格语文学习模式的建构。该著作不仅对吟诵的声韵平仄、声音长短、声调高低、声音强弱等做了系统阐述，也对诗的吟诵、词的吟诵、曲的吟诵、文的吟诵做了介绍。此外，收集了经典吟诵教学案例和配备了经典吟诵篇目的录音。语文教师可以学习，家长可以学习，学生可以学习。

最近，"互联网＋"的概念火了起来，很多人似乎迷恋了，很多人似乎迷糊了，很多人似乎迷失了……很多学者很赶潮流地推崇"互联网＋教育"或"教育＋互联网"。但是，互联网上有忠诚吗？互联网上有孝道吗？互联网上有真心吗？互联网上有真情吗？互联网上有真诚吗？互联网能够帮我们找回迷失的信仰吗？互联网能够培育国人真善美的伦理情怀吗？互联网能够帮助我们重建文化自信、重构文化场域、重塑文化灵魂吗？答案：不能。因此，我逆潮流而向读者推荐中国最传统的语文学习方法：吟诵。

有感而发，聊以为序！

2016 年 1 月 1 日

哲学散文·诗意童话·情怀小说
——《百年经典文学少年读库·宗璞卷》序

为名家作序，多少有些矜持。感动于"短信文学"时代，长江文艺出版社的同仁，能够聚精会神编辑《百年经典文学少年读库》，给浮躁的社会以安静，给狂躁的心灵以安抚，给冰凉的世界以温暖，给荒芜的文化以绿色，给绝望的世俗以希望！他们的使命自觉与文化担当，让我觉得给《百年经典文学少年读库·宗璞卷》作序是不可推卸的责任！

宗璞，原名冯钟璞，著名哲学家冯友兰先生的女儿。原籍河南省唐河县，1928 年生于北京，1951 年毕业于清华大学。1948年起发表作品，著有长篇小说《南渡记》《东藏记》，中篇小说《三生石》，短篇小说《鲁鲁》《红豆》等，散文集《宗璞散文选集》《铁箫人语》等。此外，宗璞先生也写了不少童话、诗歌，并有不少翻译作品。《百年经典文学少年读库·宗璞卷》选了宗璞先生散文 16 篇、童话 11 篇、小说 5 篇。

宗璞的散文蕴含着哲学智慧。宗璞先生的父亲是大哲学家，家学血脉对宗璞的散文创作或许有某种潜在的浸润，所以，宗璞的散文富有理性色彩，哲学智慧是宗璞散文独一无二的审美特征。《废墟的召唤》在召唤什么呢？在呼唤一个健忘的民族应该记住历史的残缺与苦难，修复之后就是遗忘，就是陶醉，就是沉醉，就是沉沦。《紫藤萝瀑布》以花之命运喻人之命运，歌颂生命力的顽强与旺盛。《丁香结》告诉读者，没有"结"的人生不存在、不幸福、不完美。《秋韵》启发读者，秋韵是大彻大悟，在此刻，在这里，在心头，颇有禅宗味道。《好一朵木槿花》，作者以木槿的平庸，躲过了人间浩劫，告诉读者人生的平淡平凡是一种生存的大智慧。《报秋》中的玉簪花，生命力极强，随便种种，总会活的；不挑地方，不拣土壤，而且特别喜欢背阴处，把阳光给别人，很是谦让。这何尝又不是一种人生的感悟呢！《松侣》中的松树与陶铸《松树的风格》中的松树全然不同的形象和品质，给读者的启迪自然也不同。即便是写人的散文《哭小弟》，也一样充满哲学的智慧：小弟是平凡的，一如玉簪花，一如木槿，一如松侣；与其说是哭小弟，不如说是哭一个知识分子群体，哭一个摧毁真善美的狂风骤雨的时代。凡此种种，不一而足。读宗璞先生的散文，总使人觉得是在换一种方式读哲学，其中的韵味，其中的品味，读者自知。

宗璞的童话流淌着诗情画意。宗璞的童话一如诗歌，有诗歌的凝练，有诗歌的意境，有诗歌的真诚。《花的话》开篇写道："春天来了，几阵轻风，数番微雨，洗去了冬日的沉重。"语言和气凝练，寥寥数语，春的气息扑面而来，春的氛围笼罩大地。读过宗璞童话《书魂》的朋友，不会忘记其中的童话主人公"歌人"，歌人与他的同伴"雾人"不同的是，形象鲜明，歌声优美，引吭高歌，送来温馨和温暖。美丽的歌人住在美丽的地方：鲜花铺地、绿草如茵、树木葱茏、奇峰叠翠，犹如仙境。迷人的景物，醉人的歌声，优美的形象，构成了一种物我一体的绝妙意境。正是这种意境引人入胜，沁人心脾，摄人心魄。宗璞的童话最可贵的是"诗心"，以一颗纯真而充满童趣的心去描写童话的人、物、事。《锈损了的铁铃铛》开篇如此："秋天忽然来了，从玉簪花抽出了第一根花棒开始。那圆鼓鼓的洁白的小棒槌，好像要敲响什么，然而它只是静静地绽开了，飘散出沁人的芳香。这是秋天的香气，明净而丰富。"作者以一颗诗心，以完全的童真、完全的童心、完全的童趣，不知不觉将读者带入一个并非造作的童话世界。

宗璞的小说洋溢着慈悲情怀。宗璞的小说洋溢着悲天悯人的家国情怀和民胞物与的慈悲情怀。我因为撰写专著《学习型学校的管理理论与策略》而研究西南联大的相关资料，得知《南渡记》是以西南联大生活为背景的小说，有幸用了半个月的时间读完了宗璞先生的《南渡记》，深深感动于作者那种深重得无以复加的家国情怀。宗璞在谈到创作《南渡记》的动机时坦言："个人的记忆是会模糊的，但一个民族的记忆我们有责任让它鲜明。想把这一段历史不被歪曲地保留下来是我的创作动机。"《南渡记》以艺术的方式再现了时代转型的特殊阶段，中国知识分子以飞蛾扑火的勇气与国家同生共死，歌颂了他们的崇高气节和不屈灵魂。作者笔下有亡国之痛，有流离之苦，但是却没有悲伤，没有失望，有的是一群以天下为己任、为生民立命的知识分子和他们强烈的为国家民族图存的勇气与希望。

选入《百年经典文学少年读库·宗璞卷》的短篇小说《鲁鲁》的生活背景依然是抗战时期的西南联大。主人公是犹太人的一条名叫"鲁鲁"的狗。鲁鲁是一条狗，但分明有着人的伦理和情感。作者从狗的视角表达了苦难中的知识分子民胞物与的慈悲情怀。鲁鲁经历了两次生离死别。第一次是与犹太主人死别：鲁鲁以痛苦、凄惨、绝望的声音，表达了对主人离世的悲哀和自己孤独的存在。同是苦难的民族子民——犹太老人的孤独已经颇让读者心生寒意，老人离世后留下孤独的鲁鲁，更是让人心生无限怜悯。所幸范先生一家都懂狗，爱狗，疼狗，狗也给范先生一家带来了安全与幸福。鲁鲁在被范家接纳，甚至被宠爱的时光里，依然眷恋已经故去的犹太老人，不惜跋山涉水到犹太老人的洋房子流连忘返。这是小说最动人的细节，字字句句都敲打着读者心灵深处的柔软。第二次是与范先生一家的生离：抗战胜利了，范先生一家要回北平了，但是他们无法带着鲁鲁坐汽车从云南到北平，于是将鲁鲁托付给邻省 T 市的唐先生。在唐先生家刚刚平静的鲁鲁，居然用了半年时间，历经生死回到范先生的故居，去寻找曾经的主人不遇。再次返回唐先生家的鲁鲁"瘦多了，完全变成一只灰狗，身上好几处没有了毛，露出粉红的皮肤；颈上的皮项圈不见了，替代物是原来那一省的狗牌。可见它曾回去，又一次去寻找谜底"。而它回来，只是为了不违主人的安排。在人与人的关系逐渐疏离的今天，读这样的文字该是何等的感人。我读过的宗璞先生的小说，无论长篇、中篇、短篇，甚至微型小说，无论主人公是人还是狗，都在努力呼唤人性的复苏和养护，都在歌颂人性的光明和伟大，都在传递着悲天悯人、民胞物与的情怀。这正是中华文明的心，是中国文化的根，是中国之为中国的文化灵魂。

哲学散文、诗意童话、情怀小说，各有侧重。其实宗璞的散文中也有诗意和情怀，宗璞的童话中不乏哲理和伦理，宗璞的小说中当然也同样有着丰满的理性和诗心。——这正是我向读者推荐《百年经典文学少年读库·宗璞卷》的原因！

2017 年 1 月 22 日

际　遇

　　人生有很多因缘际会很难科学地解释，很难理性思考，也很难按常理推断。其中因缘和合，只能会于心！

　　1981 年，我初中即将毕业。我不喜欢语文，不怎么学语文；不喜欢英语，也不怎么学英语。数理化大小考试，几乎可以拿满分，但是加上语文、英语等学科，就"泯然众人"，充其量也就是学校年级前十名。转眼到了中考，考场设在新洲教师进修学校。下午班主任训话：晚上我什么都不要做，休息。父亲柳涤亚，时任教师进修学校校长。晚上我就住在父亲的寝室，既然不能做别的事情，就只好找找杂志消遣。一本油墨香味十足的《少年文艺》，有一篇题为《孪生姐妹》的文章赫然在目，仔细阅读一遍，两遍，三遍……故事梗概了然于心：两位女同学因为友谊深厚，兴趣相投，性格相近，情同姐妹。文章描写细腻，故事生动，情感真挚，爱不释手，反复阅读，差不多可以复述，对我有很大助益，一向语文贫弱的我，居然在中考中获得了高分。我也因此被号称全国第一校的湖北黄冈中学录取。因为家庭负担极重，交不起第一学期的学杂费、住宿费、伙食费等（那时并不知道黄冈中学有照顾贫困生的政策），父亲托人帮忙，将我的档案从黄冈中学调剂到湖北省麻城师范学校。后来我才逐渐明白，父亲绝不是因为交不起我的学费而让我改报麻城师范学校，一定是因为家庭成分不好，担心政策变化，令我丧失从农村走向城市的机会。——头一天晚上反复看一篇优秀作文，第二天就考类似的题目。冥冥之中，似有定数，命中注定要从事教育事业吧！

中考的际遇，我以优异成绩考上麻城师范学校。因为文科的劣势，成绩也仅是年级的中上等。1983 年，临近毕业，我依然不会讲普通话。因为要参加普通话水平测试，语文老师颜素珍女士独出奇招，安排学校广播站播音员吕泽文做我的同桌，目的是"扶贫"，帮我通过普通话水平测试。我对语文既无兴趣，也无信心。泽文同学生在麻城，无忧无虑，性格活泼。她很理解语文老师的苦衷，开始辅导我学习语文。遗憾的是，无论她如何讲解，我就是不怎么明白课本中的那些常识和知识。她几乎对我不抱任何信心，我对"扶贫"也几乎不抱任何幻想。一天早自习，她朗读朱自清的《荷塘月色》，猛然间我感受到了文中的孤独与苦闷、忧郁与渺茫、悲伤与无奈、朦胧与静谧、恬淡与典雅、洗练与流畅、清丽与温婉、和谐与隽永……想不到文章如此美丽，想不到平常被肢解得破碎不堪的文章原来如此有感染力。我于是在吕泽文的帮助下朗读中师语音课本。《故乡》《背影》《海燕》《卖火柴的小女孩》等这些老师越讲越糊涂的文章，按照泽文同学的方法朗读，却品尝到了无可言状的味道，我开始迷恋语文，迷恋朗读。吕泽文看我进入状态，于是帮我把《文选与写作》第五、六册课文全部注上拼音，我开始如饥似渴地朗读。疯狂地朗读，陶醉地朗读，全心地朗读，真情地朗读，致使我能够熟练背诵《包身工》《一九三六年春在太原》《记念刘和珍君》《为了忘却的记念》等篇目，接着就朗读和背诵了《文选与写作》的第一、二、三、四册。无书可读的时候，得父亲的指点朗读《古文观止》——根据我的请求，让吕泽文同学帮我给喜欢的作品注上拼音，朗读背诵70多篇文章的时候，我已经毕业了。庆幸的是，由于我乐于朗读，三年级时我的语文成绩一直名列前茅，作文一流，演讲一流，普通话一流。如此，选择语文教学作为自己的职业，也就没有悬念了。这种兴趣的转移、学科的转换、终身职业的变换，只因泽文这位山城姑娘的热忱。这种际遇，如果不是命运的安排，又是什么呢？28年过去了，我依然十分感激，当年给我无私帮助的吕泽文同学。

1985年5月，我考上了武汉教育学院首届汉语言文学专科函授班。这对于我们这类渴望上大学而又无缘的青年来说，值得珍惜。这种"函授"的成人教育，至今仍然有人怀着鄙夷的态度，但对于我来说，却是人生难得的际遇。因为是首届函授生，武汉教育学院安排了全校最强的师资：现代文学是吴正南教授、元明清文学是黎懋雄教授、现代汉语是王继超教授、语言文字是吴松桂（贵）教授、美学是苏教授（我已经记不得名字了）、语文教学法是张美英教授……最富有戏剧性的是，这批教授当中很多人都是老右派，甚至是大师级的学者，因为当时武汉市委书记王群同志十分开明，把湖北省部属高校不愿意接收的老右派全都接收下来，成为武汉教育学院当时最有凝聚力的师资团队。人生何其荣幸，在几乎最低层次的专科学院，以最廉价的方式，接受了大师们的教育。毕业以后，这些老教授有的退休了，有的调往北方重点大学了，比如美学的苏教授就调往北方一所重点大学了——我后来用中国传统文艺美学来指导中学语文教学和中学生作文，其实就是得益于苏教授。至今，我还在想，选择就读武汉教育学院专科函授班（当时所在单位不同意我全脱产就读），本来是无可奈何的事情，却有幸如沐春风，享受大师教诲。偶尔也会有孔子"厄于陈蔡"的那种自负，觉得这些大师之所以在这里短暂停留，只为等我！

1988年，在武汉教育学院读完了专科函授班，我没有停下脚步，继续报读了湖北大学汉语言文学专业的自考生。也是一种无奈的选择。但是，因为那时的自学考试没有考纲（至少直到我毕业，我都没有看过一份考纲），没有辅导班，也没有辅导资料，仅有一份推荐书目。我考试的第一门课是"中国小说史"，推荐书目是《中国小说史略》和湖北大学中文系主任李悔吾教授的《中国小说史漫稿》。因为不知道重点、不知道难点、不知道考点，我只有一个选择，把这两本书读熟、读透。也不知道经历了多少个日日夜夜，饭前五分钟看书，睡觉前半小时看书，上洗手间也看书，双休日足不出户，认真研读，写笔记，编提纲。最终是《中国小说史略》《中国小说史漫稿》两本书，我都读破了，全书都是圈圈点点和密密麻麻的读书体会。除此之外，我把这两本书融会贯通，编写了《中国小说史纲要》《中国小说史问答》《中国小说史疑点思考》。对于鲁迅和李悔吾先生的两本书，我几乎到了能闭目讲授的熟练程度，于是开始拓展阅读，查看所有能找到的关于中国小说史的论文和著作。以这样的精神、这样的态度、这样的方法、这样的勤奋来研究学术，学业不精进，那才是怪事。后来，对每一门学科我都如法炮制，也如出一辙地考了比较高的分数。据说，湖北大学有三门课悄悄地把应届生的考卷拿来考自考生，考试的结果是自考生的每科平均分比应届生高10分以上。有人说：不可能。我认为是真的。我不相信，应届生能够像我这样把每一本书读破、读透、读活——活到自己能脱稿讲课或演讲答辩。在自学考试中，我体会到孔子读《易经》"韦编三绝"并非夸张。

1995年2月，我辞去武汉的校长职务，只身来到南粤重镇广州工作，应邀担任广州外国语学院附设外国语学校教导处主任，成为广东民办教育的拓荒者。我的这个选择，原本想借在外语学校工作的机会，彻底把我十分羞涩、薄弱的英语好好补修一下，准备考研究生，或者有机会到国外去做教育研究。没想到，刚到外语学校，就碰上1994级学生的集体退学风潮，学生和家长提出集体退学的理由是：学校办学方向不明确，也没有办学特色。面对此情此景，我临危受命，一个月之内完成了学校发展的整体规划，并受王桂珍教授的委托，给学生和家长分别作了几场讲座，讲学校的发展规划和办学特色，并且系统提出了学科层面以英语为特色，教学层面以"轻负荷高质量"为特色，教育层面以全面发展、个性发展为特色，现实最重要的是引进大学教授进中学课堂强化英语特色等。我就这样全心全意投入一个新生的民办学校的创建之中，学外语的梦没有做成，依托高校资源研究教育的愿望没有着落。后来有幸被安排到华南师范大学与广州市教育委员会联合主办的研究生班学习，也因为是华南师范大学的第一个研究生班，大学派出了最强的师资阵容：莫雷、刘鸣、任旭明、郑雪、王志超、李雅林等知名教授。他们的授课也真的使我对教育、心理学、学校管理学的学养上升到一个全新的境界，加上没有全脱产，可以即学即用，对学校办学也起到了催化作用。至今，外语学校是南粤大地上最成功的民办学校之一，也是目前南粤大地规模最大的民办学校。其中应有华南师范大学名师的功劳。

2001年，研究生班的几个同学聚会喝茶，大家愤愤不平，说当时开办的时候，市教育委员会领导说研究生班毕业在广州可以享受研究生学历待遇，现在职称评定和职务任命又说没有文件依据。我没有发言，因为我除了一张中等师范学校的国民教育文凭外，专科是函授，本科是自考，研究生是课程班的非学历教育，原本就没有觉得是研究生学历。我唯一的愿望是重新报考全日制硕士研究生。于是，我开始一边工作，一边自学英语：一是选择30篇文章，反复朗读，直到能够背诵；二是选择500段阅读理解，每天坚持做1~2段；三是把蒋刚先生研制的软件"轻轻松松背单词"装到计算机中，疯狂地以游戏的方式背单词。就在自学英语的过程中，我有一次到中山大学散步，走到文科楼门前，看招生简章，按照招生简章的指引，来到了高等教育研究所的办公室，遇到了我后来的恩师朱新秤。他是从口音中判断我是湖北省黄冈人，主动建议我报考他的研究生。2002 年，我如愿以偿地考上了中山大学研究生。在读期间，我做出了自参加工作以来第一次的角色分离：八小时内高效工作；八小时外全心做学术。我于是把全部业余精力用于学术研究，完成了学位论文《学习型学校的理论与策略》，并在此基础上拓展成为个人专著《学习型学校的管理理论与策略》（广东教育出版社遴选作为优秀教育图书出版）——至今，仍然是中国大陆唯一一本关于学习型学校建设的个人专著，使我在中国学术界拥有了一席之地。

我没有读过普通高中，没有上过全日制大学，从中等师范学校读到博士，且在学术界有了独立的地位和空间。其中许多人生际遇颇为有趣，考上黄冈中学，却无缘就读，去了麻城师范学校，这是否意味着我此生应该献身教育事业呢？理科学习有天赋，却在师范学校最后一年很意外地获得吕泽文同学的帮助，在近似疯狂的状态下把语文学得出类拔萃，形成了独特的语文学习风格——我当时就发愿要告诉学生怎样学语文，所以毕业后选择当中学语文教师。这也许是命运的安排吧！没有上过名牌大学，却又在武汉教育学院专科学习期间享受了大师们的教诲，可谓奇遇！无法到全日制大学全脱产读本科，却在自考的艰难历程中锻炼了自学意志，培养了自学能力，养成了终身学习的习惯——这也许是全日制大学无法体会到、也很难学到的东西！没有在年轻的时候读研究生，似乎不幸，但是经历了中学教师、班主任、教导处副主任、教导处主任、副校长、校长、区教育局办公室主任、市教育局办公室主任等多重角色的实践与历练，积累了丰厚的教育教学和管理的实践经验，偶遇恩师朱新秤，且再遇恩师郑永廷，36 岁后硕士、博士一口气读完，我在逆境中打下了坚实的学术基础，掌握了学术研究方法，构建了自己的学术体系。个中因缘，难可逆料。不惑之年，隐约觉得此生必须献身教育。否则，上苍不会如此眷顾！

2012 年 3 月 25 日

守　望

父亲给我的诗教

1978 年，我在湖北黄冈新洲县毕铺中学就读初中一年级。家父给我两本小书《唐宋绝句一百首》《唐宋词一百首》，所选诗词皆为精品，每首诗词后面附有水墨写意、注音注解及鉴赏文字，我爱不释手，午休前翻一翻，晚睡前读一读，散步时颂一颂，含英咀华，乐在其中。在极端的应试氛围中，能与这些诗词作者一起感受悲欢离合，甚至长歌当哭。刻骨铭心！

《唐宋绝句一百首》最喜欢的有两首。一首是孟浩然的《宿建德江》："移舟泊烟渚，日暮客愁新。野旷天低树，江清月近人。"小诗的意境触及少年漂泊的我内心的柔软，似乎也预示了此生如影随形的孤独。另一首是李清照的《夏日绝句》："生当作人杰，死亦为鬼雄。至今思项羽，不肯过江东。"此诗在我幼小的心田播下了"无论生死，追求卓越"的种子。

《唐宋词一百首》我最留恋的也是两首。一首是苏轼的《卜算子·黄州定慧院寓居作》："缺月挂疏桐，漏断人初静。谁见幽人独往来，缥缈孤鸿影。惊起却回头，有恨无人省。拣尽寒枝不肯栖，寂寞沙洲冷。"周末来临，寂寥的校园，淡淡的月色，徐徐的凉风，伴随着我吟诵苏轼这首词。那时，我眼里噙满泪珠。十多年以后，我碰到了人生的第一次蹉跌，很多人避之犹恐不及，我才懂得当年读苏轼的这首词为什么流泪！另一首是秦观的《踏莎行·郴州旅舍》："雾失楼台，月迷津渡。桃源望断无寻处。可堪孤馆闭春寒，杜鹃声里斜阳暮。驿寄梅花，鱼传尺素。砌成此恨无重数。郴江幸自绕郴山，为谁流下潇湘去。"为何少年的我喜欢，为何喜欢就喜欢一辈子？20世纪90年代中期，我放弃了武汉市最年轻的中学校长的身份，只身漂泊南下，就职于白云山下的广州外国语学院附设外国语学校。夜色笼罩，云山影绰，孤灯相伴，我体会到了秦观在郴州的况味。秦观的彷徨在郴州，在郴山，在潇湘；我之迷茫在广州，在云山，在珠江。

《唐宋绝句一百首》《唐宋词一百首》，是伴随我初中一、二年级最重要的课外读物。那个时候，不自觉地跟随父亲等几个颇有旧学根底的长辈掌握了传统语文学习的方法：吟诵。对这两百首绝句和词的审美体验，就是在吟诵中沁入心底而沉淀下来的。那时，我也时不时悄悄阅读父亲睡前阅读的《唐诗选注》。这本书没有鉴赏文字，只有注解，我特别喜欢陈子昂的《登幽州台歌》、王勃的《送杜少府之任蜀州》、李白的《蜀道难》等。初中二年级下学期即将结束时，我遵照父亲的嘱咐，将这两本书转送给弟弟柳向前；柳向前也是在初中二年级的下学期，将这两本书转送给三弟柳向阳。当了教师，研究中国教育史，才知道父亲在无法改变教育体制的情况下，苦心孤诣，对自己的孩子实施"诗教"。两本小书让我在少年时代便有了诗和远方。

触摸《诗经》

首次接触《诗经》是在大别山南麓的湖北省麻城师范学校。一年级随颜素珍老师读过《硕鼠》等篇目，二年级随徐金质老师读过《氓》等篇目，三年级随周正旺读过《黍离》等篇目。非常遗憾，中等师范学校三年，《诗经》对我没有形成震撼。

1984年我被分配到古镇仓埠中心中学教语文，尝试着用自己喜欢的诗词，对学生实施诗教。1985年下半年，一年教龄的我，开始带实习生：新洲师范学校（武汉市新洲高级职业中学前身）三年级学生刘敬和洪梅。刘敬教体育，性情如火，急如星火，偶尔开怀大笑。洪梅教语文，性情如水，亭亭净植，偶尔莞尔微笑。他们俩联袂参加了古镇的元旦晚会，邀我捧场。刘敬跳太空舞，伴奏的是电视剧《在水一方》的主题曲，由洪梅主唱。

我一听钟情，甚至陶醉，在家也不时吟唱。家父听到，不经意说："《在水一方》是《诗经·蒹葭》的意境翻译，你该去读《诗经》了。"我在学校图书馆寻找《诗经》，没有；后来在新洲师范学校图书馆借到了。就像当年偷偷阅读父亲床头的《唐诗选注》一样，我阅读《诗经》尽挑选"一见钟情"的篇目，如《关雎》《桃夭》《静女》《木瓜》《野有蔓草》《蒹葭》《无衣》《黍离》《采薇》等，能打动我，也能打动学生。我把这些诗歌编写到自己的诗教教材中，推荐给学生。

我最喜欢的是《蒹葭》。诗人歌德在《少年维特之烦恼》中有这样的诗句："哪个少女不怀春，哪个少年不钟情？"我当然不能例外。但是，在我刚刚从事教育事业的年代，教师中的优秀者有人选择了工人作为伴侣，有人选择了政府公职人员，也有不少人因为有约在先而内部消化。总之，我没有选择，也没有被选择。喜欢我的，我未必喜欢，虽然很近，其实很远。我喜欢的在眼前，或许因为自卑，仿佛在天边，相见却不如不见！我放弃了主动，在教书读书的生活中等待着《蒹葭》中那在水一方的人，我之于心中的佳人，或许只是曹子建之于宓妃，崔护之于桃花姑娘……

古镇西新街42号的3间红瓦平房是我那时的家。进门右边的是我的卧室兼书房。这间小房在1984年6月—1988年8月是全镇每天晚上最后熄灯的地方。4年时间，华灯初上，我在读书；夜深人静，我在读书；万籁俱静，我仍在读书。读书累了，或诵读秦观的《踏莎行·郴州旅舍》，或浅唱《在水一方》，或低吟《蒹葭》以寄托期许和向往。《蒹葭》从此与我相伴，《诗经》从此与我结缘！此后30多年，聆听《诗经》，抚摸《诗经》，研究《诗经》，成了我教育生活的一部分。

1996年春节，我阅读华东师范大学出版社三卷本《中国教育思想史》，赫然发现，《诗经》无论是作为文学教材，还是作为诗教教材，抑或是作为伦理教材，伴随了中国教育2500多年，是中国古代教育一条浑厚的线索。如果把中国教育史中的《诗经》和诗教去掉，中国教育将不称其为教育。阅读《诗经》的篇目越来越多，阅读《诗经》的版本越来越多，我渐渐地意识到，其实《诗经》不仅是中国诗歌的起点，也是中国文学的源头，还是中国文化的元典，是中国美学的根基。豁然发现，中华文明与诗歌有着某种神秘的关联：《诗经》诠释了西周的文化基因，汉乐府阐释了大汉的文化内涵，唐诗则释放了盛唐的文化蕴力。如果把从《诗经》开始的诗教，从中国教育历史中剥离出来，则中国教育难称其为教育！

重注《诗经》

于是，我发愿重注《诗经》，但是，有冲动却迟迟无行动。2014年8月，历时10年的《论语心读》问世了，成了读者"一经拿起从此不再放下"的畅销书。2016年4月15日，我不再担任广州市天河区教育局局长，但依然心系教育，魂牵教育，一直为教育思考和笔耕不辍。工作之余，我修订了《论语心读》。在修订过程中，重温孔子对《诗经》的评价，也再次强化了我重注《诗经》的信念。孔子对《诗经》的高度评价，对诗教的高度重视和杰出的诗教成果，让我有"虽不能至，心向往之"的感慨和仰慕！中国两千多年的教育长河中，《诗经》始终是核心教材，诗教始终是核心课程，史上几乎所有的大政治家同时也是大诗人，史上几乎所有的文人同时也是诗人。修订完《论语心读》，于 2016 年 7 月开始动笔重注《诗经》，我追求的是内心的真实认知、真实感受、真实感情、真实思想，所以取名《诗经心读》。

我重注《诗经》，有理性的思考。我读懂了孔子儒家，我有把握对《诗经》做颠覆性的解读。历代注家如《毛诗》《诗集传》《诗经原始》等，都有严重的历史局限性：要么"穿凿附会"，歪曲诗作者原意，迎合他们心中的"道""理"；要么曲意逢迎，任意曲解，为专制唱赞歌，为帝王涂脂抹粉。新中国成立以来，最有影响力的恐怕莫过于杨伯峻先生的《论语译注》，该著以训诂见长，依然走朱熹、方玉润等的路径；其次可能要数周振甫先生的《诗经译注》，该著缺少适合现代人阅读的解读；再次是武汉大学朱祖荣教授的《〈诗经〉精读》，该著是综合历代注家的解读，不足是缺少自己的主张。更多的注者，选择一些浅显的诗做解读，选得最多的是爱情诗，整部《诗经》似乎离现代读者越来越远。学者对《诗经》都知难而退，读者当然更望而却步。

《诗经》离我们太远？《诗经》太难懂？《诗经》没有现代价值？我的解读证明恰恰相反。我的解读，基于几个优势：一是重注《论语》让我读懂了孔子儒家的人本理念、民本思想、人文精神，从"人本"的视角解读《诗经》，自然不同于历代注者。二是数十年的美学修养，从美学的视角来解读《诗经》，当然不同于历代注者。三是数十年的教育积淀，从教育的视角思考《诗经》诗教的价值，自然不同于历代注者。四是数十年不甘平庸的人生追求，让我带着如海一样深厚的教育情怀来理解《诗经》，当然不同于历代注者。我对《诗经》的解读，浸润着我的激情和期待。五是我曾经是深受学生欢迎的语文教师，曾经以"韦编三绝"的执着，研究许慎的《说文解字》，下了一番硬功夫和笨功夫，因此对《诗经》历代注家的训诂做了选择，而不是把这个难题交给读者。

其实，《诗经心读》最具特色的也许是我仿佛穿越一样回到了《诗经》的时代，进入了孔子的精神世界，还原了孔子心中的《诗经》，析出了《诗经》的现代性人文价值。一是还原了"思无邪"的审美理想。《论语·为政》中孔子说："《诗》三百，一言以蔽之，曰：'思无邪。'"《诗经》突出的特点就是唯美、唯善、唯真！二是还原了"兴观群怨"的教育功能。《论语·阳货》中孔子说："诗，可以兴，可以观，可以群，可以怨。"兴：涵养性情，使人有情感、有热度、有温度，使人燃烧生命的激情。观：了解社会，学会认识自然，了解风俗，了解文化。群：学会沟通，学会理解，学会合作。怨：学会批评社会，奉劝同僚或上级。这是任何社会都需要的教育！三是还原了"兴于诗"的教育基石。《论语·泰伯》中孔子说："兴于《诗》，立于礼，成于乐。"在孔子的课程体系中，《诗经》让生命有了热情和温度，因而打下了成就人格的基础。四是还原了诗教的文化意蕴。《论语·子路》中孔子说："诵《诗》三百，授之以政，不达；使于四方，不能专对；虽多，亦奚以为？"因为《诗经》涵盖了爱情、伦理、政治、历史、责任、民风、国情等内容，通过《诗经》的学习，可以培养学生高尚的情感（兴）、拓宽视野（观）、学会与人相处（群）、批评社会（怨），当然可以因此而懂得外交。《诗经》蕴含着民族文化的文脉和血脉。我们无数次为不同地区大学校长的文化素质差距之大而震撼，"山川异域，风月同天"的慈悲居然被"加油加油"的媚俗所挤兑，令读书人汗颜！五是还原了爱情自由的伦理情怀。孔子在《论语·阳货》中对儿子伯鱼说："女为《周南》《召南》矣乎？人而不为《周南》《召南》，其犹正墙面而立也与？"孔子劝伯鱼学《周南》《召南》，那是因为这两国的国风侧重点是男女之情、夫妇之道。从中可以窥探儒家的爱情观念：自由、浪漫、真诚。爱情启蒙教育，没有什么方式比诗教更含蓄、更唯美！

其实，作为儒家学派创始人，作为中国历史上最伟大的教育家，孔子选编《诗经》作为教材，其价值远远不止上述五个方面。在撰写《诗经心读》的过程中我惊喜地发现，《诗经》不只有唯美的爱情，还有唯善的伦理，更有唯真的理性。《诗经》的情感、态度、伦理容易为大家理解和接受。民国以来，大多注者都忽视了《诗经》中的社会学、政治学、哲学的智慧。这些智慧恰恰集中在现当代学者忽视的《雅》《颂》部分。如果说《论语》是以说理的方式传承伦理价值，那么《雅》《颂》是以抒情诗、叙事诗、史诗的方式，完成了对悲天悯人情怀的传递、传承、传播。

《诗经》的现代价值

《雅》《颂》的现代价值远远超乎想象。《诗经·商颂·长发》是歌颂商民列祖列宗的颂歌，没读过的人或许以为是枯骨，没有生气。错了，恰恰是这史诗，生动深刻地揭示了商王朝曾经兴盛的秘诀。一是认同天命：让君民保持敬畏之心，不至于无底线；可以不信鬼神，但是该有信仰和底线。二是勇武尊礼：勇武，马上得天下；尊礼，马下治天下。现在中国年轻人多勇武吗？现在中国年轻人多尊礼吗？三是增进德行：要求从天子到庶人均须加强个人道德修养。"德之不修"不是中国当代教育的最大难题吗？四是施行仁政：善待诸侯，善待人民。上位者善待下级吗？强势人群善待弱势群体吗？五是果断决策：把握时机，一举荡平夏桀。量子时代，瞬息万变，果断决策、科学决策、精准决策，不重要吗？六是重视人才：尤其是不拘一格重用伊尹、傅说等，流芳千古。古往今来多少人超越商汤？——读懂《诗经》，方知《诗经》有美学的味道，有文学的精彩，有史学的价值，有伦理学的情怀，有社会学的思考，有政治学的智慧，有哲学的方法论！

钟嵘："动天地，感鬼神，莫近于诗。"正因为诗教属于感性教育、艺术教育、审美教育，其思想、伦理、价值等通过诗歌艺术直指人心，直指人性，让生命浸润诗歌的灵性和智慧。其他课程无法替代。

没有诗的教育是不完整的，没有诗的生活是不完美的，没有诗的中国是难以想象的。重注《诗经》，企望以最美的方式把

《诗经》呈献给读者，给国人以诗心和诗情，给教育以灵感和灵性！有诗心，有诗性，有诗情，才有成功的教育！当中国人普遍拥有诗和远方时，中华民族已然实现伟大复兴！

2022 年 5 月 23 日

怎样学语文·怎样教语文

我今天 33 岁，从事中学语文教育工作的时间却已有十五个年头了。无论在湖北，还是在广东，无论在哪一所学校任教，因为我的语文教法发端于我有切身体会的语文学法，在学生看来十分新颖实用又别有情趣，学生也学得轻松，学得愉快，学得实在，课堂气氛往往十分活跃。加之每一届的学生从我这里都能学会如何"读书"、如何"看书"，能获得许多学好语文的"秘诀"，爱物及人，语文课备受青睐，人也受欢迎。我在十五年的语文教学生涯中，曾经多次被学生在公开发行的刊物上撰文称赞、怀念，其主题无非是两个：一个是赞扬"先生"对后生在做人、做学问方面的指导；另一个是赞扬"先生"的语文修养、文学修养。对于后者的赞誉之词十分丰富，诸如"博学多才""博闻强识""才华横溢"等，不一而足！

但当听到或者看到这些字眼时，我往往心跳，有时是一种很酸的感觉——我小时候生在农村，长在农村，一个只有十来户人家的小村子哺育了我并不多姿多彩的童年。小时候的我，生性腼腆，最害怕到邻居家去借东西，经常是"徐庶入曹营，一言不发"，直到邻居对我多角度启发诱导，我才以点头之类的方式，表示出我们家要借什么东西。虽然上了几年小学，但四年级以前的语文课本上几乎全是"毛主席语录"之类，五、六年级有了课本，但不知道是老师不会教还是我不会学（多半是我不会学），总之除了识字、组词、造句以外，我不知道学了些什么，更不知道学会了些什么。

上初中的时候，碰到几个十分优秀的老师，但全是教理科的。初一的语文老师姓潘，据说那时已经是59岁，说话上气不接下气，上课带上一个茶杯，外加一个开水瓶，讲三句话喝一口水，照本宣科，拿着讲义念（内容多数是照抄教学参考书）；基本步骤是指明朗读课文、生字注音、词语解释、划分段落、归纳段意、概括中心思想、总结写作特点（多数时候学生是一问三不知）。初二的老师也是这样教，初三仍然是这样教——其实那时候十之八九的人都是那么教。再加上刚刚"拨乱反正"，"学好数理化，走遍天下都不怕"的观念深入人心，我自然也深受影响，语文课成了催眠课、休闲课（学不学考试总是那个样）。结果初中的语文只学会了分析短语和句子成分，其他的东西几乎全是"一知半解"的。作文是套范文、造感情、哄老师，完成任务就行，一篇文章放久了，自己回头看的时候，居然看不出是自己写的——因为本来就是从别处"参考"来的。好在我的理科成绩十分优异，所以仍旧能以较高的分数考取黄冈中学，后因家贫无法供给，改读了湖北省麻城师范学校（"黄麻起义"的"麻"，即麻城）。

中师前两年我对语文是既无兴趣，又无信心，语文学习仍然是一个十足的"困难户"，大考小考，语文成绩老是在平均分以下一大截子！眼看"脱贫"无望，这辈子也准备好了教理科。然而"天有不测风云"，毕业前的一学年，我交了好运，认真地学了一年语文。就是这一年的语文学习，几乎改变了我的人生！

直到现在，我仍然觉得1983—1984学年，我得到了"神灵"的帮助：不知是阴错阳差还是鬼使神差，班主任竟然将全校声音最甜、普通话讲得最好、最受同学欢迎的女广播员吕泽文同学安排做了我的同桌。十五年过去了，她那甜美而又充满真情的富有艺术性的朗读（比老师的朗读水平高多了），那声音和神态，仍然是我记忆长河中最美好的珍品。我记得，有一天早晨，我们的朗读任务是读朱自清先生的《荷塘月色》。这篇老师讲过但我们仍然似懂非懂的文章从泽文同学的口里甜甜流出，分明是一种艺术享受，我隐隐约约听出了一种孤独与苦闷、一种忧郁与渺茫、一种悲伤与无奈、一种朦胧与静谧、一种恬淡与典雅、一种洗练与流畅、一种清丽与温婉、一种和谐与隽永……整个朗读的四十五分钟，她读了多长时间的书，我就微微侧着头看了她多长时间。等到泽文同学发现我痴呆的神态时，她脸红了，我却笑了，随后是我发出的由衷的叹息："原来语文这么美，原来文学这么美，可惜我们即将毕业……"

210

或许是心无灵犀，不"点"也能通，我们于是很快达成了"君子协定"：她帮我学习语文，我帮她学习数理化（我帮助她的后来落空了）；利用她担任班团支部书记、校学生会宣传委员的职务之便，向班主任提出：一年之内，不得把我们分开！

在泽文同学的指导和帮助下，我下的第一个功夫就是朗读中师语音课本。这本书的后半本全都是注音读物，有朱自清的《背影》、郑振铎的《海燕》、老舍的《小麻雀》、高尔基的《海燕》、茅盾的《白杨礼赞》、契诃夫的《万卡》、冰心的《一只木屐》、安徒生的《卖火柴的小女孩》、魏巍的《谁是最可爱的人》、闻一多的《最后一次讲演》、柯岩的《周总理，你在哪里》、郭小川的《青纱帐，甘蔗林》、毛泽东的《沁园春·雪》、谭嗣同的《狱中题壁》等名篇。一遍、两遍、三遍、十几遍，乃至几十遍朗读，越读越香，越有味就越想读。我记得我读《卖火柴的小女孩》时流泪了，读《万卡》时流泪了，读郑振铎的《海燕》时流泪了，读朱自清的《背影》时流泪了……我这时才发现我是在用"心"读书，记得那时担心自己"男子汉大丈夫"因为读书动情而被别人笑话为"脆弱"，采用了阿Q的精神胜利法，编了一句"男儿有泪不轻弹，只因读书未到用心时"来搪塞同学们的调笑。一个月的时间下来，这些篇章我几乎都背了下来，而没有一篇是有意背诵的。奇迹也随之发生了，我不但普通话说得流利了许多，全省中师语音会考得了"优"，第一单元的文选考试首次超过八十分，进入班级前十名的行列。

第一步努力，就尝到了甜头，于是开始在泽文同学的帮助下朗读课本《文选与写作》第五册，提前读《文选与写作》第六册——我一辈子无论如何都忘不了，这位质朴无华的山城姑娘为了我能学好普通话、学好朗读、学好语文，居然将我的两本《文选与写作》的全部文章注上汉语拼音，写在字里行间，常常是她标注一篇我读一篇，后来她看我读书的进展太快，索性把星期天也用来专门给我标注拼音。我庆幸读书时有这样的同学、有这样的友情、有这样的境界——她或许是我那时用"朗读法"无法全部读懂的一本书，一本好书！忘时地读、忘物地读、忘情地读、忘我地读：读《荷塘月色》时，我就是朱自清；读《为了忘却的记念》《记念刘和珍君》《白莽作〈孩儿塔〉序》《呐喊〈自序〉》时，我就是鲁迅；读《包身工》时，我就是夏衍；读《一九三六年春在太原》时，我就是宋之的；读《依依惜别的深情》时，我仿佛是一名经历了一场浴血奋战的志愿军战士；读《在马克思墓前的讲话》，我仿佛真的参加了马克思的追悼会；读《内蒙访古》时，我又仿佛倾听了一曲如歌如颂、如泣如诉的《昭君怨》；读林觉民的《与妻书》，真的有一种视死如归的英雄气概充溢着我的全身……我读迷了，读痴了！令我瞠目结舌的是，我那时"放声朗读"，竟然连《包身工》《为了忘却的记念》《记念刘和珍君》等这样长的篇目，都能十分熟练、十分自然地不折不扣地背下来。

后来又回过头去读《文选与写作》一、二、三、四册中的重点篇目，再回头读初中的《我们爱韶山的红杜鹃》（我不知道为什么后来在哪里都找不到这篇文章）、《孔乙己》、《藤野先生》、

《出师表》等名篇。时间过得越久，我读书的兴味越浓。白天读，夜晚读；语文课堂读，自习课读；平日读，周末也读（自觉自愿地放弃了睡懒觉的机会）；在学校里读，寒假在家里也照样读；回到乡下，拿上一本课本，到屋后的小山上去读……我读疯了。"他真的读书读疯了！"同学和邻居真的有人曾经这样认为和这样说过。只有我知道，我是在疯狂地读书，我是在疯狂地享受，我是在疯狂地吮吸，我是在疯狂地奋进，我是在疯狂地提高！——我并不觉得苦和累，相反很有乐趣，很有味道，很充实，很有收获！

就是凭着这种疯读、痴读、狂读的精神，我练就了一口流利的普通话，试想能坚持用普通话艺术熟读近两百篇文章，普通话有可能不标准、不流畅、不生动吗？

就是凭着这种疯读、痴读、狂读的精神，我练就了一手漂亮的好文章，近两百篇名作的反复朗读，要消化多少词语，要领会多少特殊的句式，要吃透多少修辞名句的艺术魅力，要吸收多少文章谋篇布局的框架结构，要沉淀多强的文感、语感、情感，作文有可能写不好吗？

就是凭着这种疯读、痴读、狂读的精神，我在1983—1984学年的几乎历次语文考试中均获得了比较优秀或十分优异的成绩。冷静思考一下，什么样的语法现象课文中没有，什么样的修辞手段课文中没有，什么样的写作方法课文中没有，什么样的艺术特色课文中没有，什么样的段落层次的构成模式课文中没有，什么样的语言环境课文中没有，什么样的读写或者语基方面的知识没有在课文中反复出现？只要有心去读，用心去读，专心去读，考试有可能不得高分吗？——绝对没有可能！

就是凭着这种疯读、痴读、狂读的精神，我找到了学习文科的信心，发现文科记忆潜力很大。中等师范学校毕业前夕，我朗读和背诵了《古文观止》中几十篇自己特别中意而中学教材里没有的文章。这种疯读、痴读、狂读过程中找到的那种自信，对我后来在工作过程中专科函授和本科自修大有裨益。我的学业完成得很实在，尽管我没有进过名牌大学，还是对自己的学力十分自信。

就是凭着这种疯读、痴读、狂读的精神，我打下了或许十分有限但又十分坚实的语文基础，也改变了我一生。我毕业的时候，毅然选择了中学语文教学，放弃了做物理教师的初衷。凭着那时的基本功，我赢得了一届又一届学生的尊重。十多年后，无论多大的场合举行公开课，我可以不翻书（初、高中的不少重点篇目至今我还背得清楚），可以不看教案，那一年的痴情读书真的功不可没！

十多年后，我能随意拿起任何一年的高考题，都不假思索地一气呵成，用不到一半的时间保质保量地做完，碰到学生拿出的各种语文试题，都不用去找任何参考书。这种铁的功夫又何尝不得益于"疯读、痴读、狂读"——尽管我平时空闲的时候，根本就不做题——在全身心朗读的过程中，形成的厚实的知识与能力的综合势能，足以穿透中学阶段任何形式的考题！

十多年后，我不时应邀做报告、做讲演、做讲座，经常两三个小时讲下去，可以滔滔不绝，言之有物、有序、有新意，仍旧应当归功于那种"疯读、痴读、狂读"。

多年的朗读习惯和读书生活，使我对前人关于"读书"的名言诸如"书读百遍，其义自见""熟读唐诗三百首，不会作诗也会吟""好书不厌百回读，熟读深思子自知"以及"熟读成诵"等典故，有了准确的理解和深刻的体会，对数千年东方教育文化的结晶——诵读法——情有独钟！这种读书的习惯、方法也正是我十多年来语文教学改革的轴心！

到现在，朋友们也许知道了，我学习语文的秘诀就是"朗读"。不错，这才真正是语文学习至关重要的秘诀！这个秘诀的创始人并不是我，而是古人。难怪有人问《家》《春》《秋》的作者巴金：使你成为文学家的最有意义的人、物、事是什么？巴金的回答：使我能成为作家的唯一资本，是我少年时代背熟了《古文观止》。三百多篇古文烂熟于心的功底是我从事文学创作的全部基石！——遗憾的是不少语文教育改革家，在提倡快速阅读、板块阅读、扫读、跳读等现代化的阅读方法的时候，忽视或抛弃了几千年来沉淀下来的语文教学几乎唯一的精华！可以想一想：一个星期只有五次朝读（早晨上课前专供朗读的时间段），一般每次都不超过三十分钟（有的学校只有十五分钟，有的干脆没有），语文只占用其中的两次。用这点时间读语文，找到文章的感觉，找到语言的感觉，找到进入角色的感觉，有这种可能吗？一天到晚听老师讲课文、讲题目、做题目，这样能高效地学好语文才怪呢！

其实一个比喻或许能说得更加透彻明白：中学语文课本里的名家名篇，好似一道道各具特色的风味名菜，老师讲课，好比酒店的服务员向客人介绍菜的味道如何好、如何香、如何有味道，厨师的厨艺如何高明等。但客人如果不亲自尝一尝菜，又怎么可能真正了解这道名菜的味道和名厨厨艺的独特之处呢？"品味，品味"，必须品一品方知其中之味。讲文章，是介绍菜；读文章，才是吃菜！朗读文章是津津有味全身心地品菜！建议各位中学生在"品菜"的过程中努力体会和消化、吸收老师"讲菜"的观点和方法，最好还要有自己独特的体验。不管别人怎样理解、能不能理解，这种体验都是最宝贵的，应当珍惜，最好用专门的本子写下来。另外，读文章的时候，应当不断把所有的字、词、句、段、篇、语、修、逻、文、情等多方面的知识加以体会和消化！这样做语文成绩不好才怪！

最后，关于学好语言的秘诀问题，有几句"名言"仅供参考：

——世界上没有不付出劳动的收获，与其把太多的精力花去寻找什么学好语文的秘诀，不如实实在在地行动起来，读起来！读课文，读注释，读知识短文；用心读，全心读，专心读；动情地读，忘我地读，疯狂地读！

——语文学习过程中的采撷、鉴赏、吸收、内化、再创造、表达等方面的行为能力，更多的是在读书等实践的过程中形成的。这些是解题无法解出来的！

——文章的味道是读出来的，而不是讲出来的！

1999 年 8 月 10 日

文章的味道是读出来的

在我曾经从事的职业中，最引以为傲的是语文教师。在语文教师岗位上，体会最深的一句话：文章的味道是读出来的。中学时代作为语文差生，偶然的际遇，感动于同桌朗读朱自清的《荷塘月色》，从此学习朗读，学会朗读，爱上朗读，也因朗读，从理科男遽然变成文科男，并选择语文教师作为自己的职业。有感于诸多语文界同行依然在感叹：语文难教，累！有感于诸多中小学生依然在感慨：语文难学，苦！谨陈固陋，请感叹教语文难的同仁、学语文难的家长和学生指正。

20世纪90年代，我亲历的一堂语文课：某大学附中为了借鉴外国母语教学方法，特邀了一位英国教授艾尼克斯到学校讲学。被邀者是研究莎士比亚的专家，讲莎翁的名著《哈姆雷特》。听课学生倍感兴奋，观摩者翘首以盼，对源自莎士比亚故乡艾尼克斯的"西洋风"充满了神秘和期待。谁知道，艾尼克斯教授登台什么都没讲，就叫学生读书，读完一遍，教授问："有味道吗？"学生摇摇头："没什么味道。"艾尼克斯非常淡定，叫学生再读一遍，这回学生回答："有点味道。"艾尼克斯又让学生读第三遍，再问："味道怎样？"学生一起回答："很有味道！"脸上一直没有表情的艾尼克斯微笑起来，鼓动学生将自己"读"出的"味道"讲出来。学生争先恐后，各抒己见。学生讲完，教授点评，带着微笑结束了"世界级"的观摩课。

课后观摩者议论纷纷，无不佩服艾尼克斯教授教法之高明。高明之处，在于重视"读"。"读"为主线的教学方法契合了中国"知行合一"的教育哲学，也契合了埃德加·戴尔的学习金字塔理论，无疑是一种高效率的教学方法，比起"满堂灌""满堂讲""满堂问"效果好得多。

但是，冷静思考，这种多读精讲教法非外国人原创，而是五四运动以后，在否定传统的狂飙激进之中被否定的中国最古老、最传统、最高效的教学法。旧时的私塾先生读《千家诗》《唐诗三百首》，精彩之处，得意之时，一唱三叹，酒不醉人人自醉，学生深受感染，兴味盎然，于是也学着读，学着吟，学着诵，最终也学会写诗。学诗如此，学文亦如此。只有读，才知其中味；只有读，才能体悟作者的思想感情；只有读，才能诱发读者的美感和思考！我做过统计，民国时期几乎所有的文学大家、学术巨子都曾经获益于中国最传统的语文教学：读，朗读，诵读，吟诵；讲，只是其中分量很轻的部分。这种进入角色、心领神会、浸润灵魂的朗读，实现了读者与作者的内心交流、思想共振、情感共鸣、审美交融，并完成了读者的思想、伦理、价值的升华和凝华，促进读者全面发展。

诗词文赋，仅仅停留在注音解释、段落大意、中心思想、写作特点的分析上，是不能深刻领会其精髓的。因为学生要真正领会一篇文章，必须与作者思想共振，与作者感情共鸣，与文章审美融合。要达到这种境界，除了教师讲析外，更重要的是让学生读，只有多朗读，才能读出文章的味道。名家名篇，是一道道可口的菜——老师只给学生介绍这些"名菜"的做法，讲这些"名菜"的特点，而不让学生亲口尝一尝，学生不可能品出其中的味道。笔者的语文教学素来重视"读"，用读诱发兴趣，用读激发美感，用读沉淀思想。

范读，让学生"一听钟情"。兴趣是最好的老师，无论哪种文体的教学，学生对文章兴趣的大、小、浓、淡，往往直接决定教学效果。教师出色的范读，可以激发学生对于课文的兴趣，读得越好，学生兴趣越浓。比如郁达夫先生的《故都的秋》这篇散文，我就是以艺术朗读，先让学生在艺术享受之中品到老酒一样醇厚的"秋天的况味"……比如说朱自清先生的《背影》，是一篇清新自然、淳朴真挚的散文，已经哺育了几代人，然而对于今天的独生子女来说，要让他们喜欢上真不容易，怎么教呢？我选择了从朗读切入，我也曾经有看到自己父亲那佝偻的背影而泪流满面的真实感受，加上对朗读艺术的执着追求，在课堂上用"心"朗读。结果，我流泪了，学生流泪了——《背影》父子之间爱的"二重奏"，那么深沉，那么凝重，那么淳厚，深深震撼着学生的心灵。他们接受了《背影》，也爱上了《背影》。是声情并茂的朗读让学生对《背影》"一听钟情"。

指导，让学生进入角色。教师再好的范读，只是一种示范，一种诱导，一种启发，就像尝"菜"，教师先吃一口，津津有味，再引导学生一起品尝，学生才能真正品出"菜"的美味。刘再复先生的《读沧海》是世间难得的散文诗的孤品、上品、精品，也是我给高中生选编的教材中的经典篇目。但是要让学生读懂《读沧海》，最好的方法是范读，并指导学生朗读——让学生进入散文的角色——作者的角色，学生就在读、品、议中领会作品的情感、精神和味道。散文如此，小说也如此。《孔乙己》的教学，我曾经把叙述语言、孔乙己的语言、酒店老板的语言、伙计的语言分配给四个学生，让他们提前准备，在课堂朗读，读完再分别谈对"角色"的理解，然后大家议论，结果是：读得很好，谈得很好，议得很好。

朗读，应和精讲结合起来。再好的朗读，不是语文教学的全部，必须与启发式的精点、精评、精讲、精析结合起来，才能达到教学目的。只讲不读，学生难知书中味；只读不讲，学生也难以透彻理解文章的内容。很多人对鲁迅的作品喜欢连篇累牍式讲解，其实也是一种错误的选择。比如《为了忘却的记念》，长歌当哭，悲愤难抑，如果采取"细嚼慢咽"的方法，讲一个星期也可以，关键是未必有好效果。我品读精讲，两课时圆满完成任务。

要求，因题材而异。有人提出文言文和古代诗歌不应做翻译和讲解，因为译文和分析都不是"原味"，只有"读"才能"品"出"原味"来。这种看法没有把握好朗读的分量和分寸，有走极端的倾向，不可取。笔者认为，一般来说朗读的比重，文言文、诗歌应比散文、小说大，散文、小说又比说明文、议论文大。

朗读（包括素读、诵读、配乐朗读等形式）始终是语文教学的主线，是中国的语文教育最宝贵的传统，其科学性和有效性历经几千年的实践检验。改革可以是借鉴，还可以是发展，还可以是恢复传统。在快餐文化的今天，浮躁、急躁是社会的普遍状况，传承优秀文化，尤其是传承优秀教法，需要的是定力和选择。当语文教师觉得很难、很累、很疲惫，建议调整教学结构，在朗读上下功夫，或许有新发现！当学生觉得语文无趣、无味、无聊、无奈、无助的时候，选择以疯狂的朗读，强化语感，深化理解，内化修辞，融化写法，或许有意想不到的收获！

朗读成为学生的习惯，人生已经开启了新的篇章！朗读成为家庭的风景，家庭已经进入兴旺模式！朗读成为校园的风气，学校已经是名校！朗读成为社会的风尚，国家正在走向复兴！

1999 年 12 月 25 日

用美浸润语文课堂

语文课堂教学中的美育是贯穿语文课堂教学全过程的一种动态的艺术活动。首先，语文课堂教学的美育是一种艺术活动。它类似于音乐课、美术课，以感性认识为主，以形象思维为主，以熏陶为主，遵循艺术活动的一切规律。审美情趣的培养，审美能力的形成，均是"润物细无声"。其次，语文课堂教学的美育是一种动态活动。学生道德意识、是非观念的形成，可以通过静态的理论学习来实现，但是审美情趣、审美能力的培养则主要通过动态的艺术活动来实现。最后，语文课堂教学中的美育贯穿语文课堂教学全过程，是从语文教师走进课堂的那一瞬间就开始的。教师的服饰、言谈、举止、板书等无时不在对学生进行审美教育。

活动的雕塑——语文教师的形象

从走进教室的那一瞬间开始，教师就在用自己的服饰、语言、动作、神态、修养等进行自我形象的塑造。教师的形象不等于教师的服饰，不等于教师的外表，不等于教师的身体，而是教师灵魂和身体的和谐统一，是一尊有血有肉富于立体感的活动雕塑。作为语文教师，其仪表、谈吐、举止、气质、风度，一言一行，一举一动，让人一看一听就能感受到语文教师所特有的端庄仪态、气质风度，产生美感并"迁移"到语文学习过程之中。

语文教师的美来源于内在修养。同样是一套漂亮的时装，在有些人身上给人以外表华丽的感觉，而在学问渊博者的身上就产生了富于开拓和创新精神的感觉。同样是一个教学手势，如果教师缺乏专业素养，学生可能感觉别扭，也可能是轻浮；而业务炉火纯青者给学生的印象则可能是顺其自然或恰到好处。同样是静静地站立，对于知识结构单薄、基本功不扎实的教师，学生的印象可能是单调与贫乏，而功力深厚者给学生留下的可能是深不可测的魅力。同样是一双眼睛，知识贫乏的教师给学生的印象是呆滞与迟钝，而渊博者可能给学生的感觉是敏锐与深沉。

没有曲谱的音乐——教学语言

语文教师的教学语言是对学生进行审美教育的重要载体。教师的语言，应当是音乐，没有曲谱，却能给学生以音乐的节奏美；应当是清泉，没有形状，却能沁人心脾；应当是磁铁，没有物理磁性，却有心理磁场和情感吸引力。教师的语言应当是简洁的，用最少的音节表达最丰富的内容，这是语言美的极致；教师的语言应当是含蓄的，含蓄方能有情趣，有情趣才能有磁性；教师的语言应当富有情感，因为审美主体是有情有义、有血有肉有思想的学生。

黑色的宇宙——板书艺术

黑板是任语文教师驰骋的容量无穷、变化无尽的宇宙。即便到了信息化时代，我不赞成中小学用 PPT 代替教师的板书。优秀的语文教师要善于利用这黑色的宇宙，把学生引进无穷的遐想空间和无尽的思维空间。通过黑板上的板书艺术，可以达成意想不到的审美教育效果。

第一，让学生感受浓缩的简洁美。好的板书，以简驭繁，文约事丰，在有限的空间展示无限的思想和艺术，是教学内容的浓缩，是教师思维的结晶，是教师创造性劳动的艺术产品。板书设计要简洁，就必须抓住"文眼"，抓住"线索"，抓住"精髓"。比如《捕蛇者说》，一个"毒"字贯穿全文，板书设计时要利用"毒"提领全文，使板书简洁明快。

第二，让学生感受多维的整体美。好的板书，能集教材的编排思路、教师的讲析思路、学生的理解思路于一体，融知识点、重点、难点、疑点于一炉。好的板书是一个相对完整的知识体系和艺术体系。

第三，让学生感受合理的布局美。板书主次分明，结构严谨，层次清晰。主次、重点、难点、疑点，布局合理。

第四，让学生感受书写的艺术美。汉字是语文符号，也是可供鉴赏的艺术品，被美学界誉为"无声的艺术"。板书应当讲究字体形态，讲究布局。或清晰，或秀丽，或洒脱，或古朴，或飘逸，或凝重，无论行楷，都能使学生赏心悦目，兴味盎然，在学习中享受书法艺术美。

第五，让学生感受新颖的形式美。板书是教师素质的表现，是积极思维的结晶，是创造性的艺术品，应力求形式与内容的有机统一。既然是艺术品，贵在求异，贵在求新，贵在求活，折射出教师独特的教学风格。

第六，让学生感受严谨的逻辑美。板书内容应揭示课文的内在逻辑，揭示作者的思路脉络，在形式上可能是"藕断"，但内在逻辑上保持"丝连"。这种"藕断丝连"正是板书严谨逻辑美的表现。

取之不尽的活水——教材蕴含的审美资源

语文教学的审美活动必须充分挖掘教材的审美资源和审美价值，达成审美目标。一是充分展示语言美。为了准确、鲜明、生动地表达思想感情，作者往往字斟句酌，精雕细刻。选入语文课本的文章，其语言或委婉，或高雅，或质朴，或幽默，或简洁，每一个词、每一个短语、每一个句子都是审美资源。二是充分发掘主题美。选入中学教材的文章，其主题往往正面多于负面，积极多于消极，乐观多于悲观，主题自身的审美价值多元而丰富。三是充分享受风格美。叙事作品的舒卷与含蓄，抒情作品的直率与豪放，议论作品的警策与启迪等，都是主题美的资源。

准艺术的规律——语文教学的美育原则

语文教学审美教育遵循一定的规律。一是要遵循体验性原则。审美是审美主体在审美实践活动中产生的，对学生进行审美教育就是培养学生发现美、认识美、品味美、创造美的能力。没有具体的审美对象当然谈不上审美教育。有了审美对象，审美主体还必须有作用于审美对象的实践活动，才能产生美感。教师必须引导学生进入实践状态，不能只是把自己的审美体验"讲"给学生听，更多的是让学生在学习过程中去发现美、体验美、享受美、接受美。

二是要遵循情感性原则。体验是一种情感方式，体验美其实就是情感的发生、发展、丰富和升华。从这个意义上讲，美育就是情感教育，或者说情感的美化。教师要深刻体验，把握感情基调、氛围并有效感染学生。

三是要遵循想象性原则。想象是审美的灵魂，是审美活动的枢纽环节，是审美活动的形式和目的。比如读柳宗元的《小石潭记》中的"坐潭上，四面竹树环合，寂寥无人，凄神寒骨，悄怆幽邃"一段，如果没有"四面竹树环合，寂寥无人"的想象，如何有"凄神寒骨，悄怆幽邃"的体验。因此，我们可以说，想象是达成审美体验的最重要的载体，想象能力也是语文教学要培养的重要审美能力。

四是要遵循层次性原则。学生个性有差别，审美水平有高低，审美教育必须考虑这种审美能力的层次性差别。学生审美能力的培养，也有层次性。比如读《岳阳楼记》，体会"而或长烟一空，皓月千里，浮光跃金，静影沉璧，渔歌互答"的精美，是第一层次；体会"心旷神怡，宠辱偕忘，把酒临风，其喜洋洋者矣"的情美，是第二层次；体会"不以物喜，不以己悲"的情操美，是第三层次；体会"先天下之忧而忧，后天下之乐而乐"的人格美，是第四层次。遵循层次性原则，是审美自身的规律，也是审美存在的规律。

笔者因为曾经受教于美学大师，又历经二十余年研究中国传统美学——文艺美学，习惯从美学的思想和视域，来思考教育教学问题，因此，很多时候有一些独到体会。谨陈于笔端，求教于方家。

1997 年 5 月 22 日

语文改变命运

语文教育不是文字游戏、语言训练，也不是培养写作能力、阅读能力、演讲能力。语文教育的终极目标是伦理建构、性情陶冶、价值建设、理想建立、美学熏陶、境界提升、人格完善！语文教育的价值分为四个维度：伦理维度、态度维度、价值维度、审美维度。

第一个维度是伦理。人与人的伦理，人与自然的伦理，人与自己的伦理，人与社会的伦理。比如说孝，如果孩子在家尚且不能孝敬父母，我们如何敢期待他长大了善待天下人的父母，善待天下人如父母。比如说悌，如果孩子在家尚且不能疼爱弟弟妹妹，我们如何敢期待他善待他人如兄弟，如何敢期待他长大以后能够带出一个有创新力、凝聚力的卓越团队？伦理的维度通俗来说，就是情感维度，让我们懂得孝敬长辈，懂得尊敬长者，懂得疼爱后生，懂得善待他人，懂得包容，懂得慈爱，懂得慈悲，懂得爱自己，懂得爱他人，懂得爱事业，懂得爱民族，懂得爱国家。这个情感在哪里？不在教科书，不在伦理学著作，不在哲学著作，而是在诗歌中，在散文中，在历史著作中，在戏剧中，在小说中。语文不建构伦理，枉为语文！比如忠的伦理，就在屈原的《离骚》，就在岳飞的《满江红》，就在陆游的《诉衷情》，就在文天祥的《过零丁洋》；比如孝的伦理，就在《左传·郑伯克段于鄢》，就在李密的《陈情表》，就在朱自清的《背影》；比如爱的伦理，就在《诗经》之《关雎》《蒹葭》《草虫》，就在曹植的《洛神赋》，就在李商隐的《夜雨寄北》，就在陆游和唐婉的《钗头凤》，就在席慕蓉的《七里香》。这些伦理的养成，需要语文的学习，语文的体验，语文的感悟！

　　第二个维度是态度。这里是说人对自己的态度，对生命的态度，对别人的态度，对社会的态度，对自然的态度，对事业的态度，对学术的态度，对科学的态度，对历史的态度，对未来的态度等。积极的、乐观的、向善的、向上的、向好的人生态度，比什么知识都重要。态度在何处？就在诗词歌赋，比如一直被汉代以后政治人物和儒学家误读误导的儒家爱情观，没有男尊女卑，没有"授受不亲"，而是崇尚平等、崇尚自然、崇尚自由、崇尚淳朴、崇尚忠贞、崇尚高雅、崇尚高洁。就以儒家经典《诗经》为例，一部诗经三分之二是《国风》，《国风》之中篇篇是爱情。在《诗经》中君子和淑女是完全平等的，平等地追求爱情，平等地思恋爱人，平等地等待爱人，平等地对待爱情。《诗经》中男女相爱，充满了田园牧歌的色彩：相爱在城墙边——"俟我于城隅"，相爱在桑间濮上——"参差荇菜，左右采之"，相爱在小巷——"俟我乎巷兮"。《诗经》中的男女相思在长夜中——"寤寐思服，悠哉悠哉，辗转反侧"，相思在风雨中——"风雨如晦，鸡鸣不已；既见君子，云胡不喜？"相思在远方——"所谓

228

伊人，在水一方"。2500 年后的我，在品读《诗经》的时候，依然被先民那纯情、纯粹、热烈、奔放、唯美的爱情所倾倒、折服、陶醉。情怀是态度的最高境界，情怀在何处，就在《孟子》，就在《史记》，就在《左传》，就在王勃的《滕王阁序》，就在范仲淹的《岳阳楼记》！

第三个维度是价值。价值沉淀，思想积累，理想追求，信仰构建。价值维度，体现思想的纯度、高度、深度、力度。因为价值的判断，而催生价值的追求，催生信仰的建构。思想维度最重要的是价值的沉淀。很多人从小学到大学经历了长达 16 年的语文学习，仍然不会写作文，不会做演讲，不会优雅交际，不是他们词汇不够、语汇不够、修辞不会、技能不全，而是他们没有价值沉淀，没有思想维度，没有理想追求，没有信仰构建！思想在何处？也在语文之中，在文章之中。左丘明的《曹刿论战》，司马迁的《太史公自序》，李陵的《答苏武书》，魏徵的《谏唐太宗十思疏》，韩愈的《师说》，柳宗元的《捕蛇者说》，刘基的《卖柑者言》，林觉民的《与妻书》，李大钊的《庶民的胜利》等，都承载着不同时期重要的思想和价值，鼓励一代又一代人为道义而努力，为理想而奋斗，为信仰而献身！

第四个维度是审美。书法之美、语言之美、文章之美、演说之美。中国当代美学家蒋勋先生有一句名言："美，看不见的竞争力。"的确如此，如果师生有审美的眼睛，有爱美的心灵，有创造美的冲动，那么语文教育教学的全过程就是发现美、创造美、感受美、陶醉美的过程，就是使人变得高尚、高雅、高洁的过程。书法艺术是中国传统文化的瑰宝，充满了东方哲学神韵，或洒脱，或飘逸，或轻灵，或古朴，点画之间，充满了美的光芒！语言艺术是语文教学的审美特质，也是师生共同的审美追求，或真诚，或谦和，或兴奋，字字句句充溢着美的色彩！文章之美或雄浑，或柔美，或简约，或悲怆，或喜悦，字里行间闪烁着美的光辉！演说之美，或以情动人，或以理服人，或以势服人，篇篇都在传播美的思想！——因为一颗爱美之心，因为一颗尚美之心，因为一颗创美之心，语文是美的，生活是美的，人生是美的，一切都是美的！

儒家强调"文以载道"，没有"道"的追求，语文将沦为文字游戏，沦为语言训练，沦为风花雪月！"道"是什么？道是伦理，道是态度，道是价值，道是尚美，道是情感，道是本心本性；"道"在何处？道在诗词歌赋之中，道在文章之中，道在课堂之上，道在语文教学全过程之中！语文教育必须回归本真，回归精神活动，回归情感的培育，回归伦理建设，回归价值沉淀，回归理想树立，回归信仰建立，回归审美追求，回归境界提升，回归人之为人——语文改变命运！

2016 年 3 月 21 日

最好的教育是爱

我曾经向一个朋友介绍，克里希那穆提的《最好的教育是爱》是一本无色无味无形的书，只有心静才能读得进，才能读得懂。

——题记

克里希那穆提《最好的教育是爱》是一本需要静心品读、用智慧领悟的书。克里希那穆提是享誉世界的心灵导师。少年时代的他曾经执着于灵性修炼，并成为彻悟智者。他一生致力于引导人们认识自我，用自性的光明照亮自己、解放自己；一生都在帮助人类从恐惧和无明中解脱，体悟慈悲和至乐境界。——克里希那穆提是用宗教哲学的思想、思维在思考教育的问题。

教育必须改变心灵和创新文化。克里希那穆提认为，改变人的心灵和创建新的文化是教育的重中之重。克里希那穆提不仅对现代文化的根基提出挑战，而且打破文化边界，对人类心灵、生活的本质和质量进行探索，创立了一个全新的价值体系，并期待创造一个全新的文明和全新的社会。

智慧比知识更重要。人类需要知识，借助知识可以掌握科学技能；而智慧，来自观察和自知——我倒是认为人类在知识的全人格积累和习得过程中，也会产生智慧，这是我不同于克里希那穆提的地方。智慧是指清晰、客观、理智、健康的思考能力。智慧是一种状态，不受个人感情的侵扰，不包括个人观点、偏见或倾向。智慧是一种直接领悟的能力。中国文化的思考，大学教授或许学富五车，但是他可能只有知识，不一定有智慧。而一个快乐的农民，虽然没有太多的知识，但是能感受到大地之美、山川之美、天空之美、人性之美、人伦之美，能在是非面前作出世人都能认同的选择，那么，他有智慧。

教育的目的在于改变自己。教育的目的不是改变世界；教育不能改变世界结构；教育不能改变世界的贪婪、腐败、暴力。教育的目的在于改变自己。教育者和受教育者，能够在教育的行为中让自己的灵魂净化，让自己的心中充满爱，让自己人格独立，而永远不被社会恶浊的文化所同化，那么教育的未来就可以创造一种新的文化，一种健康、向善、向上的文化。社会因之而改变。儒家教育改变人心，教育改变命运，教育改变人类的宗教情怀，或许是克里希那穆提教育目的观的渊薮吧——我个人是这么认为的。现实的教育不重视灵魂的提升，不重视灵魂的归依，缺失了精神，缺失了价值，缺失了善，缺失了爱。这样的教育知识的积累和技术的训练，停留在教育的最低层次——"训练"。这样的教育培养出的人，很快被社会同化，很快被现实文化所同化，自己尚不能独立，何能期待其成为新文化的创造者，何能期待其成为智者和哲人去改变社会呢！我以为，教育改变人心。心中有爱，就会爱他人，爱社会，爱自然，爱生活，就会有爱的能量场，就能融化周遭的人心，形成爱的场域；心中有善，就会善待自己，也会善待别人，就会形成善的能量场，就在融合和改变周遭的场域。心中有爱，心中有善，心中有慈悲，心中有期待，自己在变，周遭在变，世界也在变。

有价值的思维及其价值是什么？克里希那穆提认为，有价值的思维活动是两种：科学思维和宗教思维。科学思维实事求是，发现是它的任务、它的用武之地。科学精神与个体状态、民族主义、种族和偏见无关。宗教思维不属于任何教派、组织，它不是宗教，不是有组织的教会。宗教思维是完全独立的。宗教思维看透了教堂、教条、信仰、传统的虚伪性。这样的思维不受民族主义或环境所影响，不受任何制约。它是爆发性的、年轻的、新鲜的、纯真的、幼小的、柔软的、微妙的、自由的。宗教精神超越功利。只有将真正的科学精神和真正的宗教精神融为一体，才是真正意义上的人，才是一个有教养的人，一个有慈悲心的人。——克里希那穆提这一宗教思想，与老子"返璞归真，复归于婴儿"的思想高度契合，都是东方智慧，只是老子的思想早了几千年，而依然没有被世界所广泛接纳和认同——文化的传播方面，我们还有很长的路要走。

没有秩序，自由就不存在。表达个人思想和做自己想做的事情的自由，是人生最重要的事情。实现超越愤怒、嫉妒、残酷的真正自由，实现超越自我的真正自由，是最困难的事情。自由不是索要便能得到的，因为其他人也想要自由，想表达他们自己的感受，想随心所欲，想随性而为。每个人都想得到自由，每个人都想表达自我，表达愤怒、残忍、野心等，所以总是有冲突。自由需要极高的智慧、敏感和理解力。自由对于每个人来说，都是必需的，甚至是最高层次的需要，无论你身处怎样的文化中。所以，没有秩序，就没有自由。一个真正自由的人，并不是概念上的自由，而是内心里摆脱了贪婪、野心、嫉妒、残酷后的自由。我以为，自由在心，自由由心，心的自由才是真正的自由。正如王阳明所说，快乐本不存在，因为你觉得快乐，所以快乐。我心自由，我心飞翔，于是可以超越功利，挣脱焦灼；可以放弃内心的争斗，也就容易放弃世俗的争斗。这不是自由又是什么呢？

人必须有发现美的敏感。身体是一个和谐的整体，是敏感的，是可以感知美的。世界上有很多人有钱，有地位，有权力，但是他们并不快乐。他们只迷茫于自己金钱、地位、权力构造的价值之中，而迷失了对美的感知。真正的教育应该培养学生思维的整体性，赋予学生的心灵一种深度，一种对美的理解。如果缺乏对温情、善良、温柔的感知，生活自然就变得恐怖和残酷。如果生活中充满了政治，充满了恐惧，被现实掏空了生活的一切，生活将不再美好。我以为，人是自然人，也是社会人，还是审美人。如果人缺乏对美的感知、感受、享受，人将成为俗物。因此，我喜欢一个人去野外，一个人去看山，一个人去看水，一个人去没有熟人的地方静静地生活！

恐惧阻挡了思想和善良的绽放。人类内心充满了恐惧——对死亡的恐惧，对失去工作的恐惧，对大众观点的恐惧。很多人被控制在恐惧的魔掌中。恐惧中的头脑不能正常思考，不可能符合逻辑、清醒地、健康地推理。遗憾的是，现实的教育大部分是在恐惧中学习。恐惧是权威和顺从的本质，服从权威，服从书本，服从佛陀，服从上帝……人在服从中成为思想、印象、情感的奴隶。当头脑习惯了服从，它便不能再体验新鲜事物。恐惧中的学习其实不能算是学习，那是获取知识。获取知识令你变得机械，而学习——一种无权威、无恐惧的学习令头脑变得非常清新、非常年轻、非常敏感。我认为，教育缺乏思想自由，导致民族创新力不足；社会体制机制，给人添加太多的压力，这种氛围中只有知识积累，而没有真正的教育。消除恐惧的最好方法，是忘记时间，"不知老之将至"。

教育消除暴力。身体暴力、心理暴力同时存在于社会，构成了当今社会的暴力文化。内心深处，交织着斗争，不只是和别人，也和自己。一个人可以获得博士学位，但是没有爱，没有善良，其实不如动物；因为他为这个世界的衰败贡献了力量。一段描述，胜过很多的解说：早上醒来，有没有朝着窗外望去？如果向窗外看了，你应该看到太阳在迷人的蓝天中冉冉升起，山脉变成了藏红花的颜色。当鸟儿开始歌唱，清晨布谷鸟开始鸣叫，在那周围弥漫着深沉的宁静，弥漫着一种美丽的孤独感。如果一个人对这一切全然无察觉，那他真的和死了没有两样。但是实际上很少有人察觉这些，只有当你的头脑和心灵完全敞开的时候，当你内心没有恐惧的时候，当你内心不再充满暴力的时候，你才会变得有知觉。有了知觉才能感受到喜悦，感受到很少人理解的那种非凡的幸福，而教育的很重要的一部分就是激发这种状态。教育就是要改变人的内在，教育的一部分职责就是让人不带着内心挣扎做人做事。我认为，每个教育者都可以是世界的中心。改变世界从改变自己的内心开始，天地之心亦我之心。社会暴力源自身体暴力，身体暴力源自心的暴力，改变社会从心开始。

有爱才有教育。对大部分人来说，爱就是占有。哪里有嫉妒和羡慕，哪里就会有残忍和憎恨。只有在没有憎恨、嫉妒和野心的时候，爱才会存在和绽放。没有爱，生活就像荒芜的土地，干旱、坚硬、残酷。而一旦有感情，生活就好像土地被水滋润，被雨水滋润，被美丽滋润。生活中必须有爱，否则你的生活就是空虚的，人生就是机械的。人若没有爱，就是死人，死人没有教育。

教育让孩子成为完整的人。那些只生活在当下的人面对生活会空虚、无助和可怜。如果教育是基于权威的，便不可能培养有远见、对生活有广博见解的思维。当老师和学生处于一种共融状态的时候，学习才会发生，这就好像你我之间的关系——不是单向的，我是你的老师。"共融"指的是交流，保持联系，传递特定的感觉，分享——不仅在语言层面，而且在心智层面——还包括更深层、更敏感的觉知。我认为，教育的目的分三个层次：一是灵魂提升（包括宗教和审美等精神活动）；二是人格培养；三是智慧增长。最底层才是知识积累和技能训练。我曾经无数次批评当下的高等教育模式，因为这种圈养式的教育，没有师生之间生命磁场的融合与互动，是一种失败的教育模式。

2015 年 5 月 18 日

教育就是解放心灵

——克里希那穆提教育思想再思考

读完克里希那穆提的《教育就是解放心灵》，看似无味无色，其实蕴含唤醒教育的智慧！

学校要培养完整的人。我们的教育主要是为了获取知识，正在让我们的教育变得越来越机械。无论是在科学、哲学、宗教、商业方面，还是在我们正在获取的技术知识上，我们的心都沿着狭窄的轨道运行。无论在家里，还是在外面，或者从事某种专门化的职业，我们的生活方式都在让我们的心变得越来越狭隘、局限和不完整。绽放也即是我们的理智、情感和健全的身体的全面发展和培养，也就是活在完整和谐中，没有对立和矛盾。只有我们的感知是清晰的、可观的、非个人化的，没有被强迫添加任何负担时，心灵的绽放才会发生。当理智、情感、身体三者处于完全和谐时，心灵的绽放就会自然地、不费力地、完美地到来。我以为——心灵绽放是西方心理学界的全人格学习状态，最高效、最有效的学习就是一种全人格的学习，最好的教育是全人格的教育。

善只有在自由中才能绽放。善没有对立面，善行本质上就是没有自我，善体现在行动中。善只有发自本心本性，才是一种本能，刻意的善是带有功利性的，故不可取。

心只有在悠闲中才能学习。我们所说的悠闲，不是指拿着一本书，坐在树下或者自己的卧室里随意阅读；也不是指拥有一个平和的心境；当然更不是指无所事事或想入非非。悠闲意味着内心不是常常被各种事情——被问题、被某种享乐、被感官的满足所占据。悠闲意味着拥有无限的时间，去观察身边以及内心正在发生的事情，去倾听，去清晰地看。悠闲意味着自由——这个词通常被解释为"做你想做的事"，人类也正在那样做的，结果导致了大量的危害、痛苦和困惑。悠闲意味着拥有一颗平静的心，没有动机，没有方向。克里希那穆提的"悠闲"，类似于中国传统道家的虚静，是一种忘我的状态，是一种全然放松的状态。

善不会在恐惧的土壤中绽放。——儒家对善的解释，与克里希那穆提相比，提前了2000多年。其实，善是人类的本性，就像婴儿爬在井边，无论是谁，也无论这个婴儿是谁家之子，是人就会不由自主地去搭救，这就是人性。所以，儒家认为：人之初，性本善。如果不是在一种不由自主的情境之下，善的背后或许有某种程度的功利色彩，只有在情急之中、自然状态下，表现出来的行为和感情才最真诚。

积累知识不能通向智慧。文化越古老，心就越被过去束缚，越是活在过去。一个传统的中断必然会被另一个传统代替。背负着千百年传统的心不愿放弃过去，直到出现另一个同样可靠的令人满意的传统。任何形式的传统，从宗教到学术，都必然会否定智慧。比如人类轴心时代，哲人所思考的关于人的问题、人与自然的关系问题、人与人的关系问题，都是种族和宗族的核心价值观，具有普适性，具有永恒的价值，作为一种传统被传承下来，并非阻碍力量。好的传统，提供捷径，提高效率。

整个生命的活动就是学习。学习生活的艺术，你需要拥有悠闲。学校是一个悠闲的场所。悠闲意味着心灵不被占据，只有那时才会有一种学习的状态。这与杜威的"学习即生活"契合，与孔子的终身学习思想契合。

教育就是要把心灵从"自我"的有限能量中解放出来。人类具有巨大的能量，但都是用于外在的活动，只用非常少的能量来研究自己的整个心理结构。行动和无为消耗了巨大的能量，心灵的懈怠造成了能量的浪费、能量的耗散——人类心灵能量的耗散，这非常值得我们关注。很多人在紧张的工作节奏中，保持着青春的活力，一旦撤离阵地，就懈怠，就丧失了斗志，就走向衰老。

与自然和谐相处。伤害自然就是伤害自己。传统文化中"天人合一"的思想，启发了克里希那穆提，我们应该为中国古代哲学家的智慧感到骄傲。

文化的精髓就是完全的和谐。和谐是宗教之心的根本核心。没有宗教便没有文化，但不是指那种作为"有组织的宣传"的宗教（事实上所有的宗教都是如此），也不是指个人去寻求某些浩瀚的体验。宗教之心不是基于任何信念、信仰或权威，它是自我的彻底消失。中国传统文化中和谐的思想，早于克里希那穆提思想 2500 年。和谐包括身心的和谐、个人与社会的和谐、生命个体间的和谐、人与自然的和谐。宗教之心是悲天悯人之心，是对自然敬畏之心，是对生命敬畏之心。

自由的本质是慈悲，根本的自由是责任，自由的常态是秩序；自由里没有权威，自由带有它的创造力。没有责任，没有慈悲，没有思想自由，将不会有创造。

2015 年 8 月 3 日

再读雅斯贝尔斯

雅斯贝尔斯是 20 世纪最为著名的存在主义大师，是思想深邃的历史学家，是弘扬大爱的教育学家。他的《什么是教育》《大学之理念》与当今中国学者的著作比起来，算是小册子。但是，若论对人本的理解、对教育的理解、对大学功能的理解，恐怕 1840 年以降，没有一本教育学著作的含金量能够超越《什么是教育》，没有一本关于大学的著作的思想高度能够超越《大学之理念》。真理往往是简洁的、精练的、精彩的，真理以质量取胜，而不是以数量取胜。两本小书，能让我读之再三，不下十余遍，在很多同行看来，或许不可想象。但是，我觉得，今后我还会再读，就像我读《论语》一样。如果实在没有空反复品味，至少也建议读一下杨克瑞、邢丽娜著的《世界著名教育思想家：雅斯贝尔斯》。

雅斯贝尔斯一生未曾离开过大学讲台，课堂深受学生欢迎，其教育思想和哲学思想对德国、对欧洲、对世界影响十分深远，尤其是对中国近代以来大学的创建与发展起着引领作用。自由思想是雅斯贝尔斯教育思想的核心。雅斯贝尔斯认为，自由思想并不是无节制的自由，更不是一种需要外在世界的妥协而获取的自我发展的自由，而是一种发自内在秩序的自觉而且自制的自由，完全依靠内在的一种完满精神所引导。雅斯贝尔斯的自由思想以人的本质问题为切入点，从而引出人的实在状态，即人是任其发展的自然体，所以在发展过程中有按其心性进行选择和做出决定的自由。学习过程本身就是自由选择和自由操作的过程，大学是一个充满精神自由、需要精神自由的地方。

我最推崇的是雅斯贝尔斯关于教育本真的观点：教育的本质是精神的，而非物质的，是非物欲诱惑下的教育，是人的灵魂的教育。教育依赖于精神世界，服务于精神传承，是一种人与人精神契合的活动；教育是人的灵魂的教育，而非理智知识和认知的堆积。教育触及灵魂，教育陶冶灵魂。雅斯贝尔斯认为，如果学校教育只是追求实用性，那么学生的心灵必然麻木，即使拥有很丰富的知识，也不能拥有自己自由发展的灵魂，不能按照自己最初的理想去实现自我。一旦教育中的这种精神传承与培养被忽视，那么对于整个国家的整体精神则似乎是一种潜在的破坏，整个国家的人可以拥有丰富的知识，拥有娴熟的技巧，拥有解决问题的非凡能力，却缺少了人之为人最根本的自由精神（自我选择与行动的自由）以及完善的灵魂，直接的结果就是"国家和教育会陷入理性计划与非理性强制手段的混淆之中，那这样就是教育整体作用的消除和对时间沉默的信号"。教育最根本的问题，就是忽视了精神传承与培养，否定了自身的传统，又没有汲取他国的人文精神，导致人们心无所依，心乱而导致价值迷失、信仰丢失、价值缺失，导致社会乱象丛生。改变现状，创造未来，依靠教育。

雅斯贝尔斯的教育目的观点也别具一格：教育的目的是认识生命的本质，提高生命的品质，追求生命的价值。生命智慧则是生命体的最高形式。人的生命除了自然生命和情感、精神生命之外，还有潜能无限的生命智慧有待于在生命过程中得到开发和运用，这本身也是生命意义和生命快乐的根本源泉。雅斯贝尔斯的教育理想是一种全面的教育，也是凸显人类精神品质的现代教育。这是一种将人文教育与自然科学教育相结合的文化教育，是整个人的教育。雅斯贝尔斯的全人教育思想是对赫尔巴特的科学教育的超越，也是对杜威的实用主义教育的超越，寻求的是人文教育与科学教育的统一，而且更重视人文教育，也就是灵魂的教育。

2015 年 9 月 10 日

242

有心才有教育

——《2014 天河教育新发展》序

教育需要真心。优先发展教育是历届区班子的传统，把教育作为最基础、最重要的民生是历届区班子的职责和使命，发展优质均衡教育是本届区班子的追求。教育是区域社会经济发展的核心竞争力、强大聚合力、现实生产力。发展优质教育可以优化人居环境、改善投资环境、优化发展环境，可以吸引更多的有财之士来天河投资，可以吸引更多的有识之士来天河定居发展，可以吸引更多的有志之士来天河创业，可以渐进式地不断优化天河的人口结构、产业结构、经济结构、社会结构，可以成为天河社会经济文化发展的催化剂、凝聚力、推动力。基于这样的共识，天河区委、区政府真心重视教育，区人大、区政协真心关怀教育，各职能部门、街道工委办事处真心支持教育。这种真心的重视、关怀、支持、帮助，促使了天河教育在高位上的持续高速发展。

教育需要热心。教育是充满激情的事业，没有局长、校长、教师的激情，就没有成功的教育。在财政局的大力支持下，天河区依法落实了继续教育经费，继续教育经费的总量保持全市最高，保障了名校长工程和名教师工程的高效实施，充分激发了师资队伍献身教育追求卓越的内源动力。继 2012 年彭建平、程印贵、郑纪珍、许凤英、张锦庭被评为"广州市天河区名校长"，天河区成为第三届获评名校长最多的区之后，2014 年全市名校长培养对象 45 名，天河区拥有 10 名，成为拥有名校长培养对象最多的区。2014 年还产生了周洁、邹俊等 15 名天河区名校长。"士别三日，当刮目相看。"今天，天河的校长走到全国能代表广东，走向世界能代表中国！2014 年 9 月 9 日，天河区首届名教师诞生。在中国第一个打破年龄、职称、论文、课题限制，根据教师的创造力、贡献力、影响力，直接认定了林美娟、林方航、符光锋等一批名师。其中，符光锋是广州十大杰出指挥家；林方航培养了 3 位世界羽毛球冠军；林美娟是广州市中小学自费支教长达六年的第一人，是主动申请从中心城区名校到村小工作的第一人，是华南经典吟诵教学第一人，是中国伏羲教育第一人。天河，41.3% 的教师毕业于教育部 6 所直属师范院校；天河，有很多像林美娟这样足以感动广州、感动广东、感动中国的好老师！三年来，天河教育取得的成就，就是全区校长、教师燃烧激情的奇迹！

　　教育需要潜心。虽然人人不都是教育家，但人人都是教育评论家。教育不可以跟着网络走，不可以跟着舆论走。教育是科学，需要尊重科学的规律，需要全体教育工作者潜心研究，全心投入，用心工作。天河教育科研工程成果丰硕：天河是全市立项数量最多的区，是全市立项层次最高的区，是全市科研成果获奖最丰的区，教育科研成为天河教育发展的强大推动力。教育建模工作独领全市风骚：在全市教育建模工作中，华阳小学的以学定教单元整体教学模式、五山小学的国学三环七步教学模式、体育东路小学的数学协作教学模式、天府路小学的美美与共的教学模式被认定为全市教育建模的典范。名校建设工程卓有成效：天河没有百年名校的积淀，却有敢为天下先的精神。名校在于理念、师资、管理、内涵，未必在于历史。天河是全市唯一高中特色课程重点立项全覆盖的区，是全市义务教育特色发展的示范区。第47中学没有百年历史，并不影响它成为最好的区属完中；天河中学建校20多年，却是发展最快的示范高中；第75中学正在准备接受示范高中初评，却早已被誉为民间名校；华阳小学建校20多年，成为全国生本教育的典范；五山小学，几年前甚至没有上市一级的机会，却成为全国传统文化经典教育的旗帜；龙口西小学因为年轻而来不及上省一级，却是老百姓追捧的名校；天河外国语学校不满三周岁，已然成为市民普遍向往的名校。

教育需要恒心。人类在进步，社会在发展，与时俱进是教育永恒的追求，终身学习是教育工作者的生命常态。2014年，天河区在全国率先打破职称、年龄、课题、论文等诸多限制，不拘一格评选名教师，催生了林美娟、符光锋、林方航、胡东等一批名教师；2014年，天河在全市率先向全球公民开放全部基础教育公共资源，教育国际化为天河社会经济国际化当好开路先锋；2014年，天河在全市率先建立完中牵头、涵盖中小学的集群发展模式，强化均衡发展，提升整体质量，坚持就近入学；2014年，天河在全市率先建立中小学办学标准、中小学迎检配置标准、中小学幼儿园投资标准，从体制机制上保障了义务教育均衡发展；2014年，天河在广州第一个成建制将保安、保洁、绿化、图书、仪器等采购权下放给基层，尊重校长办学自主权，有效地激发了学校幼儿园的自主发展活力！

教育需要养心。天河区在全国率先推行优秀传统文化经典教育，目的就在于重建文化自信、优化文化场域、回归教育本真，以优秀的传统文化养护师生的心灵。经典教育，让天河教育回归本真：在天河的教育质量范畴中，有民族精神和爱国主义，有自强不息的精神，有厚德载物的责任，有博爱泛众的胸怀，有勤劳简朴的品质，有志存高远的理想，有坚强不屈的意志，有以天下为己任的情怀。这是比分数更重要的质量。经典教育，让天河教育重建有教无类的情怀：天河在广州率先建立教师强制流动机制，在广州率先出台教育设备设施标准，是始终坚持初中免试就近入学的中心城区。经典教育，让天河教育强化因材施教的传统——鼓励不一样的教育，鼓励教育不一样：生本教育在岭南原无立锥之地，却在天河开花结果；伏羲教育诞生于甘肃省的伏羲故里，但是天河区岑村小学却成为全国伏羲教育的旗帜和标志。在天河教育体系中，敬畏生命、尊重个性是最高的价值标准。经典教育还让天河教育收获了终身学习的教育思想、自由讨论的教育模式、全面发展的课程建构、慎独正己的修身方法、积善成德的实践方式、道德双修的发展路径。经典教育以浓厚的人文精神，涵养了天河师生，形成了天河教育独特的竞争力。

天河是广州经济总量最大的区，是广州税收贡献最多的区。

天河也是广州教育质量提升最快的区，是广州教育国际化程度最高的区，是广州教育科研水平最高的区，是全国最早实现优秀传统文化全覆盖的区！天上银河，地上天河！天河教育在广州教育大家庭中扮演着自信的角色！天河教育值得期待，天河教育值得信赖，天河教育有资格、有实力、有能力代表广州走向全国，走向世界，走向未来！

2015 年 3 月 28 日

高手在民间
——天园优秀书画作品展序

记得 20 年前，有朋友调动到街道工作，背地里人们说他"仆街"了：望文生义，可以理解为到街道当市民的"仆人"。但是，如果用广州话翻译这两个字却是"仆街"，是一句咒骂他人的粗口。在教育局局长任上，时常听到在街道工作的同志自嘲属于"街级兄弟"。这种自嘲式的称谓，让我隐约感觉到他们的劳累、疲惫、迷惘和无奈。三年前，组织上安排我到天园街道担任党工委书记，也成为一名"街级兄弟"！是否也有人笑我"扑街"或是"仆街"，不得而知！

人生何其荣幸！少年时代，生活在农村，我了解农民，我了解农村，我了解乡村文化。终于有机会了解城市，了解市民，了解城市文化。很多朋友有意无意地告诉我，街道是个文化层次很低的地方，提醒我要有"不适应"的心理准备。但是，当我应天园街道文化站站长袁越同志的邀请，参观2016年天园街道书法绘画作品展览的时候，彻底颠覆了这种说法和认知。想不到中国城市"最低级别"的书画比赛，居然吸引了华南理工大学、暨南大学、华南师范大学、华南农业大学、广东工业大学等知名高校艺术院系的大批师生参与比赛；更想不到这些获奖作品的层次绝不亚于区、县级市的书画比赛获奖作品的层次，不亚于我所看到的地级市书画比赛获奖作品的层次，甚至不亚于我所参加的省会城市举办的书画比赛获奖作品的层次。高手在民间！诚哉斯言！

我是中国书法家协会会员，袁越同志一直希望我能够以参加书画比赛的方式——哪怕只是象征性地写几个字，作品可以不纳入比赛范围——表示对街道文化站工作的支持。但我一直未能如她所愿！2016年天园街道书画比赛，我选择以参观获奖作品的方式支持文化站站长袁越和街道文化站工作！2017年，我选择以参观获奖作品和参加获奖作品颁奖仪式的方式，来表达党工委对街道文化站工作的认可和支持！2018年，我选择以出席开幕式和讲话的方式，表达对街道文化站工作的高度重视和真心支持，特别期望天园街道书画比赛越办越好，规模越来越大，范围越来越广，层次越来越高！2019年的天园街道书画比赛规模更大了，参赛者有数百人之多；层次也更高了，除了广州大部分高校的艺术院系师生参赛，还有上海、杭州等地高校艺术院系名家参赛。我因为时间冲突，没有参加任何一个环节的活动，内心觉得有些对不起袁越同志，也对不起那么多来天园街道热心参加这个级别书画比赛的朋友们！为了弥补这个缺憾，我主动提出，为2019年天园街道书画比赛优秀作品选集作序！这在我数十年来的人生经历中实属首次！

文化自信是最根本的自信，没有文化的复兴就没有中华民族的伟大复兴。书法和绘画就是中国文化非常重要的载体。中国人对于自身文化的认同和自信，应该从书法和绘画开始。

一百多年前的五四运动时期，许多新文化运动的旗手曾经把中国的落后归咎于汉字，强烈呼吁用拉丁字母改造中国文字，甚至直接呼吁中国人改用英语表达。我们今天没有必要苛责先哲们在特定历史时期的局限与偏执。强调字母文字优越的人认为，英语26个字母就能满足全部文化生活的需要，创造出优美的英语文学；而汉字却至少需要认识数千个才能满足生活和创作的需要。殊不知，汉字大道至简，仅仅用8种笔画，就能创造一切汉字，满足一切汉文学作品的创作需要。在计算机输入时代，汉字的优越性就表现得更加突出了，汉字已经成为世界上输入速度最快的文字。现在，大家都逐步认同，汉字是世界上最简洁、最生动、最形象、最丰富、最富有创造性的文字，尤其是在创造新词方面的优越性，所有字母文字都无法望其项背。汉字不仅不是中国落后的根源，相反，它是人类历史上所有文明中唯一不间断的中华文明的载体，也是中华民族数千年来大多数时段领先于世界的优势基因，是中国人以聪明闻名于世界的文化密码，是中华民族独有的艺术瑰宝。因为，在世界文字体系中，有且仅有汉字能够作为一种独立的艺术形式而长久存在，并且深深浸润着汉民族的艺术沃土，滋养着世世代代的中国人！

汉字书法艺术与中华文明保持着某种血肉相连的同步。在殷商时期，古朴的甲骨卜辞，承载着殷商文化古老质朴的精神。韵味丰富的大篆，闪耀着中国先民人本精神的风华。线条精美的小篆，蕴含着中国先秦思想的丰富和深刻。汉代简洁而实用的隶书，承载了人类历史同时期最灿烂、最辉煌的文明。魏晋时期的魏碑、楷书、行书、章草等书法形式，已经充分绽放了人性的光芒和生命的优雅。唐代楷书艺术的高峰，已然成为盛唐文明的重要审美形态。如果以个人书法风格而论，书法艺术已经成为中国文人、中国诗人的精神依托和人格标志。字如其人，至今我们可以从书法大家的字里行间，读懂他们灵魂深处的生命之光。读王羲之的行书，很容易领略魏晋名士超凡脱俗的风流倜傥；读柳公权的楷书，很容易领略那种不与世俗妥协的孤傲、清高、倔强、刚毅、坚卓；读颜真卿的楷书，很容易领略那种光明磊落、正气凛然的饱满精神和人格特质；读苏轼的楷书，很容易领略那种超越自我、超越时空、超越物质的逍遥与潇洒。不一而足。于人类文化而言，书法是独一无二的中国密码！于中华民族而言，书法是民族文化自信的支撑！于每个中国人而言，书法是修身养性的一种高雅选择！

对书法的自信，或许有人以为缺乏与字母文字书法的可比性，难免有孤芳自赏和盲目自信的嫌疑。然而，中国绘画艺术与西方绘画艺术则是在比较之中建立的自信。大体上讲，中国绘画优势在于写意，在于对人生、对自然、对社会、对艺术的情感宣泄和哲学思考，往往富有诗意的空灵和哲学的深厚。同样是人物绘画，中国绘画贵在传神，传达人物的内心世界！西方绘画优势在于写实，精美的西方绘画，甚至可以用放大镜来欣赏。同样是人物绘画，西方人追求的是逼真，甚至手臂上的血管，都要求惟妙惟肖，至于人物肖像背后有什么，似乎不是太引人注意。我们欣赏元代著名画家黄公望先生的长卷《富春山居图》的时候，往往能够读懂他内心深处的安静，读懂他内心深处的孤独，读懂他内心深处的淡泊，读懂他内心深处的潇洒，读懂他内心深处的空灵，读懂他灵魂深处终极追求的自我、自适、自君。而读者往往不知不觉地把自己也读进了绘画的意境之中，往往自觉不自觉地接受了黄公望的美学熏陶和思想熏陶，也往往不由自主、潜移默化地改变了自己！但是，我们阅读西方的任何绘画作品，无法读出《富春山居图》这样的诗情画意和民胞物与的追求，以及给宇宙以道德终极关怀的宏大智慧！欣赏中国绘画，尤其是宋元以后的山水画，仿佛在读诗，仿佛在读哲学——中国绘画能够给读者一种震撼心灵的生命冲击力！我去过卢浮宫数次，阅读西方绘画，始终不能产生这种审美效果！如果一定要我做一个非此即彼的选择，那么我很坦率地说，我更喜欢中国绘画，尤其是宋元及此后的山水画，因为其净化心灵、涵养性情、陶冶情操的艺术魅力，常常让我陶醉和痴迷！随着年龄的增长，内心深处越来越安静，也许会长期欣赏中国绘画的审美功效吧！

基于上述的认知，我真心支持袁越同志所做的工作，真诚认同袁越同志所做的贡献。天园街道文化站，虽然是中国最基层的一个文化支撑点，但是经过袁越同志将近 20 年的执着和努力，书画比赛已经成为一道亮丽的风景线，已然成为一个知名的品牌。三年来，耳闻目睹，我分明感觉到，书法和绘画已经成为天园地域文化高点，已然成为天园地域文化的化雨春风，已然成为天园地域文化的凝聚力、聚合力、影响力。社会各界对于天园街道基层治理的认知和认同，显然有潜移默化的文化力量。

　　孔子说："人能弘道，非道弘人。"中华民族的伟大复兴，需要每个中国人对中国优秀传统文化的深情回望，深刻自觉，深度认同，深厚自信。而这一切的基础却在人心，却在很多人并不看好、并不重视、并不以为然的基层！我想借这篇简短的序言告诉每一个书画爱好者：高手在民间，文化也在民间，数千年来中国文化的大师往往都在民间生根、发芽、开花、结果，出现在庙堂上的只不过是文化的果实。因为，文化来自民间，生于斯长于斯，古今中外，无一例外！

　　聊以为序！

2022 年 9 月 11 日

就语文教学给女儿的建议

牢固树立大语文的教育思想。语文改变命运，不是因为高考分值高，而是语文的教育功能与价值使然。海德格尔说："语言是思想的家园。"他还说："语言的边界就是思想的边界。"语文教学（我习惯称之为"语文教育"）不是文字游戏或语言训练，也不是语文认识和表达的技巧训练，也不仅仅是阅读能力、写作能力、演讲能力的提升。语文教育终极目标追求的是伦理建构、情操陶冶、价值建设、理想建立、美学熏陶、境界提升、人格完善！这才是语文教育本真的追求！语文教育价值至少有四个维度：第一维度是伦理。人与人的伦理，人与自然的伦理，人与自己的伦理，人与社会的伦理。第二维度是态度。对自己、对生命、对别人、对社会、对自然、对事业、对历史、对未来的态度等，决定了思想深度、学术厚度、事业高度。积极、乐观、向善、向上、向好的人生态度，比什么知识都重要。第三维度是价值。价值维度，体现思想纯度、思想高度、思想深度、思想力度。第四维度是审美。必须用美浸润语文课堂，如果师生有审美的眼睛、爱美的心灵、创造美的冲动，那么语文教育全过程就是发现美、创造美、感受美、陶醉美的过程，就是使人变得高尚、高雅、高洁的过程。总而言之，学生学习语文的兴趣和能力从某种程度上决定了学生的生存力！选择了语文教师的职业，就意味着必须承担语文的天赋使命！

语文教师是"教练"而不是"讲师"。学十几年语文却不会朗读，不会写作，因为教师都是"讲师"。游泳教练能够让学生在十几次课后学会游泳，几十次课后成为游泳高手，因为他们都是"教练"。同样的道理，要教好语文，必须把自己定位为"教练"。满堂灌、满堂讲，违背了"知行合一"的教育哲学，被西方学习金字塔理论证实是学习效率最低的一种学习方法。最有效的学习方法是学会了，讲给别人听；或者学会了讲给自己听。其次是听、说、读、写的实践，包括朗读练习、写作练习、演讲练习、对话练习、戏剧练习等，才是最有效的学习方法。

语文是实践学科而不是鉴赏学科。语文无非是让孩子学会听、说、读、写。听，指的是孩子能否听懂课堂交流语言，能否听懂某种情景的表达。所谓打锣听声，说话听音，学会听是学生的基本功，也是走向社会的基本能力，学会倾听是人生的境界。说：就是说话，如何说话得体，如何写出得体的对话。说话，是学生的基本能力，更是人生的基本功夫。"良言一句三冬暖，恶语伤人六月寒"，说话又何尝不是人生的境界呢！读：阅读、朗读、诵读、朗诵，尤其是指艺术朗读。中国传统语文教学最需要传承的传统就是读。朗读、诵读、朗诵、吟诵，是学生最重要的基本功，也是学好语文最重要的方法。写：写真人，叙真实，抒真情，说真话，讲真理。自己与学生一起写日记，不论长短，重要的是记录下人生的轨迹和每一步的思考。

文章的味道是读出来的，语文能力多半靠"读"。当学生喜欢朗读，教学便成功了大半。仿佛酒店品菜，经理介绍再好，不尝一尝不可能知道菜的味道，而是吃了才知道菜的味道，吃了才能获得营养。文章的味道也是这样，依靠品尝，亲自品尝，品尝的手段就是读，尤其是朗读、朗诵、吟诵等出声的"读"。课堂教学的成功在于强化学生课堂读书的能力和习惯，让学生学会齐读、男女生分别读、分小组读、个人读等，总之课堂不能没有读书声。朗读，艺术朗读是课堂读书的重要范畴。让学生学会朗读，喜欢朗读，疯狂朗读，如此，才能把课堂语文学习兴趣延伸到课外。——朗读成为一个班的风景，学生语文能力一定强，语文成绩一定优，语文教育一定成功。

要坚持写教育教学日记。语文教学要坚持写课后反思，写教育教学日记。每天反思，每天改进，日积月累，水滴石穿。先成为名师，再成为名家，最终成为大家和大师。日记包括学生教育的问题及思考，包括课堂教学的问题及思考等。

自主学习最重要。叶圣陶说："教是为了不教。"无论初中还是高中，教学的一个重要目标，是让学生从"要他学"到"他要学"。这需要兴趣激发，也需要以梦想、理想激励，还需要方法指导。基础还是一个字：读。或两个字：朗读。当每个孩子都会朗读，都愿意朗读，都热爱朗读，都享受朗读，都陶醉于朗读，都迷恋朗读，都疯狂朗读，语文教育一定成功！

用美来经营课堂。语文课堂教学中的美育是贯穿语文课堂教学全过程的一种动态的艺术活动。教师的体态是活动的雕塑，审美活动是从教师走进教室的那一瞬间开始的，教师在用自己的服饰、语言、动作、神态、修养等进行自我形象的塑造。教学语言是没有曲谱的音乐，犹如沁人心脾的清泉，有心理磁场和情感磁力。板书是语文教师驰骋的容量无穷、变化无尽的智慧宇宙，让学生感受浓缩的简洁美，感受多维的整体美，感受合理的布局美，感受书写的艺术美，感受新颖的形式美。教材蕴含着取之不尽、用之不竭的审美资源。语文教学的审美活动必须充分挖掘教材的审美资源和审美价值，达成审美目标：一是充分展示语言美；二是充分发掘主题美；三是充分享受风格美。语文课堂要遵循的是艺术规律：一是要遵循体验性原则；二是要遵循情感性原则；三是要遵循想象性原则；四是要遵循层次性原则。

背诵每一篇课文。说起来你可能不相信，我教语文的时候，课文是背得滚瓜烂熟的。备课先背课文，然后背教案（当然不是死记硬背，而是烂熟于心），这样在课堂教学中才能有足够的精力兼顾学生的纪律，才能做到游刃有余。要做到这一点，就必须学会科学统筹时间，把生活程序化，把工作模块化，一心两用，比如坐车的时候酝酿教案，健步走的时候背课文，散步的时候手舞足蹈地演绎教案。

2023 年 10 月 3 日

就班主任工作给女儿的四条建议

班主任必须是优秀教师。当你的语文课成为学生最喜欢的课，你的书法艺术成为学生的楷模，你的语言艺术成为学生的仰慕，你的课堂艺术成为学生的审美，你就成了学生心目中的神。所谓"女神"和"男神"，在学生眼里，那是能够在课堂上给他们带来真理、善良和美感的教师。当你成为学生心目中的"女神"／"男神"，你的话他们愿意听，你的规矩他们愿意遵守，你的举手投足他们都很在意，班主任工作就好做多了。所谓亲其师信其道，学生热爱语文课，才会热爱语文老师，才会愿意亲近并接受熏陶。年轻的时候，我收拾乱班，成建制转化所谓"差班"和"后进生"的基础，就是因为我是一个非常受欢迎的语文教师。因为喜欢语文，学生才接着喜欢语文教师、接受语文教师，于是我才能在语文魅力中润物无声地改变他们！

班主任必须是强磁场源。现在的所谓综合评价手册之类，与其说是用"数据"评价学生，还不如说是用"数据"去计算学生。其实，生命是不可以用"数字"来计算的。每个生命来到这个世界上，各有其使命，各有其精彩，怎么可能用某种模子去套呢？怎么可能用某种数据去计算呢？不一样才是生命的本来面目。学生的天赋不一样，学生的志趣理想不一样，学生的兴趣爱好不一样，学生的发展方向不一样，学生一生的成长和成就自然也不一样。班主任不能用某种人为设定的模子去套学生，自然也不能用某种标准去衡量学生，至于用数据去计算学生，那就更是荒唐至极。用灵魂塑造灵魂，用思想引领思想，用理想激发理想，用信仰强化信仰。班主任用自己的高尚灵魂陶冶学生的情操，用自己的崇高理想点燃学生的理想，用自己的职业信仰去强化学生对于未来和明天的信念和信心……总之，从灵魂深处去改变学生，让学生进入自转的轨道，让学生在很短的时间内实现道德自觉、道德自律、道德自立、道德自励，这才是最高效率的班主任工作策略。班主任不仅有责任教育学生，也有责任引领家长和影响家长。"俯首甘为孺子牛"，教师可以俯下身子教育孩子，但是不能跪着教书。你的学历、学力、思想、价值观、世界观和你的天赋使命，决定了你应该用你的学识、学养、情怀以及基于教育理想和信仰的人格磁场去感染你的学生和家长，让他们沿着教育的正确方向共同成长！

班主任必须是罗森塔尔。心理学上著名的罗森塔尔实验和罗森塔尔效应，其形成是因为受到一个远古神话的启示。远古塞浦路斯国王皮格马利翁性情孤僻，为了躲避滚滚红尘而独居。他酷爱雕刻艺术，在孤独中用象牙雕刻了一座表现他审美理想的美少女像，在雕刻中倾注了自己的热爱，在欣赏中倾注了自己的爱慕，甚至祈求爱神阿佛罗狄忒赋予雕像以生命。皮格马利翁的真诚与真爱感动了爱神阿佛罗狄忒，赐给这座雕塑少女以生命。最终皮格马利翁如愿以偿，娶了自己理想中的美少女为妻子。

这是神话，罗森塔尔受此启发，做了两次实验。第一次是1960年身为哈佛大学心理学教授的著名心理学家罗森塔尔，来到加利福尼亚州的一所小学，随机从每班选3名学生共18人，将其姓名写在一张表格上，交给校长，极为认真地说："这18名学生经过科学测定全都是高智商型人才。"8个月后，罗森塔尔再次来到这所学校，发现这18名学生个个都取得了超越常态的进步，甚至若干年以后，他们在自己的岗位上都出类拔萃。这就是著名的心理期待效应。这种期待会变成关注，变成关爱，变成赞美，变成自信，变成自强，最终创造奇迹。第二次是1963年，罗森塔尔和同事福德告诉自愿参与做实验的学生，他们拿到的实验老鼠来自不同的种类：聪明鼠和笨拙鼠。让这些老鼠做钻迷宫的实验，结果那些被标注为"聪明鼠"的老鼠钻迷宫所犯的错误明显少于笨拙鼠，而事实上这些老鼠都是同一种系。只是因为罗森塔尔做了"聪明鼠"和"笨拙鼠"的标识区分而已。那些拿到"聪明鼠"的学生的正向期待产生了强大的心理暗示力量，结果真的让"聪明鼠"的实验结果更好；而那些拿到"笨拙鼠"的学生负向期待也产生了强大的心理暗示，导致实验结果正如心理暗示的那样，比"聪明鼠"要明显弱很多。——对老鼠的期待，尚且能够产生如此强大的影响力，何况班主任面对的是人呢？生命的能量场是可以相互用灵魂感知的，教育就像照镜子，你给的是阳光，学生回馈的也是阳光。对学生永远只有期待和希望，而不是失望和绝望。恰如其分和适逢其时的激励和表扬是最好的教育方式。用激励和表扬塑造每个孩子，他们会变化，也许是漫长的点滴变化，但最终会翻天覆地。

班主任必须是理想主义者。理想是什么？是对未来的信仰和信念。理想的作用是什么？让人出于理想和信仰而不惮于前驱，甚至抛头颅洒热血而在所不惜。用理想和信仰，改变了江西省兴国县 300 多个农民的命运，让他们成为共和国开国将帅；无独有偶，理想和信仰让湖北省红安县的 300 多个木匠、泥瓦匠、烧炭工等成长成为共和国开国将军。这就是理想的力量，也就是信仰的力量，理想其实就是对未来的信仰，对真善美的信仰！中小学班主任必须是理想主义者，必须是盗火者，必须是播火者，必须点燃每个孩子心中的理想，让他们对真理、善良、美感有着期待，对未来和明天有着强烈的期待，才会产生永不枯竭的成长动力源泉。

如果班主任是优秀教师，是强磁场源，是罗森塔尔，是理想主义者，那么，什么样的教育奇迹都可以创造！

2023 年 10 月 7 日

生命的远行

我于 1966 年 10 月 10 日出生在湖北黄冈，1981 年初中毕业，以优异的成绩考上著名的黄冈中学，但最终屈从父亲的意愿，被调剂就读湖北省麻城师范学校，从此开启了我的教育生涯。在麻城师范学校就读期间，因为同桌吕泽文同学的影响，我喜欢上了朗读。一年疯狂朗读，让我在享受语文之美的同时，背诵了几乎所有高中阶段的名篇，背诵了《古文观止》77 篇。这奇遇，让我与语言和文学结缘，这也似乎成为人生的宿命。生命的远行从此开始！

古镇蹉跌

1984 年 6 月到 1988 年 8 月，我在武汉市新洲县仓埠中心中学工作，负责语文教学兼班主任。刚开始，我主要模仿钱梦龙、洪镇涛两位先生，语文教学教得似乎很有章法，但是结果却平平，仿佛戴着镣铐跳舞，累死了却不好看。1985 年，我参加武汉教育学院的函授教育，幸运地遇到了短暂停留在武汉教育学院的一批名教授，如饥似渴地阅读当时能够买到的美学和文艺学著作，才开始有意无意用美学浇铸语文课堂。也就是从 1985 年下半年开始，我的语文课成为最受学生欢迎的课。一年以后的 1986 年暑期，我开始反思为什么语文教学如此用力，效果却不能立竿见影。最终，我内省自己的语文学习之路，大胆做出了"我是怎样学语文的，我就怎样教语文"的决定，让朗读、朗诵、演讲、播音成为课堂的风景，成为我任教班级的风景，于是初步形成了"以读为主线"的实践语文教学模式。

我的班主任工作主要学习魏书生，让学生自主管理、自治管理。为了考验学生集体自治和个体自主，我基本上做到了早读有没有老师一样书声琅琅，晚自习有没有老师一样安安静静。当时的校长不懂教育，却很武断。他去了我兼班主任的课室，发现静悄悄的，也发现该我看晚修而不见我的人影，于是满校园寻找，最终发现我在音乐老师宿舍下棋，于是对我进行严厉的批评。校长的那种粗言粗语让我不能接受，于是我这个教龄仅有两年的年轻教师居然与他吵了起来：他批评我不坚守岗位，我强调我在实施自主管理和学生自治。两个人谁也没有办法说服谁，最后，我将实木的乒乓球台往他身上掀翻，差点把校长压在乒乓球台下面。那个时候，我练习武术很勤奋，力量强大也缺乏自控能力，居然做了一件与教师身份严重不符的事情。从此以后，小鞋穿不尽。1988 年从仓埠古镇调往阳逻开发区，应该与这次教育争吵和掀桌子有着必然的关联。

大约是 1987 年冬季，我执笔写了长篇通讯《开不败的小花》，被时任新洲县委书记（当时尚未改区）白元初同志看到。他居然驱车来到仓埠镇委书记张重新的办公室，指名要见我。张重新电话打到学校，学校党支部书记居然说我出差了。后来，我调到阳逻工作，白元初的弟弟白佑初先生成了分管教育的领导，在教委党委书记叶细幼先生的家里见到我，知道我的姓名，才告诉我两年前他哥哥找我，想让我给他当秘书，因为没有遇到，兄弟俩感慨唏嘘，以为是没有缘分，就没有继续。时过境迁，我却觉得错过或许是天意：我此生应该从教而不是从政！

在古镇仓埠工作期间，我也经历了教育人生中的一次严重教训。因为在中等师范学校期间大量阅读哲学著作，对于孙中山、陈独秀、毛泽东、周恩来、艾思奇、韩树英等人的著作更是熟读精思，颇有心得，特别喜欢艾思奇的哲学著作。茶余饭后，老师们往往聚在一起，谈哲学。其中对于"量变到质变"的哲学原理，我不知天高地厚地提出了批评意见，认为世间事物的变化方式不应该只有"量变到质变"一种模式，而应该还有"结构变化到质的变化"，并且把这一想法写信告诉了武汉大学哲学教授陶德麟先生。万万想不到，这种对于真理的争论，却成了我入党时候的"政治问题"，百口莫辩，因为"结构变化到质的变化"是一个当时尚未被官方承认的观点，人家以这句话给我扣上"政治问题"的帽子，我无法自证澄清。结果是，入党的积极分子二选一，落选的是我，成功的是一位当时58岁的长者。我忧虑的不是我入不入党的问题，而是教育是追求真理的地方，是阐述真理的地方，是传播真理的地方，如果讲真话都不行，那还是教育吗？自那以后，我在教师群体中忽然恢复少儿时代沉默寡言的性格，只有在课堂才能一任自然追求真善美！

这四年，我最大的收获是学会了"不计较"。有缺课的，我临时顶上，教语文顶，教数学顶，教英语顶，教物理和化学顶。因为中等师范学校毕业，这些课都能教。一墙之隔的新洲二中的高中语文教学，我也愿意去兼职，有没有补贴都去临时代课。做实事长才干的理念，是这个时期形成的。那个年代，只有工资，没有奖金，工资的增长主要是根据教龄长短来逐步增加。但是，那个年代，教师中的绝大多数都不计较，都在努力为中华民族的伟大复兴而奋斗在平凡的岗位。

如鱼得水

　　1988 年 8 月，我从古镇仓埠调到阳逻开发区。这是我教育生涯的第一次调动，相对于磨坊式的教师管理，已经算是远行了。因为阳逻对岸就是武汉市青山区，到了新洲边缘，但是阳逻却是新洲经济最发达的重镇，也是基础教育改革发展的热土。1976 年，我的外公精通奇门遁甲和易学，能预知自己的大限。离开这个世界的前一天晚上，我十岁，陪他睡，祖孙俩一张床，长谈两个小时，讲了以后他不在我身边很多事情需要我自己独立自主之类的话。那天晚上，他反复讲我的命理："五行缺金逢水旺。"并用我能听得懂的语言，做了多角度的解释。我深谙唯物主义和辩证唯物主义，笃信马列，没有在意外公的教诲。在阳逻，我一半时间住在离长江五分钟路程的校舍，一半时间临江而住，推门即可见长江。阳逻的成长与水有关？纯属巧合！

　　1988 年 9 月，我被安排在阳逻中心中学任教初中二年级的语文并兼班主任。一个学期以后，初三（5）班出状况了，成了全阳逻最乱和最弱的班，在摸底测验中成为倒数第一。当时阳逻教委党委书记兼阳逻中心中学校长叶细幼先生提议，让我接替初三（5）班的语文教师兼班主任，并且照顾性地安排我住在教室旁边的楼梯间——虽然不到 10 平方米，却让我有了一个独立空间。一个学期之后，初三（5）班成为全阳逻中考平均分最高的班，我们班的语文成绩也名列阳逻第一。这个成绩有些出乎我的意料。这个结果，让我自然而然接了下一届初三最弱的一个班，一年时间，再次演绎从最弱到最强，我所教的语文学科成绩再次名列全阳逻第一。湖北的义务教育，绝对不允许分重点班，所以，单科平均分和班总评分要成为一个地区的第一，绝不是那么容易的事情！那种艰辛付出远远超出现在带重点班的老师们的想象和认知！

我那时无法区分应试教育与素质教育。我只想让每一堂课精彩，让每一堂课唯美，让每一堂课难忘。这种课堂教学的追求直接迁移到班主任工作上，几乎所有的孩子都进入一种自立自励状态。而我的语文教学，从仓埠时期的"以读为主线"的教学模式升级为"以读为主线、以美来浸润"的模式，强化语文学科的实践性，但同时把西方美学和东方文艺美学融入了语文课堂教学，让学生在语文学习过程中接受美的熏陶和文化滋养。

因为语文教学和班主任工作的两次突破，我获得了一次在全阳逻地区班主任交流活动中的发言机会。经验交流在阳逻影剧院举行，每个交流者的时间都限制在十分钟之内，我是最后一个发言者。前面的同行都是书面宣读，我选择了脱稿演讲。从我站上演讲台的那一瞬间，闹哄哄两个小时的影剧院突然鸦雀无声，我演讲了四十多分钟，结果超出规定时间的五倍。经久不息的雷鸣般的掌声是对我超时的宽容和奖励。

因为这次演讲，我成了阳逻地区的名人，同行知道，学生知道，家长知道；因为这次演讲，我走上了教育行政的道路，担任阳逻中心中学教务处副主任，但我依然兼任两个班的语文教学。如果因为担任教育行政职务而放弃教学，我宁可当一名普通教师，这是真心话。1990 年到 1991 年，一年教务处副主任试用期满，我直接升任阳逻二中的副校长，分管全校教学，并兼任两个班的语文教学，继续探索唯美主义的课堂教学。一年时间，学校教育质量上了一个大台阶，个人教学质量依然保持阳逻地区领先水平。1992年8月，我任副校长一年试用期满，被调任阳逻高潮中学校长，因此成为当年武汉市最年轻的中学校长。

如何改变城乡接合部中学的面貌，如何提高城乡接合部中学的教学质量，如何实现城乡接合部与中心城区的均衡发展，以舒缓中心城区学校的压力，成了最现实、最直接和上级组织最期待的命题。我的做法很简单：

一是开放每一堂课。我向校内外宣布，我的每一堂课向每个人开放，向同行开放，向家长开放，向社会开放。新洲俗语说："喊破嗓子，不如做出样子。"我的课开放，我也要求所有教师的课开放。

二是抓常规出质量。教学常规环节就是备课、教学、批改、辅导、考试、分析六个基本环节，很多教师、家长都认为，这六个环节中的每一个做到90分已经很好了，但是我认为如果只有90分，意味着六个环节就是六个0.9相乘，$0.9 \times 0.9 \times 0.9 \times 0.9 \times 0.9 \times 0.9$，结果是多少呢？居然仅有0.53。按照这样的标准去教学，怎么可能有质量，合格都做不到。

三是开展校本教研。每个教师自选课题，自主立项，自己撰写科研方案，自己上实验课，自己写实验报告，自己结集成册，甚至自己出版专著。做解决实际困难的教育科研和教学研究，以科研促进改革，以科研促进质量提升。

四是让阅读成为风景。少量的资金用在刀刃上。每学期给教师发放购书费，要求必须是购买理论著作，而不是教辅资料或流行读物。定期或不定期开展阅读分享，先把教师变成真正意义上的读书人，读书而后知道自己的不足，明确教育的方向，找到教育教学改革的突破口。同时，也提倡亲子共读，虽然处于萌芽状态，也算是一个不错的探索。一年时间让操场长满草的学校成为名校，就是靠这"四板斧"。

明月清风

1994 年我休假南下考察教育，认识了广州外国语学院的王桂珍和刘世平，经不住刘世平同志三顾茅庐，于 1995 年南下就任广州外国语学院附设外国语学校（简称"广外外校"）的教导处主任，担任首届九三级的班主任和语文教学工作，同时兼顾招聘招生等工作。我曾经是武汉市最年轻的校长，也是第一个南下的现职正校长，享受改革开放政策红利，有幸成为华南民办教育的拓荒者。

既然是民办学校，就要把民办教育的制度优势发挥到极致。适逢外语学校退学风潮，总共 200 多名学生中有 146 名学生参与，对学校来说是生死存亡的考验。学生家长表面上只是提出了办学目标不明确、办学思路不明晰、办学特色不鲜明等问题，但背后有一个重要的原因就是花高价却没有最优师资。我主导开展师资优化工作，把附中兼职教师炒掉三分之一，外聘专职教师炒掉三分之一，大学教授兼课总人数扩大一倍，两个月不到的时间补充了三分之二的新鲜血液，新增一批大学教授进中学课堂，教师的精神面貌和教学风采焕然一新。同时用两周的时间，对办学目标、教育特色、教学特色、教师规范、学生规范等进行系统设计，分别给每个班的家长做一次办学理念、特色、思路的讲座。一所民办学校的凤凰涅槃就这样完成了。

广外外校凤凰涅槃的核心举措：一是教育教学常态开放。校园、课堂向同行、家长、社会开放，如此，教育质量基本不用担忧。按照苏联教育家巴班斯基的教育过程最优化理论，优化的过程必然有优质的结果。二是教师和学生深度阅读。学校办在大学校园内，可以充分利用大学图书馆和阅览室的资源，把教师的专业阅读和专业成长引向深入，向大学教师看齐；把学生的阅读引向深层次，从阅读古今中外的名人传记开始，逐步过渡到阅读世界名著。三是提倡中西方文化的深度融合。广州外国语学院的教师基本都是接受现代教育的精英，让他们走进课堂，让教授的风采、风度、风韵、风范、学养、学力等成为学校独具一格的软实力和核心竞争力。我记得，刚到广外外校的一次集体外出，分乘几辆大巴车，外国语学院的教授，无论男女，上车的时候一律先坐最后排的座位，把最好的座位让给后来上车的教师。而来自全国各地外聘的专职教师上车的时候，都挑选视线最好、最舒适或最靠前的座位。此事让我大为震撼，也让王桂珍、刘世平等深感不安，却为我们的教师队伍建设提供了一次非常有说服力的反面案例。好多次，我都在讲这个案例，明确要求专职教师向在广外外校兼职的大学教授学习，像他们那样治学，像他们那样谦逊，像他们那样礼让，像他们那样平等对待学生甚至一切人。外国语学院那一批德高望重的教授，他们的光辉人格和深厚学养及谦逊品质，是师生成长的最优质的教育资源，虽然无形，但是非常具有塑造力、影响力。28 年过去了，犹如昨日！在这里，我认识到国内教育的不足，深知中国教育改革与发展任重而道远！

珠江之滨

我应邀担任恩溢学校常务副校长，还清了家庭变故所欠下的全部债务。在人事政策即将调整之前，我被选调到东山区教育局工作，再次回到体制内，也把家安在珠江畔的东湖公园旁边，从此，心无旁骛研究教育和推动教育改革。1999 年 3 月 5 日，33 岁的我，到东山区教育局办公室工作，从科员干起，主要负责文秘工作，后任办公室副主任、主任，奉命起草了东山区创建广东省教育强市十大工程，名校长工程、名教师工程、教育信息化工程、英语教育工程、教育科研工程、教育综合改造工程等方案，很快由一种理念设计变成政府工程，优化了教育结构，沉淀了教育特色，提升了教育质量，强化了东山区教育优势。那个年代的东山区教育质量，没有任何一个区可以挑战。每年考上重点本科的绝对数量，比其他四个老城区（越秀区、荔湾区、海珠区、天河区）的总和还要多。但是，那个年代的东山区学校，义务教育绝对不分重点班，优质均衡发展程度很高。

在东山区教育局工作期间，我主导创办了广外外校第一代升级版——广州市育才实验学校，设计了东山教育整体提升的"十大工程"，为东山区教育质量的绝对优势奉献了绵薄之力。其间，我还应邀完成了广州市第一个教育强镇——沙湾镇建设和迎评方案的设计。在东山区教育局工作期间，对我影响最大的一件事，是2003年全省联合公选失利。对于我公选东山区教育局副局长职位，区委寄予厚望，时任教育局局长寄予厚望，同事们寄予厚望，就在组织考察的最后关口，我被排在了第二名。揭晓的当天，我回家从一楼走到二楼平台，尚且勉强，从二楼走到八楼，仿佛攀登喜马拉雅山一样艰难。一夜无眠，第二天开始，我全面调整了人生方向，心无旁骛做学问。于是在中山大学攻读硕士学位，硕士学位论文《学习型学校的管理理论与策略》后来成为高品质的畅销书，时至今日依然是中国唯一原创性的关于学习型学校的理论专著。同时，因为创建教育强市的需要，我被调至市教育局工作，协助蔡婉同志做好创建教育强市的文秘工作。

2008年12月，我完成博士学位论文答辩，已经担任广州市教育局办公室副主任。博士学位论文《思想政治教育的文化传承与创新研究》被评为广东省社科基金资助项目第一名，并出版成为畅销书。因为联合公选的深度冲击，即便在市教育局工作期间，我依然没有放弃学术研究，只是研究的重点开始转向传统文化的传承与创新。工作日，高效率做好本职工作；双休日和节假日，基本上在家中，在书房，在读书，在写作。

改革实践

博士学位论文成为畅销书后，很多211高校向我伸出了橄榄枝。回归教育一线，去大学做教授，是我强烈的潜意识。2011年上半年开始，天河区等也向我伸出橄榄枝。到高校做教授还是到区教育局任局长？纠结了大半年，我也坦诚地向刘鸣、朱新秤、郑永廷三位恩师请教，得到的建议高度一致：有平台先做事！为基础教育改革与发展探索道路才是当务之急。

2011年12月26日，我应邀出任天河区教育局局长。在市教育局工作期间，我有幸先后担任华同旭、屈哨兵两位先生的办公室主任。到天河区出任教育局局长，我是有备而来的，带着独立策划的天河教育十大工程——相比东山区的十大工程，少了教育综合改造工程，多了优秀传统文化经典教育工程。其中优秀传统文化经典教育工程是我最想推动的，为什么？源于我对中国近代教育一段历史的独特认知。1912年，中国除了京师同文馆（北大前身）外，没有真正意义上的现代高等教育学校。中国除了香港、澳门、苏州、成都等少数几个地方有少量的教会中小学外，几乎没有真正意义上的现代中小学。从1912年民国元年上溯到鲁迅先生出生的1881年，这大约三十年间的三代人，中小学时代只读中华优秀传统文化的经典，然后东渡扶桑或者远赴欧美留学，在这几代人身心中实现了东西方文化的深度碰撞融合，形成了强大的爆发力，造就了一批灿若星河的哲学大家、历史大学、文学大家、美术大家、音乐大家、戏曲大家以及科学巨匠等。以清华四大导师为例：如果把赵元任的中华经典基础抽掉，他可以成为国学导师吗？如果把陈寅恪的中华经典基础抽掉，他可以成为国学导师吗？如果把王国维的中华经典基础抽掉，他可以成为国学导师吗？如果把梁启超的中华经典基础抽掉，他可以成为国学导师吗？如果把鲁迅、郭沫若、沈雁冰、巴金、郁达夫、朱自清、钱锺书等的中华经典基础抽掉，他们能够成为现代文学的巨擘吗？如果把蔡元培、胡适、马一浮、张东荪等的中华经典基础抽掉，他们能够成为教育大家或哲学大家吗？在同一个人身上实现中华优秀传统文化经典教育与西方现代文化教育的深度融合，将创造中国教育人才培养的奇迹！这已经是无可辩驳的历史和不证自明的真理！可是，没有多少中国人意识到这一点。我既然意识到了，为什么不在区域范围内努力实践呢？2012 年 2 月 28 日，天河区在全国实施优秀传统文化经典教育的全覆盖，就不足为奇了，那是前瞻思考和深度研究的慎重之举。

原计划先用五年时间，把基础教育做成优质均衡结构，让市民在家门口就能享受优质教育；最重要的是把市民关心的高考，做成全市第一。这一点如期做到了。第二个五年推进区域（县域）基础教育整体改革，探索中国基础教育改革与发展的新路。系统解决教师成长通道问题，真正解决"学校有特色·教师有风格·学生有个性"的历史性难题，根本上解决教育培养产品中人文精神、创新精神、科学精神、工匠精神缺失的中国式难题，重构一种充满活力和创新力的现代教育体系。当我把天河教育高考质量和特级教师、名校长、南粤优秀教师、小副高（那时候中小学没有开始正高级职称评定）占全市份额等诸项指标做成全市最好的时候，我以干部交流的形式到天园街道担任党工委书记。在改革开放以来，在中国境内，能够把教育质量中等区在短时间内做成全市最好，除天河区似乎没有第二例。很多人都在思考，为什么天河区教育可以在那么短的时间内实现弯道超车？

秘诀之一：深度激活教师的生命激情和职业精神。自觉担当中央关于传承创新优秀传统文化的责任和使命，做实做好优秀传统文化经典教育工程，用文化经营学校，用文化滋养生命。事实上正是以优秀传统文化经典的力量激活校长、教师的教育理想和生命激情，焕发基于教育信仰的职业精神和创新力量，才有可能创造天河区短时间超越传统教育最强区的奇迹。

秘诀之二：深度释放校长、教师、学生的生命活力。让校长成为学者，让教师成为专家，让学生成为终身学习的读书人。这就是自2012年起天河特级教师份额、小副高职称份额、名校长份额、名校长工作室份额等，一下子从零突破并上升到全市第一的原因，也是天河区教育可持续发展的动力源泉所在。

秘诀之三：深度发掘体制机制改革活力。把权力复归于权力的主体，深度释放体制机制改革活力。教育局是代表政府办教育，校长才是办学的责任人。为什么要把那么多校长的办学自主权收归政府呢？在任期间，我把招生、招聘、小额工程、软装修、饭堂、保安、保洁等一切能够和需要下放的权力全下放给学校，此举也给天河区教育改革与发展注入新的动力。

坚守传统

2016年4月15日，我调任天园街道党工委书记。其间，安安静静地在天园街道做基层党建、服务、治理等，很多工作也做成了品牌。2019年2月26日，时任中共中央政治局委员、广东省委书记李希等领导同志莅临天园半天，对基层党建引领人大工作等给予充分肯定。很多人觉得奇怪，书生治理基层，为什么能做到游刃有余？

第一，我找准了中外"书记"的角色。书记是什么？英文的表述：secretary。标准含义：秘书。中文的意思又是什么呢？古汉语中"书记"也是秘书，"长书记"就是藩王、藩将等的秘书处负责人。二十年前，我以秘书的角色当办公室主任；二十年后的今天，我以秘书的角色当书记，一个不小心把书记当成了秘书。我公开鼓励班子成员、科室负责人、基层党组织书记在自己的工作领域创新思路、创新方法、创新局面，有出类拔萃者，我甘当秘书，负责总结提炼提升。这种敢当和甘当秘书的心态，让班子成员个个都必须有担当，让科长人人必须能独当一面。

第二，我把现代书记的角色做实了。既然书记需要管一切，书记需要主管全面，那就理直气壮管方向，管人事，管大事，管同志们做不了的事；理直气壮让班子和下属独当一面。其余的事情，概不过问。责权利高度统一，各就各位，各司其职，各负其责，吃自己的饭，流自己的汗，自己的事业自己干。我不敢好为人师，不敢自以为是，不敢教诲同僚，不敢教训下属，没有指示，没有批示，没有长篇大论，没有文山会海，每个月开一次会议，共同学习和决策。有必要事事过问吗？有必要事必躬亲吗？——诸葛亮事必躬亲把自己累死了，我何德何能，比诸葛亮相差十万八千里，哪里敢事必躬亲？哪有能力事必躬亲？再说，如果我事必躬亲，副手做什么？科长又做什么？基层党组织书记又做什么？如果他们都没有独当一面的磨炼，又如何成长？如何成熟呢？

第三，实践儒家"明明德于天下"的治国理念。教化治国，是提高人的素质治国，而不是越俎代庖。中国古人的政治智慧非常高明，认为好的政治生态，就是让百姓像芦苇一样生长。芦苇生长需要什么？阳光和水，仅此而已。作为基层治理者，绝对不可以自以为是，甚至好为人师，天天以会代训，天天教训下级，天天教训民众。这是最无知、最无能、最低级、最无聊、最低效、最无耻的治理方式。我相信下级，我相信民众，我宁愿与同事同乐，我宁愿与民同乐，少折腾或不折腾。

第四，坚守士人传统深耕教育学术。我17岁参加工作，累计39年，40个年头，时至今日，依然没有放弃教育，依然在指导各级各类学校的师资建设。中国古代学术，也就是所谓国学和教育学术，都是由在职的官员传承、创新、传递、传播……除了王夫之、顾炎武等相对例外，其余几乎都是在为官过程中实现华丽转身，在学术上有新的洞见和建树。官场低谷时期，正是学术高峰阶段。两千多年的封建社会，没有哪个仕途春风得意的官僚把学术做好了的——韩愈、柳宗元、欧阳修、苏轼、王安石等，都是在人生失意、官场失利的时候，把学术做到了高峰。古人能够，我为什么不能？我珍惜身在基层的时光，利用晚上和双休日、节假日，校注了《论语心读》的英文版，完成了《诗经心读》的撰写，完成了《大学心读》《中庸心读》《孟子心读》的撰写。拙著"四书心读"的过人之处，恰恰是建立在过去了解农民、农村、农业，如今了解市民和城市文化的基础之上。"四书心读"深度发觉了中国最优秀的传统哲学智慧、政治智慧、经济智慧、教育智慧、管理智慧，这是我突破经学窠臼、考据学局限的创新成果！

"太上，不知有之。"老子认为，最高的管理境界，就是你的下级似乎感觉不到你的存在。我深以为然，几年来双脚踏在天园的土地上，安安静静地看，安安静静地想，也让基层安安静静工作，让企业安安静静发展，让群众安安静静生活！我深度认同儒家的社会治理智慧：文化，以文化人。韩愈治理潮州，柳宗元治理柳州，白居易治理苏州，欧阳修治理滁州，苏轼治理惠州，他们的做法似乎很简单，就两个字：文化。以文化改变一地的人心，改变一地的风俗，改变一地的文明！没有喊不完的口号，没有贴不完的标语，没有开不完的会议，没有读不完的文件，没有搞不完的花样，没有闹不完的折腾，只有诗书礼乐，能与民同乐，也能政通人和！

未必能至，心向往之！

2023 年 12 月 26 日

儒之恋

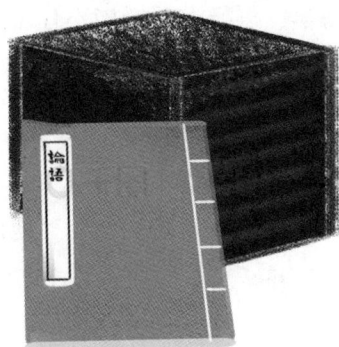

期待 《论语》 走进人心

当权力、金钱、名誉、美色成为一个民族极端崇拜的时候，这个民族已经疯狂！四个缺失与四个崇拜，根源却在于教育。雅斯贝尔斯说："教育的本质是精神活动，而非知识和智力的堆积。"中国古代学者子思也强调："上天赋予人的叫作本性，尊重本性叫作道，按照本性培养叫作教育。"孝慈等本性显然是精神而不是物质。东西方学者异曲同工之妙，都强调教育的本质是精神建构。工匠精神、科学精神、创新精神、人文精神终归都属于"精神"而不是物质。如果仅仅停留在知识积累的层面，人对于知识的积累远不如简短的手机或计算机；如果仅仅停留在技术、技能训练的层面，人类的技术技能远远不能和当代的人工智能相比拟；如果没有解决好价值观、人生观、世界观的建构，没有培养独立人格，再博学、再能干都抵挡不住金钱、权力、名誉、美色，甚至毒品、赌博等的诱惑。教育必须首先回归本真的追求，回归"精神"的锤炼、沉淀、培育、培养，当务之急是解决用什么养护学生的灵魂的问题。

用什么养护师生（国人）的灵魂？"他山之石，可以攻玉。"我从 20 世纪 90 年代开始，有计划地深度访问过 28 个国家或地区的128所中小学和18所大学，探索其他国家或地区的教育依靠什么来养护师生（国人）的灵魂，普遍的做法是以通识教育来增进价值认同、文化认同。通识教育的核心是历史，通过历史教育实现历史认同、价值认同、民族认同、国家认同、文化认同，其爱国主义精神的培养和国家凝聚力的形成均有深厚的历史文化积淀。反观中国基础教育长期将历史教育边缘化，高等教育公共课中再次将历史教育边缘化。这种课程设计真的是匪夷所思。——比较幸运的是，中国教育学会副会长郭永福先生把我在中山大学演讲的观点汇报给中央了，目前义务教育已经恢复了历史教学，这是一个很好的开头。

　　历史教育曾经长期被边缘化，西方通识教育模式很难借鉴；被异化的宗教不可以承担学校教育功能，作为社会文化的隐性课程其教育功能与国家的期待南辕北辙；流行的传统文化也因为价值引导的方向性问题，其养护师生（国人）心灵的功能与民族复兴的要求背道而驰。——"众里寻他千百度，蓦然回首，那人却在灯火阑珊处"，终于，我把目光转向先秦，我把注意力集中在先秦儒家文化。2003年1月1日开始，我几乎把做好本职工作以外的所有业余时间都用来研究中国儒家文化，重点研究元典《论语》，历时10年对《论语》做了几近颠覆的解读：拙著《论语心读》充满了生命激情：是生命激扬的清歌，是长歌当哭的呐喊，让2000多年前的《论语》复活、鲜活、燃烧起来，也让读者内心燃烧起来，燃烧出梦想，燃烧出理想，燃烧出信仰！拙著《论语心读》还原了《论语》人本伦理哲学的本色：倡导人本理念、民本政治、生本教育和人文精神！拙著《论语心读》恢复了原始儒家的责任和担当：倡导家国情怀和悲天悯人，倡导关心他人、关心族群、关心国家、关心社会、关心人类，倡导给宇宙以道德终极关怀！拙著《论语心读》体现了原始儒家"以教为政"的价值取向：阅读《论语》解决的是人之为人的伦理传承、价值建构、思想沉淀，重注《论语》意在呼吁重建养护心灵的精神家园，呼吁教育回归精神活动的本真、回归有教无类的情怀、回归因材施教的传统，呼吁持续深度推进教育改革与发展！

第一，《论语》告诉读者，直播的人生天天精彩！《论语》开篇之章——子曰："学而时习之，不亦说乎？有朋自远方来，不亦乐乎？人不知而不愠，不亦君子乎？"（《论语·学而》）这一句作为《论语》开篇第一章不是心血来潮，而是苦心孤诣。人生最重要的事情是什么呢？孔子认为是三件事情：一是学习实践。"学而时习之"是中国"知行合一"哲学思想的源头。这里的"学习"不是为学历，不是为虚荣，不是为稻粱，也不完全是为认知，最重要的是为道德和人格的完善，学习且努力付诸实践。这样的学习当然快乐！无论是道德修养（道德修养属于"道"的范畴）还是技术（技术属于"器"的范畴）进步，都需要努力实践，都需要知行合一。二是交友交流。人是群居动物，是社会动物，必须交流。孔子认为与志同道合、道义相期者保持交流常态非常愉快！没有思想交流，很难迸发新的思想火花；没有学术交流，很难有学术争鸣和进步；没有道德交流，很难有道德砥砺和相期。三是自我修养。在挫折与困难面前，能够"反求诸己"

则"人皆可以为尧舜"。渴望被认识、渴望被赏识、渴望被尊重是人的本性。但面对逆境，却保持"人不知而不愠"的淡定和从容，就算是这个世界没有人理解自己，甚至被人误解、被诽谤中伤而不怨天尤人，朝着既定目标前进，成功就是大概率事件！给人的生存和发展做减法，最重要的事情莫过于三件：终身学习并付诸实践很快乐！与志同道合的朋友切磋道德学问很快乐！别人不了解依然沿着既定目标只争朝夕就是君子！这样的人生犹如直播，没有彩排，但必然精彩！

第二，《论语》告诉读者：生命因学习而绚丽。孔子回顾自己的一生，不无自豪地说："吾十有五而志于学，三十而立，四十而不惑，五十而知天命，六十而耳顺，七十而从心所欲，不逾矩。"（《论语·为政》）翻译成现代汉语："十五岁立志求道，三十岁人格独立，四十岁不再迷惑，五十岁懂得天命，六十岁包容各种批评，七十岁做事不违礼。"孔子曾经落寞，曾经落魄，可贵在终身学习，问道老子，学乐襄子，"入太庙，每事问"，如此谦虚勤奋，通过学习改变了命运，赢得了社会认可和赞誉，赢得了权贵者的尊重，赢得了学生的爱戴。人生的起点基本相同：碳水化合物，一般不超过 5 公斤，绝对不会有人身上先天就有黄金和美玉。人生的终点基本相同：碳酸钙，除非是首饰和金质假牙忘了摘下，否则绝对不会在骨灰里找到黄金。生命的精彩在于过程，过程的精彩在于思想，思想的精彩在于学习和创造。"腹有诗书气自华"，是女人最好的美容护肤，也是男人最好的帅气率性。读书改变人生和命运：视野在读书中拓展，境界在读书中升华，命运在读书中改变，价值在读书中提升！个人如此，家庭如此，组织如此，国家如此……当学习成为个人的生活方式、工作方法、生命状态，人生必然成功！当学习成为家庭的风景，家庭必然兴旺！当学习成为组织的共同行为方式，这个组织正在走上坡路！当学习成为一个国家的时尚，这个国家正在走向复兴！

第三，《论语》告诉读者：求道的人生无悔。子曰："朝闻道，夕死可矣。"（《论语·里仁》）翻译成现代汉语："早上得道，晚上死去也无遗憾了。"儒家有尚道传统。"道"是什么？在传统文化的语境中，"道"是人生最高的道德境界，是一种能够融于心、融入生命的高尚情感、积极态度、健康价值观、学术修养、知识涵养、道德素养的总和。仁道、恕道、中庸之道等，都是很难达到的最高人生境界。如果认同、实践、坚守，一生必然光彩照人。有尚道传统、尚道精神，就会有责任心，就会有使命感，就会以天下为己任，就不会走向萎靡和颓废。日本早期马克思主义者河上肇先生笃信"朝闻道，夕死可矣"，作为座右铭，坚守了一辈子，成为东方著名的马克思主义者和修辞学大家！

第四，《论语》告诉读者：人生没有必要焦虑！孔子说："不患无位，患所以立；不患莫己知，求为可知也。"（《论语·里仁》）翻译成现代汉语："不担心没有位置，担心没有安身立命的本领；不担心别人不了解自己，追求足够让人震撼的本领。""患"就是现代社会的焦虑。孔子也曾经焦虑，"急急如丧家之犬"，孔子焦虑礼乐崩坏，焦虑人民丧失了精神家园，心无所依，心无所归。所幸孔子是"明知不可而为之"的逆行者，所以，他成了哲学家、思想家、教育家。现代社会的各种心理疾病，以伦理哲学很容易诊断。因为迷失了人生的方向和目标，所以迷茫；因为忘记了人生的价值与追求，所以空虚；因为丢掉了人生的理想和信仰，所以焦虑。如果一个民族的主体族群眼里、心里、生命里只有钱和权力，就是一个迷失价值、丢失信仰、丧失理想的民族，就是一个焦虑不安的民族！

第五，《论语》告诉读者：享受工作陶醉人生。孔子说："知之者不如好之者，好之者不如乐之者。"（《论语·雍也》）翻译成现代汉语："知道不如喜欢，喜欢不如享受。"从教育视域解读这句话：懂得教育不如热爱教育，热爱教育不如以教育为乐。懂得教育的价值、教育规律且热爱教育，这是情感；忠于职守、热爱本职、热爱教育、热爱学生，这是情结；以天下为己任，以教育为快乐，无怨无悔，为一代又一代人成长不知疲倦地付出，为一个民族的复兴无怨无悔地付出，这是情怀。如果教师有情怀，教学就不再单调，教育就不会劳累，身体就不会疲惫，生活充满阳光和快乐。除了以享受的方式工作之外，人生也可以有自己的个人爱好，甚至可以陶醉于个人爱好，最好能陶醉得出类拔萃。我在澳大利亚访问数十所中小学的时候，有感于他们重视音乐、美术、体育，丝毫不亚于我们重视语文、数学、外语、物理、化学，问澳方校长为何如此重视美育和体育，校长们的共识：音乐陶冶性情，美术美化人生，体育迸发青春。人生很短，也很漫长，如果没有爱好，难免单调。我酷爱围棋，就算是一个人待在家里，也可以安静地享受围棋大师吴清源的棋谱，像阅读精彩的武侠小说一样享受围棋的快乐；我嗜书如命，很多时候，坐在书房，上午读书，下午读书，晚上读书。这种陶醉，让我安于孤独，享受孤独。如果以享受的态度去学习，以享受的态度去工作，以享受的态度去生活，以享受的态度过好每一天……有什么值得焦虑的呢？

第六，《论语》告诉读者：反思成就辉煌人生。孔子说："见贤思齐焉，见不贤而内自省也。"（《论语·里仁》）翻译成现代汉语："看到比自己好的，向他看齐；看到不如自己的，应当反省是否也有类似的缺点。"孔门杰出弟子曾子传承此思想，也讲了一句："吾日三省吾身：为人谋而不忠乎？与朋友交而不信乎？传不习乎？"曾子这句话的正确理解："我每天多次反省自己：为受人之托是否忠人之事（恪尽职守）？与朋友交往是否真诚信实？讲授的学说自己是否实践过了？"对这句经典有些现代文译本解读错了，尤其是"传不习乎"这句话的含义应是："自己讲授的学术亲自实践过了吗？"这不只是"知行合一"理念的传承，也是知识分子应该信守的原则。拙著《论语心读》有幸多次被评为非文学类的畅销书，那是因为书中的思想、观点、主张不是从书本到书本，不是从网络到书本，而是发自内心，发乎真诚，字字句句，皆为心声，我的主张都是我的生命感悟或实践体验，能够触及读者心灵的柔软，唤醒读者生命的激情。上述孔子和曾子的两段话告诉后来人，当反思成为学习方法、工作方法、生活方式、行为习惯、生命常态、人格特征，事业必然成功，人生必然精彩。曾国藩数十年如一日，坚持写日记反思，甚至不惜骂自己

"真禽兽也"，并不断克服人性的弱点，最终从官场浪荡公子修炼成为中兴名臣、洋务重臣、理学完人。儒家提倡向内心反省，而且每天多次，以保持本心本性不至于被迷失、不污染、被扭曲——这个传统是中国人十分宝贵的哲学财富。

第七，《论语》告诉读者：后生可畏，未来可期。孔子说："后生可畏，焉知来者之不如今也？四十、五十而无闻焉，斯亦不足畏也已。"（《论语·子罕》）翻译成现代汉语："年轻人值得敬畏，怎么就知道后生不如前辈呢？如果到四五十岁时还没有让人们称道的成就，那就不值得敬畏了。"敬畏生命，敬畏后生，敬畏学生，因为学生中或许有爱迪生、贝多芬、钱学森，因为他们代表着未来，因为他们肩负着民族复兴的重任。因为敬畏后生，所以愿意为之无怨无悔。"江山代有才人出，各领风骚数百年"是消极的表述；"后浪推前浪，新人胜旧人"是积极的表述。敬畏后生，也只争朝夕。孔子所处的年代，人的平均寿命不足五十岁，所以孔子说四五十岁没有接近道就不值得敬畏，但是今天人们的平均寿命接近八十岁，对于四五十岁的人来说，正值盛年，大有可为，比如我是近四十岁才开始研究《论语》。读孔子这句话，最值得人们思考的是，孔子敬畏后生，期待后生，期待未来，坚信未来必然比现在强。传承优秀传统文化，就要传承其精神，尤其是人本思想、民本情怀、人文精神等。

第八，《论语》告诉读者：生命的每一分钟不可逆。孔子在河边，面对不舍昼夜的河流，发出了生命的叹息："逝者如斯夫，不舍昼夜。"（《论语·子罕》）一千个读者就有一千个哈姆雷特，一千个人读这句富有哲理的话，可能有一千种不同的感受。消极理解：青春易逝，一如河水，一去不回！中性理解：时光易逝，一如河水，永不停息！积极理解：人生精彩，一如河水，永远向前！都对——心情使然，境况使然，境界使然。我读这句话，多数时候是伤感，也不乏生命的恐惧。少年时期，家境贫寒，读书勤奋，夜以继日，即便是上茅坑（小村没有厕所），也会带上书，看上一页或几行都很开心。当时真的有一种恐惧：不如此勤奋，我走不出小村！青年时代，边工作边学习，手不释卷，疲倦至极，却恋恋不肯睡去，因为我知道，当我再次醒来，今天已成昨日。几乎每天晚上，从华灯初上，到万家灯火，再到万籁俱静，我依然在窗下读书，做笔记，思考，写作。就算是全城停电了，我窗下依然燃烧着蜡烛，读书，笔记，思考，写作，这是我年轻的生命状态的真实写照。青年时期也有一种深沉的恐惧：若不如此勤奋，我无法超越自己！中年之后，尤其是45岁之后，明显觉得车上、船上、路上等这些原本可以看书的时间段，已经不能再看书了，看久了会头晕。中年后的我，生命的恐惧感与日俱增，不是害怕死亡，而是恐惧生命如此脆弱，人生如此短暂，要做的事情如此之多，要承担的使命如此重要！很是理解孔子当年"任重而道远，仁以为己任"的沉重叹息！品读此句，无限感慨：盛年难再，只争朝夕！

第九，《论语》告诉读者：人格魅力远胜于权力。孔子说："其身正，不令而行；其身不正，虽令不从。"（《论语·子路》）身教重于言传。要求教师做到的，自己先做到做好。20世纪90

年代初期，我曾被派到一所最差的区属中学做校长，别人问我用多长时间可以改变学校的面貌，我说：物质面貌可能需要两到三年，精神面貌只需要一个学期。我公开许诺和倡导"我的任何一堂课，对任何人开放"，然后想办法调动每一位教师的主动性和积极性，让每一位教师的每一堂课也可以对任何人开放。结果一年之内，教育质量在区内名列前茅。这是人格力量使然，这是榜样的力量使然，人格磁场的力量远远胜于权力。教师之于学生也是如此，师生近距离接触、近距离交流，学生接受的不只是"言传"的知识，还有"身教"，更有教师的情感、态度、价值观等多维的辐射，有教师人格磁场、生命磁场、学术磁场对学生的磁化和滋养。这是生命的激情灵动，这是思想与精神的共同升华。

第十，《论语》告诉读者：原谅别人即解放自己。子贡问曰："有一言而可以终身行之者乎?"子曰："其恕乎! 己所不欲，勿施于人。"（《论语·卫灵公》）"恕"是包容，对别人缺点的包容，对世间万物的包容。"恕"是教育方法，包容生命，包容差异，包容个性。一百多年前德国的一堂小学手工课，施罗德小朋友做泥板凳，一次成型，非常漂亮，老师表扬："你真聪明!"而施罗德的同伴却没有那么幸运，泥板凳做了三次，虽然一次比一次好，但三次都不像板凳，老师评价："你真愚蠢!"这个做三次泥板凳都不像泥板凳的小朋友，就是现代物理学之父、量子物理学奠基人、相对论创立者爱因斯坦。施罗德后来成为当地颇有名气的建筑工程师，是操作型人才；爱因斯坦则是理论物理学家，是抽象思维型人才。中国古语说："士别三日，当刮目相看。"成年人变化尚且如此之大，何况是孩子呢？无论是家长，还是教师，有什么理由不能包容孩子的缺点，不能包容人才的差异性和多样性呢？现代教育，有什么理由仅仅根据同一把尺子（主要是文化成绩）去衡量所有的学生呢？有什么理由在一切皆有可能的义务教育阶段，仅仅凭文化课成绩就把孩子分成三六九等的重点班、次重点班、非重点班呢？有什么理由剥夺孩子成长的原生态环境和多元可能性呢？当然，"恕"也应该是生活方式，是生命状态，原谅别人，解放自己，生活在嫉妒中受害最深的不是被嫉妒者，而恰恰是自己。因为放下，所以洒脱；因为放弃，所以自由。"己所不欲，勿施于人"已经成为全人类的普世伦理情怀和价值追求，是儒家儒学走向世界的标志性事件。人与人之间、上下级之间、群与群之间、国与国之间，能够"己所不欲，勿施于人"，世界多么美好啊！

诚然，《论语》告诉读者的远远不止这些！某学者在某大学演讲公开宣称：《论语》对于中国文化大餐来说，只不过是一条干鱼，没有佳肴的时候，拿出来做配菜尚可以，但不能成为国人精神食粮的主食。我深不以为然。一位名满天下的学者说："儒家文化是农耕文明的产物，是到了抛弃的时候了。"我深不以为然。难道2500年前中华民族先民需要忠、孝、仁、义、礼、智、信、惠、慈、爱，今天中国人就不需要了吗？《论语》是中国伦理哲学的源头，是中华文明的人文底色，是中国价值体系的钢结构，是中国文化的基点和起点，具有无与伦比的爆发力、辐射力、穿透力。它所承载的伦理情怀和价值体系，被践踏意味着疯狂，被放弃意味着灭亡！今天阅读《论语》最宝贵的方法就是"知行合一"，如"恕"的理念，读者认知，读者相信，读者坚持，一辈子坚守必然赢得朋友、赢得阳光、赢得潇洒！

二十年来，我以实证的态度和学养的厚度证明《论语》承载以人为本的哲学、以民为本的理念、自强不息的精神、积极入世的传统、厚德载物的担当、天下为公的理想、尚中贵和的思维、博爱泛众的胸怀、勤劳俭朴的性格、家庭中心的伦理、家国一体的追求、天人合一的境界，是养护国人心灵的宝贵精神资源；证明《论语》承载的是以生为本的思想、有教无类的情怀、因材施教的方法、全面发展的课程、尊重个性的取向、慎独正己的修身、反求诸己的态度、积善成德的路径、君子人格的激励等，是中国当代教育应该和必须传承的最宝贵的教育智慧！教育要解决人之为人的精神问题，必须回到《论语》这个做了两千多年教材的经典文本！

二十年的研究让我深知：《论语》是中国人的必读书！《论语》是中国人任何时候阅读都可以养心、正心的伦理哲学！《论语》是大中小学生应读和必读的优秀经典！但现实中能够通读、熟读、透读的人却不到万分之一！真切希望，阅读此文的朋友能为推动当代中国人深度阅读《论语》奉献一分力量！

2023 年 1 月 1 日

复兴孔子儒学

德国哲学家雅斯贝尔斯提出了著名的文化轴心理论：人类文明的发展以公元前 500 年左右作为轴心，作为人类文明的分界线，轴心之前属于蒙昧时代，轴心之后进入文明时代。奇怪的是，世界各大文明体系中的大思想家、大哲学家、大教育家等都扎堆出现在这个时代，形成了群星闪耀的局面。更为奇怪的是，人类文明在这个时期建立的核心价值，都成为各自文化圈人民永远的坚守。几千年过去了，每当人类面临无法解决的困境的时候，都不约而同地深情回望文化轴心时代的先哲，向他们借智慧解决现实问题。最为奇怪的是，每个文化圈的人民一旦出现践踏轴心时代核心价值的时候，也就是社会处于高度危险状态，甚至是政权颠覆状态。为什么会这样？至今仍然是一个谜！

轴心时代东方文明的代表人物有管子、孙子、老子、孔子、墨子、庄子等。仅仅这几位大家所创立的核心价值，都是值得中华民族和东亚文明传承和坚守的精神财富。管子开创了富国强兵的政治思想，至今仍然不过时；孙子开创了军事哲学，至今仍然为全球几乎所有军事院校的必修课；老子提出"自然"哲学，倡导本然自然，至今人们累了就会想到老子及其哲学；孔子提出了忠、孝、仁、义、礼、智、信等核心价值，今天仍然需要坚守；墨子开创了工匠精神和科学精神传统，我们应该延续；庄子开创了逍遥与自由的思想，需要自我觉醒和发扬光大。西方文明的奠基人之一苏格拉底提倡认识自己，然后才有幸福的人生。奠基人之二柏拉图创建了"理念"与实物世界的二元世界观，以理念的完美和现实的反差来推动科学技术和生产力的发展。亚里士多德则创建了虚构能够简化现实和展示理想，让世界变得更加美丽且丰富，凭借虚构人类能够实现心灵的净化等学术思想，为人类艺术追求提供了美学依据。

在东西方文明中，孔子和柏拉图是双峰对峙的两颗巨星！今天，我们分享的是孔子的智慧！

无论东方西方，在人类文化历史上推选三个最伟大的思想家，孔子皆在其中。人类文化轴心时代，孔子的儒家思想成为对人类影响最深远的思想：是中国价值体系的钢结构；是中国人之为中国人的显著性人格基因；是中国之为中国的标志性文化基因。孔子的儒家思想衍生了东方文化，浇铸了中华文明，主导了东亚文明！其伦理思想、哲学思想、价值体系等具有永恒的价值。解决中国当代社会的诸多问题，需要回望孔子，汲取孔子的智慧！

无论东方西方，在人类文化历史上推选三个最伟大的哲学家，孔子皆在其中。作为哲学家的孔子：一是提出了"知行合一"的哲学思想；二是建构了忠、孝、仁、义、礼、智、信等伦理价值体系；三是传承和发扬了朴素唯物辩证法的思想，为《易经》作《易传》，使得《周易》成为中华民族薪火相传的哲学智慧。

　　无论东方西方，在人类文化历史上推选三个最伟大的教育家，孔子皆在其中。开平民教育先河、开民办教育先河、开素质教育先河、开生本教育先河、开道德教育先河、开审美教育先河、开诗歌教育先河、开因材施教先河、开有教无类先河、开全科教师先河、开教学相长先河、开学术独立先河。树立了自学成才、自强不息、专业成长、人格独立的榜样！解决当代教育的诸多问题，仍需要深情回望孔子的教育智慧！

　　第一，孔子开平民教育先河。孔子时代，平民甚至连识字、写字的权利和机会都没有，因为没有文字就无法获取可信的资讯：烟尘古道，面对疾驰的骏马或战车，人们并不知道路上的人来自何方，将去何处；古老的村落，人们并不知道国都有多远，也不知道天下有多大；四季更替，人们有生命感悟，却难以表达；生死有命抑或生命无常，人们或许充满了恐惧或困惑，但是不知如何诉说。而孔子选择把教育从宫廷转移到民间，给平民受教育的权利，给平民发展空间，给平民上升通道——以教育改变人生，以教育改变命运，以教育推动发展。礼崩乐坏，他关心文化；战火纷飞，他关心人民；颠沛流离，他关心学生！现实中，基因决定论甚嚣尘上，是非常不幸的事情。如果基因决定了高考，基因决定了人生的成就，那么我想问：西学东渐第一人容闳是什么基因——珠海南屏镇人，渔民家庭的孩子，却是留美第一人，领衔创建了中国近代第一座完整的机器厂——上海江南机器制造总局，组织了第一批官费留美幼童，成为西学东渐第一人。再说严复，福建一个破落地主家的孩子，基因也好不到哪去，却成为现代思想启蒙第一人，五四运动的巨擘和健将无一不是读严复的书成长起来的。再说几个大家耳熟能详的例子：陈胜和吴广是什么基因——大泽乡的农民工，揭竿起义，暴秦为之崩溃，陈胜因此称王，吴广因此为将。刘邦什么基因——泗水亭长，流氓加无赖，建立大汉王朝，自己不小心成了皇帝！朱元璋什么基因——叫花子，参加农民起义，逆水行舟，最后逆袭成为大明皇帝！李自成什么基因——陕西邮政系统临时工——编外合同工，因为不满被裁员，振臂一呼，应者云集，直至推翻崇祯政权，自己做了大顺皇帝！湖北省红安县三百多个将军什么基因——绝大部分是农民、泥瓦匠、烧炭工、木匠，因为对共产主义的信仰，参加革命，成为杰出的军事人才！毛泽东雅俗共赏的文章，把江西兴国县目不识丁的农夫农妇都带上了革命道路，他们的基因不够强大，但其中也有三百多人成长为共和国开国将军！新中国成立之初，我们组织了那么多仅有初中文化或高中文化的人到苏联留学，其中很多人都成了著名的工程师和科学家！华罗庚的祖辈数代没有真正意义上的读书人，基因丝毫不影响他成为杰出的数学家！毛泽东祖辈也没有出过特别有影响的人物，但是基因丝毫不影响他成为杰出的思想家、革命家、战略家、军事家和共和国的缔造者！

基因决定论甚嚣尘上的恶果，就是很多基层党和政府默许甚至支持不断扩大重点学校的规模，很多教育行政部门的主管支持办重点学校和重点班，很多校长热衷于抢生源而不是精心育人。如此一来，导致义务教育提前分流，导致50%的学生没有正常享受义务教育的权利。也许人们对"皮格马利翁"效应和"罗森塔尔"效应不会陌生，前者是神话，后者却是科学家的实验。对学生心理暗示式期待，居然能够激发学生超乎想象的自信和才能！反过来，一种蹂躏式的反面心理暗示，对学生该是多大的摧残啊！被派位或分配到非重点中学的学生，已经自我心理暗示，给自己的心灵套上枷锁；被分到非重点班的学生，再次给自己多套一层心理枷锁，同时教这些学生的教师以及在校学生的家长再给孩子各套上了一个心理枷锁，这些枷锁足以毁掉学生的一生！脑科学研究成果也支持我的观点：就算是人类最聪明的人，如爱因斯坦一生中都只能用掉不超过15%的大脑容量，任何人不仅有无限可能，也有无限的潜能！何必自卑？何必自弃？何必自毁？

第二，孔子开民办教育先河。孔子的教育体系、结构、课程、方法是自己独立建构的——在自然自由的沃土里奏响人本情怀、人道主义、人文精神的强音。没有证据证明中国历史上的哪家书院教育或哪个朝代的太学、国子监之类，比孔子颠沛流离的牛车上和大树下的教育更成功、更卓越——无论是教育理论还是教育实践。孔子民办教育的成就归功于孔子以天下为己任的责任担当，归功于孔子以教为政的强烈使命感，归功于孔子卓越的文化典籍整理内功，也归功于自然自由的教育生态。当然那个年代，礼崩乐坏，君王到基层官员都顾不上教育！现代教育规模、结构比孔子时代要复杂，但原理是一样的，具体到孔子的办学案例和孔子作为教育家的成长个案，让我们不得不思考教育管理的界限和分寸：如果有教育部、教育厅、教育局、乡镇教办管一管孔子和他的学校，孔子十之八九就不会成为中国乃至人类历史上最伟大的教育家了！孔子的学校如果按照今天的管理标准，绝对是典型的非法办学：无固定校舍、无设备设施、无办学经费（主要靠学生子贡捐资助学）、无稳定师资队伍，孔子也没有教师资格证。就是这种"四无"学校，却因为孔子有思想、有情怀、有理想、有坚持、有使命感、有责任感，编写了全部教材，担任了全部课程的教学工作，创造了人类教育史上的伟大奇迹！

任何一个国家，现代教育要有方向，要有大纲，要有课标。对标孔子，我们必须思考，思考教育的独立性、自主性、创造性！理论上每个教师都可能成为当代教育家！教育家是在实干中成长的！教育家是历史沉淀的！没有独立的人格，没有独立的思考，没有独立的实践，没有独立的理论探索，没有独立的思想建构，绝对不能算是教育家！培养教育家绝对是伪命题，因为培养者和培养组织不可能比教师更懂教育！活着的人一般来说不应该被"任命"为教育家。杰出的教育工作者离开这个世界后，其人格、学术、思想仍然流传于世，这样的人才配称作教育家。

第三，孔子开素质教育先河。孔子的课程结构：从六经《诗》《书》《礼》《乐》《易》《春秋》的角度看，《诗》是语言教育、语文教育、文学教育、审美教育、伦理教育，《书》是政治教育、思想教育、法律教育，《礼》是文明教育、文化教育、规范教育，《乐》是感性教育、艺术教育、审美教育，《易》是哲学教育和方法论教育，《春秋》是历史教育和价值教育。孔子是这些教材的编写者，天下之大，有几位大中小学校长能够编写出传之后世甚至流芳百世的教材？就算是在信息技术和资讯如此发达的今天，有几个人能够在教材编写上超越孔子呢？时至今日，我认为没有。

从六艺的角度看，"礼"是行为规范，"乐"是审美活动，"射"是军事技术，"御"是劳动技术，"书"是六书和文献学，"数"是数学、术数、哲学。今天的学校教育能力要求超越了这个范畴吗？应试教育肯定无法超越这个范畴！这六种综合能力的培养，其根本的指向却在于人格人品、人文精神。比如，射箭，并不只是比力气，更重要的是比公平、比礼仪。难能可贵！

六经加六艺就是孔子先于当今2500年构建的涵盖德、智、体、美、劳的素质教育课程。这种"全面发展"的立体课程结构不是为学生的"全面发展"准备的，恰恰相反，是为学生的个性发展准备的，选择权在教师更在学生。如此类推，国家层面为每个学生发展准备了全面发展的课程，那是基于学生发展可能性的理念，而不是要求个体都必须全面发展——事实上除极个别所谓"天才"外，全面发展是不可能的。

第四，孔子开生本教育先河。哲学以人为本、政治以民为本、教育以生为本，差不多成了自然的逻辑。《论语·雍也》有这么一章：孔子去见南子，子路不高兴，怀疑老师与南子有不正当的关系并提出质疑。孔子发誓："如果我做了不正当的事，让天厌弃我！让天厌弃我！"这个千古绯闻的背后揭示了真实的孔门师生关系：亦师亦友亦兄弟！对标孔子，坚守教学民主、思想自由的教育价值需要传承也需要坚守！做教育，做家长，我们都必须明白，师生也好，父子也好，人格是平等的，思想是自由的，教学是民主的，生活是开明的，交流是开放的。如此，才有可能保留和保护学生的天性，才有可能培养创新型人才！

第五，孔子开道德教育先河。孔子开创的德教与现代通识教育和中国特色的思想政治教育的基本范畴高度一致，涵盖了政治教育、思想教育、道德教育、心理健康教育等内容，是守护教育本质的古典通识教育，是人之为人的人文精神教育，与现代忙于训练的知识和智力堆积的教育有着本质区别！德教内容仍要坚持：忠：忠于职守！孝：孝慈本性！仁：包容博爱！义：责任担当！礼：行为规范！智：价值判断！信：真诚信实！这七个字，时至今日，谁能做到，即为君子。孔子开创的伦理价值体系，是针对"礼崩乐坏"的春秋社会提出的"道德立法"！当今社会问题，或多或少与我们没有坚守这七个字的伦理价值有关联！对标孔子，我们应当能够想明白，伦理价值需要传承、坚持、坚守，而不需要与时俱进，可以做加法，借鉴西方的文化精髓，丰富东方的文化内涵。这七个字，党管教育必须管，政府办教育必须关注，校长办学必须重点关注，教师教学必须全程关注，家长与孩子知行合一，共同成长！

第六，孔子开审美教育先河。孔子也曾经说："兴于诗，立于礼，成于乐。"在诗教中燃烧激情理想，在礼仪交往中实现人格独立，在音乐浇铸中成就君子品质。由此可见，孔子编纂

《乐》，目的在于"发和"，在于塑造弟子"中庸"的品格，在于成就人的高尚人格；孔子是以艺术教育和审美教育达成全人格教育的目标！《史记·孔子世家》中有证据："三百五篇，孔子皆弦歌之。"这是文学教育与审美教育的完美结合！如此美好的教育形态，怎能不受学生欢迎呢？北美学者曾经做过实验：给凤仙花播放古典音乐，长势非常好，给另一盆同样的凤仙花播放印度音乐，长势也不错；播放迪斯科等，逐渐枯萎。植物尚且如此，何况是人呢？由此不难得出结论：学校该播放什么音乐，家庭该播放什么音乐。

第七，孔子开诗歌教育先河。孔子认为：《诗》，可以兴，可以观，可以群，可以怨。简洁翻译：学《诗经》可以涵养性情，可以了解社会，可以学会相处，可以学会批评。兴：使人有情感、有热度、有温度，使人燃烧生命的激情。观：学会认识自然，了解风俗，了解文化，了解社会。群：学会沟通，学会理解，学会合作。怨：学会批评社会，奉劝同僚或上级。中国文学史上久负盛名的第一部诗歌总集《诗经》是一部"诗教"教材。这部教材中涵盖了爱情教育、爱国教育、伦理教育、生命教育、情怀教育、政治教育、思想教育等。对标孔子，语文教师可以开展诗教，涵养性情，滋润生命，滋养灵魂！诗歌曾经给我诗和远方：有诗心，有诗性，有诗情，才有成功的教育！这就是我撰写《诗经心读》和倡导诗教的初心！

第八，孔子开因材施教先河。孔子首倡和实践因材施教，其教育产品绽放生命的精彩：军事天才樊迟，武士典范子路，外交奇才子贡（他还是著名的商业奇才），道德楷模颜回，可南面称王的冉雍，著名学者卜商子夏，学术传人曾参……孔门三千徒弟七十二贤人，各有个性，各有风采，各有精彩。《论语》中的《公西华侍坐》等生动地记录了孔子的课堂：理想教育随心随性，一任自然，一任本然，不设标准答案，不作优劣评价，全然没有制式教育的痕迹；只有对生命的敬畏，对本性的尊重，对个性的张扬。教育必须求异，必须尊重不同，不一样才精彩，将姚明培养成姚明，将钱学森培养成钱学森，将贝多芬培养成贝多芬。

第九，孔子开有教无类先河。孔子爱富甲一方的子贡，爱经常顶撞他的子路，爱"在陋巷，人不堪其忧"的颜回，甚至也爱"朽木不可雕也"的宰予！孔子的教育充满了无限的爱和期待！在中学工作的时候，无论是做教师，做中层干部，做校长，我必须兼任语文课教学。课间休息的时候，我坐在讲台上，让他们在嬉戏打闹中偶然回眸：学生看我的那一瞬间，我也在看学生。我想告诉我的任何一个学生：你在老师眼里，老师在关注你；你在老师心里，老师在关心你；你在老师生命里，老师对你充满期待。作为教师的我，一直以来，唯一能做到的是在情感上、伦理上、态度上有教无类。义务教育是价值的沉淀期，是思想的形成期，是智力的爆炸期，是人格的可塑期，一切皆有可能。教师能否做到"有教无类"？扪心自问，同在一间课室，一样爱权贵子弟和贫民学生吗？一样爱富家子弟和贫寒学生吗？一样爱容貌姣好的学生和长相平平的学生吗？一样爱听话的学生与调皮的学生吗？一样爱高分的学生和低分的学生吗？只有真正做到有教无类，才能不负时代，不负职业，不负初心！

第十，孔子开全科教师先河。孔子的学校，没有助教，也没有其他教辅人员。他是校长、教导主任、总务主任，还是语文教师、政治教师、历史教师、数学教师、军事教师、劳动技术和艺术教师——同时也是这些学科教材的编写者。中国之大，如此全科，由古而今，一人而已！给家有义务教育阶段孩子的家长不成熟的建议：工作之余，不妨父母分工，做起全科教师的补位，与孩子一起探究学习，或许可以创造奇迹！

第十一，孔子开教学相长先河。教科书的解释：教学双方，相互促进。但孔子的教学相长却是另外一种境界：师生成为共同的学习体、共同的生命体、共同的成长体。孔子教书的年月越久，知识积累越厚，学术水平越高，道德修为越完美！民国时期朱自清、鲁迅、夏丏尊、叶圣陶等一批优秀教师，胜任中学教育，也胜任大学教育，还胜任研究生教育，且成为大师，除了自身学养的基础外，很大程度上就是他们真正实践了孔子"教学相长"的理念，妥善解决了教师成长问题！耳闻目睹，很多教师教了一辈子的小学，退休时的知识和能力储备相当于初中；教了一辈子的初中，退休时的知识和能力储备相当于高中；教了一辈子的高中，退休时的知识和能力储备相当于大学一年级——解题能力达不到高三优秀学生的水平，没有真正实践"教学相长"！有人说，给学生一碗水，自己要有一桶水——远远不够；又说，在信息时代，要给学生一碗水，自己要有一河水——依然不够。教师的知识储备、能力储备、人格储备必须是大海，海一样的深，海一样的宽，海一样的远，学生才能畅游，才能远航，才能直挂云帆济沧海！如果教师的知识、能力、智慧、人格储备建构了一个充满能量的宇宙，那么学生可以挣脱地球引力，飞向太空，翱翔宇宙！父母既然是最好的老师，为什么就不能与孩子成为终身的学习共同体呢？如果能够与孩子共同学习，热爱学习，终身学习，活到老学到老，越老越厚重，越老越高深，越老越完美，何乐而不为呢？

第十二，孔子开学术独立先河。孔子首创的思想体系、价值体系、伦理体系，独立于政治、体制、经济之外，在中国学术史上拥有恒星般不可磨灭的地位！孔子的学术是伦理哲学，没有阶级性和政治色彩。天子九五之尊，读《论语》可以养心；公职人员读《论语》，可以正心；成功人士读《论语》，可以修心；少年学子读《论语》，可以安心。中国目前的教授数量位居世界前列，从事科学研究的人员规模位居世界前列，每年培养博士生的规模位居世界前列，每年在核心期刊发表论文的数量位居世界前列，但创新能力与国家振兴、民族复兴的要求不匹配！除了教育自身的问题之外，恐怕亟待改革的学术管理机制也难辞其咎。部分大学去行政化难题没有解决，连科研课题、科研成果也行政化了，有所谓国家级课题、省部级课题、地市级课题、区县级课题、科级课题，再往下就是校级课题。试问：清华四大导师之首的王国维，在20世纪初撰写的《人间词话》属于何种级别的课题成果？陈寅恪在西南联大撰写的《魏晋南北朝史讲演录》是什么级别的课题成果？华罗庚于20世纪40年代，在西南联大"一灯如豆"

的 10 多平方米牛棚里面写出的《堆垒素数论》属于什么级别的课题成果？德国哲学家雅斯贝尔斯的五万多字的经典著作《大学之理念》又属于什么级别呢？

孔子树立了自学成才、终身学习、自强不息的典范。三岁丧父，十七岁丧母，自强不息，经历了"十有五而志于学，三十而立，四十而不惑，五十而知天命，六十而耳顺，七十而从心所欲，不逾矩"的终身学习轨迹。孔子不仅是终身学习的首倡者——比北美学者珍妮特·沃斯和新西兰学者戈登·德莱顿提出终身学习的教育理念早了 2500 多年，也是终身学习的实践者。在信息时代、大数据时代感受终身学习、终身教育的理念并不难，但是在 2500 年前提出并实践终身学习、终身教育的理念，何其前瞻！孔子以一生的求道证实了学习可以改变人生，学习可以改变命运；证明了儒家"人皆可以为尧舜"的理想可以实现；证明平凡经过努力可以走向伟大；证明凡人数十年如一日自强不息也可以成为"圣人"；证明教师可以从宇宙尘埃锤炼成为熠熠发光的恒星！人生是一场只有起点没有终点的长跑！有梦想的孩子跑得更远！有理想的孩子跑得更远！有追求的孩子跑得更远！有责任心的孩子跑得更远！有使命感的孩子跑得更远！基于梦想、理想、追求、责任、使命且终身学习的孩子跑得更远！

孔子开创了中华文明时代。中国之所以为中国，不是因为有佛教，不是因为有道教，而是因为有原生态的儒家。因为对春秋以前社会实践的总结、文化典籍的整理、伦理价值的提炼，形成了独立的哲学思想、教育思想、政治思想体系，孔子奠定了中华文明的坚实基础，完成了诗歌启蒙、艺术启蒙、文学启蒙、美学启蒙、政治启蒙、伦理启蒙、价值启蒙、哲学启蒙。从此，中国真正进入了文明时代。一个国家，一个民族，发展理念和思路可以变，可以与时俱进，但是核心价值却贵在坚持和坚守，冒进意味着癫狂，否定意味着疯狂，抛弃意味着灭亡！历史曾经证明：秦国"奋六世之余烈"，到秦嬴政统一天下，以为从此家天下绵延万世，并自称始皇帝，因抛弃了儒家人本精神，结果十五年而亡。

孔子开创的儒家思想体系，孔子开创的人本伦理哲学，孔子开创的知行合一教育哲学，为中华文明的成长成熟提供了丰厚的精神营养！孔子作为中国教师行业的开山鼻祖，其文化自觉和文化担当，其教育理念、学术思想、课程体系、教材编写、教学实践、教育成果，构成了文化和教育的丰碑，尚无证据证明中国历史上有哪一位教育家已经超越了他！

回望孔子，我们知道教育该怎么办，知道校长该怎么任，知道教师该怎么当，知道家长该怎么做！更重要的是，我们还知道教育的路该怎么走！孔子开平民教育先河的理论和实践告诉我们：教育应该也必须是公平的，因为每个人在学生时代（尤其是义务教育阶段）都有一万种可能性，公平的起点、公平的过程是他们的权利！孔子开民办教育先河的理论和实践告诉我们：教育管理应该也必须有分寸，教育家是干出来的，不是管出来的，也不是培训出来的；人才是自主成长的，优秀人才是自由思想、自由发表、自由争鸣的必然结果！孔子开素质教育先河的理论和实践告诉我们：全面发展只是理念而不是个体的实践，对于个体来说，发挥自身的优势潜能，才有可能成为出类拔萃者！孔子开生本教育先河的理论和实践告诉我们：学生才是教育的主体，教师可以是主导，家长也可以参与教导，但都不能越俎代庖！孔子开道德教育先河的理论和实践告诉我们：人文精神教育是人生成长的动力系统，教育的本质是人之为人的精神活动！孔子开审美教育先河的理论和实践告诉我们：审美教育才能浇铸君子人格！孔子开诗歌教育先河的理论和实践告诉我们：诗教可以兴观群怨，可以让人有理想信仰，可以让人学会观察思考，可以让人学会交往和相处，可以让人学会批判历史、批评社会、奉劝同事、规劝上司！孔子开因材施教先河的理论和实践告诉我们：教育需要"恕"道，教育需要包容，教育需要尊重差异、张扬个性，而让每个生命精彩是教育的重要使命。孔子开有教无类先河的理论和实践告诉我们：没有爱就没有教育，对于教师来说需要爱所有的人，对于家长来说要避免冷漠也要避免溺爱！孔子开全科教师先河的理论和实践告诉我们：多才多艺的教师最受欢迎！多才多艺是教师职业的基本功！孩子其实也需要多才多艺的父母！孔子开教学相长先河的理论和实践告诉我们：师生是终身学习生命体、共同成长体，父子父女、母子母女也应该是相互期待的共同生命体和成长体！孔子开学术独立先河的理论和实践告诉我们：批判性和创造性是学术的生命力，一线的教师应少做些"带有级别的课题"研究，多做些应用研究、行为研究、心理研究、思想研究、问题研究等！

这十二条，政府办教育，校长办学，教师从事教育，家长陪伴成长，都适用，都需要，触类旁通，做减法，比教科书要来得更简洁更有效！

2023 年 1 月 8 日

中华文明的主动脉

中国人文精神哲学家集中在儒家、道家、释家。儒家的奠基人是孔子，人生态度是"入世"，核心价值是厚德载物的担当、自强不息的精神、以人为本的思想、天人合一的情怀、尚中贵和的思维、忠孝仁义的伦理等，弱点是容易导致一些儒者的执着与偏执。道家的奠基人是老子，人生态度是"避世"，核心价值是道法自然的哲学、上善若水的智慧、无为而治的策略、以柔克刚的方法等，弱点是强调自然、强化自由的同时容易弱化担当。释家的代表人物是释迦牟尼，人生态度是"出世"，核心价值是自我觉悟的追求、普度众生的理想、众生平等的愿景等，弱点是容易引导人遁入空门，远离尘世，在脱离苦海的同时脱掉了自己人之为人的责任。比较儒家、道家、释家三大人文哲学家，我的基本结论：儒家是中国最重要的思想流派，儒家思想是中华文明的主动脉，儒家思想是中华民族生生不息的动力源泉！

儒家思想流变过程曲折，故事和悬案颇多。比如说，五四运动以来，中国学者持非常一致的观点："儒家起源于巫。"当代许多知名学者如李泽厚、易中天等均持此说，其实不然。儒家起源逻辑：有儒家思想的确立，才有儒家代表人物。如此推论，孔子就是儒家学派的开山鼻祖。儒家思想有两个源头：

一是实践基础。主要是西周的社会实践，尤其是以周公姬旦为代表的开明政治实践，奠定了儒家人本思想基础。这个基础再上溯，就是孔子祖述尧舜的上古原始共产主义社会实践。五千年文化土壤，孔子是起承转合关键性的托梦人。探索社会实践，从祖述尧舜，到孔子时代差不多两千五百年；从孔子到如今，又是两千五百年左右。

二是理论基础。这显然是孔子在整理古典文献，尤其是西周文献时候进行的提炼、建构、创造的理论体系，其核心思想、观念、价值等均见于语录体散文《论语》。这是基本逻辑，是基本事实，是基本历史，何以那么多学者都看不清、看不准、看不透这个问题！文化是有土壤的，也是有连续性的，不是说封建时代的文化就一无是处。

关于儒家思想的根本，争议更大，说法更多。原始儒家，尤其是孔子学说最根本的特征就在"人本"二字，也就是以人为本的价值观、以民为本的政治观、以生为本的教育观，以及以人文精神建构为主导的社会教化思想。孟子和荀子发展了孔子的民本思想（孟子曰："民为贵，社稷次之，君为轻。"荀子曰："水则载舟，水则覆舟。"），孔、孟、荀儒学属于为民之学、为人之学、修心之学、自强之学，属于伦理哲学，而不属于意识形态。

汉代"儒学"不是儒学。到了汉代，经过阴阳学背景的董仲舒等发展的所谓"儒学"，由"阴阳五行"演绎出"三纲五常"，已经不同于"人本"伦理哲学思想，成为建立在"神本"基础上的哲学体系。其理论假设的前提是"君权神授"，于是原始儒家的伦理哲学基因突变为意识形态，蜕变成为神之学、为帝之学、为既得利益者之学，已经不同于孔、孟、荀儒学的根本。汉代作为意识形态的"儒学"可以称为"经学"，但称为"儒学"或者"汉代儒学"是不妥当的。今天的我们如果接受的教育是君权神授，那是愚民；如果接受的是"君叫臣死，臣不得不死；父叫子亡，子不得不亡"以及"君为臣纲，父为子纲，夫为妻纲"，则与时代潮流严重逆行。谁能接受？谁愿意接受？又怎么能接受？

宋代理学不是儒学。宋代以程颐、朱熹为代表的理学核心是"理本"。程颐先生是宋代理学的开山鼻祖，曾经说："饿死事小，失节事大。"这里的"节"就是属于"理"的伦理范畴。对于现代人来说，对于现代文人来说，对于和平年代的人来说，显然生命是最重要的。理学集大成者朱熹先生主张："存天理，灭人欲。"他认为世间万物存在的根本在于"理"，"理"是万物存在的根据，"理"是人间法则，"理"是终极真理。虽说程朱理学是在研究原始儒家的基础上发展起来的，但朱熹只是理学集大成者，是儒学研究专家而不是儒学集大成者，理学也不是新儒学——儒学以人为本，理学以理为本。比如，先秦孔子编撰的《诗经》中的爱情诗篇就充满了原始野性，充满了淳朴率性，充满了自由浪漫，这些显然与理学格格不入。

明代心学是新儒学。明代心学是对孔、孟、荀儒学的发展。心学发端在程颢，成熟在陆九渊，集大成者则是王阳明。心学强调心力，心学仍是人心，是修炼人心的学问，没有背离孔、孟、荀儒学"人本"的范畴，所以心学是原始儒学的创新发展。陆九渊说："宇宙便是吾心，吾心即是宇宙。"王阳明说："心外无物。"这两句话，似乎是有些人说的疯话。但确是开启现代存在主义哲学的思想先驱。真理对于人呈现的过程就是"being"，就是海德格尔的存在。当然，心学的真正精华、精髓却在于"知行合一致良知"七个字。心学的精髓，此处留下悬念；欲知心学精彩，请阅读我的文章《心学才是新儒学》。

清代儒学属于非主流。开启于乾嘉学派的考据学，因为乾隆年间文字狱的重压，学者的思想一如女性被裹小脚一样，受到了严重束缚，逼迫他们走向考据之路，最终走到了没有证据不说话的极端——科学的理性思维和逻辑推论都不要了，也导致清朝以后儒学的研究大多囿于"只见树木不见森林"的困境。如果忘却了儒家"人本"根基，其研究南辕北辙，偏离先秦儒家思想的轨道也越来越远。

凡此种种，不一而足。对于儒家思想的研究，必须寻根溯源，回到先秦，回到孟子、荀子，甚至回到孔子，才能找到儒学的根本和精髓。

二十年深耕，只为把先秦"人本"伦理哲学带回当代，重建与现代文明相契合的人文精神。这是我重注儒家经典的初心和使命!

一是儒家开创人本哲学。儒家悲天悯人,以人为本,在"五张羊皮换一个奴隶,五个奴隶换一匹马"的价值体系中,孔子面对马厩失火,只关心马夫——奴隶,而不关心马。一向温、良、恭、俭、让的孔子听说有人用陶俑做陪葬品,居然以最毒的口吻骂道:"始作俑者,其无后乎?"翻译成现代汉语:"首用陶俑陪葬,他断子绝孙啊!"孔子如此敬畏生命,怎么可能有愚忠愚孝的思想出现呢?比如他极力赞扬管仲不像村妇村氓那样陪葬公子纠,而是光明磊落地扶助公子小白(后来的齐桓公),任齐国宰相 40 年,富国强兵,成就了一个强大的齐国,这才是大忠。"君君臣臣父父子子"的解释本应当为:"君像君,臣像臣,父像父,子像子。"伪儒学家偏偏误导出"君叫臣死臣不得不死,父叫子亡子不得不亡"的荒唐。孔子坚持认为君臣之间"君使臣以礼,臣事君以忠",二者有条件。孟子说得更明白:"君之视臣如手足,则臣视君如腹心;君之视臣如犬马,则臣视君如国人;君之视臣如土芥,则臣视君如寇雠。"宋代名将岳飞屈死风波亭,屈在读错书了,如果读懂了先秦儒家经典,尤其是读懂了孟子"如欲平治天下,当今之世,舍我其谁"这句,可以理直气壮直捣黄龙,或者做出其他更有利于人民、民族、国家的选择!

二是儒家开创民本政治。民本政治是儒家最重要的政治价值观念。《论语》中"民可使由之不可使知之"一句的断句,因为学者的立场不同,断句不同,解读自然大相径庭,甚至完全相反。攻击孔子推行愚民政策的学者断句为:"民可使由之,不可使知之?"稍微中庸一点的学者断句为:"民可使,由之;不可使,知之?"只要懂得儒家以人为本的哲学思想和以民为本的政治理念,就明白断句只有一种:"民可,使由之;不可,使知之!"正确的理解也只有一种:"老百姓过得很好,就顺其自然,让他们在自然生态中快乐生活;如果过得不好或者做得不好,就应该以教育让他们增长知识和智慧!"这句话的断句和解读,可以就近在《论语》中取材,进行互证。孔子到了卫国,冉有陪同。孔子感叹:"卫国人口真多啊!"冉有问:"人口多了该做什么呢?"孔子说:"让他们富裕起来!"冉有接着问:"富裕了,又该做什么呢?"孔子回答:"让他们接受教育!"富民教民,其实就是物质文明、精神文明并重,两手抓两手硬。当代文明依然还是这个范畴。孟子说:"民为贵,社稷次之,君为轻。"荀子则强调:"水则载舟,水则覆舟。"先秦儒家三位大师,政治观点和政治倾向何等一致!先秦儒家的民本思想,发展到今天就是"全心全意为人民服务"的宗旨,就是"为中国人民谋福祉"的初心。优秀传统文化是马克思主义中国化的重要思想源泉。

三是儒家开创生本教育。近年来,我曾多次拒绝祭孔活动,我觉得这些繁文缛节不是现代人应该传承的。我多次批评学生对老师行跪拜之大礼。我相信,如果孔子今天复活,他也会坚决反对。读《论语》就知道,孔子与学生亦师亦友、亦兄弟亦知己,孔子之于学生有时像慈父,有时像朋友,有时像兄长,有时像知己,师生那么平等,教学那么民主,思想那么自由,全然没有汉代"设帷讲学"那种冷冰冰的师生关系。孔子急于有作为,屈尊见了卫国夫人南子，因为南子生性淫荡，孔子与南子"同车招摇过市"，学生子路愤然质问老师："夫子是否与南子有苟且之事？"孔子对学生发誓："如果我做了那种事，让上天谴责我吧！让上天谴责我吧！"若非如师如父、如兄如友、如知己一样亲密的师生关系，学生何敢质疑老师的绯闻，老师又何须对学生发出"誓言"呢？孔子对颜回慈父般的呵护，对宰予严父般的要求，对子路兄弟般的深情，何等令人动容和钦佩！

　　四是儒家主张自由恋爱。后世人攻击孔子是男尊女卑的始作俑者，证据是孔子曾经讲过这样的话："唯女子与小人为难养也，近之则不逊，远之则怨。"这句话中的"小人"是相对于道德完美的"君子"而言，小孩子和人格尚未达到完美或完全独立的人都可以被称为"小人"，也就是普通人。这句话只是讲人性的弱点，女性和大多数尚未达到君子人格的普通男性都有这样的毛病："亲近则恃宠而骄，疏远则心生怨恨。"女性如此，男性何尝不是如此？除非你的定力非常强，人格非常独立，本领非常高强，不需要依附于任何个体和团体，否则有可能表现出"近之则不逊，远之则怨"的人性弱点。我倒是有更多的证据证明，在孔子的情感世界和伦理体系中，提倡男女平等。

　　证据就在儒家六大经典之一的《诗经》。一部《诗经》，《国风》是主体，而《国风》则十之八九都是爱情诗篇。《诗经》中的君子和淑女完全平等，平等地追求爱情，平等地思念爱人，平等地等待爱人，平等地对待爱情；《诗经》中男女相爱，充满了田园牧歌的色彩，相爱在城墙边——"俟我于城隅"，相爱在桑间濮上——"参差荇菜，左右采之"，相爱在小巷——"俟我乎巷兮"；《诗经》中的男女相思在床第——"寤寐思服。悠哉悠哉，辗转反侧"，相思在风雨中——"风雨如晦，鸡鸣不已；既见君子，云胡不喜?"，相思在远方——"所谓伊人，在水一方"。2500 多年后的我，在品读《诗经》的时候，依然被初民那淳朴、热烈、奔放、唯美的爱情所倾倒、折服、陶醉。不知后世儒学家如朱熹等，活生生地将如此唯美的爱情解读为"咏后妃之德"，如果推行优秀传统文化，还要维持这些腐朽的解读，年青一代能接受吗? 能喜欢吗? 当然，我要强调的是《诗经》还鲜明地折射出孔子女权主义的伦理趋向。孔子三岁丧父，母子相依为命，他能不爱自己的母亲吗? 他能不敬自己的母亲吗? 孔子"私生子"的出生背景——"野合而生"，也注定了他在选编《诗经》会选择那么多自由、自主的爱情诗篇，有没有证明父母爱情光明磊落的旨趣，有待考证!

五是儒家主张君子爱财。后世伪儒学家扯着嘶哑的嗓子呼喊："钱财如粪土，仁义值千金。"他们十分迂腐地强调：儒家重义轻利。殊不知，儒家学派创始人孔子，既重视道德学问，也重视营生民生。孔子曾经说："回也其庶乎，屡空。赐不受命，而货殖焉，亿则屡中。"孔子批评德行第一的颜回："道德虽然接近完美，可惜家徒四壁，口袋空空!"高调赞扬在后世伪儒学家看来似乎不务正业的子贡端木赐："端木赐不屈服于命运，从事贸易，预测市场行情非常准确啊!"后世伪儒学家面对孔子的率性宣称"富而可求也，虽执鞭之士，吾亦为之；如不可求，从吾所好"，不知道作何感想？这句话直白翻译居然是："如果财富可以合理得到，就算让我当卫士，我也愿意干。如果获取不符合道义，我宁愿做自己喜欢的事情。"由此可见，孔子绝不是后世伪儒学家所描绘的不食人间烟火的圣人，而是有血有肉、脚踏实地、吃五谷杂粮的哲人；儒家也绝不是不懂经济、不懂营生、不懂技术的书呆子。樊迟问稼一章，只能说明农业技术科技含量低，不需要学校教育传承，像驾车这样的高技术活——相当于现在开飞机或飞船，孔门教育高度重视。

六是儒家主张学术自由。中国人耳熟能详的"道不同，不相为谋"居然是被所有人误读、误解的名句，孔子的原意是："主张不同，不谋求同一。"根据何在？其一，整部《论语》多次列举道家、墨家、农家、杂家批判儒家祖师孔子，却不见孔子和追随者有任何人站出来反驳他们的观点。这是为什么呢？这是学术包容，这是儒家的"和"文化。其二，《论语》中另外一句话可以互证："攻乎异端，斯害也已。"这是孔子告诫自己弟子的一句话，攻击其余学派，害处很大。其三，孔子"君子和而不同"的鲜明主张，"和"是儒家最重要的核心价值之一，尤其是孔子学说。其四，孔子曾经问道于道家学派创始人李耳，也曾经向各个领域的先贤、大师虚心求教。后世伪儒学家与统治者合流，独尊"儒术"，排斥其他学派，制约科学技术发展，却把罪恶推给儒学，把恶名归给孔子。匪夷所思！

七是儒家主张入世担当。孔子为了谋得用武之地，不惜与名声颇差的卫国夫人南子"招摇过市"，为的就是以自己的才智服务社会。他甚至犹豫，要不要跟臭名昭著的季氏家臣公山弗扰合作，并非为一己之私利，而是为苍生计。即便是周游列国，最终没有被重用，孔子依然选择以教育改变社会，儒家"以教为政"的传统，就是用教育培养有伦理情怀、有价值坚守、有理想信仰的人才，通过这些人才最终改变社会。由于宋儒"无事袖手谈心性，临危一死报君王"的悲哀，加上吴敬梓《儒林外史》的影响，儒家知识分子被嘲笑为"百无一用是书生"的书呆子。时至今日，很多上位者，依然经常嘲笑读书人为"书呆子"，这是逆流也是恶流。人们往往忘记了，周文王遇到了读书人姜子牙，还他八百年江山；张良是个读书人，刘邦遇到张良才能成为大汉开国之君！魏徵是个读书人，李世民遇到他才成为大唐盛世的开创者！刘伯温是个读书人，朱元璋遇到他，才有可能成为大明开国皇帝。真正的读书人，真正的儒者，从来都是以天下为己任。曾子对儒家知识分子的期待是这样的："可以托六尺之孤，可以寄百里之命，临大节而不可夺也。君子人与？君子人也。"可以托付幼小的君主，可以托付整个国家，在大节上宁死不屈。比如周公姬旦负托孤之重，辅佐成王，制礼作乐，成就周朝数百年盛世——世界历史上截至今天最长的王朝；司马迁因李陵之祸，为了传承天命，愿受极刑，成就史家绝唱——《史记》实际上是充满人本情怀的儒家经典作品，至少可以当作儒家历史文学作品来读；韩愈为苍生而获罪，被贬潮州，积极教化，形成潮州文化，韩文公虽然离开人世千年，但是其影响至今依然存在；范仲淹为一介书生，镇守西边，西夏闻之而色变，二十年无战事；王阳明手无缚鸡之力，胸中自有百万兵甲，以不足五万地方杂牌部队，剿灭宁王朱宸濠十万叛军。儒家不仅愿意担当，而且善于担当。

八是儒家主张政事从简。孔子说："道千乘之国，敬事而信，节用而爱人，使民以时。"翻译为现代汉语：治理拥有千辆兵车的国家，认真处理政事且取信于民，勤俭节约且以人为本，差遣百姓而不误农时。儒家认为治国必须做减法，抓关键和重点，有所为有所不为。这是历久弥新的治国理念。其一，全心政务，取信于民。政务必须有心，必须用心，必须真心，一心为百姓。关键是建立政府的公信力，政府与人民不能够相互信任，政权就面临着信任危机，政权就不稳定。政府与民众的相互信任，来自人与人的相互信任。这种诚信社会的建立依赖于教育，依赖于修养。其二，以人为本，政事从简。现代社会穷奢极欲，铺张浪费（全球经济发展动力都是人类的消费），资源日益枯竭，长此以往，地球不堪重负。所以，经济增长步入新常态，是一种理性的回归。其三，根据节令，安排劳动。社会治理现代化的基本功是有序管理、有序发展。以儒家的政治智慧解决社会治理问题：政府不与民争利，不铺张浪费，不劳民伤财，不穷奢极欲；政府够用就行，民众够用就行。如是，则盲目追求 GDP 的问题可以缓解，生态文明会持续进步，贫富悬殊问题亦可缓解，诸多社会矛盾可以缓解。

九是儒家并非代言人。五四运动以来，比较流行的说法，认为孔子是统治阶级的代言人，顽固维护统治者和既得利益者。认为其证据是孔子说过："唯上知与下愚不移。"很多学者将这句话解读为：统治者与被统治者地位是不能颠倒的。这句话理解和翻译都错了，这个证据用错了。"唯上知与下愚不移"是教育学结论，先天禀赋很好的人和先天不足的人，二者之间的差距很难缩小。这是真理，先天不足者现代称之为特殊学生，特殊学生当然很难达到正常人的水平，更不要说与先天禀赋很高的人比肩。孔子终其一生的教育实践，就是将"小人"培养成"君子"，将"君子"培养成"士"，将"士"培养成"大夫"，诚如《礼记·大学》所说："格物，致知，诚意，正心，修身，齐家，治国，平天下。"怎么能说孔子儒学维护既得利益者，为统治阶级说话呢？事实正好相反，孔子儒学是"为己之学"，是天子以至于"庶人"都能用以修身养性的学问，是引导鼓励人民走向优秀、追求卓越的学问。

当然，先秦儒家与现代文明高度契合的思想和主张，远远不止这些！对个人、对家庭、对家族、对社会、对国家、对天下很多的主张都是人类应该珍惜的共同财富。时至今日，仍需要深度发掘。

世界三大哲学体系各有分工：欧洲哲学侧重人与自然的关系，印度哲学侧重人与神的关系，中国儒家哲学侧重人与人的关系。自然人与自然人的关系——忠实与诚信；与血缘长辈、长者的关系——孝顺与尊敬；对于后生、后辈的关系——慈爱与包容；对年幼平辈的关系——关心与帮助；也延伸到人与自然的关系——天人合一、民胞物与……不一而足。儒家哲学的社会基础是农耕文明，聚族而居，充满人本情怀、人道主义和人文精神。在战争中，儒家文明表现出"兴灭国、继绝世"的担当和包容——比如武王灭殷商，却封纣王的两个儿子为王，并且把殷商后裔相对集中在宋国以保存其血脉——这与游牧文明、海洋文明截然不同，游牧文明和海洋文明在族群战争中，往往一方对另一方采取斩尽杀绝的血腥政策。意大利传教士利玛窦来到中国，读到《论语》，惊叹中文精神发轫之早、成熟之早，把《论语》介绍到欧洲，对欧洲哲学家们完成了人本哲学启蒙，从而为欧洲文艺复兴奠定了思想准备。

儒家核心范畴是三个：其一是仁。仁是内心的修为，是人格的完善。仁在《论语》语境中是一个包容性很强的概念，一切关于心性修养的内容，都可以纳入"仁"的范畴。先秦儒家三圣，孔子最强调"仁"。其二是义。义是社会的责任，历史的责任，族群的责任，当然包括对家庭的责任，对个人的责任。像孟子"平治天下，舍我其谁"，那当然是以天下为己任的责任和担当。先秦儒家三圣，孟子更重视"义"。其三是礼。礼是人与人的关系，是秩序、法则、方法、形式。先秦儒家三圣，荀子的思想侧重在"礼"。

先秦儒家思想属于伦理哲学，具有坚实的社会实践基础和厚实的理论基础，是一种独立于当时政治体制的哲学体系、价值体系、思想体系，是儒家思想的源头和正宗，与现代文明高度契合，是中华民族最宝贵的精神矿藏！而儒家思想是中华文明的主动脉！传承和发展其精神是中国人的使命！

2023 年 1 月 15 日

心学是儒家哲学的高峰

　　一切社会问题皆源于人心！不是这样的吗？雾霾的出现有人说源于烧煤，有人说源于汽车尾气，有人说源于土壤干燥，有人说源于气候干燥，有人说源于农民燃烧黍稷秆等，表面都对，其实全错！事实是源于人抛弃了天人合一的伦理，源于人抛弃了民胞物与的情怀，源于人抛弃了给予宇宙以道德终极关怀的大智慧，这难道不是人心出了问题吗？

　　社会问题本质是心病，心病还得心学医治。自然科学不能解决人心的问题，社会科学也不能解决人心的问题，解决这些问题的责任只能由哲学承担！马克思主义哲学告诉我们量变到质变，冰冻三尺非一日之寒，社会问题积重难返；解决这些问题却只能靠哲学，靠东方哲学和中国传统哲学的最高智慧——心学！——社会病态源于心，心病还需心学医！

　　什么是心学？三位心学代表人物中的北宋程颢没有说，南宋陆九渊没有说，明朝王阳明没有说。三位讲心学的代表人物中，浙江大学的董平没有说——他侧重讲王阳明先生的传奇人生；南京师范大学的郦波没有说——他侧重讲王阳明创立心学的天赋使命；复旦大学的王德峰也没有说——他侧重比较中国传统哲学与西方哲学各自的特色。王德峰先生的可贵之处是在比较之中得出了"心学是中国传统儒家哲学的高峰"的洞见,这使我想起了牟宗三先生那句话:"禅宗不仅是中国人的最高智慧,而且是人类的最高智慧。"愚见:王阳明心学是中国儒家哲学的高峰,惠能禅宗是佛教中国化的高峰。是与不是,对与不对,由时间去检验!

三位心学大师和三位讲心学的专家都没有给心学下定义,不是他们没这个能力,而是他们遵从老子的教诲:"道可道,非常道。"道是可以言说的,但是能言说的必然不是永恒的道。但是我今天遵从的是老子另一句教诲:"反者道之动!"为了便于大家理解,我必须逆行给心学下定义,也许是当代讲王阳明心学的三位著名学者刻意给我留的作业!

要定义什么是心学,必须先定义什么是心学的"心"。心学的"心"绝对不是 heart,这是生理学意义的心脏,那是血液的供给站;心学的"心"绝对不是 thought 或 idea,这是严密逻辑推理下的各种思想,是理性智慧的范畴;心学的"心"绝对不是 cerebrum,它只是解剖学上的大脑;心学的"心"绝对不是 mind,它只是思维工具大脑、头脑;心学的"心"也绝对不是 psychology,这是心理学意义上的心理或心理学。——心学的"心"是非逻辑的、非理性的、非生物的、非心理的,在西方哲学世界里,没有对应的词语可以翻译。我的《论语心读》英文版第五校稿按下暂停键,就是因为"心读"二字至今仍未找到恰当的英文词汇来表述。

心学的"心"是什么？"心"是基于个体生命的人与人、人与社会、人与世界、人与宇宙的生命伦理价值的能动本体。"心学"又是什么呢？"心学"就是研究这种基于生命情感的哲学本体论思想。通俗地讲，"心学"就是安心之学、正心之学。这个能动本体基于生命情感，是开放的动态本体。有了这个认识，再来谈心学，探讨龙场悟道！

心学创立的逻辑和机缘：发端于北宋程颐，成长在南宋陆九渊，成熟在明朝王阳明，创立的机缘甚至就在阳明先生所躺的贵州那座石棺里——他以"顿悟"的方式在那座石棺里发现了心学的真谛：心即是理——道在我心，道在人心；真理在我心，真理在人心。但是，心学也不是无本之木、无源之水，其思想渊源却远在孔孟儒学。

孔子儒学没有提出心学的概念，却早就播下了心学的种子。"仁"是什么？仁是果实的最深层处最柔软的部分，充满生机和一切可能。孔子倡导的"仁"是什么？仁是仁爱，是慈悲，是包容，仁是人之为人的根本。"仁"即"心"，"仁学"即"心学"。你碰到小草被践踏，心生怜悯，有扶助的心动和行动，起心动念即行动，这就是知行合一。你碰到梅花被折，心生怜悯，有呵护的心动和行动，起心动念即行动，这就是知行合一。你看到小狗被虐待，心生怜悯，有改变它命运的心动和行动，起心动念即行动，这就是知行合一。你碰到一只流浪母猫，带着像人类一样的神态和动作把蹒跚学步的幼猫送给你，你瞬间心软，无法拒绝，立即产生了收养的心动和行动，起心动念即行动，这就是知行合一。再举两个社会学意义的例子：林觉民本为福建富商之子，衣食无忧，养尊处优，但是面对路边饿殍遍地的悲惨，顿生慈悲之心，立志改变这些贫民的命运，参加革命，为了这份慈悲在黄花岗慷慨奉献了年轻的生命，从起心动念到慷慨就义，就是知行合一；秋瑾原为富家小姐，后为官僚太太，因为目睹现实的极端腐朽及人民的极端卑微和苦难，心生慈悲，立志改变国家和人民的命运，从起心动念到慷慨就义，也是知行合一。他们两人求仁得仁，是知行合一致良知的典范！由此我们知道，心力有多大，心力有多强，心力能改变自己，能改变国家民族甚至全人类，这就是心学的力量。《论语》开篇第一章第一句："学而时习之，不亦说乎？"学习并付诸实践，不是很快乐吗？学习且自觉付诸实践，那才是真正的快乐！——这是中国知行合一哲学的源头！

　　孟子儒学没有提出心学的概念，却早就培育了心学萌芽。孟子提出的"四心说"就是宋明心学的萌芽，为宋明心学的创建奠定了思想基础。"恻隐之心，仁之端也；羞恶之心，义之端也；辞让之心，礼之端也；是非之心，智之端也。"其实，孟子思想中心学已经发芽初成，只是没有被人认识和阐释。孟子是如何解释"知行合一"的呢？典型就是"今人乍见孺子将入于井，皆有怵惕恻隐之心"的案例：一个小孩将掉到井里，正常人看到了，无须提醒，不假思索，立即伸出援手，这是什么？这是人的慈悲天性在关键时候表现出的无须提醒的自觉，这就是良知与良能的知行合一。那么敢问为什么很多人没了这种慈悲之心？那是因为心被异化，心被放纵，心被蒙蔽。

十多年前，一位养育了五个孩子的母亲无人赡养，出于绝望而喝了农药在雨中挣扎的那一幕，始终难以从人们记忆中抹去！五个孩子、五个配偶、五个孙子或外孙对于在骤雨中苦苦挣扎的母亲、婆婆或岳母、奶奶或外婆视而不见，直至其死亡。子女居然不愿意赡养母亲，儿媳或女婿居然不愿意照料婆婆或岳母，孙子或外孙居然在父母的"言传身教"下没有与奶奶或外婆生活的意愿或勇气。虽然是个案，但是发人深省：孝心没了，慈悲没了，还算是人吗？作为正常人，作为没有丧失人性的人，就算是一只狗或一只猫在雨中挣扎，也应该动恻隐之心，何况是自己的母亲、婆婆或岳母、奶奶或外婆呢？心中的慈悲决定了生命的张力！这一家人的命运如何，不用算命都知道！绝对不可能有出息！所以，教育的首要任务就是让被蒙蔽的心回归到本性的善良和慈悲。

20世纪90年代，我曾经目睹了五个教师将偷自行车的学生打得半死，我因为没有及时阻止，至今仍然心痛，是我一生的痛点。我也非常负责任地告诉今天的诸位朋友，这五个暴揍一个因为贫穷而偷自行车的学生的教师，25年过去了，没有一个成为学校领导，没有一个成为名师，没有一个出类拔萃！25年前，看到他们对年轻人歇斯底里暴揍的狰狞面目，我默默地给这五个教师算了命，他们此生除了平庸还是平庸！——心无慈悲者不宜不应做教师！

同样的事情，在我的家乡有人选择了不同的处理方式。民国前夕，湖北黄冈一位陶姓富户，四代同堂，聚族而居。陶老先生经商一辈子，晚年赋闲，含饴弄孙，好不幸福。一天傍晚，一个陌生的身影来到家中，轻松上到房梁之上。族中老少青年，都没有注意到这个陌生的身影，唯独陶老先生心静，看得清清楚楚。于是陶老先生召集几个儿子，吃完饭，早点休息，并交代厨房备酒菜一桌，说是半夜子时有客来访。家族中人，各自休息。下半夜丑时，陶老先生来到客厅，立于梁柱之下，亲切地向藏于房梁之上的"客人"说道："朋友，孩子们都睡了，出来吧，吃点东西，一定饿坏了。"梁上君子知道陶老先生没有恶意，就从房梁上无声落地，跟随陶老先生来到客厅，一边小酌，一边聊天。原来，梁上君子姓周，因为家母病重无钱抓药，因此走上邪路。陶老先生询问其需要多少钱，周姓青年说大约十个银圆。陶老先生于是给他十五个银圆，医治母亲。又询问其往后有什么打算，周姓青年回答，想做小本生意，没有本钱。陶老先生于是又支持周姓青年二十个银圆做小生意。结果，陶老先生一家依然是黄冈县有口皆碑的为富而仁的儒商。新中国成立前，陶老先生一家迁居到香港，后来辗转到新加坡；改革开放初期，还回黄冈探访留在家乡的父老乡亲。周姓青年也成为十里八乡的仁义商人，留下了很多扶危济困的故事。新中国成立后，周姓青年因为心地善良，乐善好施，"土改"时因长期周济穷人并没有留下多少田产而被划定为中农成分，逃过一劫。因为心中有慈悲，陶老先生面对贼，选择了与慈悲相匹配的支持，结果传递了慈悲，造福了乡里，也集福于自己。

　　三个故事，一个道理：心中的慈悲决定了生命的张力！慈悲与包容是人类最本源、最重要、最有力的生命情感和道德智慧！这正是心力的作用，这也是心学研究的范畴！

心学思想的薪火代有传承，经汉代司马谈、司马迁以及唐代韩愈等大儒对于悲天悯人精神的传承，直到陆九渊提出"宇宙便是吾心，吾心即是宇宙"，王阳明提出"心即理，心外无理""知行合一致良知""大其心"的思想，标志着孔子播下的心学种子、孟子培育的心学萌芽，经过北宋程颢的耕耘长出心学花蕾、南宋陆九渊的滋养绽放心学花朵、明代王阳明的顿悟结出心学硕果——标志着中国儒家哲学高峰的形成和新儒学的诞生！王阳明因此被称为心学的集大成者！心学属于心本伦理哲学，其基本特征：强调本心本性的本体价值，强调知行合一、主客一体、心物一元。此"心"是人心，没有背离原始儒家人本伦理哲学，"心学"传承了原儒的人本情怀、人道主义和人文精神，且恢复了为民之学、为己之学、安心之学的价值取向。因此，陆王心学才是真正意义上的新儒家。

王阳明的"龙场悟道"是中国哲学史上具有划时代意义的标志性事件。正德三年（1508），王阳明历经无数生死劫难，终于到达了他被贬谪的工作单位——贵州龙场驿任驿丞，即官道上的招待所所长，就在今天贵州修文县龙场镇。面对穷山恶水和种种不可预知的厄难，阳明先生仍然继续研究"格物致知"的疑惑，继续品味"宇宙便是吾心，吾心即是宇宙"的境界，仰望星空又观照内心，完成了中国哲学史上具有里程碑式意义的"龙场悟道"，最终创立了"心即理"和"知行合一致良知"及"大其心"的阳明心学!

何为"阳明心学"？回到"龙场悟道"事情本身，回到心学集大成者王阳明自身，认识心学及其内涵，恐怕恰如一千个读者眼中有一千个哈姆雷特，意趣或许大相径庭。不同学者、不同时代、不同角度，对心学的理解往往出入很大。王阳明在龙场悟出了怎样的道呢？我是从教育视域作了选择性解读——王阳明龙场悟道：善恶之道·死亡之道·知行之道。

善恶之道

王阳明曾两次饮过龙场附近同一个地方的山泉：第一次是悠闲状态，畅饮几瓢，清甜可口，师生主仆都有此同感；第二次从外面返回龙场驿迷路了，误打误撞，又累又饥又渴，喝了同样一处的山泉水。师生主仆都觉得山泉水第二次的味道比第一次更好，喝完山泉水，精神一振，疲劳顿消，一口气走回龙场驿。主仆都有这样的情感体验，只有王阳明深入思考：同样的山泉水，为什么饥渴状态下的口感更好？

王阳明得出结论：原本无所谓苦乐，原本无所谓善恶，只有人主观觉得苦才是苦，觉得乐才是乐，觉得善才是善，觉得恶才是恶。王阳明反复对类似饮水这类生活中的平常体验作深入思考，基于实践理性，提出了"无善无恶心之体"的世界观。世间本无善恶或苦乐，不是吗？黄金拿在手里是善是乐，放在肚子里是苦是恶；高山之于旅行者是风景是善是乐，之于急于赶路翻过去的人则是苦是恶；水之于人类多数时候是善是乐，尤其是口渴的时候简直是至善至乐，但暴雨成灾的时候却是苦是恶！再举一个极端世俗的例子：粪便之于城市居民是苦是恶，但是之于菜农却是善是乐，有机肥料培育的蔬菜就连城市居民也觉得是上善。

陆九渊先生说的"吾心便是宇宙，宇宙即是吾心"和王阳明先生说的"心外无物，心外无事，心外无理"都是真理。对于世界的任何人、事、物，只有通过人的"心识"感觉、直觉认知才是有意义的——阳明心学与海德格尔的存在哲学在认知路径上完全一致！心学世界观的启示：如果心里充满阳光，看任何事情，看任何人，你都觉得是温暖的，是明亮的，是充满希望和期待的；如果心里满是凄风苦雨，那么看什么都是阴暗的，吃什么都是苦味的，对未来也觉得前途渺茫；如果内心强大，人生尽管充满蹉跌，但是依然阻挡不了成功的趋势。——人或许没有办法绝对自由，没有办法选择环境，甚至没有办法选择职业，但可以选择善恶苦乐！我当教师，我选择了快乐和热爱！我当校长，我选择了快乐和热爱！我当局长，选择了快乐和热爱！这种选择，就是王阳明"有善有恶意之动"的人生观。心学的人生观：我的人生我做主！

人生就是善恶苦乐的无数选择连缀而成！2003 年全省联合公选落选后，我选择了向内求的生活模式：学习成为工作方法，学习成为生活方式，学习成为生命状态！读书是苦是乐？我选择了乐此不疲。数十年手不释卷，数十年治学不辍，数十年只争朝夕！别人理解我，我在读书！别人不理解我，我在读书！鲁迅先生说，他把别人喝咖啡的时间用来写作；我则把别人写诬告我的匿名信的时间也用来读书！每天夜晚，我在读书！每个双休日，我在读书！每次长假，我在读书！挫折绝对是痛苦，但人生何其有幸，我却把挫折变成了财富！没有挫折，我不会选择内求，我不会观照内心，我不会与书为伴，我不会结缘心学，自然不会有《论语心读》《大学心读》《中庸心读》《孟子心读》《诗经心读》等问世！自然无缘（也是没有能力）与大家分享自己的学术思想！

死亡之道

死亡是生命的过程而不是生命的终结。少年王阳明，曾经企图以实证的方法，论证朱熹的"格物致知"思想是否正确——即研究万物之理从而达到致良知的境界。朱熹对《大学》中这句话的解释显然是错误的，王阳明的怀疑是有道理的，王阳明想找个具体物质，研究蕴藏其中的"理"，于是面对自家后山的竹子"格物"而茶饭不思，七天七夜执着地想发现"竹子"之"理"，结果导致晕厥式的短暂"死亡"。这种"死而复生"的体验让王阳明觉悟：死亡并不是生命的终结。当然伴随着另外一个哲学结论：真理应该向内求而不是向外求。

王阳明在龙场继续以实证的方法论证朱熹理学的偏颇，曾经把自己放在一个石头做成的棺材里面"格物"。他想探索死亡对于人来说意味着什么，万事万物都由"理"来支配，那么死亡之"理"又是什么呢？这种体验让王阳明再次经历晕厥式死亡，再次体验"死而复生"。这种独特的"死去活来"的生命体验，让王阳明坚信"生死如同昼夜更替",坚信死亡只是生命的过程而不是生命的终结。

让王阳明坚信死亡只是生命的过程而不是生命的终结,还因为王阳明从记事的年龄就有十分强烈的生命印记:觉得自己对某个庙宇的环境非常熟悉,仿佛在那里生活了很久很久。数十年来,王阳明就带着这种仿佛与生俱来的"生命印记"生活!龙场悟道之后,50岁的王阳明做了南京兵部尚书,考察镇江金山寺,发现有一间房子贴了封条。王阳明觉得自己对金山寺似曾相识,对这个贴了封条的房子更是十分亲切。王阳明问方丈:"为何不开此门?"方丈告诉王阳明:50年前有位高僧在此圆寂,至今肉身不腐,因为高僧交代过不许开此门,除非关此门的人再次出现。历代方丈和众僧自然遵从遗命,历时50年再也没有打开这扇门。那年那日,恰好是王阳明五十周岁生日,于是王阳明命方丈必须打开,方丈执拗不过,只得开门。王阳明惊愕万分:一是眼前的一切似曾相识;二是眼前的高僧似曾相识;三是高僧旁边的布帛上居然留了一首嵌有王阳明三个字的诗歌——五十年后王阳明,开门犹是闭门人。精灵闭后还归复,始信禅门不坏身。这不能简单被斥为封建迷信,这是生命哲学——很多生命哲学的奥秘,正在逐步为量子科学所破解。王阳明于是更加坚信:死亡只是生命的过程而不是生命的终结。

"死亡只是生命的过程不是生命的终结"的哲学价值到底是什么呢?其价值在于告诉人们,人生来世,必须对生命的永恒负责!生命的永恒应该是最重要的!诚如孔子,谢世2500多年,其思想依然引导中国人前行并走向光明，依然如恒星一般高悬在天空！霍金生前最后一项研究成果：信息是永恒的存在！这是不是意味着一个人以思想传世，他的生命或许是以我们暂时未能认知的量子形态实现了永恒？

曾经被骂作汉奸的张自忠将军，重掌兵权一心赴死，以求生命价值得以永恒：率领第五十九军两次驰援临沂，取得了临沂大捷，奠定了台儿庄战役胜利的最重要的基石。此后，调赴徐州，支援东北军于学忠部，再战湖北河南交界的潢川，决战在湖北宜枣；为了宜枣会战胜利，亲率孤军东渡襄河，喋血南瓜店！求仁得仁！以死亡成就了生命的永恒，以死亡聚合民族抗战的力量，以个体生命的终结换得了中华民族多一线生机！这就是心学的力量，这就是死亡之道的价值！张自忠将军一心想死、一心求死，每次上阵都身先士卒，每次冲锋陷阵前会做好阵亡安排，这种慷慨赴死的壮举背后，是因为张自忠将军也是王阳明《传习录》的读者，也深受王阳明心学影响。

心学的"死亡之道"之力量强大到足以让一个人求死报国！张将军的选择，都深受王阳明心学"知善知恶是良知"价值观的影响！心学的力量，让张自忠将军以死亡成就生命的永恒；也坚定了中华民族的抗战意志！心学之所以流布于东南亚，甚至影响日本明治维新，并不是文人学者的臆想，而是心学智慧自身的价值使然！

王阳明的"死亡之道"其实是心学的价值观，对后世每一个读懂的人无不产生深远的影响力量。因为相信生死如昼夜更替，相信死亡只是生命的过程而不是生命的终结，那么追求生命的永恒几乎是必然的选择！如果每个生命都有心学滋养，社会将风清气正！国家将持续进步！民族将走向复兴！

知行之道

孔子是"知行合一"的首创者。《论语》开篇之章首句"学而时习之，不亦说乎"，翻译成现代汉语就是："学习并努力付诸实践，不是很快乐吗？"这就是"知行合一"的哲学起点。孔子的弟子曾子有传承："传不习乎？"意思是："我讲授的学术，不是我亲自实践或实证过的吗？"王阳明则是"知行合一"哲学思想的集大成者。王阳明先生"为善去恶是格物"的方法论集中体现在"知行合一致良知"七个字。王阳明先生曾经教诲学生："人须在事上磨炼做功夫，乃有益。"这"事上磨炼"即是在实践中"为善去恶"，在实践中"知行合一"，在实践中求道提升。20年对心学的独立研究，我对"知行合一"的教育哲学作了纵向解构，演绎出个人道德品质或人格特征经过"知行合一"的形成过程：植根于心，见之于行，行为自觉。这种解构是我对中国心学最高成就的诠释性贡献！

第一步：植根于心——对某一种先进思想理念，内心深处认同是前提也是力量。所谓心力源于认同，源于信念，源于信仰，源于理想，就是这个意思。"生命因学习而绚丽"作为一种理念，如果植根于心，就会只争朝夕终身学习，就会在学习中改变命运！读书，是男人最好的保养品！读书，是女人最好的护肤品！

第二步：见之于行——一种思想、价值、理念，付诸实践，才能改变人生，并进一步改变社会。"忠"是先秦儒家非常宝贵的核心智慧，对君上、对朋友所托之事"恪尽职守"，如果认同且见之于行，谁都会敬畏你！"恕"是儒家又一种核心价值，如果认同且见之于行，那就是包容缺点、宽容过失等！于是，赢得了友谊，赢得了朋友，赢得了尊重！

第三步：行为自觉——当一种思想成为你的气质，成为你的素质，成为你的气场，成为你的人格特征，成为你的生命常态的时候，这才达到了"知行合一"的境界。"和"是先秦儒家非常宝贵的核心价值，如果你认同，你见之于行并成为自觉，那就会尊重他人，尊重人格，尊重意志，尊重伦理，尊重习惯；那就会尊重不同，尤其会尊重不同的思想，尊重不同的意见，尊重不同的主张！"和"也是当代最可宝贵的管理智慧！"和"的理念植根于心，见之于行，且成为行为自觉，那么与他人相处，就会觉得如沐春风；管理学校，学校会生机勃发；管理企业，企业会蒸蒸日上。

20年对心学的深度思考，我对"知行合一"的"知"，也就是"智慧"做了横向的"解构"，人类的"知"（智慧）分四类——这是我对王阳明心学"大其心"的创造性解读：

一是天性之知。比如慈爱、包容、善良、孝悌等都属于先天智慧，也就是王阳明讲"知行合一"时强调的先天"良知"，有良知，自然有与之相匹配的自觉行动。"孺子将入于井"，无论你是官僚、商人、平民等，都会选择救这个孩子；无论你是老年、青年、少年，都会选择救这个孩子；无论你认识孩子的父母还是不认识孩子的父母，都会选择救这个孩子。这就是无须提醒的自觉，这就是知行合一。家庭教育、学校教育、社会教育，很重要的职责就是要守护先天赋予人类的良知，如果连慈爱、包容、孝悌、自由等天赋良知都被物质欲望冲垮、冲走，人类社会将会进入自毁机制！

二是理性之知。陆王心学都强调"心即理"，真理就在我心，这一点仿佛慧能禅师的"见性成佛"，佛就在每个人的内心。但是心学创立之后，没有一个人对王阳明另一个重要的观点"大其心"做出合理的解释。所谓"大其心"就是读书、实践、研究的认知行为的总称。先天智慧在心中，但是这个"心"有一个逐步扩大的过程，就像王阳明幼时读圣贤书，少年时期闯荡江湖，青年时期饱读兵书，如果没有这种"大其心"的阅读、实践、研究的认知，仅仅依靠内心原有的天赋智慧，根本不可能用五万地方部队战胜宁王朱宸濠的十万正规军。很多学者对于陆王心学望而却步，就是因为忽视了"大其心"的读书、实践、研究的终身认知或终身知行合一的哲学思想。对"大其心"视而不见，也是王阳明心学创立数百年来，被很多人轻视、鄙视、漠视的原因。中国当代讲王阳明心学的代表人物如浙江大学董平教授、南京师范大学郦波教授、复旦大学王德峰教授都是停留在王阳明的文本来谈心学，没有跳出文本，观察一生来思考心学"大其心"的含义。人终身求道的过程，就是"大其心"的过程，就是扩大人作为特殊存在者与他人、世界、宇宙、真理的感觉、知觉、认知；

就是在天赋良知之外，还需要充实内心的理性智慧、智行智慧、感性智慧。这是我提出知行合一的"知"四分法的心学依据，也是我对解读陆王心学的创造性阐释。

理性智慧也就是人类社会在族群、民族、国家、国际的共同交流中，沉淀达成共识的价值标准，儒家传统的"忠恕""自强不息"和"和而不同"等精神，都是族群在社会实践中沉淀出的共同价值标准。比如"忠"是儒家传统价值观，也是中华民族的传统美德，属于后天沉淀的共同价值标准，基本含义是"恪尽职守"，如果认同，如果实践，如果坚持，如果坚守，那么无论你走到哪里，无论你在什么岗位，都是一个受欢迎的人！比如"恕"，就是宽容，就是宽恕，就是包容，如果认同，如果实践，如果坚持，如果坚守，那么也许因为宽恕而化敌为友，因为宽容别人而解放自己，因为包容而形成更为强大的聚合力和凝聚力，人生会因此而充满阳光！又比如"自强不息"属于后天沉淀的"理性之智"，是后天沉淀的价值标准，如果一个人认同、实践、坚持、坚守一辈子，人生精彩就是大概率事件！

三是智性之知。即科学、技术、技能、技巧等都属于智性智慧，"知行合一"是最高效的学习方法，如果学生实践能力差、实验能力弱，也就是在追求"智性之知"的过程中，背离了"知行合一"的哲学智慧。"知行合一"既是伦理哲学，也是教育哲学。这一哲学智慧，被 20 世纪北美心理学家埃德加·戴尔发现并被证实。按照埃德加·戴尔的学习金字塔理论，实验、练习、学会讲给别人听是最高效率的学习，也就是"知行合一"的学习模式。

不同教学方法 24 小时后的平均保存率

20 世纪 40 年代中后期，北美学者埃德加·戴尔以统计学方法得出的结论：讲授教学，24 小时后保存率仅有 5%；阅读教学，24 小时后保存率仅有 10%；视听结合教学，24 小时后保存率仅有 20%；示范教学，24 小时后的保存率仅有 30%；小组讨论学习，24 小时后保存率有 50%；实践学习，24 小时后保存率达到 75%；向他人讲授或者对所学内容立即应用（孔子"学而时习之"的方法），24 小时后保存率达到 90%。这个比例自上而下，正好构成了一个学习效率的"金字塔"，被称为学习金字塔理论。北美心理实验室对埃德加·戴尔提出的"学习金字塔理论"提供的这一组数据进行了扩大样本再实验，证明上述金字塔理论的科学性：得出两周以后学习的巩固率与上述数据也基本吻合。所有看懂这个金字塔的教师，应该知道教育教学改革的方向在哪里；所有看懂这个金字塔的家长，应该知道孩子努力的方向在哪里；所有看懂这个金字塔的学子，应该知道改变自己命运的秘诀在哪里！

42年前，我的学习行为契合了"知行合一"，让我走出小村。那时，我就读于黄冈地区新洲县毕铺中学，有幸碰到陶崇德先生教物理和化学两门课。陶先生书法一流，态度温和，语言风趣，教学严谨，我等一众学生都成了他的忠实粉丝，佩服得不得了，以至于我课后就模仿他的教学，把他当日的物理课或化学课从头到尾讲给自己听一遍、两遍、三遍，每天如此，一直坚持到毕业。学会了一般可以讲给别人听，但是我生性比较腼腆，不好意思在同学面前开口，只好"学会了讲给自己听"，无意中契合了中国传统"知行合一"的哲学和西方金字塔理论的最高效率的学习方法。结果是：物理、化学两个学科满分是常态，扣一两分是例外。

我初中二、三年级的数学均由姜焕利老师任教。姜老师两年没有带过一张纸进教室。所有的例题、所有的课堂练习、所有的课后练习都在他的脑海里，所有的演算和演绎都在他那不算大的脑袋里！偶尔，我拿全国数学竞赛的试题请教姜老师——其实那时那刻往往是想考考姜老师，没想到他乌黑的眼珠闪动几下，就能直接在黑板上演示解题过程。我对他也佩服得五体投地！他强大的专业磁场征服了我，我自然也成了他的"铁粉"，于是每天傍晚时分，我在操场散步，手舞足蹈，把他的数学课堂教学全过程讲给自己听，自得其乐。后来，把自己看懂的许莼舫《平面几何学习指导》中的一道道例题、习题讲给自己听；再后来，把青年自学丛书《数学》中的初中代数、几何例题和习题讲给自己听。每天傍晚如是，奇迹随之出现，数学开始不断获得高分，甚至满分。

研究王阳明心学，我发现初中的数学学习契合了"知行合一"的教育哲学。西方"学习金字塔理论"底部的"向他人讲授/对所学内容立即应用"的高效率学习方法，其实就是东方古代"知行合一"的学习方法。这种智慧，让我能够用一个学期的时间把最差的平行班教成全区最好，用一年时间把最差的初中学校办成全区最好，用两年时间把崩溃的民办学校办成岭南明珠，用三年的时间创办一所首届毕业生为全市第一的新校，用四年时间让教学质量中等区对传统强区实现颠覆性超越，秘诀主要就藏在"知行合一"的心学智慧里。心学既是中国伦理哲学的高点，也是中国教育哲学的巅峰！对此，我深信不疑！

四是感性之知。感性智慧也可以叫作审美智慧或艺术智慧。感性智慧只有"知行合一"，才能融入灵魂，融入生命，才能改变灵魂，才能提升生命。艺术教育遵循"知行合一"，才能创造教育的奇迹！20年前，我带着刚刚从广州市竞赛中脱颖而出的最强交响乐团访问澳大利亚悉尼和墨尔本的5所中学。作为团长，我知道，这种访问是对抗性的演出，意在决出高低。每所学校的交流都分为三场：第一场，双方演奏事先指定的曲目，如《命运》《蓝色多瑙河》《春江花月夜》等，我方交响乐团完胜。第二场，演奏对方临时指定的曲目，具体曲名我已经不记得了，我方指定给对方的有《黄河大合唱》，这一场我们输了。其实演奏尚未开始，我从双方乐团成员的目光、气色、气场就可以判断，我方会输掉，结果不出所料。第三场，临时演奏抽签的美国名曲，出于东道主的礼节，澳方让我从美国当代乐曲中抽中了《美丽的亚美利加》，从配器开始就明显逊色，演奏自然不尽如人意！

　　这一次交响乐团的演出交流，让我深受刺激和深感震撼，我展开了对所有访问学校的深度访谈。我问悉尼一位中学校长，为什么他们重视音乐美术这些课程丝毫不亚于英语、数学等？那位我已经记不得名字的校长告诉我："为了教育。我们常常见到钢琴王子、提琴公主，但是真的见不到钢琴流氓，提琴流氓！"这个回答让我沉思！我们数十年长期边缘化的学科，他们却如此高度重视。我深度访问他们各种社团，更是震撼，他们都是为了兴趣和快乐，没有一个人参加社团是为了考试、升学、就业。回想三场对抗性交响乐交流活动，澳方5所中学的团员（非对抗性的演出不算在其中），他们是何等从容、自信、阳光，相比之下，我方的团员明显拘谨、沉重、严肃！我也深思，是什么机缘，让我们丢掉了孔子作为人类最伟大的教育家开创的"乐教"传统！

　　十多个夜晚，数千公里外的异乡，我一直在思考这种带有对抗性的艺术交流胜败的奥秘：我们的音乐社团活动是训练，训练的目标是提高技能技巧，最终的目标不过是那一块升学、就业的敲门砖；他们的音乐社团活动是教育，教育的目标是浸润灵魂和滋养生命，是一生的兴趣所在，是灵魂的净化和皈依，是生命品质的升华和凝华！

我中师三年级"顿悟"出的作者、作品、我"三位一体"的艺术朗读模式，其实也是心学的"知行合一"。"知行合一"学习模式，让我长期坚持深度反思中国传统教育。中国传统教育中最值得传承的学习方法，就是吟诵、朗诵、背诵，运用之妙，存乎一心，只要指导得当，让学生用心读、全心读、全人格读，就能进入"知行合一"的学习模式，教育就成功了！中华民国时期以前，中国除了京师同文馆，几乎没有高等教育，也几乎没有现代意义上的中小学、幼儿园。然而，就是在私塾吟诵、朗诵、背诵过儒家经典著作的经历，使得一些人生命中涵养了五千年的文化精神，再加上出国留学，这些人心中涵养移植了现代文明的种子，才造就了严复、康有为、梁启超、孙中山、王国维、陈寅恪、赵元任、黄侃、鲁迅等灿若星河的哲学大师、文学大师、史学大师、国学大师等。"知行合一"的吟诵、朗诵、背诵，是中国传统教育最有效的学习方法。今天的中国尤其需要传承这种基于心学的最高效率的学习方法。二十世纪最伟大的哲学家海德格尔说："语言是人类的精神家园。语言的边界就是思想的边界。"的确，离开了语言，人类与动物很难有区别。虽然人类有"心"，但是"心"必须通过语言去感知、认知、研究这个世界！足见语言学习之于教育、之于人类是何等重要！我也衷心期待，有缘阅读到这篇文章的家长，选择与孩子一起吟诵、朗诵、背诵中国优秀的诗词歌赋文，用一种"知行合一"的阅读方式浸润灵魂和滋养生命！我也衷心期待，阅读这篇文章的教育工作者，不遗余力恢复和推广中国传统教育中最古老、最古朴、最古拙的吟诵、朗诵、背诵教育法，去阅读古今中外的经典作品，以滋养当代学子的生命和灵魂！

从教育视域看，心学是解决当代教育缺心之病的良药。心学，应该回到现实，应该回到教育。善恶之道——让我们深度领会心学"无善无恶心之体"的世界观和"有善有恶意之动"的人生观，让我们明白人生就是由不断的善恶选择构成的！我的人生我做主！每个人都是自己人生的主角，人生精彩与否取决于自己的人心和选择！生死之道——也就是阳明先生所谓的生死如昼夜更替，让我们深度领会"知善知恶是良知"的价值观：活在当下，只争朝夕。为人一世，不可以放下对自己的责任、对家人的责任、对家族的责任、对社会的责任、对国家的责任、对人类的责任！用心学点亮自己的心灯，自觉追求生命的永恒！知行之道——让我们深度理解王阳明先生"为善去恶是格物"的方法论！"知行合一"的人生必然无怨无悔！忠恕融入生命成为自觉，仁爱融入生命成为自觉、自强不息融入生命成为自觉、勤劳简朴融入生命成为自觉……成为生命常态，成为人格特征，成为气质气场，人生会精彩，家族会兴旺，事业会辉煌，民族会强大！"知行合一"，既是伦理哲学，更是教育哲学！从教育视域，重新认识"知行合一"的心学思想，似乎很多教育的顽症和沉疴就有了救赎的良药！

二十年仰望繁星，二十年观照内心。融学术入生活，融学术入工作，融学术入生命！对生活，对人生，对世俗，对世界，对宇宙，尤其是对教育有自己独特的思考！社会万象皆由心生，个人诸像也由心生。无论是解决个人问题还是解决社会问题，都需要心学回到现实，回到教育，回到人心中。

面对人类社会"心病"，2500多年前孔子开出的药方是"求仁得仁""我欲仁斯仁至矣"。每个中国人心中有仁，心有慈悲，心有慈爱，心有博爱，社会应该非常美好！孟子给心病开出了良药："学问之道无他，求其放心而已矣。"学问的最高境界就是将放任、放浪、放纵、放弃的心收回，回归正位，回归本心，回归本性。当代社会之病既然根源在人心，舍此，我们还有别的办法吗？王阳明对人类"心病"开出的药方是"心即理""知行合一致良知""大其心"。阳明心学的三味药，治疗中国教育的沉疴，可谓对症下药。"心即理"的心学思想，告诫当代中国教育工作者，教育的本质是精神活动，是灵魂的浸润和生命的滋养，而不仅仅是停留在技术、技能、技巧的训练上。"知行合一致良知"的心学思想，提醒当代中国教育工作者，违背"知行合一"的教育哲学，中国教育将永远停留在"理论与实践相结合"的层面，而达不到先天智慧、理性智慧、智性智慧、感性智慧融入灵魂，成为生命常态和人格特征！

撰写此文，意在为心学的重新回归和流布鼓与呼！撰写此文，意在为中国教育的深度改革鼓与呼！撰写此文，意在为中华民族的伟大复兴鼓与呼！

2023 年 1 月 22 日

伟大的传统必有深远的智慧

民族复兴的关键是文化复兴

历史长焦镜下，有必要重新评价传统文化（尤其是儒家文化）的价值。原生态儒家文化，是中华民族的血脉和命脉，是中华民族生生不息、自我超越、自我更新的精神原动力。

一个基本的事实证明传统文化具有顽强的生命力和创造力。世界几大文明古国中，中国是唯一五千年文明不间断、不灭亡并且不断创造新辉煌的国家。中华文明生命力之顽强举世无双，发展力之强大举世无双，再生力之旺盛举世无双！支撑这种文明的传统文化必然是一种优秀文化，优秀传统文化精神是维系中华民族持续发展的命脉。妄自菲薄，会导致文化虚无；文化认同，才有文化自信；文化自信，才有文化复兴；文化复兴，才有中华民族的伟大复兴。

两个文化复兴案例证明文化不死，民族复兴可期待。元、清两代是少数民族占统治地位的政权，但是以汉民族文化为主体的中华文化得到了延续和发展。犹太民族灭国两千余年，"二战"结束后，犹太流浪者凭着口袋、书本、脑袋、血脉里的文化，在寸草不生的沙漠重新建国。文化是国家和民族的血脉和基因，没有文化认同、坚守、发展，就不会有国家和民族的持续发展。

传统文化属于根本，属于养心文化和养神文化，离开了根本仅仅学科学技术，不可能学到神形兼备。钱学森、李四光、吴健雄、李远哲、杨振宁、李政道等经过传统文化浸润的学子，有知识分子的社会责任感和伦理情怀，他们在科学方面也同样出类拔萃，甚至超过西方人。传统文化融进了中国人的文化心理结构，成了文化基因，成为文化潜意识。就像吃中国菜一样，丢掉了会强烈反弹，超级想它！这是事实！文化融合才能造就文化繁荣。从鲁迅先生出生的1881年，到民国元年1912年，三代知识分子带着朗读、朗诵、吟诵的唐诗宋词和四书五经等传统文化经典，东渡日本或远赴欧美留学或游学。在这三代人中实现了优秀传统文化与优秀西方文化的深度融合，造就了民国时期灿若繁星的哲学大家、史学大家、文学大家、考古学大家、国学大家甚至科学巨匠等，更可贵的是这些东西方文化深度融合造就的人才，在中华民族面临生死存亡的抗日战争时，绝大部分选择以飞蛾扑火的勇气回到祖国的怀抱，与祖国同生死共命运，甚至献出自己的生命。

中国仍然需要一场深刻的文化自觉，仍然需要一场深度的文化融合，发扬自己的优势，借鉴别人的经验，开启文化自觉、文化认同、文化自信、文化融合、文化创新、文化复兴的文化强国模式。

优秀传统文化及其精神，属于中华民族的命脉！民族复兴是文化复兴而非物质。中国梦是文化复兴之梦！丧失文化记忆的人，必然无知。抹去文化记忆的民族，必然疯狂。伟大的传统必然有深远的智慧，中华民族的复兴之梦必须传承优秀的传统文化！

儒家的根本在于人本、人道、人文

司马光说："盖儒者所争，尤在于名实，名实已明，而天下之理得矣。"大意为：儒者所争论的诸多问题中，最关键的是名与实的问题，名与实的问题思考清楚了，天下之真理就很容易掌握。传承儒家文化，必须先鉴别真儒学和伪儒学、真儒家和伪儒家、原生态儒家和所谓新儒家。

儒学史上有新儒家、旧儒家之分，有汉儒、宋儒、明儒以及现代新儒家等诸多流派，但儒学本源却在先秦孔子、孟子、荀子，代表著作是《论语》《孟子》《荀子》。《论语》是源头，是根本，尤其重要。先秦儒家才是儒家，先秦之后，几乎只有儒家学说的信奉者、传承者、研究者。先秦之后，儒家思想被严重异化：汉代阴阳家董仲舒所异化的学说只能被称为"政学"（儒学历史上称之为"经学"，汉儒已经严重背离了，甚至是践踏和抛弃了孔孟的人本情怀、人道主义、人文精神）；宋代的程颐、朱熹一脉相承的学说只能被称为"理学"；宋代的程颢、陆九渊，明代的王阳明等构建的"心学"因为没有脱离"人本主义"的核心价值，算是对儒学的局部发展。儒学精神主要通过历代读书人以及由读书人进入官僚阶层的政治家薪火相传。传承儒学精神的代表人物有司马迁、韩愈、柳宗元、王安石、范仲淹、苏轼、王阳明、顾炎武等，载体除了原生态经典便是儒家思想传承者的诗歌、散文以及他们的教育实践和政治活动。程颐、朱熹等则属于研究儒学的专家。20世纪新儒家三圣——马一浮、熊十力、梁漱溟是儒家精神传承者，也是研究儒家思想成就最高者，是传承原生态儒家思想的代表人物，因为他们本着儒家实用理性，提出了"援西入儒"的重要主张。唐君毅、张君劢、牟宗三、钱穆、徐复观等人，均传承了儒家精神，也传承了"援西入儒"的主张，但这些人主要是儒学研究者！

儒家的四个标准：一是具备儒家思想——核心价值观（价值主导）。儒家最本质、最核心的思想就是人本主义和民本思想，背离了这个核心价值就属于"伪儒学"的范畴。二是具有强烈的使命感和责任感——以天下为己任，具有积极入世的情怀。三是具有改变社会的能力——如韩愈、柳宗元、王安石、范仲淹、辛弃疾、王阳明等人"可以托六尺之孤，可以寄百里之命，临大节而不可夺"，均为儒家。四是以教为政的理想——即便不能直接改变社会，也要从教育着手，追求价值，实现理想！比如当知识分子个体暂时无力从体制机制上解决社会矛盾时，不选择冷漠和堕落，而选择以教育改变人心，以教育改变命运，最终以教育改变社会，那就是儒家的情怀和作为！

儒家、儒家思想、儒家著作、儒家研究者、儒家研究成果、儒家精神的传承与创新、儒家精神的实践等诸要素，共同构成了中国儒家文化。鉴别儒学真伪的核心标准是：哲学是否以人为本，政治是否以民为本，教育是否以生为本。凡是背离原生态儒学人本、民本、生本思想的所谓新儒学，全都是儒学的反叛，都是伪儒学，都是挂羊头卖狗肉。凡是背离人本、人道、人文精神的所谓儒家，都是伪儒家。

儒家思想的核心是三个字：仁、义、礼。仁，侧重于内心；义，侧重于责任；礼，侧重于规则。儒家文化，源远流长，熔铸到中国人的血液和基因里，成为中国人心理结构中标志性的内原精神。儒家文化体系博大、内容丰富、义理宏深、意境崇高、伦理纯厚、利他彻底、正气崇实，世所罕见。儒家文化养护着中国人的心灵，规范着中国人的举止，协调着中国人的关系，约束着从政者的行为，在中国历史上无论对个人还是对民族的生存发展，都起着主导作用。时至今日，儒家所传承的文化精神是马克思主义中国化最重要的源泉。

儒家文化的教育本质论价值

教育的本质是什么？德国哲学家雅斯贝尔斯说："教育的本质是精神的，而非物质的，是非物质诱惑下的教育，是灵魂的教育。"简言之，教育是人的灵魂的教育，而非理智知识与认识的堆积。又说："教育的本质是认识生命的本质，提升生命的品质，追求生命的价值。"生命的本质是什么？是精神的，是灵魂的，而不是物质，不是碳水化合物。

《中庸》说："天命之谓性，率性之谓道，修道之谓教。"大意为：上天赋予人的是本性，遵循本性就是道，按照本性修养身心就是教。先秦儒家哲学是普世伦理哲学，适用于人类，适用于各民族，适用于各国家，适用于各时代。天赋本性有共性，也有个性。人生而善良，生而慈爱，生而慈悲，生而自然（老子），生而自由（庄子）等，这些都是天赋共同本性，需要全人类共同尊重、珍惜、弘扬。

孔孟儒学认为，仁是先天赋予人的本心本性。何以见得？常态下人见到青葱的小草被无情践踏，必然心生怜悯；见到花朵被摧折，必然心生怜悯。正如孟子所说："所以谓人皆有不忍人之心者，今人乍见孺子将入于井，皆有怵惕恻隐之心。"这个"不忍人之心"，孟子称之为"恻隐之心"，孔子称之为"仁"。见到婴儿即将爬到井里，是人都会援手，无须提醒，无关你是否认识婴儿的父母，无关你因为救助是否能获得金钱，无关你是否因为救助获得荣誉等。

仁爱、自然、自由等先天本性需要尊重，需要珍惜，需要呵护，需要弘扬。但是，现实教育却反其道而行之。教育的本质是精神活动，教育的首要使命是对天赋本性的守护、强化、提升，教育必须先把人培养成人，培养成为具有人性的人而不是工具。人之为人的精神是什么？根本是伦理精神。君臣、父子、兄弟、夫妇、朋友是最基本的伦理关系，为人君止于仁，为人臣止于敬，为人父止于慈，为人子止于孝，为兄弟止于悌，为夫妇止于爱，为朋友止于信。如果人而不仁不敬不慈不孝不悌不爱不信，内心不能安静也不能洁净，如何能够培养出工匠精神，如何能够培养出科学精神，如何能够培养出创新精神，如何能够培养出自由、民主、平等、公正、法治的人文精神呢？当这些精神的培养都疏忽了，荒废了，教育也就失败了！人文精神的培养，是无法用分数来衡量的！但人文精神的缺失，却意味着教育的失败！

教育对象除了天赋共性外，对于每个生命个体还有天赋异禀。有些人生而抽象思维发达比如爱因斯坦、奥本海默、海德格尔等，有些人生而动手能力发达比如爱迪生、贝聿铭、梁思成等，有些人生而审美智慧发达比如贝多芬、柴可夫斯基、冼星海等，每一个生命被抛投到这个世界或许是偶然的，天命置送给每个人的天赋异禀是不一样的，人生一世各有优势潜能当然各有精彩，教育在尊重天赋共性的基础上，必须尊重天赋个性，顺着天赋个性的道路培养、提升、锤炼，于是贝多芬成了贝多芬，爱迪生成了爱迪生，梁思成成了梁思成，让每个生命活出本真，让每个生命能够自我实现，让每个生命活出精彩。这才是真正的教育。

人生一世，各有使命。最大使命，不是把个体锤炼成为某种工具，成为世俗、庸俗齿轮中的一颗螺丝钉，而是把人类本心、本性弘扬起来，把自己的天赋异禀和优势潜能发掘、发挥出来，活出生命的本真和精彩，为这个世界留下耀眼的生命之光！

面对精神缺失、灵魂缺失的教育，必须思考：我们拿什么养护中国人的灵魂？从伦理学的角度，首选儒家文化，因为儒家文化是伦理文化、乐感文化、价值文化，是现代教育的精神资源。

从教育本质论的层面看，儒家文化资源分类如下：

第一，儒家文化为教育提供丰富的民族精神资源。

中华文明数千年没有毁灭，且不断超越、不断创新，原因就是民族文化记忆被保存下来，民族精神被传承下来。民族精神是一个民族在长期的历史发展进程中积淀形成的，为全体民族成员所接受和认同，并成为民族进步和发展的价值导向与精神动力。中华民族精神集中表现为自强不息、厚德载物、天下为公、尚中贵和、博爱泛众、勤劳俭朴。这些是民族性格和共同价值观。

一是"自强不息"的精神。"自强不息"语出《周易·乾卦·象传》："天行健，君子以自强不息。"大意为：天道运行刚健，君子应学习天道而自强不息。孔子"发愤忘食，乐以忘忧，不知老之将至"的执着、孟子"苦其心志，劳其筋骨，饿其体肤"的态度都是自强不息。这种精神是民族复兴所必需的，是中国梦所必需的，是每个中国人所必需的！

二是"厚德载物"的精神。"厚德载物"语出《周易·乾卦·象传》："地势坤，君子以厚德载物。"大意为：大地博厚宽广，君子应如是容载万物。"仁"就是厚德载物，没有仁爱、包容、责任，人不可以为人；承载重大使命是载物，如果没有使命感和责任感，人不可以为人。亦可说成是"厚德载福"：齐桓公死于厨师之手，是因为失德；陈胜死于马夫之手，是因为失德。福德不足，德不高而位高，是十分危险的，仿佛高耸入云的危楼，随时可能倒塌！

三是"天下为公"的精神。"天下为公"语出《礼记·礼运》："大道之行也，天下为公。"这是典型的尚公道德取向，也是典型的民族精神。班固的"国耳忘家，公耳忘私"、范仲淹的"先天下之忧而忧，后天下之乐而乐"、顾炎武的"天下兴亡，匹夫有责"、林则徐的"苟利国家生死以，岂因祸福避趋之"等都是"天下为公"。"天下为公"的民族精神今天已然完全契合社会主义核心价值观。在天下为公的核心价值主导下，民主、自由是必然的归宿。

四是"尚中贵和"的精神。"尚中贵和"即崇尚中庸、以和为贵。"中庸"是大智慧，"和"是群生状态。史伯说："和实生物，同则不继。"孔子曰："攻乎异端，斯害也已。"学术包容到了如此程度。孔子向老子请教证明孔学不排他。"尚中贵和"是社会和谐的哲学基础，既"用其中于民"又"和而不同"，诚如是，则思想自由、学术自由。更重要的是，很多社会问题将迎刃而解：比如在企业高管年收入数千万元和普通员工几万元之间求一个平衡点，劳资矛盾将根本缓和。在广厦千万间的开发商和上无片瓦下无立锥之地的城市贫民中间有一个平衡点，社会矛盾尚可调和。

五是"博爱泛众"的精神。"博爱泛众"语出孔子"泛爱众，而亲仁""己所不欲，勿施于人"等。孟子则说："老吾老以及人之老，幼吾幼以及人之幼。""博爱泛众"已然成为共产党人"为人民服务"的伦理基础。由此可知，"博爱"并不是基督教的原创，而是中国传统文化固有的精神！

六是"勤劳俭朴"的精神。语出《尚书·大禹谟》："克勤于邦，克俭于家。"这是互文的修辞手法："无论国事家事，都应勤劳俭朴。"改革开放后，我们经历了40年高速发展，环境欠债颇多，"穷奢极欲"势必加大环境负担。"勤劳俭朴"必须成为人类的普世价值观，依靠欧美人穷奢极欲拉动世界经济的模式，无休止地索取地球资源，必然导致人类灭亡。

第二，儒家文化蕴含丰富的伦理精神资源。

一是"家庭中心"的伦理基础。儒家父子有亲、君臣有义、夫妇有别、长幼有序、朋友有信是中国传统伦理的基本范畴。"五伦"起源于家庭伦理。君臣是父子类比，朋友是兄弟推衍。子夏曾说："君子敬而无失，与人恭而有礼。四海之内，皆兄弟也。君子何患乎无兄弟也?""五伦"之中，孝文化处于核心基础地位。其一，孝文化维护了家庭和社会稳定。孔子曰："其为人也孝弟，而好犯上者，鲜矣；不好犯上，而好作乱者，未之有也。"其二，孝文化是民族文化传承的纽带。文人传承文化是世界文化传承共同的显性方式，中国除了显性方式外多了一个隐性方式——家庭的口耳相传。

二是"家国一体"的伦理价值取向。孟子曰："天下之本在国，国之本在家，家之本在身。"儒家主张社会道德与家庭道德相结合，主张在家做孝子，在外做忠臣！在人类战争史上，只有中国军队可以整连、整营、整团、整师、整军甚至整集团军战死不降。而西方人认为，打不过投降是天经地义的事情！

三是"天人合一"的伦理境界。人伦属于社会现象，但并不能脱离自然而独立存在。先哲们很早就关注人与自然。孔子说："钓而不纲，弋不射宿。"大意为："钓鱼时只用钓竿而不用网，用箭射但不射归巢的鸟。"孟子继承了这种"推恩"原则，提出了"推恩足以保四海"的主张，发展到张载就成为"民胞物与"的生态情怀。"天人合一"是中国传统伦理长期追求的处理人与天、人与自然、人与神的关系的理想境界；是中国士人给宇宙以终极关怀的崇高智慧。这正是当今世界最稀缺的精神资源。

儒家文化的教育主体论价值

原生态儒家以生为本的教育理念源于民本思想。孔子是人本主义哲学家、民本主义政治家和生本主义教育家。

第一，以生为本的教育理念。

其一，儒家以人为本。"厩焚。子退朝，曰：'伤人乎？'不问马。"奴隶主把人当牲口，孔子把奴隶当人。面对殉葬恶习，孔子痛骂："始作俑者，其无后乎？"对人权维护何其坚定，何其坚决，何其执着。发展到孟子是："君之视臣如手足，则臣视君如腹心；君之视臣如犬马，则臣视君如国人；君之视臣如土芥，则臣视君如寇雠。""民为贵，社稷次之，君为轻。"荀子则说："水则载舟，水则覆舟。"儒家这种人本政治理念，是中国儒家人文精神的核心，也是整个传统文化人文精神的核心！

其二，儒家以教为政。古希腊哲学家亚里士多德说："人是天生的政治动物。"教育本身就是政治，这是历史，也是传统。"以教为政"由孔子首创。"或谓孔子曰：'子奚不为政？'子曰：《书》云：'孝乎惟孝，友于兄弟，施于有政。'是亦为政，奚其为为政？"教化民众，本身就是政治，而且是最基础、最重要的政治。

儒家以民为本，表现在教育主体上就是"以生为本"。孔门师生关系之融洽、思想之自由、教学之民主，世所称道。举一个典型的例子，《论语》记载："子见南子，子路不说，夫子矢之曰：'予所否者，天厌之！天厌之！'"师生之平等以至于学生有权质疑老师的言行，有权要求老师解释和承诺。若不是"以生为本"，孔子怎么会浩叹："后生可畏，焉知来者之不如今也？"孔子怎么会因为颜回殒命而"哭之恸"，怎么会因子路被剁成肉酱而从此不再吃肉酱呢？

第二，有教无类的教育情怀。

有教无类是以生为本的情怀。儒家以民为本，以教为政，化民成俗，所以其教育必然以生为本。孔子开贫民教育先河，第一个将教育从宫廷转移到民间。孔子说："自行束脩以上，吾未尝无诲也。"这句话学者们大多解释为只要带上十条干肉来，孔子没有不将之收为学生的。不要说春秋时期，就是在我的学生时代，普通人家一条干肉都拿不出来，何况十条？即便是现在拿十条土猪肉也不容易。所以应该解释为："男子十五周岁，行束脩之礼，愿意学习的我全收。"通过教育改变命运，通过教育给予贫民发展权，何其伟大！因为有教无类，所以孔门弟子既有富甲一方的子贡，有贵族子弟孟懿子、南宫敬叔，还有"在陋巷，人不堪其忧"的颜回，有"朽木不可雕"的宰我！

现实中国教育"有教有类"：宏观来看，在地域教育文化、投入、软件、硬件差异方面有天壤之别；中观来看，校际师资、科研、设备、设施差距悬殊；微观来看，在于教师的教育教学行为有所不同。实现儒家所倡导的"有教无类"，值得期待：

一是教育经费由中央财政统筹解决。富裕省份自己解决，经济落后省份由中央财政转移支付。有人笑我痴人说梦，其实不然。诚如是，则教师行业将成为中国非常受尊敬、也非常受欢迎的职业！诚如是，中国教育地区差异可以消除！诚如是，留守儿童的难题迎刃而解！诚如是，进城务工人员子女入学不再艰难！诚如是，中国不再有失学儿童，不再需要靠富人资助来解决贫困儿童入学难的问题！诚如是，国人发展起点公平、机会公平、过程公平。

二是取消基础教育等级招生机制，建立教育投入绩效机制。取消人为地将学校分为三六九等，招生批次人为分等，校际差距人为拉大，以行政干预和政策倾斜的方式，制造所谓名校的现有机制。鼓励校长各显神通，鼓励学校办出特色。同时，要有限制教育过度投入的法律及制定教育投入绩效考核机制。

三是建立教师退出机制。中国公办学校教师属于固化阶层，有进入机制没有退出机制，导致教师队伍庸者、劣者不能有效淘汰。民国时期的教育充满了无限的生机与活力，很大程度上是因为教师没有编制，只有聘任制。没有教师退出机制，教育改革发展将困难重重。

第三，终身学习的教育思想。

孔子是终身学习思想的首创者。子曰："吾十有五而志于学，三十而立，四十而不惑，五十而知天命，六十而耳顺，七十而从心所欲，不逾矩。"十五岁立志求道，三十岁形成独立人格，四十岁不再迷惑，五十岁认同自己的命运（以教育改变社会），六十岁能容纳各种批评，七十岁做什么都不背离道，这是终身学习的人生。自古而今，孔门弟子无一不是终身求道、终身学习者，若非以生为本，何来如此教育效果！

第四，自由讨论的教育模式。

自由讨论模式建立在人格平等基础上，教师不摆架子，学生畅所欲言。孔子曾经与子路、曾皙、冉有、公西华等人坐在一起"聊天"，孔子要求大家"各言尔志"。子路抢先发言："千乘之国，摄乎大国之间，加之以师旅，因之以饥馑，由也为之，比及三年，可使有勇，且知方也。"冉有回答："方六七十，如五六十，求也为之，比及三年，可使足民。如其礼乐，以俟君子。"公西华说："非曰能之，愿学焉，宗庙之事，如会同，端章甫，愿为小相焉。"曾皙回答："莫春者，春服既成，冠者五六人，童子六七人，浴乎沂，风乎舞雩，咏而归。"听了四位弟子的志向，孔子除了对一向不谦虚的子路"哂之"外，喟然而叹曰："吾与点也！"这段对话充溢着民主教学氛围，师生无拘无束地谈论志向，孔子并不一一点评，而是充分尊重学生个性，除了表示自己的志向与曾皙一致外，并没有说谁的志向合理或不合理。这比当今标准答案的制式化教育显然不知道要高明多少。假如不是以生为本的自由、民主、宽松，很难想象我们民族会产生《论语》这部旷世奇作。

儒家文化的教育方法论价值

第一，全面发展的课程建构。

孔子编纂修订的《诗经》《尚书》《周易》《礼记》《春秋》《乐经》等是中国最早成体系的教材。孔子编《诗经》是因为其"可以兴，可以观，可以群，可以怨。迩之事父，远之事君"，即这部教材涵盖了爱情教育、伦理教育、爱国教育、诚信教育、生命教育等丰富的内容。孔子十分重视美育，史书记载孔子编纂了一部《乐经》，曲谱散佚，今人无法领略其艺术魅力。编纂《春秋》目的在于让学生明大义，是历史教育，是政治教育，也是价值教育。易者，变也，编撰修订《周易》的目的在于哲学教育。此外，从孔子的礼、乐、射、御、书、数六艺来看，孔子的课程体系中，不仅有政治、历史、文学、音乐、舞蹈、美术，还有军事和数学。其课程结构有全面发展的平台，却尊重个性多元发展，在孔子的教育实践中根本找不到应试教育的痕迹，确实值得今人学习！

第二，因材施教的科学方法。

孔子首创"因材施教"。孟懿子、孟武伯、子游、子夏四个人问的都是"孝"，孔子却给出了风马牛不相及的四种不同答案。因为孔子非常了解这四个弟子的道德修为、境界、处境、性格差异。孟懿子不懂孝道，时常"违礼"，所以孔子告诉他"孝"就是"无违"——不违背礼义就是孝；孟武伯不懂孝道，时常使父母担忧，孔子告诉他"父母唯其疾之忧"——不让父母担心自己健康以外的事情就是孝；子游不懂孝道，不敬重父母，孔子告诉他"至于犬马，皆能有养，不敬，何以别乎"——孝道如果没有尊敬，与犬马能服务于人没有什么两样；子夏不能对父母和颜悦色，孔子告诉他"色难。有事弟子服其劳，有酒食先生馔，曾是以为孝乎"——对父母和颜悦色就是孝。对症下药，因材施教。

教育贵在尊重差异，学校贵有特色，教师贵有风格，学生贵有个性，教法贵在因材施教。如何做到因材施教？办法也很简单：一是让学校自主招生。无论是高中阶段教育，还是高等教育，自主招生是趋势和方向。我不相信，网络资讯如此发达、媒体监督如此透明的今天，把招生权下放给学校就会天下大乱。恰恰相反，那是中国教育绝地反击和绝处逢生的机会和起点！我认为，一旦中国高等教育踏上宽进严出的轨道，且以维护招生公平的决心、意志、措施来保证高等教育的出口质量，中国高等教育的春天也就到来了。

二是建立教师流动机制。现代教师成长，基本被局限在一个区县、一个乡镇、一所学校，甚至一个学科，更有甚者局限在一个学科的低、中、高某一段。一辈子，一学校，一学科，几乎成了90%以上的教师的命运。他们数十年如一日，重复着昨天的故事，不是不思进取，而是无法进取。民国时期，分布在各地大中小学的教师都是学贯中西的留学归国人员，踏遍天涯，见多识广，充满创造力。民国时期，没有教师编制一说，合则聘请，不合则离开，双向选择，充满活力。民国时期，教师没有评职称之说，根据德能勤绩，由相对公平的专业队伍，研判聘请什么职称就是什么职称，这样的职称制度有利于教师把精力集中在教育教学科研上。民国时期，同一个教师，小学教得好，可以教初中，初中教得好，可以教高中，基础教育教得好，可以教大学，可以带研究生；这样的教师成长机制，让教师不断挑战自我，不断超越自我，不断创造职业生命的奇迹。教师选择适合自己的学校、适合自己的地区、适合自己的岗位工作，而不像今天这样一岗定终身，一校一辈子。以毛驴拉磨的"磨坊管理"模式管理教师，一所学校一辈子，一个学科一辈子，甚至几本教学参考书混一辈子，如此能够因地制宜，因材施教，推动改革，促进创新，岂不是笑话！教师可以选择地域，可以选择学校，甚至可以选择学生。坚决消除"毛驴拉磨"式的教师管理机制，可以给中国教育改革发展注入前所未有的冲击力、爆发力和创造力！

第三，慎独正己的修身方法。

"慎独"是儒家独创的自我修养方法。语出《礼记·中庸》："道也者，不可须臾离也，可离，非道也。是故君子戒慎乎其所不睹，恐惧乎其所不闻。莫见乎隐，莫显乎微，故君子慎其独也。"这句话翻译成现代汉语是：道啊，片刻都不能离开人，可以离开的就不是道。所以，君子即便是在看不见的地方都保持道德自觉，就是在听不见的时候也保持敬畏之心。道在隐蔽状而未显现，道在细微处而往往不被体察，正因为如此，君子在独处之时也谨慎持重。

人作为道德本体，道德始终存在于自己的身心。人们视觉看到的是人——特殊的存在者，而道却是看不见的存在。也许很多人觉得上述这段话，越说越迷糊，具体而微，譬如茶杯，我们看得见，摸得着，这就是存在着某种形状的"杯"；那么茶杯的存在是什么呢？不仅仅是一只有形状的杯子，还有茶杯内的"中空"和茶杯外的"外空"，茶杯内外人们看不到的，甚至意识不到的恰恰是与"杯"一起的"存在"，这个"杯空一体"的存在就是道。

　　为什么说"不可须臾离也，可离，非道也"？茶杯的"实物"与茶杯内外的"空间"可以分开吗？显然不可以。因为分开了，就意味着茶杯这个实物被打破、被打碎！那样茶杯和茶杯内外的空间同时消失了。物是如此？人是否如此呢？比如孔子作为特殊的存在者，有人有图有真相，哪怕只是画像，毕竟是可以看见的存在者。但是，与孔子同时不可分离的是他的哲学思想和教育思想等，这些"不可须臾离"的就是孔子的"道"。一定要分开，就不是孔子之道，而是一种死记硬背的知识。每个活着的学者，其道德可以与人分开吗？不可须臾分离，分离了就是知识，只有与人的灵魂融为一体，实现"物我一体"才是"道"！这种"物我一体"的"道"，二十世纪最伟大的哲学家海德格尔称之为"存在"。

　　正因为"道"不可须臾与人的身心分离，所以，君子即便是在看不见的地方，在听不到的地方，也保持道德自觉，保持存在和存在者相融为一。道以隐蔽的状态存在，以细微的状态存在，即便是在独处之时，君子也能保持本心本性，也能保持谨慎持重，而不能放纵自我，不能放浪形骸，不能让至真至善至美的道德精神逃逸出人这个道德本体。"慎独"是孔子儒家重要的修身功夫，为什么必须修身，因为仁爱等道德虽然是上天赋予的，但外物的诱惑或欲望，有时候会遮蔽人的本心本性，有时候甚至会直接冲毁天赋的篱笆，陷入不道德的泥沼；出现如此局面，就需要恢复本性。

很多人认为，在 AI 时代，机器或者机器人可以取代人类，我不认同。机器或者机器人，可以改变人类的生活方式，但是不能改变人类的伦理、情感、态度、价值观。以教育为例，机器教学可以代替人？视频教学可以代替人？AI 机器人教学可以代替人？其实都不能。为什么？因为人是道德体，除了知识、能力外，还有生命情感智慧，当身体融合了知识能力和生命情感智慧，他就是一个"道德体"，对孩子的影响不只是教知识，不只是培训技能，不只是锻炼能力，还有如影随形的伦理、态度、价值观等生命情感智慧，而这些恰恰是教育过程中学生更需要和对学生更重要的东西。教育是一个民族生存和发展的根基甚至是根本，那些违背道德规律、违背教育规律、违背哲学智慧的所谓教育改革，都需要重新思考！

"正己"是儒家倡导的重要修身方法。原生态儒学提倡正人先正己，孔子说："其身正，不令而行；其身不正，虽令不从。"这句话告诉读者，非权力因素的影响力远远大于权力。要求下位者做到的，上位者做得更好；要求百姓做到的，管理者做得更好；要求学生做到的，老师做得更好。又说："上好礼，则民莫敢不敬；上好义，则民莫敢不服；上好信，则民莫敢不用情。夫如是，则四方之民襁负其子而至矣。"孟子认为："其身正而天下归之。"孔孟的话，告诉后世人，平直国家最好的办法，就是上位者尊重礼法，上位者做出表率，百姓自然趋之若鹜，天下之民自然归附。荀子说："师以身为正仪。"这句话是对教师的要求，教师绝不只是用知识灌输去换点钱粮养家糊口，而是与学生道义相期，在人格人品学识学力上共同成长。先秦之后，魏源认为："身无道德，虽吐辞为经，不可以信世。"精彩！精辟！

第四，积善成德的实践方法。

孔子强调："力行近乎仁。"荀子坚信："积土成山，风雨兴焉；积水成渊，蛟龙生焉；积善成德，而神明自得，圣心备焉。"荀子的"故圣人也者，人之所积也""积礼义而为君子"等，强调实践积累成就道德。1995年我在广州外国语学院附设外国语学校做教导主任，教两个班的语文课，兼两个班的班主任。对于两个班家庭条件优越的学生来说，让他们养成劳动习惯、热爱劳动不是一件容易的事情，我就把自己的宿舍纳入两个班共二十间宿舍的评比，自己跟学生一样做卫生。在劳动中我第一次感受到了适度劳动的快乐、美感——因为我六岁开始插秧，十一岁开始做体力繁重的农活，在我记忆深处劳动留下的是劳苦的印记。哪个学生宿舍卫生没有做好，我就与哪个宿舍的学生一起趴在地上做卫生，与学生一起感受劳动的快乐，一起在劳动中强化劳动的美感、快感，强化热爱劳动的品质和习惯。后来，我带的两个班宿舍卫生一直是全校最好的。这是"积善成德"的真实记忆。

　　第五，君子人格的激励范式。

　　自古而今，中国人常以"君子"自况，足见儒家"君子人格"理念影响之深远。"君子"是普适人格范式。孔子的人格范式中有圣人、贤人、志士、仁人、君子等，但是孔子最用力推广"君子"。孔子说："圣人，吾不得而见之矣，得见君子者斯可矣。""圣人"高不可攀，"君子"可以炼成。《论语》中"君子"出现107次，可见重视"君子"人格程度之高。

　　"君子"人格内涵丰富。孔子对"君子"人格进行了系统思考和界定，引导人们参照"君子"标准加强修养。其一，"君子"必须"仁"。孔子认为，"君子去仁，恶乎成名？君子无终食之间违仁，造次必于是，颠沛必于是"——"仁"作为先天本心本性，一刻也不能离开人，离开了如何成就君子的名分；君子"仁以为己任"——养护仁心，弘扬仁义，就是君子的天赋使命。其二，"君子"必须有综合素养。孔子认为，"君子义以为上"——君子必须崇尚正义，"君子义以为质"——君子必须以正义为本质，"君子博学于文，约之以礼"——君子必须博学而知道礼法，如此看来君子必须有"义"，必须知"礼"，必须重"信"，必须"博学"。君子"可以托六尺之孤，可以寄百里之命，临大节而不可夺也"。周公姬旦被托"六尺之孤"是君子，诸葛孔明被寄"百里之命"是君子，文天祥面临"大节"九死不屈是君子。

"君子"言行举止有规范。其一，"君子"有"三戒"："少之时，血气未定，戒之在色；及其壮也，血气方刚，戒之在斗；及其老也，血气既衰，戒之在得。"其二，"君子"有"三畏"："畏天命，畏大人，畏圣人之言。"其三，"君子"有"三患"："未之闻，患弗得闻也；既闻之，患弗得学也；既学之，患弗能行也。"其四，"君子"遵"五美"："惠而不费，劳而不怨，欲而不贪，泰而不骄，威而不猛。"其五，"君子"有"五耻"："居其位，无其言，君子耻之；有其言，无其行，君子耻之；既得之又失之，君子耻之；地有余而民不足，君子耻之；众寡均而倍焉，君子耻之。"（西汉戴圣《礼记·杂记下》）其六，"君子"应有"九思"："视思明，听思聪，色思温，貌思恭，言思忠，事思敬，疑思问，忿思难，见得思义。"儒家经典对"君子"人格的规范性要求，产生了强烈的正能量。

"君子"人格内涵和规范都有反面的参照。孔子对"君子"和"小人"的界定非常清晰，"君子坦荡荡，小人长戚戚""君子泰而不骄，小人骄而不泰""君子和而不同，小人同而不和""君子求诸己，小人求诸人"等。这种对比生动深刻，受教者别无选择。

第六，道之以德的道德范畴。

其一，"仁"是最高准则。孔子在道德理论上最突出的贡献在于创立了以"仁"为核心的道德范畴。"仁"为最高德目，辅之以义、礼、忠、恕、孝、悌、慈、爱、勇、温、良、俭、让、恭、宽、信、敏、惠等道德条目。有道德精神，也有道德规范。"仁"不仅要求宅心仁厚，而且有"利他"行为，同时"仁"是比生命更可贵的人格（杀身成仁）。

其二，"义礼"仅次于"仁"。孔子强调："君子义以为质，礼以行之，孙以出之，信以成之。君子哉！"君子以正义为本质，通过礼制实行它，用谦逊的语言表达它，用坚守信誉来完成它。这才是君子啊！孔子还说："克己复礼，天下归仁焉。"强调"礼"是达到"仁"的载体。儒家认为"礼义"必须服务服从"仁政"和"王道"。

其三，"忠恕"以"仁"为基础。曾参说："夫子之道，忠恕而已矣。""忠"的对象是国家、国君、朋友、事业，"恕"的对象是一切人。"忠恕"当然属于"仁"的范畴。

其四，"孝悌"是"仁"之根源。孔子说："孝悌也者，其为仁之本与。"不能孝敬父母，不能尊敬兄长，如何能"仁"？中国伦理推己及人，推家及国，"仁"从家庭做起，在家孝敬父母，出外尊敬长辈，在家尊重兄长疼爱弟妹，出外才"四海之内皆兄弟"，才"幼吾幼以及人之幼"。试想，如果在家庭和家族中尚且不能做到孝悌，我们敢期待孩子将来成为善待天下父母、全心全意为人民服务的公仆吗？能够期待孩子将来成为一个有凝聚力、有亲和力的企业团队的主要负责人吗？因此，儒学认为"孝悌"是"仁德"的根本。

其五，"恭宽信敏惠"是"仁"的内在要求。子张向孔子请教"仁"，孔子答："能行五者于天下为仁矣。"子张要求详细解释，孔子说："恭、宽、信、敏、惠。恭则不侮，宽则得众，信则人任焉，敏则有功，惠则足以使人。"这五个方面——恭敬礼让、淳厚宽容、诚信无欺、勤勉事事、广泛施恩等，无疑都表现出"利他"的"仁"道。

孔子把"仁"作为道德的最高准则，并把"仁"作为道德体系的核心内容，开创了中国儒家德育的独特思想体系，体现了以人为本、以民为本、以仁为本的价值取向。

先哲孔子曾经有"道不行，乘桴浮于海"的牢骚和冲动，但我不行，我相信同道者也不会如是选择。我们的使命是让教育回归精神活动的本质，计教育回归有教无类的价值，让教育回归因材施教的方法！诚如是，则中国教育有望走向现代化和国际化，中国教育有望支撑创新大国的建设！

2019 年 7 月 7 日

为往圣继绝学

1984 年 8 月，十七岁的我怀抱教育兴国的理想站上讲台，已四十个春秋。工作范畴涵盖学前教育、基础教育、高等教育、成人教育。学习和研究一直是生活方式、工作方法、生命状态，在实践中不断提出问题。基于实践提出的问题，书本基本找不到满意的答案，我坚持独立思考，独立分析，独立研究，独立解决。四十年来，我从来没有做过任何带有行政级别的规划课题，公开发表在核心期刊的各种论文，也都是基于实践问题的研究成果。这是三十年来我的著作都成为畅销书的秘诀。

四十年来我一直在思考教育的本质问题。教育的本质是精神活动，而不是知识堆积。——德国教育哲学家雅斯贝尔斯如是说，我深以为然。精神活动是本，知识堆积是末。精神活动是"道"，知识堆积是"器"。

中国先哲子思先生在《中庸》开篇对教育本质有深刻洞见："天命之谓性，率性之谓道，修道之谓教。"翻译成现代汉语："上天赋予人的叫本性，尊重本性叫作道，修养本性是教育。"言简意赅，豁然开朗。以子思先生的哲学思想给今天的教育做减法，教育只需要做好弘扬人性和张扬个性两件事。一是弘扬人性。人性是天赋人类的共性，是上天赋予人类群体的本心本性，比如慈悲、博爱等，人生而有之；不见了，没有了，是因为磨灭了，冲毁了，需要养护和弘扬。二是张扬个性。个性是天赋秉性。每个生命来到这个世界，一定有上天赋予的优势潜能，一定有独特的兴趣爱好，一定有自己的精彩，把钱学森培养成钱学森，把贝多芬培养成贝多芬，把姚明培养成姚明——这就是张扬个性，张扬天赋秉性的教育。教育除了弘扬人性和张扬个性，还有别的吗？没有了。教育就是这么简单。

教育的出路在哪里？我们一起回到鲁迅先生出生的 1881 年至民国元年（1912）前这大约三十年的光阴，那时除了京师同文馆——北京大学前身，中国没有真正意义上的大学；除了杭州、苏州、成都、香港、澳门及西部偏远山区有少许教会学校，中国没有现代意义的中小学；其间三十多年有部分青少年，读着私塾，读着唐诗宋词，读着四书五经，头脑中装上这些经典而后有幸东渡日本或远赴欧美求学，在这些学子灵魂深处实现了东西方文化的碰撞和融合，形成了无与伦比的爆发力，催生了享誉世界的民国知识分子群体。在这个群体中，有中国近代以来伟大的革命家、思想家孙中山等，有杰出的新文化运动的领袖陈独秀、李大钊、胡适等，有杰出的思想家、文学家鲁迅等，有杰出的教育家蔡元培、张伯苓、梅贻琦、陶行知、黄炎培等，有杰出的国学大家陈寅恪、梁启超、王国维、赵元任等，有杰出的考古学家李济、董作宾、郭沫若等，有杰出的史学大家钱穆、张荫麟、蒋廷黻等，有杰出的美学家朱光潜、宗白华等，有杰出的哲学家马一浮、汤用彤、梁漱溟、张东荪、贺林、方东美……这种东西方文化在同时代、同一个生命体形成碰撞和融合，产生浩如烟海的哲学、史学、文学、科学，巨匠、巨人，很多学科的研究成果，至今仍然是当代学界绕不过去的坐标和难以逾越的丰碑。

由此可知，当代中国教育的出路就在东西方文化的融合，就在学贯中西。最近去西方化沉渣泛起，很多人不知何故醉了、狂了、疯了，英文教材的经典篇目删减了，中英文地理标识牌的英文取消了。我们就有必要回望民国大师、巨匠们的教育背景和教育路径。作践和菲薄自己的优秀文化，轻视和排斥西方现代文明，哪一种做法更加愚蠢？我不知道。但是我知道，中华民族的伟大复兴需要优秀传统文化与现代西方文明的深度融合！

　　四十年来我一直在思考精神家园重建问题。所谓文化，就是以文化人，就是今天的大教育理念。二十多年前的 2003 年元旦，我开始系统研究儒家文化，目的在于寻找滋养生命的文化精神。其间，博士论文《思想政治教育的文化传承与创新研究》是儒学文化与马克思主义相结合的成果。我采纳了导师郑永廷先生的洞见：儒学文化是思想政治教育的范畴。这篇论文，后来在岭南社科基金项目评选中获得最高票，由广东人民出版社出版并成为畅销书。该著提出和解决了关于儒家文化的疑问：第一，儒家文化依然承载着中华民族的人文精神吗？是的。儒家文化是人本伦理哲学，其核心忠、孝、仁、义、礼、智、信等核心价值，当代中国人应该也必须坚守。以"孝悌"为例，如果在家不能敬爱赡养父母，不能善待兄弟姐妹，在外可以善待天下人的父母吗？可以善待天下人吗？可以带出有凝聚力的团队吗？显然不能。第二，儒家文化与现代文明能兼容吗？能。民国那些学贯中西的学者就是儒家文化与现代文明深度碰撞和融合的产品，在中华民族最艰难的时候，以飞蛾扑火的勇气，回到祖国的怀抱，与祖国同生同死、浴火重生！第三，儒家文化有利于国家走向现代化吗？有利。曾经的亚洲四小龙：中国台湾、中国香港、韩国、新加坡的文化底色都是儒家文化，没有制约他们走向现代化，倒是成了他们高速发展的催化剂和动力源。

　　我的博士论文虽然成了畅销书，但是纯学术的话语体系不可能在社会上产生广泛影响，需要换成文化话语风格，重新阐述我对儒家文化的研究和思考。重注四书——《大学》《中庸》《论语》《孟子》成了我人生的必然选择。我研究儒学，绕不开朱熹先生的《四书章句集注》。

原始儒家的本真与朱熹理学的本质区别何在？

第一，原儒是人本哲学，宋儒是理本哲学。原儒悲天悯人，以人为本，在"五张羊皮换一个奴隶，五个奴隶换一匹马"的价值体系中，孔子面对马厩失火，只关心不值钱的奴隶——马夫，而不关心很值钱的马。获悉有人以陶俑陪葬，孔子反责道："始作俑者，其无后乎？"对人权的尊重和对生命的敬畏何其真诚而浓烈！宋儒开山鼻祖程颐先生说："饿死事小，失节事大。"生存都是问题，哪里还有人权？朱熹先生强调："存天理，灭人欲。"人欲不仅仅是淫欲，也不仅仅是物欲，还有生存欲望、安全欲望、归宿与爱的欲望、被尊重的欲望、自我价值实现的欲望，甚至还有终身认知欲望和审美欲望。人欲灭了，人类还有发展动力吗？人类还能进步吗？民族还能复兴吗？

第二，原儒的忠诚有条件，宋儒的愚忠无条件。"君君臣臣父父子子"的解释本应为："君像君，臣像臣，父像父，子像子。"宋儒沿袭了汉儒的衣钵，演绎"君叫臣死臣不得不死，父叫子亡子不得不亡"的荒唐。孔子说："君使臣以礼，臣事君以忠。"臣下"恪尽职守"的前提是"君使臣以礼"。孟子的说法更是石破天惊："君之视臣如手足，则臣视君如腹心；君之视臣如犬马，则臣视君如国人；君之视臣如土芥，则臣视君如寇雠。"岳飞屈死风波亭，屈在读错书了，如果读懂了先秦儒家经典，尤其是读懂了孟子"如欲平治天下，当今之世，舍我其谁"，可以理直气壮直捣黄龙，或可做出更有利于人民、民族、国家的选择！

第三，原儒坚持民本政治，宋儒延续神本政治。孔子说："民可，使由之；不可，使知之！"翻译成现代汉语："老百姓过得很好，就顺其自然；如果过得不好或者做得不好，就应该以教化让他们增长智慧！"孟子说："民为贵，社稷次之，君为轻。"可谓惊世骇俗。荀子强调："水则载舟，水则覆舟。"已算是民本精神自觉。先秦儒家认为，人民是国家的主人，君王是人民委托的代理人。先秦儒家的民本思想发展到今天应该是民主，至少是"全心全意为人民服务"的宗旨和"为人民谋福祉"的初心。

第四，原儒主张师生平等，宋儒延续师道尊严。原始儒家没有这个礼数。几乎所有的人都读过《公西华侍坐》这一章，孔子与学生亦师亦友亦兄弟亦知己，孔子之于学生像慈父，像朋友，像兄长，像知己。师生平等，教学民主，思想自由，全然没有汉代"设帷讲学"的冷冰冰。

第五，原儒主张自由恋爱，宋儒主张父母之命。证据在《诗经》。《诗经》主体是国风，国风主题以爱情为主。《诗经》中的爱情充满田园牧歌色彩：相爱在城墙边——"俟我于城隅"；相爱在桑间濮上——"参差荇菜，左右采之"；相爱在小巷——"俟我乎巷兮"；相思在远方——"所谓伊人，在水一方"。初民淳朴、热烈、奔放、唯美的爱情依然为当代读者所陶醉！朱熹先生将如此唯美的爱情都解读为"咏后妃之德"之类，按朱熹先生的解读，《诗经》回不到当代，青少年未必会接受。

第六，原儒主张学术自由，宋儒主张唯我独尊。"道不同，不相为谋"一直被误读误解。孔子原意："主张不同，不谋求对方与自己同一。"根据何在？其一，《论语》多次列举道家、墨家、农家、杂家批判孔子，却不见孔子和其追随者反驳。这是学术包容。其二，《论语》可以互证："攻乎异端，斯害也已。"翻译成现代汉语："攻击其余学派，害处很大。"其三，孔子主张"君子和而不同"，"和"是儒家最重要的核心价值之一，"和"就是对不同文化的包容，对不同人的尊重等。其四，孔子曾经问道于道家学派创始人李耳，也曾经向各个领域的大师虚心求教。汉儒让圣上来裁断儒学公案，唯皇上独尊，开了以政治手段解决学术争端的先例；宋儒延续维护皇权、男权、夫权，明清之后封建统治者则把理学作为统治工具。

第七，原儒主张经世致用，宋儒主张空谈心性。"钱财如粪土，仁义值千金"是以朱熹先生为代表的儒学思想，"无事袖手谈心性，临危一死报君王"就是宋儒一脉的做派。真正的读书人，从来都是以天下为己任。曾子对儒家知识分子的期待是："可以托六尺之孤，可以寄百里之命，临大节而不可夺也。君子人与？君子人也。"翻译成现代汉语："可以托付幼小的君主，可以托付整个国家，在大节上宁死不屈。这样的人是君子吗？当然是君子。"比如韩愈为苍生而获罪，被贬潮州，积极教化，形成潮州文化，影响至今犹在。书生范仲淹镇守西边，换来边境二十年和平。王阳明手无缚鸡之力，胸中却有百万兵甲，以数万地方杂牌部队，剿灭宁王朱宸濠十万叛军！这才是儒者风度！

第八，原儒为人民说话，宋儒为皇上代言。原始儒家，没有一家是为统治者说话的，孔孟荀都是站在维护人民利益的立场阐述自己的政治主张；但是汉儒却站在皇权和神权的立场上，驯化万民，宋儒延续而成为既得利益集团的代言人。孔子开平民教育先河，把教育从宫廷转移到民间，目的就在于给平民搭建成长舞台和上升通道，这是当时对既得利益者特权的最有力的挑战。当代中国人少有人意识到孔子是"读书改变命运"的首创者和实践者。孔子儒学是"为己之学"，是天子以至于庶人都能用以修身养性的伦理哲学。孔子终其一生，没有后世误读误解的那样"忠诚"于某一个君王，相反政见不合则选择挂冠而去，在父母之邦的鲁国无论是做乘田吏，还是做司寇，甚至代摄相事，都只不过是"恪尽职守"而已；绝没有为某一君王愚忠而牺牲的冲动。

宋儒与原儒主张相对、相反之处也远远不止这些！先秦儒家思想属于伦理哲学，具有坚实的社会实践积淀和厚实的理论基础，是一种独立于当时政治体制的哲学体系、价值体系、思想体系，是儒家思想的源头和正宗，与现代文明高度契合，是中华民族最宝贵的精神矿藏！原儒思想是中华文明的主动脉！传承和发展其精神是中国人的天赋使命！

我自不量力，历时二十余年，撰写完了"四书心读"。《论语心读》2014 年由中华书局推出首版，发行数十万册，是读者的认可与鼓励。近几年心无旁骛，撰写《大学心读》《中庸心读》《孟子心读》，是对教育人生的交代，是对中国教育的交代！

撰写《大学心读》的初心有莫名际遇的诱因。2013 年 8 月16 日傍晚，我应邀驱车赴江西讲学，路途遥远而十分疲惫，不得已在江西赣州不知名的山中旅舍住了一晚，却做了一梦：一位青衣老者自称"守仁"，给我讲《大学》，但是老者的《大学》文本居然与我正在研究的朱本《大学》有很大的不同；朱本《大学》早已烂熟于胸，所以对梦境中见的《大学》版本十分敏感。老者重点讲了"明明德""亲民"和"格物致知"等关键内容，他的口音有江浙话的韵味，有客家话的影子，有贵州话的口音，与湖北话相通，所以我都听懂了。老者托付，希望能够按照他传授的《大学》版本把《大学》精神传承传播出去。梦醒时分，一身冷汗。明月皎洁，清风拂面，分不清是梦中还是实景，分不清身在何处。那时那刻，毫无睡意，点一支烟把老者的教诲从头到尾想了几遍，也从头到尾讲了几遍——学会了讲给自己听，我居然在赣州不知名的山间旅舍把少年时候掌握的学习方法再用一次，时至今日老者讲给我听的《大学》梗概依然清晰。后来读清代刘沅先生的《大学古本质言》和南怀瑾先生的《原本大学微言》，才知道梦中老者讲述的是戴圣《礼记》第 42 章的古本《大学》。

对于这一梦，到底是日有所思夜有所梦，还是别的因缘和合，我也不知道；也许用量子力学可以做出科学解释。老者矍铄的目光、清朗的语调、谆谆的教诲、殷殷的重托，历历在目，言犹在耳。十年一觉赣州梦，我哪能忘记呢？2023 年 7 月 17 日，再次驱车经过赣州，本想再寻故地，更想再入梦中，却迷失了方位，就此作罢，直接驱车去了南昌；但是，老者的托付更加清晰而压得我似乎喘不过气来。于是只好孜孜不倦，反复打磨以原本《大学》为底本的《大学心读》!

毋庸讳言，原本《大学心读》与朱熹先生的《大学集注》有较多不同之处：一是不同于朱熹先生对《大学》的经传二分法。原本《大学》是有机整体，从旨趣、逻辑、风格来看，是典型的齐鲁文化，是典型的先秦文风；而以"经传"二分法解读经典，是汉代以后经学的做派。二是不同于朱熹先生认为"颇多错简"调整原本《大学》顺序的做法。如果"颇多错简"起码要有一两个"错简"作为证据，但程颐先生没有提供，朱熹先生没有提供。二十年当中，我读程颐和朱熹先生的全部著作，没有发现调整原本《大学》顺序的证据。三是不同于朱熹先生对原本《大学》的结构处理。朱熹先生的文本处理类似于当代有些所谓专家给文学作品做思维导读图，表达的是自己的理解而不是《大学》的本义。四是不同于朱本《大学》对原始儒家文化精神的理解，恢复了先秦儒家人本伦理哲学、民本政治哲学、生本教育哲学的本质。五是不同于"格物致知"的解读。程朱理学的解读是：研究万物之理而寻求真理。这种解读，导致民国时期把自然科学都称为"格致之学"。显然，在先秦时期，儒家思想的"格物致知"属于伦理哲学，不可能有研究万物之理的需求，也不可能由此获得伦理学上的"真理"。孔孟儒学的人本取向，决定了这句话只能是司马光和王阳明的解读：格除物欲，回归良知或恢复良知。这里"物"属于外物，属于过多的物质因素；这里的"良知"是生命情感智慧，包括情感、态度、价值观、人生观、世界观等。——其余诸多与朱熹先生解读的不同之处，恳请读者方家指正！

撰写《中庸心读》是因为与朱熹先生及其一脉相承的后学对"中庸"哲学思想有不同的理解。程颐先生和朱熹先生都认为："中庸者，不偏不倚、无过不及，而平常之理，乃天命所当然，精微之极致也。"从这段话可以判断，朱熹对"中庸"的理解出现两个问题：一是认为中庸就是不偏不倚、无过不及、平常之理。其实，"中庸"之"中"包含"中和"两个字。"中"就是适中、适合、适度、适宜，面对某种结构或局面，选择适中的、适合的、适度的、适宜的思路、策略、方法等，就是"中"；"和"就是尊重差异、尊重不同、包容多元的和谐状态；"中和"就是人面对某种结构而选择兼顾多元的最佳策略或状态。"中和"成为日用而不知的常态，就是中庸之道。二是朱熹先生认为"中庸"是"天命之当然"，把"中庸"归为天赋、人的本性。中庸不是人的天赋，不是人的本心本性，而是后天哲学智慧，是人经过后天的实践积累而发现的"天道"——比如太阳系九大行星的分布，地球万物和谐共生，都是"中庸之道"，但需要人去认知、体悟、坚持。诚如孔子所说，中庸之道是"君子之道"，是人们自我修养达到君子境界的过程中体悟、认知、认同的"道"，基于先天本心本性，源于实践积累，最终形成充满实践理性的哲学智慧。时至今日，能够跳出朱熹解读而另辟蹊径理解中庸之道的人很少很少！——古今中外解读《中庸》还存在一个共同问题，泛化了《中庸》文本中的"道"——其实《中庸》中的"道"

都作"中庸之道"解。也正因泛化，导致理解困难，又如何能够将中庸之道融入身心呢？

撰写《孟子心读》是为了深度认知和弘扬孟子的民本政治哲学。孔孟儒家精神滋养中华民族数千年，创造了曾经领先世界两千年的文明，自然有其存在的合理性。《孟子》一书由孟子亲自著录，随行万章等弟子只是学术助手，也许负责执笔，也许负责刻字，也许负责查阅资料等；这使得《孟子》保持了他本人的思想和艺术精华。《孟子心读》的主要创新点：一是传扬民本思想。孟子思想最为前瞻、最为深邃、最为震撼的是民本思想，"民为贵，社稷次之，君为轻"的思想与民主制度之间，仅缺一部宪法，孟子对人民主体精神的自觉，是"全心全意为人民服务"宗旨的源泉，是"以人民为中心"理念的依据；孟子民本思想仿佛是为中华民族负重前行设置的第一盏航标灯。二是弘扬心学思想。孟子提出的"四心说"就是后世真正新儒学——阳明心学的根源，孟子提出的心性论为阳明心学的创建奠定了基石。恻隐之心，仁之端也；——无恻隐之心非人也！羞恶之心，义之端也；——无羞恶之心非人也！辞让之心，礼之端也；——无辞让之心非人也！是非之心，智之端也；——无是非之心非人也！其实，孟子思想中心学已经初成。孟子是如何解释"知行合一"的呢？典型就是"今人乍见孺子将入于井，皆有怵惕恻隐之心"的案例：小孩将掉到井里，任何一个人看到了，无须提醒，不假思索，都会立即施以援手，这是什么？这是人心中慈悲天性在关键时候表现出的无须提醒的自觉，起心动念即是行，是良知与良能的知行合一。那么敢问为什么很多人这种慈悲之心没了？那是因为心被异化，被放纵，被蒙蔽。所以，孟子认为："学问之道无他，求其放心而已矣。"道德修养之道就是把被放弃、被放纵、被放浪的那颗心，收回到心中的正位，守护本心本性，弘扬本心本性，就是学问的正确方法。三是张扬美学风度。少年时代，我深受父亲的影响，背诵孟子的篇章比较多，系统研究《孟子》已二十余年，文笔文风深受孟子影响，挣脱了现代学术八股的束缚。宏大的视域、磅礴的气势、严密的逻辑、生动的叙事、明快的语言等，都源于孟子的美学浸润。

四十年来我一直在思考原始儒学的社会价值。严复先生是中国近代思想启蒙先驱，康有为、梁启超、李大钊、陈独秀、毛泽东、鲁迅、傅斯年等改良派、革命派和新文化运动的领袖们，其少年时期都有严复先生的译著伴随。而严复先生临终前反复念叨：四书五经极富矿藏，需要用西方科学研究方法，予以发掘，可以启迪后人。这句话深深撞击我的灵魂，如何深度发掘呢？"心读"就是我的选择，以心读模式，让四书智慧广泛流布。

《大学》《中庸》《论语》《孟子》的作者生活的时代，恰好在雅斯贝尔斯称为人类文明的轴心时代。这个时代，人类文明的精神导师扎堆出现。每当人类各个文化圈中的人们面对不能自拔的困境时，都会不由自主地回望和借用这个时期先哲的智慧解决当下的问题。欧洲的文艺复兴如此，唐代的古文运动如此，如今传承创新优秀传统文化又何尝不是如此？

当代中国需要《大学》中的智慧吗？毋庸置疑。大学之道就是达成君子之道的纲领：明明德，亲民，止于至善。——大道至简，在曾子看来，平治天下只需要做两件事情：一件是"明明德"。明明德，就是让天赋良知自觉并得以弘扬。如果人人心中有慈悲，如果人人都能恪尽职守，人人都能孝悌忠信，这个世界不是很美好吗？高明的政治家用力最多的事情就是把教育做到最好，让天赋人性、天赋良知弘扬到每个生命，每个公民对于公平正义都有无须提醒的自觉，繁荣富强就是必然。

另一件是"亲民"。就是走进人民，在社会结构中实现人格独立，成为自由思想的主人，成为自由意志的主体。亲民，在与人交往中实现人生的价值。从人本伦理哲学的视角审视"亲民"，那就是任何自然人必须首先亲近家人，学会与家人相处；其次亲近族人，学会与族人相处；再次亲近乡人，学会与乡人相处；复次亲近世人，学会与各种各样的人相处。从政治伦理的视角审视"亲民"，那就需要上位者走向基层，走向百姓，走群众路线。高手在民间，不是客套话，更不是笑话。为什么？商汤运用在建筑工地的版筑工人傅说，奠定了商初良好的开局。姬昌运用渭水边钓鱼的姜尚，以边陲之地，挑战商纣王的天下，最终获得成功。齐桓公运用犯人管仲，开创国营经济与民营经济双轨制先河，让齐桓公九合诸侯成为霸主。刘邦谋臣能用张良，后勤能用萧何，军事能用韩信，最终在垓下战胜项羽，奠定大汉基业。这都是"亲民"的典型。

有人或许会说，能不能列举现当代的例子？民国时期蔡元培，贵为中国第一校的校长，却礼贤下士，先后拜访清朝遗老辜鸿铭、文坛旗帜陈独秀，邀请周树人、周建人兄弟加盟北京大学，这些人相对于政治地位比教育部部长还高的北京大学校长，当然都是民，但是亲民让北京大学成为民国大学的旗帜。梅贻琦贵为清华大学校长，邀请没有学历的陈寅恪加盟清华，邀请清末遗臣王国维加盟清华，邀请留美才俊赵元任加盟清华，邀请思想启蒙者梁启超加盟清华，这四位导师相对于位高权重的梅贻琦，自然都是民。因为亲民，因为教授治校的理念——梅贻琦做校长期间实行的是教授委员会集体决策的民主管理模式，梅贻琦因此开创了清华历史上最辉煌的年代。

如果制度设计和社会运作，能够做好"明明德"和"亲民"两件事情，"止于至善"是必然，平治天下也是必然。特别"亲民"不是自以为是的"新民"，不是教训百姓，不是教导百姓，而是走近百姓，走近人民，尊重人民，尊重生命，尊重人格，让每个生命人格独立，让每个生命本性自觉，让每个生命自由思想，让每个生命独立思想，让每个生命绽放精彩。

当代中国需要《中庸》的智慧吗？毋庸置疑。个人成长需要中庸之道。民国元年前后负笈留学的学者，涵养中华经典文化拥抱西方文明，催生了中华民国数十年中灿若星河的大师、巨匠、巨人、名流，重现了中华民族思想解放最精彩的华章！——这是教育发展的中庸之道，也是个人成长的中庸之道。家庭和睦需要中庸之道。一家之中父慈子孝，契合中庸之道；夫妻之爱止于诚，契合中庸之道；兄弟情义止于悌，契合中庸之道。社会和谐需要中庸之道。城乡之间的发展恪守中庸之道，优化二元结构，城里人幸福，乡里人快乐；如此当然和谐！为富而仁义，善待故旧，善待贫民；贫而有尊严，不堕青云之志；如此当然和谐！上位者心忧天下，眷恋苍生；下位者体谅国家，顾全大局；如此当然和谐！企业成长需要中庸之道。企业如果不在产品质量与数量之间选择中庸之道，缺乏生命力！如果不在价格和价值之间选择中庸之道，缺少竞争力！如果不在员工福利和投资者利益之间选择中庸之道，缺少活力！如果不在守成和创新中选择中庸之道，缺少可持续发展力！民族复兴需要中庸之道。民族复兴于内而言，政治方向充分体现人民的期盼，经济政策充分兼顾各阶层的利益，公共服务充分彰显公平正义等；人民富裕，地方富有，国家富强；人格独立，思想自由，文化多元，教育发达，人才充足。如此才契合中庸之道，是民族复兴的内因。在对外关系上，尊重人类共同的价值，国际交流自主，人民往来自由，文化交流自然等。如此契合中庸之道，这是民族复兴的外因。没有国内国际的"中和"，就没有国家民族的复兴。

当代中国需要《论语》的智慧吗？毋庸置疑。某学者在某大学演讲公开宣称：《论语》对于中国文化大餐来说，只不过是一条干鱼，没有佳肴的时候，拿出来做配菜尚可以，但不能成为国人精神食粮的主食。我深不以为然。一位名满天下的学者说："儒家文化是农耕文明的产物，是到了抛弃的时候了。"我不以为然。难道2500年前中华民族先民需要忠、孝、仁、义、礼、智、信、惠、慈、爱，今天中国人就不需要了吗？当然需要，而且必须坚守坚持。

《论语》所承载的人文精神是中国伦理哲学的源头，是中华文明的底色，是中国价值体系的钢结构，是中国文化的基点和奇点——具有无与伦比的爆发力、辐射力、穿透力。它所承载的伦理情怀和价值体系，被践踏和放弃，意味着疯狂和灭亡！大秦帝国奋六世余烈，统一天下，秦嬴政自称"始皇帝"，以为从此家天下可以传之万世，却仅仅因为放弃了儒家"仁"的智慧，放弃了以人为本，放弃了以民为本，结果成了人类历史上最短命的王朝之一。这样的教训，在人类历史上举不胜举！

我以实证的态度和学养的厚度证明《论语》承载以人为本的哲学、以民为本的理念、自强不息的精神、积极入世的传统、厚德载物的担当、天下为公的理想、尚中贵和的思维、博爱泛众的胸怀、勤劳俭朴的性格、家庭中心的伦理、家国一体的追求、天人合一的境界，是养护国人心灵的宝贵精神资源！——这些精神难道不能滋养当代中国人的生命吗？《论语》承载的以生为本的思想、有教无类的情怀、因材施教的方法、全面发展的课程、尊重个性的取向、慎独正己的修身、反求诸己的态度、积善成德的路径、君子人格的激励等，是中国当代教育应该和必须传承的最宝贵的教育智慧！——这些智慧难道不能解决今天的教育困境吗？

当代中国需要《孟子》的智慧吗？毋庸置疑。《孟子心读》的撰写，源于责任自觉。尤其是近几年我从教育系统调整到基层任职，确信《孟子》思想之于中国当代教育和社会治理，实为救时补弊的良药却没被发现发掘。举《孟子·梁惠王下》的典型例子证明。孟子对齐宣王说："造大房子，就必让工程师寻找大木料。工程师得到大木料，大王很高兴，认为这棵大木料可胜任大房子的需要。那工程师从小就学习，长大了就进一步付诸实践，大王说：'姑且放弃你所学的专业听我的命令。'那怎么样呢？现在有璞玉在此，不惜万镒重金必然责成玉匠雕琢它，而对于治理国家却说：'姑且放弃你所说的，听我的命令。'这与教导玉匠如何雕琢璞玉有什么区别呢？"——读这一节，犹如冷水浇背，也如当头棒喝！

民国期间清华大学校长梅贻琦先生懂孟子的管理智慧。《孟子·梁惠王下》中，孟子对齐宣王说："所谓故国者，非谓有乔木之谓也，有世臣之谓也。"梅贻琦读懂了这句话，对于国家来说，文化底蕴厚重并不意味着有数百年的老树古树，而是意味着有累世深受国人的忠臣重臣。梅贻琦先生由此演绎出："所谓大学者，非谓有大楼之谓也，有大师之谓也。"梅贻琦深谙此道，充分尊重人才，自己甘愿当一个沉默寡言的主持人，把治校的权力让渡给"教授委员会"，积极推行教授治校模式，创造了清华的灿烂与辉煌，创造了西南联大的高等教育奇迹。现在各行各业的很多管理者都反孟子之道而行之，反梅贻琦之道而行之。地方政府搞经济，不向企业家请教，而向上级要指示，或者自以为是，好为人师，层层如此，经济能够做得好才怪。如果当代为政者、为教者、为经济者，能够读一读《孟子》，从中汲取智慧，可以少闹很多笑话，可以少走很多弯路。

二十多年前，在我用与埃德加·戴尔学习金字塔理论相契合的心学原理，把应试教育做到巅峰的时候，开始认真寻找教育的本真。众里寻他千百度，蓦然回首，我选择以儒家文化精神滋养师生生命。最初接触儒学，读的是方东美、李泽厚、钱穆等先生的著作，充斥书店的汉代经学著作和宋明理学著作不是我的首选——后来反复研读朱熹先生的《四书章句集注》，目的在于对"四书"进行重新解读。原儒思想的本质是什么？是人本伦理哲学、民本政治哲学、生本教育哲学。数十年，我坚持用人本思想待人，用民本思想管理，用生本思想做教育，用"中庸"智慧处事，用"明明德"和"亲民"智慧经营人生，知行合一，只争朝夕！

顾炎武先生说："天下兴亡，匹夫有责。"天下是天下人的天下，天下还是文化天下；文化亡了，天下也就亡了。所以，为往圣继绝学就成了每个读书人的责任。"往圣绝学"是什么？滋养中国人生命的主脉是儒家文化，是充满人本、民本、生本情怀的原始儒家文化精神。撰写"四书心读"是我文化责任自觉所致！

子思先生说："君子不出家，而成教于国！"我四十年如一日追求教育兴国的理想。曾经在公办学校从教师做到校长，曾经在民办学校从教师做到校长，曾经在广州市第一个教育强区东山区做过教育局办公室主任，曾经在广州市教育局做过处长和办公室主任，曾经在天河区做过教育局局长，如今虽然名义上暂离教育岗位而从社会治理，但是一直坚持在高校担任特聘教授、兼职教授、研究生导师，坚持积极从事各级各类师资教育，从来没有放弃教育理想，从来没有放松对教育的深度思考。大道至简，教育的关键是弘扬人性和张扬个性。我知道教育有弊端，当然有责任解决。如何解决？重新发掘和弘扬原始儒家智慧以解困局。——撰写

"四书心读"是我教育责任自觉所致！

孔子说："吾十有五而志于学，三十而立，四十而不惑，五十而知天命，六十而耳顺，七十而从心所欲，不逾矩。"人类历史上最伟大的教育家孔子，活出了生命的精彩。随着年龄的增长，知识储备越来越丰富，学养越来越深厚，思想越来越前瞻，智慧越来越超卓，这种终身学习的人生态度，给我树立了榜样。四十年手不释卷，四十年治学不辍，四十年知行合一，把人生挫折转化为学术财富，把人生历练转化为学术思想。我来自农村，熟悉农民和农村；近几年在地方工作，又熟悉市民和城市。这种对中国社会结构的全域认知，恰恰是高校专职学者做伦理哲学、政治哲学、教育哲学研究所匮乏、缺乏甚至贫乏的，却是我的独有优势。此外，我没有高校学者的教学任务和课题研究任务的羁绊，认准目标可以把整座山打穿，可以把整座山搬完。——撰写"四书心读"是我生命自觉所致！

基于文化自觉、教育自觉、生命自觉，我才能用二十多年时间撰写"四书心读"。毋庸讳言，"四书心读"旨在全面恢复原始儒学的本真，在于倡导生本教育哲学，在于倡导人本伦理哲学，在于倡导民本政治哲学，在于重建中华民族的精神家园，以先秦儒家文化精神滋养国人的生命！

做到没有，请读者品鉴！做好没有，请方家指正！

2024 年 2 月 14 日